HEYNE

STEVENS & SUCHANEK

RACHEJAGD

GEQUÄLT

THRILLER

WILHELM HEYNE VERLAG
MÜNCHEN

Sollte diese Publikation Links auf Webseiten Dritter enthalten, so übernehmen wir für deren Inhalte keine Haftung, da wir uns diese nicht zu eigen machen, sondern lediglich auf deren Stand zum Zeitpunkt der Erstveröffentlichung verweisen.

MIX
Papier aus verantwortungsvollen Quellen
FSC® C014496

Penguin Random House Verlagsgruppe FSC® N001967

Originalausgabe 10/2022

Printed in Germany
Umschlaggestaltung: Nele Schütz Design unter Verwendung
von Adobestock/joephotostudio
Satz: Buch-Werkstatt GmbH, Bad Aibling
Druck und Bindung: GGP Media GmbH, Pößneck
ISBN: 978-3-453-44128-6

www.heyne.de

PROLOG

Der Stacheldraht schabte über ihre Haut, wie sein Messer es unzählige Male getan hatte. Im schwachen Licht des Mondes kroch Anna durch den Spalt im Zaun, die gefesselten Hände an die Brust gepresst. Sie ignorierte den Schmerz und das Blut. Weg, nur weg. Die Finsternis verschluckte das heruntergekommene Haus. Sie entkam ihrem Gefängnis aus Schlägen, im Wahn geflüsterten Worten und beißendem Gestank von Schweiß.

Waren es Tage gewesen oder Wochen? In der ständigen Abfolge aus Dämmerlicht und künstlicher Beleuchtung hatte sie jedes Zeitgefühl verloren. Harris hatte über Licht und Dunkelheit geherrscht, hatte ihre ganze Welt bestimmt. Einzig der warme Körper ihrer besten Freundin hatte ihr Halt gegeben.

Natalie!

Der Gedanke trieb Anna Tränen in die Augen.

»Ich brauche Hilfe«, brachte sie mit krächzender Stimme hervor, schlug sich aber sogleich die Hand vor den Mund.

Das Haus war zu nah, er könnte sie hören. Hatte er ihre Flucht bereits bemerkt?

Sie taumelte, rutschte aus und fiel in den Matsch des Waldweges. Ihre Hände waren noch immer gefesselt, sie konnte nur mit Mühe aufstehen. Anna wagte nicht zurückzuschauen. Sie hielt den Blick weiter nach vorne gerichtet und rannte. Die Büsche und Bäume standen so dicht, dass immer wieder Äste ihr Gesicht streiften. Es fühlte sich an, als wollten sie sie festhalten. Der Wind strich ihr über die nackte Haut und hieß sie in der kalten Nacht willkommen. Steine stachen in ihre Fußsohlen, Äste rissen die Verletzungen weiter auf.

Nach einer gefühlten Ewigkeit wurde der Waldweg abschüssig und führte schließlich auf eine Landstraße. Mechanisch setzte sie einen Fuß vor den nächsten. Immer weiter. Nur nicht zurückschauen, nicht an das Gefängnis denken, in dem Natalie noch immer litt. Der vorwurfsvolle Blick der Freundin hatte sich in ihren Geist gebrannt.

»Ich komme zurück«, flüsterte Anna leise. »Ich hole Hilfe.«

Die Landstraße zog sich endlos hin. Sie stieß auf eine Kreuzung, rannte einfach geradeaus weiter. Längst hatte sie jedes Zeit- und Raumgefühl verloren, ihr Körper gehörte nicht mehr ihr. Wie ferngesteuert taumelte sie, rannte, stürzte und kam wieder hoch. Immer weiter. Sie musste weiter.

In Momenten der Schwäche kehrte das Bild zurück. Das Messer, das über ihre Haut strich. Sanft, doch mit gnadenloser Klinge. Das Blut, das er so liebte, das Lächeln, das er verlangte, die Gier in seinen Augen. Eine zweite Chance würde es nicht geben. Wenn Harris sie erwischte, endeten sie beide als ausgeweidete Kadaver, verscharrt in der Erde.

Natalie!

Tränen waren über das Gesicht der Freundin geflossen. »Lass mich nicht allein, bitte.«

»Ich komme zurück«, hatte Anna geflüstert. »Ich hole Hilfe.«

Dann hatte sie die Chance zur Flucht genutzt. Angetrieben von nackter Panik. Natalies Fußketten hatte sie nicht lösen können. Sie war durch das winzige Fenster gekrochen, durch den Garten, hin zum Stacheldrahtzaun.

Ein Hupen riss Anna zurück in die Wirklichkeit.

Sie war nicht mehr im Keller, nicht im Garten, nicht auf dem Waldweg. Verwirrt blieb sie stehen.

Direkt vor ihr kam ein Auto mit quietschenden Reifen zum Stehen. Der Fahrer starrte sie mit weit aufgerissenen Augen an. Noch während sie seinen Blick erwiderte und versuchte, in ihre chaotischen Gedanken Ordnung zu bringen, riss er sein Smartphone in die Höhe und sprach hektisch hinein.

Die Zeit stand still.

Nein, das war nicht Harris.

»Hilfe.« Annas Stimme war nur ein Hauch.

Der Fremde öffnete die Tür und kam zu ihr geeilt. »Miss …« Er schluckte. »Der Rettungswagen ist auf dem Weg. Was ist mit Ihnen passiert?«

»Natalie«, flüsterte sie. »Er hat sie! Bitte, wir müssen ihr helfen!«

»Wer hat wen? Wo?«

Verwirrt sah Anna sich um. Wo? In ihrem Kopf drehte sich alles. »Ich weiß es nicht.« Sie sackte auf den Asphalt. »Ich weiß es nicht!« Eine Träne löste sich aus ihren Augen, rann heiß ihre Wange herab.

Die Welt versank in erlösende Schwärze.

1. KAPITEL

Drei Jahre später

Anna war wie jeden Tag eine der Ersten, die in der Redaktion eintrafen. Sie betrat ihr Büro, sank in den Schreibtischstuhl und streifte die High Heels von den Füßen. Müde dehnte sie ihre Beinmuskeln, die von der täglichen Laufrunde am Westufer des Michigansees brannten.

Sie liebte es, wenn die Morgendämmerung den Himmel und das Wasser rötlich einfärbte. Sie wohnte so nah an ihrer Joggingstrecke, dass sie nicht erst U-Bahn fahren musste, es konnte nahezu direkt vor ihrer Haustür losgehen.

Jeden Morgen war sie froh, dass der Tag die Nacht ablöste. Sie konnte sich für ein paar Stunden in die Arbeit stürzen, bis der nächste einsame Abend anbrach und die Erinnerungen und Schuldgefühle wie klebriger Teer an ihr hafteten.

Ihr Blick glitt aus dem Fenster, am gegenüberliegenden Wolkenkratzer vorbei bis zum Chicago River. Jetzt im Herbst waren überall rotgoldene Blätter in den Parks zu sehen. Die Stadt war wunderschön und gleichzeitig verdorben bis ins Mark. Jede Nacht gab es Hunderte neue Tatorte – geplatzte Drogendeals, Schießereien, Messerstechereien waren keine Seltenheit. Wie viele Menschen wohl heute innerhalb der Stadtgrenzen einen gewaltsamen Tod finden würden?

Mit einem Seufzen wandte sie sich ihrem Computerbildschirm zu und öffnete das Dokument, in dem alle Todesopfer festgehalten waren, die sie täglich aus den zugänglichen Quellen der Strafverfolgungsbehörden zusammentrug und auflistete. Gestern hatte sie drei Einträge hinzugefügt. Einem gerade veröffentlichten Polizeibericht konnte sie entnehmen, dass eine einunddreißigjährige Frau kurz nach Mitternacht von einer unbekannten Person durch mehrere Messerstiche lebensbedrohlich verletzt worden und nur wenige Stunden später im Christ Medical Center verstorben war. Sie war so alt wie Anna. Sobald die morgendliche Redaktionskonferenz hinter ihr lag, würde Anna recherchieren, wie weit die Polizei inzwischen mit den Ermittlungen vorangeschritten war. Als Investigativjournalistin, die regelmäßig mit Enthüllungsartikeln über Verbrechen, Korruption und Betrugsfälle auf sich aufmerksam machte, wollte sie mit ihren Artikeln dabei helfen, die Täter ausfindig zu machen.

Ihr blieb noch etwas Zeit, die Vermisstenanzeigen durchzugehen. Erfahrungsgemäß landeten ein Drittel der dort genannten Personen letztendlich in der Datenbank der Mordopfer. Den neuesten Eintragungen würde sie heute ebenfalls nachgehen. Sie notierte sich gerade die Adressen der verschwundenen Personen, als Zane ohne anzuklopfen zur Tür hereinwirbelte.

»Guten Morgen.« Er hielt ihren privaten Laptop in die Höhe.

Anna streckte die Hände aus. »Bitte sag mir, dass du ihn wieder hinbekommen hast.«

»Habe ich. Das BIOS ist auf dem neuesten Stand, die Updates sind eingespielt und die Viren entfernt.«

Sie nahm den Laptop entgegen. »Vielen Dank. Vielleicht kann ich mich irgendwann revanchieren.«

Zane setzte sich seitlich auf die Tischkante und strich sich die Stirnfransen aus den Augen. »Du hast doch gute Connections zum Chef. Wie wäre es, wenn du eine Gehaltserhöhung für mich klarmachst?«

»Wieso führst du ihm deine Unentbehrlichkeit nicht selbst vor Augen? Schick ihm ein Dokument mit Makros. Und wenn er es nicht öffnen kann, wirst du zum Retter in der Not.«

»Bisher hielt ich dich für ein braves Mädchen, aber du hast es faustdick hinter den Ohren.«

Sie schmunzelte, scheuchte ihn mit einer Handbewegung vom Tisch und widmete sich wieder ihrem Bildschirm.

»Sehen wir uns nachher in der Mittagspause?«, fragte Zane und schlenderte zur Tür.

»Mal schauen, wie ich vorankomme.« Sie sah ihm nach, bis er durch die Tür verschwunden war.

Gestern hatte sie nur kurz in der Redaktion vorbeigeschaut, um Zane ihren abgestürzten Laptop zu bringen. Danach war sie zu Recherchezwecken in der Stadt unterwegs gewesen, die gestrige Post lag noch immer ungeöffnet auf ihrem Schreibtisch. Anna nahm die Briefe zur Hand, sah sie durch und bemerkte, dass auf einem der

Umschläge der Absender fehlte. Sie warf die übrigen zurück auf den Tisch und betrachtete die mit einer sonderbar bräunlichen Farbe geschriebene Adresse mit dem Vermerk *Persönlich*. Die krakelige Schrift wirkte kindlich. Das Papier war fleckig und fühlte sich leicht klebrig an. Mit spitzen Fingern hob sie den Umschlag hoch und hielt ihn vor ihre Nase. Er roch nach ranzigem Fett.

Sie runzelte die Stirn, öffnete die Schreibtischschublade und ergriff den mit Messing überzogenen Brieföffner, der beim Aufschlitzen des Kuverts schwer in ihrer Hand lag. Zum Vorschein kam ein zerknittertes Stück Papier. Die Worte waren wie auf dem Umschlag nur schlecht lesbar. An manchen Stellen war der Patrone offenbar die Tinte ausgegangen, zwischen den Zeilen waren Flecken sichtbar. War das Kaffee? Als Anna zu lesen begann, kroch ihr ein kalter Schauer über den Rücken. Sie erstarrte und hielt unwillkürlich den Atem an.

ICH VERMISSE DAS GEFÜHL DEINER GLATTEN HAUT,
DEN GESCHMACK DEINES BLUTES,
DEN SCHABENDEN KLANG DES MESSERS,
WENN ICH DICH DAMIT STREICHLE.

ICH SEHE DICH. BALD SIEHST DU MICH AUCH.

Der Brief glitt aus Annas zitternden Fingern. Die Panik packte sie mit eisigen Krallen und ließ sie angestrengt nach Luft schnappen.

Ruckartig stand sie auf und begann, im Zimmer umherzugehen. Ihr Blick fiel immer wieder auf das Stück Papier, das unter ihren Schreibtisch gefallen war.

Konnte das möglich sein? War es Harris? Sie hoffte inständig, dass das Schreiben nur ein übler Scherz war. Ihr Fall war durch die Medien gegangen, und erst vor Kurzem hatte ein Fernsehsender, der in einer Dokureihe Profile von Mördern erstellte, wieder an Edward Harris erinnert. Vielleicht war irgendein kranker Typ dadurch auf die makabre Idee gekommen, ihr mit dem Brief einen Schreck einzujagen.

Harris war vor drei Jahren, direkt nach Natalies und ihrer Entführung, geflohen und seither nicht gefunden worden. Was, wenn er zurückgekehrt war? Aber warum jetzt? Wieso ging er dieses Risiko ein?

Ihre Gedanken fuhren Achterbahn.

Der Detective, der in ihrem Fall ermittelt hatte, war seit ein paar Monaten im Ruhestand, und zu den anderen Cops, die Teil der Ermittlungen gewesen waren, hatte sie keinen Bezug. Ihr fiel nur einer ein, der ihr jetzt helfen konnte. Nick. Er war FBI-Agent und arbeitete normalerweise in Washington, D.C., flog aber ständig für diverse Fälle quer durchs Land. Bei seiner Erfahrung konnte er vielleicht sofort Entwarnung geben. Der Brief stammte von einem Trittbrettfahrer, ganz bestimmt! Nick konnte das Kuvert im Labor auf Fingerabdrücke und DNA-Spuren untersuchen lassen, weshalb sie kurz entschlossen ihr Smartphone aus der Tasche zog und seine Nummer wählte.

»Anna?«, meldete er sich nach dem dritten Klingelzeichen zu Wort. »Ich muss gleich in eine Besprechung. Kann ich dich später zurückrufen?«

»Warte! Ich habe ein Problem.« Sie stockte.

»Was ist los?« Nun klang er besorgt.

Sie atmete tief durch und nestelte am Stoff ihres Businesskleides. »In der Redaktion ist ein Brief eingegangen.«

Er wartete einen Moment. »Ein Brief?«, fragte er nach, als sie nicht weitersprach.

»Ich glaube, er ist von ihm.«

Nick war einer der wenigen, der wusste, was damals geschehen war.

Sie sah zu ihrem Schreibtisch, unter dem das Schriftstück auf dem Boden lag. Mit den Zähnen fuhr sie sich über die Unterlippe und bückte sich langsam. Den Brief aufzuheben, kostete sie einige Überwindung.

Mit stockender Stimme las sie Nick die Worte vor. »Vielleicht ist es ja nur ein kranker Scherz«, flüsterte sie schließlich.

Sein Schweigen wog schwerer als alle Worte dieser Welt.

2. KAPITEL

Nick ging in seinem Büro auf und ab. »Beruhige dich, ich kümmere mich darum«, sagte er in sein Smartphone. »Schick mir ein Foto von dem Brief. Und steck ihn in eine Tüte. Nicht mehr berühren! Du solltest in der Redaktion bleiben, ich melde mich wieder.«

»Alles klar«, erwiderte sie.

Die Verbindung wurde beendet.

Mit einem Klacken landete sein Smartphone auf dem Schreibtisch. Während vor seinem Büro, das eher einem Schuhkarton als einem Arbeitszimmer glich, emsiger Betrieb herrschte, schien die Zeit hier drinnen stillzustehen. Nick erinnerte sich daran, wie nah Anna und er sich einst gestanden hatten. Händchenhalten in der Highschool, ihr erster Kuss auf einer Picknickdecke unter dem Sternenhimmel, gemeinsame Erlebnisse mit Freunden. Das war vor der Zeit gewesen, als sie beide ihre Karrieren begonnen hatten – Nick als Agent beim FBI in Washington, D.C., und Anna als Reporterin bei der *Chicago Tribune*. Erst vor einem halben Jahr hatten sie sich bei einer Geburtstagsfeier wiedergetroffen, und er hatte sofort gemerkt, wie verändert sie war und dass es ihr nicht gut ging. Anfänglich hatte sie auf seine Fragen ausweichend reagiert. Doch als sie in einem entspannten Moment das Halstuch abgenommen und er sie daraufhin auf die Narbe an ihrem Schlüsselbein angesprochen hatte, hatte sie ihm zögernd von ihrem Martyrium berichtet, und er hatte danach weitere Nachforschungen angestellt.

Die ganze Wahrheit hatte er erst in den Tiefen der FBI-Datenbanken ausgegraben. Ihre Entführung, die Folter, die Flucht. Mit seinen einunddreißig Jahren war er ausgebildeter Agent und bereits mehrfach mit ähnlichen Straftaten konfrontiert worden. Annas Fall ging ihm verständlicherweise jedoch besonders nah.

Noch heute fragte er sich, wie sie das alles überlebt hatte. Die Bilder in den Akten hatten ihm sämtliche grauenvollen Details enthüllt. Da war dieses Foto von Anna im Krankenhausbett gewesen. Ihr Körper bedeckt von blauen Flecken, Hämatomen und Schnittwunden. Ihr Anblick hatte ihn zutiefst erschüttert.

Nick lockerte den Knoten seiner Krawatte, zerrte sie sich über den Kopf und warf sie auf den Tisch.

Konnte es tatsächlich ihr ehemaliger Peiniger sein?

Ein Klopfen ließ ihn aufschrecken. »Du weißt schon, dass die Konferenz seit zehn Minuten läuft?« Mikes Grinsen entgleiste, als er Nick ansah. »Was ist denn mit dir los? Du siehst aus, als hättest du seit Tagen Kaffeeentzug.«

»Anna hat angerufen.« Nicks Gedanken rasten.

»Deine Reporter-Freundin?« Fahrig strich sich Mike durch sein struppiges rotes Haar.

»Sie hat einen anonymen Brief bekommen.« Nick schloss die Augen. »Diese Worte, diese Ausdrucksweise.

Gut möglich, dass sie es mit einem flüchtigen Psychopathen zu tun hat, der wiederaufgetaucht ist.«

Sein Smartphone vibrierte. Anna hatte Bilder des Briefes geschickt. Das erste Foto war eine Aufnahme, die das Kuvert zeigte. Das zweite den Brief selber. Die krakelige Schrift, das fleckige Papier … »Ich brauche Einsicht in Annas Akte. Sofort!«

Bei einem gemeinsamen Feierabendbier hatte Nick seinem Kollegen und Freund vor einiger Zeit angedeutet, was geschehen war.

»Die Akte ist bestimmt noch bei den ungelösten Fällen im Keller und nicht digitalisiert«, erwiderte Mike. »Du weißt doch, was für Berge da noch abgearbeitet werden müssen. Das dauert garantiert Jahre.«

Nick konnte ihm da nur zustimmen. Die komplette Digitalisierung und Zentralisierung der Verwaltung kostete nicht nur viel Geld und ein Umdenken bei allen Beteiligten, sondern auch Zeit. Wenn dann auch noch verschiedene Behörden involviert waren, die unterschiedliche Systeme verwendeten, herrschte schnell Chaos.

Mit zügigen Schritten verließ Nick sein Büro, durchquerte das geschäftige Großraumbüro und betrat das Treppenhaus. Seine Schuhsohlen klackten auf den Stufen zum Keller. Der damalige Ermittler war ein Detective der alten Schule gewesen, ein Gegner der Digitalisierung. Ein Teil der Informationen war dem Datenbankeintrag von Anna zugeordnet, ein anderer steckte in der braunen Kiste, die Nick vor einem halben Jahr schon einmal durchgesehen hatte.

Die Akten waren erst hierhergeschickt worden, nachdem die landesweite Fahndung begonnen hatte. Zuvor war die Polizei von Chicago allein zuständig gewesen.

Am Ende der Treppe versperrte eine Stahltür den Weg. Nick zog seine Keycard hervor und schob sie durch das Lesegerät. Es klickte, das Schloss entriegelte. Kalte Luft empfing ihn. Eine Klimaanlage sorgte für die optimale Raumtemperatur, um die Akten zu schützen. Der Speicherchip in der Türverriegelung registrierte jeden Besucher. Falls er etwas entnahm, musste er sich in die Liste eintragen, die neben der Tür auf einem Pult lag.

Der lang gezogene, fensterlose Raum war unterbrochen von schmalen Gängen, angefüllt mit Eisenregalen. In ihnen stapelten sich dicht an dicht Kartons. Das flackernde Neonlicht warf einen kalten Schein auf den Betonboden.

Im hinteren Teil führte eine Tür zu weiteren Räumen.

Die Indexierung war simpel. Jeder Karton verfügte über einen aufgeklebten Barcode, unter dem die Jahreszahl, der Tag des Ermittlungsbeginns und eine Fallnummer notiert waren. In ihnen verbargen sich jede Menge trauriger Schicksale. Die Mörder und Vergewaltiger dieser armen Seelen waren niemals gefasst worden. Möglicherweise trieben sie noch immer ihr Unwesen, vielleicht saßen sie auch für eine andere Tat in einer Zelle. Für die Angehörigen jedoch blieben die Taten ungesühnt.

Nick fand den gesuchten Karton und zog ihn heraus. Er legte den Deckel beiseite.

Die Akte lag obenauf. Eine schlichte Mappe, die so dick wie ein prall gefüllter Ordner war. Darunter fanden sich

Fotografien, das psychologische Profil von Annas Entführer Edward Harris und seine Korrespondenz. Die Beweisstücke lagen in der Asservatenkammer. Doch die Akte genügte.

Nick blätterte hastig durch die Protokolle und Dokumente, bis er die Stelle fand, die er gesucht hatte. Es war ein Brief, den Harris damals zurückgelassen hatte. Nick öffnete das Foto, das Anna ihm geschickt hatte, und hielt es neben den Brief.

Die gleiche unbeholfene kindliche Schrift, die gleichen Aussetzer, die fehlenden T-Striche … Man musste kein Grafologe sein, um zu erkennen, dass die Briefe von ein und demselben Verfasser stammten.

»Verdammt«, entfuhr es ihm.

Nick schob den Karton wieder ins Regal. Ohne Rücksprache konnte er den Fall nicht erneut öffnen, das musste erst von oben abgesegnet werden. Reine Formsache, wenn man bedachte, dass Anna als Reporterin ein potenzielles Opfer war, dessen Sicherheit höchste Priorität hatte. Wurde ein Pressevertreter bedroht, geriet die zuständige Polizeibehörde schnell unter Beschuss, wenn sie nicht alles in ihrer Macht Stehende getan hatte, um die Bedrohung abzuwenden und eine Straftat zu verhindern. Politisch betrachtet ein heißes Eisen.

Im Gehen wählte Nick die Nummer von Lynette. Die Stahltür hinter ihm fiel klickend ins Schloss.

»Guten Morgen«, erklang ihre Stimme aus dem Hörer. »Ein Anruf zu dieser Zeit kann nichts Gutes bedeuten.«

Normalerweise liebte er es, ein wenig Small Talk mit ihr zu halten. Lynette war fast dreißig Jahre älter als er, besaß einen messerscharfen Verstand und dazu noch einen ausgeprägten Sinn für Humor. Heute musste es jedoch schnell gehen. Innerlich hatte er längst in den Krisenmodus umgeschaltet. »Ich brauche dich in Chicago.«

Ihre Stimme nahm sofort einen professionellen Klang an. »Was ist passiert?«

»Edward Harris. Ein Stalker, der vor drei Jahren in Chicago zwei junge Frauen entführt hat. Jetzt scheint er zurückgekehrt zu sein.«

»Verstanden. Weiß die zuständige Polizeibehörde Bescheid?« Als Profilerin stellte Lynette nur die wichtigsten Fragen. Sie hatten bereits bei zahlreichen Fällen zusammengearbeitet.

»Bisher nicht«, gestand er. »Ich kläre das und fliege auch gleich los. In drei Stunden bin ich dort.«

»Falls du recht hast, müssen wir schnell handeln«, entgegnete Lynette. »Ich bin mit der Akte nicht vertraut. Ich muss mir das alles genauer anschauen. Aber wenn ein Bluthund Fährte gewittert hat, lässt er nicht mehr davon ab.«

»Du machst mir Mut.«

»Das ist mein Job. Ich schreibe gerade meinen Abschlussbericht in einem Dreifachmordfall.«

»Wo steckst du denn gerade?«

»Derzeit im schönen St. Louis. Ich stürze mich auf die Unterlagen, sobald ich eintreffe.«

»Ich kündige dich beim Chicago Police Department an und verschaffe dir Zugriff auf die Datenbank mit der Akte. Was wir hier an zusätzlichen Dingen haben, lasse ich per Kurier schicken.«

»Bin auf dem Weg.« Sie legte auf.

Als externe Psychologin mit dem Spezialgebiet Profiling benötigte Lynette einen temporären Zugang und alle notwendigen Freigaben.

Nick hastete nach oben, füllte in seinem Büro das entsprechende Formular aus und knallte es auf Mikes Tisch. »Kümmerst du dich darum?«

»Lynette? Klar, wird erledigt. Aber du erklärst das dem Chef.«

Was zu einer ewigen Diskussion führen würde, für die Nick keine Zeit hatte. Er tippte hastig eine E-Mail und ärgerte sich über die Bürokratie. Innerlich stellte er sich auf das Gebrüll seines Chefs ein, denn wenn Lynette und er nach Chicago flogen, war der Fall genau genommen schon am Rollen.

Nachdem Nick alles Notwendige in die Wege geleitet hatte, nahm er sein Jackett von der Stuhllehne und verließ das Büro. Draußen sprang er in seinen Dienstwagen. Der morgendliche Berufsverkehr war vorbei, mit größeren Staus war also nicht zu rechnen. Er fuhr auf direktem Weg zum Flughafen.

Der Check-in war für Nick Routine, so oft, wie er durch das Land jettete. Das Flugzeug startete pünktlich, und zwei Stunden später setzte es in Chicago auf.

Eine weitere halbe Stunde später lenkte er seinen Mietwagen auf den Highway und ließ seinen Blick an den vertrauten Häuserfassaden aus stuckverziertem Sand- oder Kalkstein entlanggleiten, die sich mit modernen Glaskomplexen abwechselten. Von Weitem lugten Dachterrassen zwischen den kerzengerade hochgezogenen Kästen hervor. Die Gehsteige waren hier sauber und frei von jedwedem Wurzeldurchbruch oder Riss. Straßenlaternen aus dunklem Metall mit verschnörkelten Ornamenten ragten in regelmäßigen Abständen in die Höhe.

Ganz in der Nähe war er aufgewachsen. Ein Gedanke, den er sofort verdrängte. Längst hatte er keinen Kontakt mehr zu seinen Eltern oder früheren Freunden.

Ein wütendes Hupen brachte ihn zurück in die Gegenwart. Vertieft in seine Gedanken, hatte er, ohne zu blinken, die Spur gewechselt. Er bog in die Michigan Avenue ein und fuhr kurze Zeit später in das Parkhaus des *Tribune Towers*.

Im Foyer ging Nick direkt zu den Aufzügen und wartete, bis sich die Türen mit einem hellen Glockenton öffneten. Die Redaktion befand sich im fünfundzwanzigsten Stockwerk des Wolkenkratzers. In jeder zweiten Etage hielt die verdammte Kabine, aber schließlich erreichte er sein Ziel. Nick betrat die Redaktionsräume der *Chicago Tribune*.

Die Empfangsdame begrüßte ihn mit dem typisch künstlichen Lächeln absoluter Professionalität.

»Nick Coleman.« Er zeigte seinen Ausweis. »Ich habe einen Termin bei Miss Jones.«

Manikürte Fingernägel flogen über die Tastatur, ihr Blick huschte die Zeilen auf dem Monitor entlang. »Gerne doch, Agent Coleman. Miss Jones hat sie schon angekündigt.« Sie reichte ihm einen Besucherausweis. »Bitte tragen Sie diesen sichtbar an ihrem Jackett. Er öffnet die Zugangstür, alle anderen jedoch nicht.«

Es war bereits vorgekommen, dass sich bewaffnete Attentäter Zutritt zu den Büros von Zeitungen verschafft hatten. Bleiche Körper, abgedeckt von Planen, und Nachrufe auf namhafte Journalisten waren das Ergebnis gewesen. Die Zeitungsredaktionen hatten deshalb ihre Sicherheitsvorkehrungen massiv verschärft. Schon im Aufzug gab es Überwachungskameras, ein Team aus Sicherheitskräften registrierte, wohin jemand fuhr, und gab die Information an den Empfang weiter. Die Türen waren aus Panzerglas, und ohne Keycard wäre Nick nicht in die Redaktionsräume gelangt.

So aber öffnete er die Tür und betrat das Großraumbüro. Sofort war er umgeben von Stimmengewirr, Tastaturenklackern und dem schrillen Klingeln von Telefonen.

An den Wänden hingen mehrere Fernsehmonitore, auf denen unterschiedliche Nachrichtensender liefen. Gerade war eine Frau zu sehen, die ein schreiendes Kind auf dem Arm trug. Offenbar war gestern in der Mittagshitze ein Ausflugsdampfer auf dem Michigansee havariert. Erst nach drei Stunden war es gelungen, das Schiff abzuschleppen. Die Mutter bot mit Tränen in den Augen einen herzzerreißenden Anblick. Vermutlich würde sie nach dem Interview direkt zum nächsten Anwaltsbüro hetzen, um die Schifffahrtsgesellschaft zu verklagen. Ihr schreiendes Kind blieb weiterhin unbeachtet. Nick seufzte, schüttelte den Kopf und setzte seinen Weg fort.

Er sah Anna bereits von Weitem. Sie saß in ihrem Büro, dessen Front vollständig verglast war. Ein unbedarfter Beobachter hätte ihr wohl nichts angesehen, ihn jedoch konnte sie nicht täuschen. Die Schatten unter den Augen deuteten auf ihr Schlafdefizit hin. Die fahrige Bewegung, mit der sie sich eine verirrte Strähne ihres schulterlangen braunen Haares hinters Ohr strich, der gehetzte Blick. Sie hatte Angst. Eine Angst, die seit drei Jahren von der Ungewissheit über den Verbleib von Edward Harris genährt worden war.

Bei ihrem Anblick fühlte er einen Stich. In einer einzigen Sekunde tauchten Bilder vor seinem geistigen Auge auf. Die gemeinsamen Stunden, die Nähe, ihr herzliches Lachen. Er trieb die Erinnerungen zurück, fokussierte sich auf das Hier und Jetzt.

Anna joggte allmorgendlich, das wusste Nick. Das taillierte Businesskleid betonte ihre schlanke Figur, und obgleich ihre Mimik die Machtlosigkeit der Situation widerspiegelte, lag darunter doch eine Stärke verborgen, die sie durchhalten ließ.

Sie bemerkte seinen Blick und sah auf. Kurz hellte sich ihr Gesicht auf, und sie lächelte ihn an. Er erwiderte das Lächeln und legte die kurze Distanz zu ihrem Büro zurück. Die Glastür stand offen.

»Hey.« Sie erhob sich, kam zögerlich näher. »Ich würde ja sagen, es ist schön, dich zu sehen, aber …«

»Hey.« Er umarmte sie kurz. »Schon klar.«

Als Nick spürte, dass Anna sich verkrampfte, löste er die Umarmung sofort.

»Hattest du einen guten Flug? Du warst schnell hier.«

»Die Verbindungen nach Chicago sind gut. Zeigst du mir den Brief?«

Sie öffnete die Schreibtischschublade und entnahm zwei Klarsichtbeutel. In einem steckte das Kuvert, in dem anderen das Blatt Papier mit der unheilvollen Nachricht.

»Hatte den Umschlag außer dir noch jemand in den Händen?«

Sie zuckte mit den Schultern. »Vermutlich ein oder zwei Mitarbeiter in der Poststelle hier im Gebäude. Und der Briefträger natürlich.«

Das Labor würde Freudensprünge machen. Aber immerhin betraf das lediglich das Kuvert. Der eigentliche Brief war nur von Anna berührt worden.

»Wenn die Nachricht von Harris stammt, dürfte es ihm ziemlich egal sein, ob er Fingerabdrücke hinterlassen hat«, sagte Nick nachdenklich, während sein Blick über die Zeilen glitt. »Ich habe das Schriftbild verglichen, und es scheint zu Harris zu passen. Wenn wir DNA-Rückstände finden, können wir seine Identität eindeutig zuordnen. In jedem Fall werden wir die Ermittlungen wiederaufnehmen.«

»Drei Jahre«, flüsterte Anna. »Drei verdammte Jahre ist dieser Mistkerl schon auf der Flucht.« Sie atmete tief durch und setzte sich wieder auf ihren Bürostuhl, während Nick am Besuchertisch Platz nahm.

»Nachdem Harris geflohen ist und in der Nähe eines Diners in Ohio gesehen wurde, haben sie eine landesweite Fahndung ausgerufen. Dadurch lag die Zuständigkeit für den Fall nicht länger beim Chicago Police Department, sondern beim FBI, weil eine Ländergrenze überschritten wurde. Die Akten sind zu uns gewandert.«

Anna rieb sich die müden Augen. »Ich habe selbst recherchiert, versucht, ihn zu finden. Tausend Spuren bin ich hinterhergejagt, aber alle führten ins Leere.«

»Dein Anwalt hat erfolgreich Einsicht in die Unterlagen erkämpft«, erwiderte er. »Ich kann es mir also vorstellen.«

»Ich konnte das nicht einfach auf sich beruhen lassen.« Anna schaute aus dem Fenster über die Skyline von Chicago. »Aber er war fort. Als hätte ihn jemand mit einem Fingerschnippen verschwinden lassen.«

»Eine unserer besten Psychologinnen ist bereits dabei, das Profil zu aktualisieren. Wenn Harris nach Chicago zurückgekommen ist, muss er Spuren hinterlassen haben. Die IT-Abteilung hat seine biometrischen Daten erfasst, wir werden sie an die anderen Dienststellen weiterleiten.« Er lächelte sanft.

»Ich sollte wohl besser meinen Vorrat an Pfefferspray auffüllen«, versuchte sich Anna an einem Witz.

»Ich kümmere mich heute noch um Personenschutz für dich. Bleib erst mal in der Redaktion, ich werde tagsüber einen Kollegen im Empfangsbereich positionieren, das bekomme ich durch. Das Sicherheitsnetz hier ist ziemlich gut, daher sehe ich da keine Bedenken. Vermutlich kann ich eine Woche heimischen Schutz herausschlagen.«

In Gedanken vertieft legte Nick die Tüte mit dem Brief beiseite und nahm jene mit dem Kuvert auf. Möglicherweise hatte Harris die Verschlussnaht angeleckt und der DNA-Abgleich mittels der Speichelrückstände war nur Formsache. Darüber hinaus …

Nicks Gedanken stockten.

»Was ist los?«, fragte Anna. Vermutlich sah sie ihm sein Unbehagen an.

Sie hatte es nicht bemerkt, was wohl an dem Schock lag, den der Brief ausgelöst hatte.

»Verdammt«, flüsterte er.

»Nick, sag mir sofort, was los ist.«

Er hätte es ihr gerne verheimlicht, doch das war sinnlos. Was jetzt kam, würde jeden hier im Büro aufschrecken. »Die Briefmarke fehlt.«

Anna trat neben ihn und blickte geschockt auf das Kuvert. Sie hatte dieses Detail gar nicht bemerkt.

»Der Brief muss persönlich abgegeben worden sein. Entweder durch einen bezahlten Boten oder …«

»Harris war hier«, vollendete Anna den Satz.

Ihre Worte hallten in der einsetzenden Stille wider.

3. KAPITEL

Anna saß auf ihrem Schreibtischstuhl und beobachtete Nick.

»Es besteht akute Gefahr.« Nick lief unruhig auf und ab, wobei er mit einem Detective des Chicago Police Department telefonierte. »Personenschutz ist unumgänglich, und wir brauchen ihn sofort.«

Während er seinem Gesprächspartner lauschte, sah er immer wieder in ihre Richtung. Deshalb bemühte sie sich, ihre Panik so gut wie möglich vor ihm zu verbergen.

»Vergessen Sie nicht, dass es sich bei Anna Jones um eine angesehene Journalistin handelt«, brach es aus Nick heraus. Sein barscher Tonfall irritierte und beeindruckte Anna gleichermaßen. »Und schicken Sie einen Deputy, er muss ein Beweisstück abholen und umgehend ins Labor bringen. Geben Sie dort Bescheid, dass der Brief oberste Priorität hat.«

Nick war ein Mann, der sich durchzusetzen wusste und der allein durch sein Erscheinungsbild einschüchternd wirkte. Er war überdurchschnittlich groß, und die breiten Schultern ließen auf den regelmäßigen Besuch eines Fitnessstudios schließen. Und dann war da noch sein durchdringender Blick, der jetzt allerdings einem aufmunternden für Anna wich, bevor er fortfuhr.

»Ich komme zu Ihnen aufs Revier, sobald ich hier fertig bin. Danke!« Er beendete den Anruf und atmete geräuschvoll aus.

Anna rieb mit ihren feuchten Händen über das graue Kleid und stand auf. »Wie geht es jetzt weiter?«

Er kratzte sich am Kopf und brachte sein widerspenstiges braunes Haar noch mehr durcheinander. »In der Redaktion wird ein Officer im Empfangsbereich positioniert, und deine Wohnung werden zwei zusätzliche Wachmänner im Auge behalten.«

Abermals tippte er eine Nummer ein und nahm das Smartphone ans Ohr. »Hey, Mike. Hast du schon Rückmeldung vom Chef?« Er hörte zu und kappte schließlich ohne ein weiteres Wort die Verbindung.

»Mein Chef will, dass ich bei ihm vorstellig werde und mich dafür rechtfertige, warum ich die Ermittlungen ohne seine schriftliche Genehmigung wieder aufgenommen habe. Als hätte ich gerade nichts Besseres zu tun. Typischer Bürokrat.«

»Bekommst du jetzt Ärger?«, hakte Anna nach.

Nick seufzte und tat die Frage mit einem Schulterzucken ab. »An wen kann ich mich wenden, um die Aufnahmen der Überwachungskameras des Gebäudes einsehen zu können?« Er schob den eingetüteten Brief in die Innentasche seines Jacketts und wandte sich zum Gehen.

Anna eilte ihm nach. »Keine Ahnung. Aber Zane Newton, mein IT-Kollege, kann uns da sicherlich weiterhelfen.«

Sie wies ihm den Weg zur IT-Abteilung und betrat vor ihm Zanes Büro.

»Hältst du es keine halbe Stunde ohne mich aus? Bis zur Mittagspause dauert es noch«, sagte Zane, als er von seinem Bildschirm aufsah und sie angrinste.

»Wir brauchen deine Hilfe, Zane. Weißt du, wo wir die Überwachungsaufnahmen der Redaktion finden können?«

»Besser noch vom gesamten Gebäude«, meinte Nick. »Agent Coleman, FBI«, stellte er sich vor und zückte seine Dienstmarke. »Anna hat einen Brief erhalten, in dem sie bedroht wird. Deshalb benötigen wir die Videos.«

Zane sah von ihm zu ihr. »Bedroht?« Er strich sich die blonden Stirnfransen aus den Augen. »Inwiefern?«

»Darüber darf ich Ihnen keine Auskunft geben«, antwortete Nick, bevor Anna es tun konnte.

»Der Serverraum befindet sich im Erdgeschoss«, sagte Zane nach kurzem Zögern. »Ich kann mich von hier aus einloggen. Dann geht es schneller, und Sie können sich den Weg sparen.«

»Ist das ein offizieller Log-in, inklusive Zeitstempel und Protokollierung?«, erkundigte sich Nick, während Zane die Finger bereits auf der Tastatur hatte.

Er hielt inne. »Äh, nein. Brauchen Sie die?«

»Ich fürchte, ja. Wir benötigen die Daten vom Quellserver mit einem offiziellen Log-in. Sonst erkennt das Gericht die Aufzeichnungen nicht als Beweismittel an.«

Zane seufzte. »Warum einfach, wenn es auch umständlich geht?« Er stand auf, drängte sich an Anna und Nick vorbei und ging voran. »Immer mir nach.«

Als sie die Redaktionsräume verließen, Zane seine Keycard durch das Lesegerät der Panzerglastür zog und sie am Empfangstresen vorbeikamen, sah Anna sich hektisch um. Bis hierher konnte Harris gelangt sein, um den Brief für sie abzugeben. Sie spürte, wie ihr eine Gänsehaut in den Nacken kroch. Anna fröstelte. Ohne dass sie es geahnt hatte, war er ihr beängstigend nah gewesen. Womöglich hatte er aber auch bloß einen Boten geschickt, versuchte sie sich zu beruhigen. Es war wichtig, einen kühlen Kopf zu bewahren. Doch der Hinweis aus dem Brief, dass er sie sah und sie ihn ebenfalls bald zu Gesicht bekommen würde, machte ihr zu schaffen. Die Angst vor ihm hatte sie die letzten Jahre unterschwellig begleitet. Nun brach sie wieder an die Oberfläche, und Anna musste aufpassen, sich nicht von ihr beherrschen zu lassen.

Zu dritt betraten sie den Fahrstuhl. Instinktiv suchte Anna mit ihrem Blick nach der verborgenen Überwachungskamera. Ihre Anspannung nahm weiter zu. Einzig Nicks Anwesenheit beruhigte sie ein wenig.

»Erzählst du mir, was los ist?«, fragte Zane. Er lehnte mit dem Rücken an der Kabinenwand und musterte sie.

Was sollte sie ihm bloß sagen? Durfte sie ihm überhaupt etwas sagen? Er wusste, dass sie einst Opfer eines Gewaltverbrechens gewesen war, aber Genaueres hatte sie ihm nie erzählt. Zane war für sie nicht nur ein Arbeitskollege, sondern auch ein guter Freund. Sie verbrachten die Mittagspausen gemeinsam und trafen sich auch mal in ihrer Freizeit in einem Café oder im Kino. Da er schwul war, ging von ihm nie die Gefahr einer körperlichen Annäherung aus, und die Leichtigkeit, mit der sie miteinander umgingen, hatte ihr immer gutgetan. Zudem war er gut zehn

Jahre jünger als sie und kam ihr manchmal wie ihr kleiner Bruder vor. Wenn er von ihrem Martyrium wüsste, würde er sie vielleicht anders behandeln, sie mit mitleidigen Blicken ansehen. Sie war froh, dass er es *nicht* wusste, denn wenn sie eins nicht wollte, dann Mitleid.

»Es ist wohl ein Stalker«, erwiderte sie schließlich zögernd.

»Das ist eine Sonderfahrt«, sagte Nick, als der Fahrstuhl stoppte und Fahrgäste zusteigen wollten. Er hielt die Leute mit ausgestreckter Hand zurück, bis sich die Tür wieder schloss. Gedämpft drang lautstarkes Schimpfen der Zurückgewiesenen in die Kabine.

Anna spürte nach wie vor Zanes Blick. Er war zu schlau, um nicht zu merken, dass sie ihm etwas verschwieg. Umso dankbarer war sie, dass er nicht weiter nachhakte.

Im Erdgeschoss angekommen ging er wieder voraus. Nick berührte Anna sanft am Oberarm und hielt sie dadurch nah an seiner Seite. Immer wieder sah er sich um, sondierte das Terrain genauestens.

Sie durchquerten das Foyer und steuerten auf den Empfangstresen zu, hinter dem zwei Männer in der blauen Uniform des Sicherheitsdienstes saßen.

»Hi, Bob«, begrüßte Zane den Glatzköpfigen. »Wir müssten mal in euren Serverraum.«

Bob lachte und strich über seinen ausladenden Bauch. »Klar. Und ich müsste mal zu dir nach Hause, um mir ein Bad einzulassen.«

Zane blies sich eine Haarsträhne aus den Augen. »Für deine blöden Sprüche habe ich keine Zeit. Das hier ist

Agent Coleman vom FBI. Er braucht Zugang zu den Aufzeichnungen der Überwachungskameras.«

Bob sah zu Nick, der ihm nun seine Marke vor die Nase hielt. »So einfach ist das nicht«, ließ er ihn wissen. »Ich darf Ihnen das Videomaterial nur mit schriftlicher Genehmigung aushändigen.«

»Die Herausgabe ist beantragt«, entgegnete Nick. »Vorerst reicht es, wenn sie mich mal einen Blick darauf werfen lassen.«

Bob sah verunsichert zu seinem Kollegen, der nur unbeteiligt mit den Schultern zuckte.

»Komm schon«, sagte Zane. »Ich habe sowieso noch etwas gut bei dir. Ansonsten kannst du dich zukünftig allein um deine Probleme mit der Alarmanlage kümmern.«

Der Wachmann erhob sich schwerfällig. »Du machst mich fertig, Junge.«

Zane grinste und ging neben ihm her, Anna und Nick folgten ihnen.

Vor einer Stahltür blieb Bob stehen, steckte den Schlüssel ins Schloss und öffnete sie.

Sie betraten einen klimatisierten, fensterlosen Raum, und Bob nickte den zwei Kollegen, die an einem langen Pult vor allerlei Monitoren und Computern saßen, zu. »Der Agent hier ist vom FBI und muss an die gestrigen Aufnahmen«, informierte er sie, woraufhin Nick abermals seine Marke in die Höhe hielt.

»Hatte einer von Ihnen gestern zufällig Dienst und wenn ja, ist Ihnen dabei etwas Ungewöhnliches aufgefallen?«, fragte er an die beiden Männer gewandt.

Beide schüttelten den Kopf.

»Könnten Sie mir die Namen der Kollegen aufschreiben, die Dienst hatten?«

»Das erledige ich«, erwiderte Bob.

»Wo ist die Poststelle?«, erkundigte sich Nick.

»Die Briefe landen in den Postfächern an der Wand neben dem Eingang. Pakete werden am Empfangstresen abgegeben. Die Mitarbeiter der hier ansässigen Firmen kommen dann und holen alles ab.«

Nick sah zu Zane. »Ich brauche eine Liste von den im Gebäude befindlichen Unternehmen.«

»Können Sie haben.« Zane hatte bereits an einem der freien Arbeitsplätze an dem langen Pult Platz genommen. »Kann ich den Computer nutzen?«, fragte er mit Blick auf Bob, holte ihn zeitgleich aber schon aus dem Schlafmodus.

Bob nickte und wandte sich an Nick. »Welche Kameras und welchen Zeitabschnitt sollen wir aufrufen?«

»Wir konzentrieren uns zuerst auf die Eingangstüren und den Empfangstresen gestern Morgen.« Nick griff zu seinem Smartphone, tippte mehrmals auf das Display und legte es vor Zane ab. »Können Sie gezielt nach einem bestimmten Gesicht suchen?«

»Wenn ich es mir auf mein Smartphone schicken darf, geht es ganz schnell«, erwiderte dieser. Ohne eine Antwort abzuwarten, griff er sich das Gerät, gab seine Nummer ein und drückte auf Senden. Es war eine seiner Eigenheiten, dass er etwas fragte, im selben Moment aber schon handelte.

Nick musterte ihn aus zusammengekniffenen Augen. Gerade als er sein Smartphone in die Tasche seines Jacketts stecken wollte, erwachte es zum Leben. Der laute Klingelton ließ Anna unwillkürlich zusammenzucken.

»Coleman«, meldete sich Nick zu Wort und lauschte. »Ich habe den Umschlag bei mir und komme zu Ihnen.« Er beendete das Telefonat und ging zur Tür. »Bin gleich wieder da. Ein Bote vom Chicago Police Department steht am Empfang. Er bringt den Brief ins Labor.«

Anna sah ihm nach, wollte etwas sagen, aber da fiel die Tür bereits ins Schloss.

Zane überspielte das Foto von Nicks Smartphone auf den Computer und sah es sich im Vollbildmodus an. »Moment mal. Den Typ habe ich doch schon mal im Fernsehen gesehen. Ist das nicht …?« Er stockte.

Als Anna das Foto ihres alten Peinigers erblickte, erstarrte sie. Harris hatte bei der Aufnahme direkt in die Kamera geblickt und schien ihr nun in die Augen zu schauen. Anna kannte das Foto aus seiner Akte. Es zeigte einen Mann Anfang dreißig mit bereits schütterem Haar und eng stehenden Augen, dessen verhaltenes Lächeln schüchtern wirkte, als könnte er keiner Fliege etwas zuleide tun. Was für ein grausamer Irrtum!

Anna spürte das Pulsieren ihrer Halsschlagader. Ihr Herzschlag rauschte in den Ohren, sodass sie Zanes Stimme nur noch gedämpft wahrnahm. Er sagte etwas, doch sie konnte ihm nichts erwidern. Zu sehr hatte Harris' Foto sie in den Bann gezogen. Sie bildete sich plötzlich ein, seinen Schweiß und ihr eigenes Blut zu riechen. Sie meinte, den Klang seiner Stimme zu hören, die ihren Namen flüsterte. Ihr Körper begann zu zittern. Während sie mit aufgerissenen Augen weiter auf das Foto starrte, verformte sich Harris' Gesicht in ihrem Geist zu einer gehässig grinsenden Fratze.

»Anna.«

Nick trat zu ihr, umfasste ihre Oberarme und riss sie sanft aus ihrer Trance. Sie hatte nicht mitbekommen, dass er wieder ins Zimmer gekommen war. Zane stand ebenfalls neben ihr und berührte sie an der Schulter – strich dabei unwissentlich über die Narbe –, eine Berührung, die sie bis ins Mark spürte.

Anna wich hastig zurück, stolperte. »Ich muss zur Toilette«, brachte sie gepresst hervor, darum bemüht, die aufkommende Übelkeit im Zaum zu halten.

Bob deutete stirnrunzelnd mit dem Finger zu einer angrenzenden Tür, zu der Nick sie schweigend begleitete. Erst als er sich versichert hatte, dass der Sanitärraum nur von diesem Zimmer aus begehbar war, ließ er sie allein und schloss die Tür hinter ihr. Anna schaffte es in letzter Sekunde zur Toilette und erbrach sich.

Ihre Leidensgeschichte lag drei Jahre zurück. Doch nun war Harris keine Vergangenheit mehr, sondern Gegenwart. Allein sein Foto zu sehen und zu mutmaßen, dass er zurück war, machte sie wieder zum Opfer.

Sie war ihm entkommen, fragte sich jedoch gelegentlich, ob sie nicht besser hätte sterben sollen. Erlöst von der Erinnerung, dem Wissen, der Schuld. Harris hatte es auf sie allein abgesehen, hatte ihr schon wochenlang unbemerkt nachgestellt. Natalie war einfach nur zur falschen Zeit am falschen Ort gewesen.

Anna strich sich das Haar hinter die Ohren, atmete tief durch und schloss die Augen. Die Dunkelheit und Kälte, der modrige Geruch, die grauen, teils gerissenen Fliesen. Jede Nacht sah sie den Keller in ihren Träumen. Spürte wieder die löchrige Matratze, auf der Natalie und sie gelegen hatten, angekettet an den Füßen und gefesselt an den Händen.

Sie spuckte ein letztes Mal aus, erhob sich und lief zum Waschbecken, um sich den bitteren Geschmack aus dem Mund zu spülen. Ihr Spiegelbild sah erbärmlich aus. Ihre Haut war blass, die Augenringe deutlich erkennbar. Der müde Ausdruck in den tränenverhangenen grünen Augen machte den Anblick nicht besser.

»Reiß dich zusammen«, sagte sie zu sich selbst. Sie benetzte ihre Wangen mit kaltem Wasser, tupfte die verschmierte Wimperntusche mit einem Papiertuch von der Haut und kämmte mit den Fingern durch ihre Haare. Wenn schon nicht für sich, dann musste sie wenigstens für Natalie stark sein. Das war sie ihr verdammt noch mal schuldig. Harris gehörte hinter Gitter. Wenn er wirklich ihretwegen zurückgekehrt war, kam es jetzt auf sie an.

Und sie würde bis zum letzten Atemzug dafür kämpfen, dass der Mistkerl endlich gefasst wurde und seine verdiente Strafe erhielt.

Es klopfte sacht an der Tür. Sie atmete tief durch, straffte die Schultern und griff nach der Klinke.

»Alles gut bei dir?«, fragte Zane, der so dicht vor der Tür stand, dass sie sich an ihm vorbeiquetschen musste.

»Ja, mir geht's besser. Ich habe wahrscheinlich etwas Verdorbenes gegessen.«

Er folgte ihr wieder in den Überwachungsraum. »Hör auf, mich zum Narren zu halten, und sag mir endlich, was hier gespielt wird. Schluss mit den vagen Andeutungen!«

»Stoppen Sie das Video«, sagte Nick in dem Moment, als sie neben ihm auf dem freien Stuhl Platz nahm. »Können Sie näher heranzoomen?«

»Dann wird es noch unschärfer«, antwortete Bob.

Nick sah zu Zane, der neben Anna und ihm stand, die Hände in die Hüften stemmte und besorgt auf sie herabsah.

»Mach mal Platz«, forderte er Bob auf, schob diesen auf dem Stuhl zur Seite und gab im Stehen ein paar schnelle Befehle auf der Tastatur ein. Die Aufnahme auf dem Bildschirm zoomte heran, war aber grob verpixelt. Daraufhin drehte Zane an ein paar Reglern, und das Bild nahm langsam wieder Konturen an.

Anna kniff die Augen zusammen, um die Gestalt klarer erkennen zu können. »Wer trägt denn bei der Hitze, die gerade herrscht, einen Mantel?«, stieß sie aus.

»Das ist kein Mantel, sondern ein Regencape«, sagte Nick so leise, dass sie ihn kaum verstand. Er stützte die Unterarme auf den Tisch und kam dem Bildschirm so nah, dass er ihn beinahe mit der Nasenspitze berührte.

»Gestern hat es geregnet«, bemerkte einer von Bobs Kollegen.

»Geschickt ausgewählt. Man kann nicht viel von ihm erkennen«, schaltete Zane sich ein.

Nick stand auf und stemmte die Hände auf den Tisch. »Größe und Statur würden zu Harris passen.«

»Ich versuche es mal mit einer der anderen Kameras«, sagte Zane und haute in die Tasten. Doch keine der Aufnahmen hatte das Gesicht der Person eingefangen.

»Der Dreckskerl weiß, was er tut«, knurrte Nick.

Zane lehnte sich zurück. »Durch die Kapuze liegt sein Gesicht vollständig im Schatten. Die Technik kommt hier an ihre Grenzen. Ich kann es nicht kenntlicher machen.«

Auf dem Monitor lief die Szene weiter. Der Unbekannte trat an die Postfächer und schob ein Kuvert in einen Schlitz.

Nick rieb sich über den Dreitagebart, hielt das Video erneut an und wandte sich Anna zu. »Kannst du sagen, welches Fach zur Redaktion gehört?«

Sie betrachtete das Standbild eingehend. Doch die Vielzahl aller Firmenbriefkästen befand sich über- und nebeneinander an einer langen Wand. »Wir holen die Post nie selbst. Ich weiß nicht, welcher unserer ist.«

»Ich kann es auch nicht sagen.« Zane hob die Schultern. »Aber das lässt sich herausfinden.« Er stand auf und tippte mit dem Finger auf den Bildschirm, um die Reihen der Postfächer zu zählen.

Nick notierte sich die Zeitspanne, in der der Mann im Regencape von den Kameras erfasst wurde. »Ich brauche die Namen der Sicherheitsmänner, die gestern Morgen am Empfangstresen saßen. Es ist kurz vor sechs Uhr, als Mister Regencape den *Tribune Tower* betritt. Da kann noch nicht allzu viel los gewesen sein.«

Anna holte tief Luft. »Ich komme immer pünktlich sechs Uhr im Büro an.«

Alle Köpfe drehten sich in ihre Richtung.

»Suchen Sie Anna auf den Überwachungsvideos«, wies Nick Zane an und unterbrach damit die kurzzeitige Stille.

Sofort machte Zane sich ans Werk, und es dauerte nicht lange, bis er »Hab sie« rief.

Alle starrten auf den Bildschirm, wo Anna dabei zu sehen war, wie sie den Tower betrat. Gestern hatte sie ihren cremefarbenen Hosenanzug getragen, hatte einen Ordner unter den Arm geklemmt und suchte beim Gehen in ihrer Tasche nach der Keycard. Zane verfolgte sie über verschiedene Kameras bis zum Aufzug, wobei der Mann im Regencape beruhigenderweise nirgendwo zu sehen war. Als die Anna auf dem Bildschirm im Fahrstuhl verschwand, stieß die Anna vor dem Monitor erleichtert die Luft aus, die sie bis dahin unbewusst angehalten hatte.

Im nächsten Moment entfuhr ihr jedoch ein dumpfes Keuchen. Die Fahrstuhltüren schlossen sich hinter ihr, und in dem polierten Metall spiegelte sich die Gestalt eines Mannes, der ein Regencape trug.

4. KAPITEL

Nick lenkte den SUV in Richtung des Hauptquartiers des Chicago Police Departments. Er hatte kaum einen Blick für die vorbeifahrenden und kreuzenden Autos, die Glasfassaden, das vertraute Antlitz seiner Heimatstadt. Einzig die schreckgeweiteten Augen von Anna, ihr verkrampfter Körper, das leicht verschwommene Spiegelbild in den Aufzugtüren, all das spulte sich während der Autofahrt zum Polizeirevier in Nicks Gedanken in Endlosschleife ab. Nick war sicher, dass es sich um Harris handelte, auch wenn er es noch nicht beweisen konnte. Mit etwas Glück waren die Indizien allerdings ausreichend, seinen Chef zur Wiederaufnahme des Falls zu bewegen.

Anna war in der Redaktion zurückgeblieben und hatte ihm das Versprechen abgenommen, sie auf dem Laufenden zu halten.

Im Empfangsbereich des Reviers begrüßte ihn ein junger Deputy mit schwarzem Haar, gab ihm seine temporäre Keycard und brachte ihn in einen kleinen Raum mit Schreibtisch und Computer, den er als Büro nutzen konnte. Noch während der Rechner hochfuhr, erkundigte sich Nick bei Deputy Clarence nach dem aktuellen Stand der Untersuchung.

»Die Kollegen vom Labor arbeiten auf Hochtouren«, verkündete dieser. »Die Auswertung des Briefes dürfte in ein bis zwei Stunden erledigt sein.« Er deutete ans Ende des Ganges. »Miss McKenzie sitzt im Archiv. Ein Bote hat einen ganzen Stapel Unterlagen aus Washington gebracht.« Er wandte sich schon zum Gehen, als ihm noch etwas einfiel. »Ach ja, der Captain möchte Sie sprechen.«

»Danke.« Nachdem der Deputy gegangen war, stand Nick auf und eilte den Gang entlang bis zur letzten Tür. Er klopfte, wartete kurz und betrat den Raum.

Das Büro war winzig und offensichtlich externen Helfern vorbehalten, die hier nur vorübergehend arbeiten mussten. Das Schild mit der Aufschrift *Denkfabrik*, das neben der Tür stand, war im Hinblick auf die Enge und karge Ausstattung des Raumes eindeutig ironisch zu verstehen. Mit Sicherheit freute sich jeder, wenn er das Büro wieder verlassen konnte.

Sofort stieg Nick der muffige Geruch alter Akten in die Nase. Die Schränke, die jede freie Stelle der linken Wand bedeckten, waren voll damit. Durch das gegenüberliegende Fenster fiel das Licht auf den schmalen Schreibtisch, der direkt darunter stand und an dem Lynette saß.

Sie trug eine Jeans und eine locker geschnittene schwarze Bluse, die ihrer molligen Figur schmeichelte. Bei seinem Eintreten nahm sie die Lesebrille ab, warf diese auf den ausgebreiteten Stapel mit den Ermittlungsunterlagen und erhob sich lächelnd.

Nick deutete auf die Akten. »Wer war schneller, der Bote oder du?«

»Ich«, sagte sie. »Aber nur mit ein paar Minuten Vorsprung. Ich nehme an, dass hier in Kürze Hektik ausbricht. Bisher weiß auf dem Revier noch niemand von der Sache.«

Er bestätigte ihre Vermutung mit einem Nicken. »Wie kommst du voran?«

Lynette lehnte sich an den Schreibtisch und nahm die Lesebrille wieder auf. Aus ihrer Hochsteckfrisur hatten sich kupferfarbene Strähnen gelöst und umrahmten ihr Gesicht. »Hängt davon ab, wie du ›vorankommen‹ definierst. Du kennst das Spiel, Nick. Ich habe mir einen ersten Überblick verschafft und mich in den Fall eingelesen. Gibt es bei dir schon was Neues?«

Er hielt ihr sein Smartphone vor die Nase, zeigte ihr die Fotografien des Briefes und das Bild von dem Mann im Regencape, das er vom Überwachungsmonitor abfotografiert hatte.

»In diesem Augenblick ziehen die Techniker eine Kopie des Videos«, ließ Nick sie wissen. »Der USB-Stick wird dann in einer versiegelten Box zu uns gebracht. Lückenlose Beweiskette.«

So war das Prozedere. Gab es irgendwo in der Beweisführung einen offenen Punkt oder eine Schwachstelle, schlugen die gegnerischen Anwälte im Falle eines Gerichtsprozesses gnadenlos in diese Kerbe. Dann wurde das entscheidende Beweisstück womöglich nicht zugelassen, was schon so manchem Verbrecher zu einem Freispruch verholfen hatte. Nick hatte sich geschworen, dass ihm so ein Fehler niemals unterlaufen würde.

Lynette musterte das Foto eingehend, nahm dann

eine Mappe von ihrem Schreibtisch und blätterte durch die Seiten. »Folgendes kann ich dir zum Profil von Edward Harris bereits mit Sicherheit sagen: Er hat massive Minderwertigkeitskomplexe. Laut seiner Akte wurde er von der Mutter alleine aufgezogen, nachdem der alkoholkranke Vater die Familie verlassen hat. Als junger Erwachsener lebte er zurückgezogen. Er war unscheinbar, vollkommen unauffällig, wurde von jedem übersehen. Mit dreißig nahm er schließlich die Putzstelle am Columbia College an. Dort kam es zu dem fatalen Zusammentreffen mit Anna. Den Rest kennst du.«

Nick atmete tief durch. »Er war drei Jahre komplett von der Bildfläche verschwunden! Der Haftbefehl gegen ihn ist noch aktiv, das FBI und sogar Interpol fahnden nach ihm. Wie hat er das gemacht?«

»Das herauszufinden, ist eure Aufgabe, nicht meine. Aber ich würde vermuten, er hat einfach sein unauffälliges Leben weitergeführt. Ein nichtssagender Typ, den niemand beachtet. Er hat früh gelernt, in der Menge zu verschwinden.« Gedankenverloren tippte Lynette mit dem Bügel der Lesebrille gegen ihre Lippen. »Aber Obsessionen verschwinden nicht ohne professionelle Hilfe. Der Drang, zurückzukehren, muss immens gewesen sein, und jetzt hat er ihm nachgegeben. Er will Anna.«

»Grundgütiger.« Nick schloss die Augen.

»Ich kann nur analysieren und Vermutungen anstellen, das weißt du«, sagte Lynette sanft. »Die Hürden für Harris sind höher geworden, dadurch wird er sein Verhalten anpassen müssen. Aber mit Sicherheit will er Anna nicht nur beobachten und in ihrer Nähe sein. Er will sie erneut besitzen, sie brechen, ihr gesamtes Leben einnehmen. Hat sie einen Freund?«

»Nicht dass ich wüsste.«

»Frag sie«, forderte Lynette ihn auf. »Falls es jemanden gibt, befindet er sich in äußerster Gefahr. Harris mag mit Anna Katz und Maus spielen, aber wenn ein anderer Mann ihr zu nahe kommt, wird das sofort gewalttätige Folgen haben.«

Nick konnte sich kaum vorstellen, dass Anna in den letzten drei Jahren irgendjemanden näher an sich herangelassen hatte. Sie hatte eine Mauer aus Professionalität errichtet, hinter der sie agierte, kämpfte, ihr Leben lebte. Körperliche Nähe ließen Opfer eines solchen Verbrechens oft lange Zeit nicht zu.

»Soll ich mal mit ihr reden?«, bot Lynette an.

»Nein!« Nick hob die Hand. »Entschuldige, das sollte nicht so patzig rüberkommen. Wir sind für Harris zuständig, nicht für Annas Privatleben. Ich frage sie im Zuge der Ermittlungen, ob es jemanden gibt, den wir schützen müssen.«

»In Ordnung.« Lynettes Blick veränderte sich. Sie musterte Nick von oben bis unten. »Und wie steht es mit dir?«

»Mir?«

»Ich kenne deine Personalakte, mein Lieber. Nicht umsonst arbeite ich so oft für euren Laden, ich habe eine Freigabe. Du bist eine Art Bluthund, wenn auch der guten Sorte. Außerdem hat Mike mir verraten, dass du mal was mit Anna hattest. Harris ist für dich etwas Persönliches, hab ich recht?«

»Anna und ich, das ist ewig her. Wir waren Teenager. Unsere Verbindung hat nichts mit diesem Fall zu tun.«

Sie schenkte ihm ihr berühmtes Sprich-weiter-ich-höre-Lächeln.

»Du hast die Bilder gesehen.« Nick deutete mit dem Kinn auf die Akten. »Was er den Frauen angetan, wie er sie zugerichtet hat. Ich muss ihn kriegen.«

»Nick«, sagte Lynette mit sanfter Stimme, und er konnte sich bereits denken, was jetzt kam. »Du wärst nicht der erste Agent, der eine Ermittlung so nah an sich heranlässt, dass er dadurch kaputtgeht. Du kennst die Regeln. Es ist eine Akte, ein Fall. Rational betrachten, lösen, den Täter schnappen, und den Rest erledigt die Staatsanwaltschaft.«

»Und du weißt, dass ich keine Maschine bin.«

»Dein analytisches Denken macht dich zu einem guten Agenten, aber deine Emotionen bringen dich in Gefahr.«

»Das ist mir alles bewusst. Mach dir keine Sorgen.«

Lynette seufzte. Fürs Erste schien das Thema damit für sie abgehakt zu sein. »Was sagt Noriss? Dein geliebter Chef hat doch bestimmt eine ganz eigene Meinung zu dem Fall? Hat er das notwendige Budget lockergemacht?«

»Ich zögere das Gespräch noch hinaus, bis die Ergebnisse des Labors vorliegen«, erklärte Nick. »Mehr Munition für die Diskussion.«

»Meinst du, er wird sich querstellen?«

»Wir werden sehen.«

Bis jetzt war Noriss hauptsächlich wütend, weil Nick ihn übergangen hatte. Mit den hoffentlich bald vorliegenden Beweisen würde er sich nicht gegen die Wiedereröffnung des ungelösten Falls aussprechen können, aber dann ging der schwierige Verhandlungsteil erst richtig los. Nick benötigte eine Sondereinheit mit vollem Budget, in die er Lynette und Mike integrieren konnte. Wie er Noriss dazu überreden sollte, war ihm noch nicht klar.

»Etwas Bestimmtes, auf das ich meine Aufmerksamkeit lenken sollte?«, unterbrach Lynette seine Gedanken.

Sie verschob ein paar der Blätter, die sie auf dem Tisch ausgebreitet hatte. »Es gibt eine alte Zeugenaussage der Mutter, die nur so vor Anspielungen wimmelt. Sie hat sogar während der Vernehmung getrunken und geraucht. Immer wieder hat sie erwähnt, dass Harris ein unartiger Junge war.«

Was einen Serienkiller ausmachte, wurde oft in frühester Jugend definiert. Er hatte in Harris' Akte keinerlei Informationen vom Jugendamt gefunden. Es war also davon auszugehen, dass die Attacken der Mutter auf ihren Sohn verbaler Natur oder unbemerkt geblieben waren.

»Sie ist vor einigen Jahren gestorben«, sprach Lynette weiter. »Ich habe die Akte aktualisiert, denn das hatte wohl niemand auf dem Schirm. Später scannt ein Deputy alles ein und legt eine elektronische Kopie an, dann hast du auch digital Zugriff darauf.«

Nick bedankte sich mit einem Nicken. Ihm war bewusst, dass Harris in vielerlei Hinsicht das Klischee des Stalkers verkörperte, der wenig bis keine sozialen Kontakte pflegte. Dadurch waren die Möglichkeiten der Ermittler auch so begrenzt und die Ansätze für eine Verfolgung minimal. Wie ein glitschiger Fisch war Harris den Ermittlern immer wieder durch die Hände geglitten. Am Morgen nach der Entführung von Anna und Natalie hatte eine ihrer Kommilitoninnen gemeldet, dass die beiden nicht zur Vorlesung aufgetaucht waren. Die anfänglich zögerlichen Untersuchungen – schwänzende Studentinnen waren keine Seltenheit – hatten abrupt an Intensität gewonnen, als man auch am dritten Tag nichts von ihnen hörte.

Erst nachdem Anna ihrem Peiniger entkommen war und im Krankenhaus ihre Aussage gemacht hatte, war der Name Edward Harris in den Fokus gerückt. Monatelang hatte der unscheinbare Mann als Reinigungskraft an ihrem College gearbeitet und sie täglich freundlich gegrüßt. Wegen der nächtlichen Flucht, der Dehydrierung und Angst hatte Anna die Lage des Hauses nicht mehr genau bestimmen können. Doch nachdem sie seinen Namen genannt hatte und nach fieberhafter Recherche, war es den Kollegen gelungen, das Haus in Rosemont, einem Vorort im Norden Chicagos, zu finden. Harris war da jedoch bereits fort, zusammen mit Natalie.

Eine verzweifelte Jagd hatte begonnen.

Obwohl sich der Polizeichef, der Bürgermeister und am Ende sogar der Gouverneur persönlich eingeschaltet hatten, war das Chicago Police Department mit den Ermittlungen nicht vorangekommen. Der Druck nahm zu, der Erfolg blieb aus. Schließlich wurde der Fall dem FBI zugewiesen. Harris war jedoch nie gefasst worden.

»Wie willst du jetzt vorgehen? Die Zeugen von damals nochmals befragen?«, wollte Lynette wissen.

»Seine mittlerweile verstorbene Mutter, den Inhaber der Bar, in der Anna und Natalie zuletzt gesehen wurden, und die ehemaligen Kommilitonen? Ich fürchte, das sind lauter Sackgassen.«

In Gedanken ging Nick seine Optionen durch. »Ich denke, ich werde als Erstes ein paar der Deputys auf die Verkehrsüberwachung ansetzen. Irgendwie musste Harris ja bis zum *Tribune Tower* gekommen sein.«

»Wir müssen davon ausgehen, dass er sie schon seit Längerem wieder beschattet«, warf Lynette ein.

Er nickte. »Dann sollte es Spuren geben.«

Nicks Smartphone klingelte. Der Blick aufs Display offenbarte ihm, dass es glücklicherweise nicht Noriss war, der ihn durch die Leitung anbrüllen wollte.

»Coleman.«

»Hier ist Spencer vom Labor. Deputy Clarence hat mir Ihre Nummer gegeben. Die Auswertung ist noch nicht abgeschlossen, aber ich habe bereits etwas entdeckt, das ich Ihnen gleich weitergeben wollte.« Seine Stimme klang zögerlich.

»Raus damit.«

»Kommen Sie bitte ins Labor!«

»Hören Sie, ich habe keine Zeit dafür.«

»Ich warte«, unterbrach Spencer ihn und legte auf.

Verblüfft starrte Nick das Smartphone an.

»Alles klar?«, erkundigte sich Lynette.

»Weiß ich nicht. Ein Spencer vom Labor. Er hat was gefunden.« Nick wandte sich zum Gehen. »Ich bin dann mal unten.«

Sofort war Lynette an seiner Seite. »Das lasse ich mir doch nicht entgehen. Jeder Hinweis hilft mir, den Fall besser zu analysieren.«

Sie verließen den Bürobereich und stiegen die Treppen hinunter in den Keller. Nick öffnete die Stahltür, die ihnen den Durchgang verwehrte, mit seiner Keycard, und die beiden betraten einen von Neonlichtern erhellten Korridor. Laut Ausschilderung befand sich linkerhand das Archiv für ungelöste Fälle. Nick und Lynette wandten sich nach rechts und erreichten nach wenigen Schritten die Tür zum Labor. Sie stand offen.

Die polierten weißen Oberflächen der Labortische spiegelten das Deckenlicht. Überall standen Reagenzgläser, Zentrifugen und Mikroskope. An einer der Wände hing eine Magnettafel, an der Notizzettel klebten. Feuersichere Kühlschränke standen an der Seite.

Spencer war ein untersetzter Mann in den Vierzigern mit einer Nickelbrille auf der Nase. Mit seinem altmodischen Schnauzer wirkte er wie aus der Zeit gefallen. »Schön, schön, Sie sind da.« Spencer kam direkt zur Sache. »Sagen Sie mal, dieser Brief, der wurde direkt in der Redaktion abgegeben?«

»Wurde er«, bestätigte Nick. »Es gibt ein Überwachungsvideo, das den Überbringer zeigt.«

»Spielt das eine Rolle?«, fragte Lynette.

Spencer rieb sich nachdenklich das Kinn.

»Jetzt spucken Sie es schon aus.« Nicks Ungeduld schwang in seiner Stimme mit. Ihm kam ein schrecklicher Gedanke. »Kontaktgift?«

Spencer bedeutete den beiden, ihm zu seinem Arbeitsbereich zu folgen. »Kein Gift. Ich habe eine Kopie der Unterlagen an einen Grafologen weitergeleitet und selbst die üblichen Proben genommen. Tatsächlich war es ziemlich simpel, einen DNA-Abgleich herzustellen. Allerdings anders als erwartet.« Er war zu dem Arbeitstresen an der hinteren Wand getreten, wies auf einen Computermonitor.

Nick betrachtete die beiden DNA-Profile, die über einen Split-Screen zu sehen waren. Darüber waren die Charakteristiken der Person zu lesen, jedoch kein Name. Stattdessen markierte eine ID den Abgleich als identisch.

Spencer klickte auf die ID, und das zugehörige Profil wurde aufgerufen.

»Das ist Anna.« Nick schnaubte. »Sie hat den Brief geöffnet, es ist völlig normal, dass auch ihre DNA auf dem Papier zu finden ist. Wir suchen nach Harris!«

»Oh, Mist«, entfuhr es Lynette. Sie deutete auf ein Feld in der Maske. »Fünfundneunzig Prozent, Nick.« Sie wandte sich Spencer zu. »Sie haben das überprüft?«

»Der Scan war eindeutig.«

»Würde mir bitte jemand erklären, was hier läuft?« Nick hatte den Abgleich bisher immer in Papierform erhalten und lediglich auf das Ergebnis geachtet.

»Der Brief wurde mit Blut geschrieben.« Spencer rümpfte die Nase. »Mit dem Blut von Anna Jones.«

Für einen Augenblick starrte Nick den Laborleiter an, als sei dieser Edward Harris persönlich.

»Können Sie das Alter der Probe bestimmen?«, fragte Lynette.

»Das habe ich schon, weil ich davon ausgegangen bin, dass die Probe möglicherweise noch aus der Zeit der Entführung stammt.« Er schüttelte den Kopf. »Das Blut ist wenige Wochen alt.«

»Das kann nicht sein.« Der Schock traf Nick mit der Wucht eines Vorschlaghammers. Er zog das Smartphone aus der Tasche und eilte zur Tür. »Ich will den kompletten Bericht! Und schicken Sie eine Kopie davon an Direktor Noriss im Hauptquartier des FBI in Washington, D.C., bitte.«

Als er die Sicherheitstür passiert hatte, stürmte er die Treppe hoch. Das Smartphone am Ohr, lauschte er ungeduldig dem Ton des Freizeichens und wartete darauf, dass Anna sich meldete.

Vergeblich.

5. KAPITEL

Als die Wohnungstür hinter Anna ins Schloss fiel, atmete sie auf, führte die Kette in die Halterung, schob den Riegel vor und drehte den Schlüssel zweimal herum. Sie hatte akribisch nach einem Wohnhaus mit eigenem Wachdienst gesucht. Der Eingang war videoüberwacht und der Fahrstuhl mit einem Codeschalter versehen. Die oberste Etage hatte sie ebenfalls bewusst gewählt.

Dass man ihr trotz dieser Vorrichtungen zusätzlichen polizeilichen Personenschutz gewährte, wunderte sie. Anna spähte durch den Spion auf den Flur hinaus, wo die beiden Cops auf Stühlen saßen. Sie war sich nicht ganz sicher, ob der Personenschutz sie beruhigen oder ihr nicht doch eher Sorgen bereiten sollte.

Die Cops hatten Anna in ihrem Dienstwagen nach Hause gebracht, und dennoch war ihr bei jeder roten Ampel mulmig zumute gewesen. Am liebsten wäre sie Nick nicht von der Seite gewichen und hätte ihn zum CPD-Hauptquartier begleitet. Womöglich war sie am sichersten, wenn sie an vorderster Front mit ihm zusammenarbeitete. Sie wollte helfen und nützlich sein, statt allein zu Hause zu sitzen und sich die schlimmsten Szenarien auszumalen. Aber sie hatte keine Chance. Obgleich Nick von ihren Recherchefähigkeiten wusste, konnte er ihr trotzdem keinen Zugang zu den Ermittlungen verschaffen. Ihr blieb nichts weiter übrig, als abzuwarten.

Anna kickte ihre High Heels beiseite und lief in die offene Wohnküche, wo sie die Tasche auf die Anrichte stellte, den Kühlschrank öffnete und nach der halb leeren Weinflasche griff. Sie zog den Metallkorken von der Flasche und kippte einen Großteil des Inhalts in ein bauchiges Glas. Das gluckernde Geräusch gehörte ebenso zum Ritual wie der winzige erste Schluck. Anna trank nur in Maßen, war nie betrunken. Allein der Geruch ihres Lieblingsweines ließ sie für gewöhnlich entspannen. Nicht so heute. Sie stellte das Glas ab und massierte sich den Nacken. Als das auch nichts half, entschied sie sich für eine heiße Dusche.

Sie durchquerte den Wohnbereich, der mit den weißen Möbeln, der dunkelgrauen Couch, den vielen Grünpflanzen und der farbenfrohen Dekoration einen kontrastreichen Anblick bot.

Im Bad zog sie sich aus, trat unter die Dusche und ließ das heiße Wasser so lange auf sich einprasseln, bis ihre Haut fast schmerzte. Es war ihr kläglicher Versuch, die Angst wenigstens für einen Moment abzuwaschen. Doch kaum ertastete sie die wulstige, lange Narbe auf ihrem Schlüsselbein, wurde ihr klar, dass die Vergangenheit sie niemals loslassen würde und seit heute wieder grausame Gegenwart war.

Sie drehte den Wasserhahn zu, trocknete sich ab und schlang das Handtuch um ihren Körper. Dummerweise hatte sie über der ganzen Aufregung ihren Laptop im Büro vergessen. Zur Recherche blieb daher nur ihr Smartphone. Kaum dachte sie daran, hörte sie es klingeln. Eilig folgte sie dem Ton bis zur Küchenzeile, zog das Handy aus ihrer Tasche und sah auf dem Display Nicks Namen aufleuchten.

»Gibt's was Neues?«, meldete sie sich zu Wort.

»Himmel, Anna. Ich hab schon vor fünf Minuten angerufen. Wenn du jetzt nicht rangegangen wärst, hätte ich die Cops zu dir reingeschickt.«

»Ich war duschen. Was ist denn los?«

Nick zögerte. »Es gibt erste Ergebnisse aus dem Labor. Der Brief … wir haben DNA von Edward Harris auf dem Papier gefunden. Aber das ist noch nicht alles. Er wurde mit Blut geschrieben.«

Anna fiel beinahe das Smartphone aus der Hand. »Dieses Arschloch ist so krank. Ist es tierisches oder menschliches Blut?«

Nick seufzte. »Es ist deines, Anna.«

Sie lehnte sich Halt suchend gegen den Küchentresen. »Kannst du das bitte wiederholen?«

»Tut mir leid«, antwortete er. »Das Blut stammt von dir, der DNA-Abgleich ist eindeutig.«

Anna ging in die Hocke und kam auf dem kalten Fliesenboden zum Sitzen. »Wie kann das sein? Hat er es die ganzen Jahre über in einem Fläschchen am Hals getragen, oder was?« Ihre Stimme klang seltsam fremd und keineswegs ironisch.

»Laut Analyse ist es nur wenige Wochen alt. Hast du eine Idee, wie Harris an dein Blut gelangt sein könnte?«

Sie rieb sich die Schläfe. Er beobachtete sie also schon seit Wochen. Sofort wurde ihr allein bei dem Gedanken übel. Sie verließ ihre Wohnung im Grunde nur zum Arbeiten, zum Einkaufen, zum Joggen und manchmal zu einem Treffen mit Zane. Dabei hinterließ sie aber keine Blutspuren. Hatte sie sich irgendwann verletzt? Bei einer Schürfwunde hätte die Blutmenge für den Brief nicht ausgereicht, und an eine größere Wunde würde sie sich erinnern. Es gab also nur eine Möglichkeit, die infrage kam.

»Ich bin in den letzten Jahren immer mal wieder zur Blutspende gegangen«, ließ sie Nick wissen.

»Okay, das gebe ich weiter. Wir setzen uns sofort mit der Blutbank in Verbindung. Es lässt sich schnell herausfinden, ob eine deiner Blutkonserven abhandengekommen ist. Sobald wir das wissen, können wir dort ansetzen und alle Personen überprüfen, die Zugang haben.«

Anna streckte die Beine aus. »Ich werde hier verrückt. Kann ich nicht irgendetwas tun? Ich will helfen.«

»Du solltest dich schonen. Geh früh ins Bett. Du musst bei Kräften bleiben. Schick uns die Daten deiner letzten Blutspende, damit hilfst du uns jetzt am meisten.« Anna wollte etwas einwerfen, aber Nick war noch nicht fertig. »Eine Sache noch. Hast du zurzeit einen festen Freund, jemanden, den Harris als Konkurrent ansehen könnte und den wir deshalb schützen sollten?«

Sie zögerte. »Nein, habe ich nicht.«

»Alles klar.« Nick räusperte sich. »Also gut, Anna. Ich melde mich dann morgen wieder.«

Anna ließ die Hand mit dem Telefon sinken und starrte

es eine Weile an. Früh zu Bett gehen! Wie sollte sie schlafen, wenn sie es vor Harris' erneutem Auftauchen schon kaum geschafft hatte, zur Ruhe zu kommen? Die Albträume warteten nur auf sie, und nach dem heutigen Tag würde sie auf keinen Fall mit ihnen fertigwerden.

Sie rappelte sich auf und überlegte kurz, ihren Vater anzurufen, verwarf den Gedanken jedoch sofort wieder. Nach dem Tod ihrer Mutter lebte er mit seiner neuen Lebensgefährtin vier Flugstunden von Chicago entfernt. Die Ereignisse rund um ihre Entführung hatten auch ihn an seine Grenzen getrieben. Anna wollte ihm den Schmerz ersparen, die Vergangenheit erneut zu durchleben, die Selbstvorwürfe, die Machtlosigkeit. Es reichte, wenn einer von ihnen beiden dazu verdammt war.

Im Ankleidezimmer zog sie gedankenverloren ihr Schlafshirt über, ging ins Wohnzimmer und machte es sich mit einem Schokoriegel, dem Weinglas und ihrem Smartphone auf der Couch bequem. Sie schickte Nick eine Mail mit der Adresse der Geschäftsstelle des Roten Kreuzes, wo sie Blut gespendet hatte. Ihre Daten würden dort vorliegen. Mehr konnte sie heute Abend wohl nicht mehr tun.

Um der erdrückenden Stille zu trotzen, schaltete sie den Fernseher ein. Gerade endete eine Reportage über Bohrinseln, und der Teaser für die Nachrichten wurde eingespielt. Sie nahm das Weinglas zur Hand und trank einen Schluck, zeitgleich vibrierte ihr Handy und kündigte eine eingehende Nachricht an. Eine unbekannte Nummer. Sie hatte sofort ein mulmiges Gefühl und zögerte, bevor sie auf das Display tippte und die Nachricht öffnete.

Das Weinglas glitt ihr aus der Hand und ging klirrend auf dem Boden zu Bruch. Die rote Flüssigkeit verteilte sich auf dem dunklen Parkett. Doch Anna schenkte dem keine Beachtung. Ihre schreckgeweiteten Augen hafteten auf dem Foto, auf dem sie selbst zu sehen war. Anna, wie sie nur mit einem Badetuch bekleidet in ihrer Küche auf dem Boden saß und telefonierte.

Ihr Kopf schnellte herum zur Fensterfront. Die Gedanken rasten im Wettlauf mit ihrem Herzschlag. Für einen Moment war sie wie gelähmt, schaffte es nicht, sich zu bewegen.

Sie befand sich im fünften Stockwerk eines ehemaligen Fabrikgebäudes. Harris musste sie aus der obersten Wohnung oder vom Dach des gegenüberliegenden Hauses fotografiert haben. Dadurch hatte er einen perfekten Einblick in das Wohnzimmer und die angeschlossene offene Küche.

Eine Gänsehaut überzog ihre Arme. War er noch da? Beobachtete er sie in diesem Augenblick?

Sie erhob sich mit zitternden Knien, schaltete das Licht und den Fernseher aus und ging geduckt auf die Fensterfront zu. Angestrengt versuchte sie, in der einsetzenden Dämmerung draußen etwas zu erkennen. Da, ein Blitzlicht! Anna zuckte zusammen und stieß unwillkürlich einen Schrei aus. Wie benommen fuhr sie herum, taumelte auf ihre Wohnungstür zu. Die Polizisten mussten sie gehört haben, denn sie klopften energisch und riefen nach ihr. Halb rannte, halb stolperte sie durch den dunklen Flur. Ungebremst prallte sie gegen die Tür, schaffte es kaum, mit ihren zittrigen Fingern die Kette zu lösen, bevor sie den Riegel zur Seite schob und den Schlüssel herumdrehte.

»Er ist hier!«

»Was ist passiert?«

»Sind Sie verletzt?«

Die Cops traten mit gezückten Waffen in Annas Wohnung.

Der Jüngere der beiden blickte sich hektisch um. Er schien frisch von der Polizeischule zu kommen und suchte bei seinem älteren Kollegen mit Blicken um Rat.

Dieser war in den Vierzigern und trug einen blonden Vollbart. Er musterte Anna und deutete fragend auf ihr Schlafshirt, das mit roten Flecken bedeckt war.

»Das ist Rotwein. Bitte! Sie müssen aufs Dach des Nachbarhauses. Harris ist dort. Er hat mich gerade fotografiert und mir das Bild geschickt. Sie dürfen ihn nicht entkommen lassen! Er flieht. Worauf warten Sie?« Die Worte sprudelten aus ihr heraus.

»Officer Grant an Zentrale, ich befinde mich in der Wohnung der Schutzperson Anna Jones. Wir brauchen sofortige Verstärkung, verdächtige Person auf dem Dach des Nachbarhauses gesichtet«, gab der Blonde sachlich über Funk durch. »Wohnung der Schutzperson liegt innerhalb eines potenziellen Schussfeldes. Wir sichern Miss Jones, weiteres Vorgehen nach Anweisung.«

»Verstärkung ist unterwegs, halten Sie die Stellung«, ertönte es aus dem Funkgerät.

Anna schnaufte. »Bis die hier sind, ist Harris schon über alle Berge.«

»Bleib du bei ihr«, wies der ältere Cop seinen Kollegen an und rannte mit gezogener Waffe Richtung Fahrstuhl.

»Du handelst gegen die Vorschriften«, rief dieser ihm hinterher.

»Ich behalte nur den Hauseingang im Auge und folge Harris gegebenenfalls.« Die Fahrstuhltür schloss sich.

»Kommen Sie bitte, Miss.« Der jüngere Polizist schob Anna vor sich her und verriegelte die Wohnungstür. »Bleiben Sie von den Fenstern weg und halten Sie sich nur dort auf, wo sie von draußen nicht zu sehen sind.«

Anna lief in geduckter Haltung ins Badezimmer. Er folgte ihr, hockte sich mit erhobener Waffe in den Türrahmen und reckte den Kopf, um zur Fensterfront im Wohnzimmer zu schauen.

Anna sprang fast das Herz aus der Brust. Sie setzte sich auf den Wannenrand und versuchte zu realisieren, was hier passierte. Der Schock saß ihr tief in den Knochen. Ihre Gedanken kreisten um Harris und dann um Nick.

»Wird Agent Coleman informiert?«, fragte sie leise.

»Natürlich. Er leitet die Ermittlungen.«

Sie konnte sich nicht erinnern, wo ihr Smartphone abgeblieben war. Vermutlich hatte sie es auf dem Weg zur Tür verloren.

Sirenen waren zu hören. Erst leise, dann immer lauter.

»Bisher kein Verdächtiger gesichtet«, kam die Meldung aus dem Funkgerät. »Verstärkung soeben eingetroffen. Rücken vor.«

Anna stand auf und begann, im Badezimmer auf und ab

zu gehen. Drei Schritte vor, umdrehen, drei Schritte zurück. Diese Warterei machte sie wahnsinnig.

»Sie sind auf dem Dach«, sagte der Cop.

Sofort ging sie zu ihm, hockte sich neben ihn und spähte am Türrahmen vorbei zu den Fenstern. Lichtkegel von Taschenlampen zuckten auf dem Dach des Nachbargebäudes umher. Es mussten ein Dutzend Polizisten sein, die dort in diesem Augenblick nach Harris suchten.

Der junge Cop und Anna erhoben sich gleichzeitig, verließen ihre Deckung und näherten sich der Fensterfront im Wohnzimmer. Auf der Straße vor dem Haus standen kreuz und quer Polizeiwagen, deren Warnleuchten blaues, flackerndes Licht an die Häuserwände warfen. Dunkle Silhouetten zeichneten sich auf dem Dach des Nachbarhauses ab.

»Ist er entkommen?«, krächzte Anna. Ihr Mund war trocken, ihre Glieder bleischwer.

Der Polizist an ihrer Seite griff wieder zum Funkgerät. »Wie ist der Stand?«

Das Gerät rauschte, bis nach einer gefühlten Ewigkeit ein Knacken und schließlich Nicks vertraute Stimme zu hören war.

»Hier spricht Agent Coleman. Ist Miss Jones wohlauf?«

»Ja.«

»Kommen Sie mit ihr rüber. Hier ist etwas, das sie sich ansehen sollte.«

Der Mann bestätigte und nickte ihr auffordernd zu. »Sie möchten sich bestimmt vorher noch etwas anderes anziehen«, sagte er.

Sie hob ihr Smartphone vom Boden auf, hastete an ihm vorbei ins Ankleidezimmer und kam mit Jeans und einem Pullover bekleidet zurück. Während sie im Fahrstuhl nach unten fuhren, versuchte sie, ihre Angst zu bändigen. Doch es waren zu viele Emotionen, die gleichzeitig in ihr wüteten. Angst, Hilflosigkeit, Verzweiflung. Ihr war kalt. Als sie die Straße überquerten, konnte sie ihr Zittern kaum verbergen. Die Polizisten, die inzwischen zu den Streifenwagen zurückgekehrt waren, musterten sie neugierig, teils mitleidig.

Im Nachbargebäude fuhren sie mit dem Fahrstuhl bis nach oben. Nick erwartete sie an der Zugangstür zum Dach, schaffte es kaum, Anna in die Augen zu schauen. Als sie ihn erreichte, atmete er tief durch, wich langsam zurück und gab ihr den Blick auf das Flachdach mit dem alten Wassertank aus Holz frei.

Anna erstarrte mitten in der Bewegung. Die Sonne war inzwischen untergegangen, aber das noch vorhandene Licht reichte aus. Wohin sie auch schaute, überall waren Fotos. Einige mit Klebeband am Wassertank befestigt, andere mit Steinen auf dem Boden beschwert oder vom Wind verweht.

Sie sah sich selbst in Dutzenden Alltagssituationen, in ihrem Apartment und beim Joggen. Eine minutiöse Protokollierung ihres Lebens, verteilt auf dem kalten Stein des Hausdaches.

6. KAPITEL

Nick wollte Anna helfen, doch was konnte er in einer solchen Situation schon tun? Sie stand im Mondlicht auf dem Dach des Hauses, vor ihr lagen Hunderte von Fotos, auf denen sie abgebildet war.

Anna machte einen zögerlichen Schritt nach vorn, wollte eines der Bilder aufheben.

»Stopp.« Nick hielt sie sanft zurück.

»Aber …«

»Die Spurensicherung.« Er deutete auf die Männer und Frauen in weißen Ganzkörperanzügen mit Mundschutz, die gerade das Dach betraten.

Sofort wurde eine Plane am Dachrand aufgebaut, um den Wind abzuhalten. Absperrband wurde ausgerollt, Fotos aus jedem Blickwinkel geschossen.

»Wie lange hat er mich beobachtet?«, flüsterte Anna.

»Lange«, sagte Nick.

An diesem Punkt gab es nichts mehr zu beschönigen. Harris hatte still und leise jeden Schritt von Anna beobachtet, dokumentiert, sie fotografiert, ihr nachgestellt. Die schiere Masse an Fotos ließ auf eine wochenlange Observation schließen. Die ersten tragbaren Scheinwerfer wurden aufgestellt.

»Anna, komm bitte mit.«

Widerstandslos ließ sie sich von Nick an der Hand vom Dach führen. Er hielt kurz Rücksprache mit einem der Beamten, dann brachte er sie zurück in ihre Wohnung. In ihrem Wohnzimmer angekommen, sank sie auf die Couch und starrte aus dem Fenster. Mittlerweile war das Dach gegenüber hell erleuchtet. Sie konnte die Männer und Frauen der Spurensicherung hinter der durchsichtigen Plane arbeiten sehen.

»Wieso habe ich nichts bemerkt? Ich bin Journalistin, so etwas kann doch nicht einfach passieren.« Jede Kraft war aus ihrer Stimme gewichen.

Ihre Hilflosigkeit machte Nick zu schaffen. Er ging in die Küche, hatte schnell den richtigen Schrank gefunden und nahm ein Glas heraus. Er füllte es mit Wasser und brachte es Anna.

Sie nahm das Glas entgegen und trank gierig. »Die Kollegen haben auf dem Dach auch ein Prepaidhandy gefunden«, erzählte Nick, wie um ihr Mut zu machen. »Es ist schon auf dem Weg ins Labor.«

Ruckartig stellte Anna das Glas ab. »Ach ja? Aber wir wissen doch beide, wozu das führen wird. Zu nichts. Sie werden meine Nummer finden, weil er mir ein Bild geschickt hat, aber das war's.«

Ein Klopfen an der Tür ließ Nick seine Antwort hinunterschlucken.

Anna erhob sich vom Sofa und schob sich an ihm vorbei. Sie lugte durch den Türspion, bevor sie die Ketten entfernte und die Tür öffnete.

»Zane!«, stieß sie aus.

Zwischen den zwei Polizisten, die den Gang im Auge behielten, stand ihr Freund und Kollege.

»Was machst du hier?«, erkundigte sie sich.

»Das fragst du noch?« Er zog sie in eine Umarmung, bevor er die Wohnung betrat und Anna die Tür hinter ihm wieder verriegelte. »Ich habe diese Gegend im Fernsehen erkannt. Du bist in den Nachrichten!«

»Verdammt!«, fluchte Nick.

Natürlich kannten die Reporter noch keine Details, doch es würde nicht lange dauern, bis das offizielle Statement verlesen wurde und die Beteiligung des FBI ans Licht kam. Allein Letzteres würde für Aufsehen sorgen.

»Sie waren trotzdem ziemlich schnell hier«, bemerkte Nick. Gegen sein professionelles Misstrauen konnte er nichts tun. Viel zu oft stellte sich heraus, dass Angehörige oder Freunde in einem Fall zu den Schuldigen zählten.

»Ich hatte ein Date in der Nachbarschaft.«

»Was für ein Zufall.«

»Bin ich etwa verdächtig? Wenn Sie es genau wissen wollen, Agent Coleman, hat in der Nähe eine neue Bar aufgemacht, in der sich unsereins wohlfühlt.«

»Unsereins?«

»Schwule Männer.« Sie waren zurück ins Wohnzimmer gegangen, und Zane setzte sich mit Anna auf die Couch. »Wir haben in der Bar einen Cocktail getrunken. Es war ein schöner Abend, bis mein Blick auf den Monitor hinter der Theke fiel und ich dein Haus erkannte«, fuhr er an Anna gewandt fort, »umringt von Cops.«

»Hier war einiges los«, bestätigte Nick.

Anna begann stockend zu erzählen. Während ihre Stimme anfangs noch zitterte, wurden ihre Worte zunehmend klarer. Dass sie sich jetzt im Kreis von Freunden befand, trug zweifellos dazu bei, dass sie ruhiger wurde. Nick wusste nicht, wie er auf eine solche Situation reagiert hätte. Oft wurden Opfer von Stalkern belächelt, doch der Psychoterror konnte selbst den stärksten Charakter erschüttern. Man wusste nie, ob man nicht gerade beobachtet wurde oder hinter der nächsten Ecke eine Attacke erfolgte. Es gab nicht wenige Fälle, bei denen die Opfer zusammenbrachen und ihr Leben zu einem Scherbenhaufen wurde. Und Anna machte das nun schon zum zweiten Mal durch.

»Mit dem Prepaidhandy habt ihr keine Chance«, erklärte Zane, nachdem Anna ihm alles berichtet hatte.

Sofort konzentrierte sich Nick wieder auf den ITler. »Damit haben Sie vermutlich recht. Aber der Mann ist kein Geist, er muss irgendwo Spuren hinterlassen haben.«

»Dieser Kerl heißt Edward Harris!«, entfuhr es Anna. »Und bis jetzt gelingt ihm genau das ganz gut. Selbst auf dem Überwachungsvideo haben wir nichts erkannt.«

»Er hat das alles lange vorbereitet, so viel ist sicher«, gab Nick zu.

»Ich könnte mir mal dein Smartphone genauer ansehen«, schlug Zane vor.

»Das sollte die Spurensicherung …«, setzte Nick an.

»Auf keinen Fall«, stoppte ihn Anna. »Fang gar nicht erst an. Ich werde denen nicht mein Handy geben. Du weißt, dass meine Quellen im Adressbuch gespeichert sind. Da lasse ich niemanden ran.«

»Es geht um dein Leben«, erwiderte Nick fassungslos.

»Deshalb wird sich jemand darum kümmern, dem ich vertraue.« Sie deutete auf Zane. »Kein Labor, das irgendwelche Berichte anfertigt und Daten ausdruckt, die durch Tausende Hände gehen.«

»Versprecht euch aber nicht zu viel davon«, warf Zane ein. »Die Absenderadresse wird auf das Prepaidhandy hinweisen. Ich kann die Metadaten analysieren und eine Bilderkennung drüberlaufen lassen.« Er stand auf. »Ich hole meinen Laptop aus dem Wagen.« Mit zügigen Schritten verließ er die Wohnung.

Anna hatte sich ebenfalls erhoben. Sie ging zur Küchenzeile und holte aus einem schmalen Schrank ein Kehrblech, mit dem sie die Glasscherben auflas, die noch immer neben der Couch in einer kleinen Rotweinpfütze schwammen. Nick lief unterdessen unruhig im Zimmer auf und ab. Schließlich trat er ans Fenster und sah hinaus. Draußen war es inzwischen vollständig dunkel geworden, umso gespenstischer leuchtete die durchsichtige Plane auf dem Dach gegenüber.

Im nächsten Moment hörte man Zane an der Tür. Er trat zu Anna, die soeben die Glasscherben in einem Mülleimer unter dem Spülbecken entsorgte. »Ich bleibe über Nacht«, sagte der ITler und legte seine Hand auf Annas Schulter. »Auf keinen Fall lasse ich dich jetzt allein.«

Im ersten Moment fand Nick an diesem Gedanken keinen Gefallen. Dann schüttelte er den Kopf über sich selbst.

Zane war ganz offensichtlich ein Freund, der sich um Anna sorgte. Er konnte ihm diesen Wunsch schlecht abschlagen, auch wenn Anna ausreichend bewacht wurde. Nicht nur die beiden Cops vor ihrer Wohnung würden es einem Eindringling schwer machen; in den nächsten Stunden würden die umliegenden Dächer gründlich untersucht werden, und es würde von Polizisten nur so wimmeln. In einigen Tagen, wenn das Chaos sich gelegt hatte, sah es anders aus.

Er musste mit Anna darüber sprechen. Auf Dauer durfte sie nicht in dieser Wohnung bleiben.

»Ich habe also deine Erlaubnis?«, fragte Zane an Anna gewandt. Auf ihren fragenden Blick ergänzte er: »Dein Smartphone?«

»Sicher.« Sie griff in ihre Hosentasche und zog das Gerät hervor.

Zane machte sich an seinem Laptop zu schaffen. »Alles kein Problem, ich logge mich übers Internet mittels VPN auf meinen Server ein, übertrage die ausgelesenen Daten, und dann werden sie dort automatisch analysiert.«

»Haben Sie schon mal an eine Karriere in der Strafverfolgung gedacht?«, fragte Nick, der nähergetreten war. »Computerspezialisten können wir immer gut gebrauchen.«

»Danke, aber ich habe es nicht so mit Hierarchien und Bürokratie«, lehnte Zane ab.

Nick erhob sich. »Apropos Bürokratie: Der Papierkram wartet auf mich. Ich muss zum Revier. Außerdem werden ein paar Polizisten auf mich warten, die Erklärungen wollen.«

Anna stand ebenfalls auf. »Wir melden uns, wenn Zane etwas findet«, versicherte sie ihm.

Zögernd zog Nick sie in eine kurze Umarmung, gerade lange genug, um ihr seinen Beistand zu verdeutlichen, sie aber nicht zu beengen.

Mit einem letzten Blick auf Zane, dessen Finger über die Tastatur des Laptops glitten, verließ er die Wohnung. Die beiden Polizisten grüßten ihn respektvoll, was er kurz erwiderte.

Er stieg in seinen Wagen und fuhr auf direktem Weg zum Revier. Das nächtliche Chicago hatte für ihn stets etwas von einem Raubtier, das erst bei Dunkelheit aus seiner Höhle kam und jeden zerfetzte, der sich noch draußen befand. Kleinganoven und Schwerkriminelle, das organisierte Verbrechen oder Gelegenheitsdiebe – die Verbrechensrate war viel zu hoch.

Glücklicherweise war um diese Zeit weniger Verkehr, und er erreichte das Chicago Police Department in einer Rekordzeit von dreißig Minuten. Wie vermutet, war der Parkplatz überfüllt, die Kollegen schoben Überstunden. Kameraleute standen vor dem Haupteingang, die Fenster waren hell erleuchtet. Es begann. Genau jetzt. Der Fall war ins Licht der Öffentlichkeit gerückt, würde morgen die Schlagzeilen bestimmen und Harris erneut in den Fokus rücken.

Nick parkte den Wagen und betrat mit zügigen Schritten das Revier. Bevor er weitere Informationen einholte und sich dem Chef stellte, musste er mit Lynette sprechen.

Wie vermutet, saß sie noch in dem ihr zugewiesenen Büro.

»Erinnere mich daran, keine Fälle mehr für dich zu bearbeiten«, sagte sie im Scherz, doch mit müdem Blick.

Nick schloss die Tür. »Wer braucht schon Freizeit?«

»Diese Profilerin hier zum Beispiel.« Sie warf ihm einen gespielt bösen Blick zu. »Also, was genau ist passiert? Hier schwirren einige Gerüchte herum.«

Nick setzte sie zügig ins Bild. »Annas IT-Kollege, Zane Newton, kümmert sich um die Auslesung des Smartphones. Sie will nicht, dass wir Zugriff auf ihre Quellenliste erhalten.«

»Das war zu erwarten.« Lynette lehnte sich im Stuhl zurück und nahm ihre Lesebrille ab. »Das übliche Spiel bei Reportern, und ich kann es absolut nachvollziehen. Ich habe die Akte von Harris jetzt wirklich bis ins letzte Detail studiert. Er ist alles, aber kein technisches Genie.«

»Um ein Prepaidhandy zu kaufen, muss man das auch nicht sein«, gab Nick zu bedenken.

»Aber um den Winkel von Kameras zu berechnen, die exakten Zeitfenster ihrer Schwenkbewegungen abzupassen oder über Tage unbemerkt Fotos anzufertigen, benötigt man schon gewisse Fähigkeiten«, erwiderte sie.

»Worauf willst du hinaus?«

»Wir wissen nicht, was in den letzten Jahren geschehen ist und was Harris in dieser Zeit erlebt hat«, erklärte Lynette. »Doch dass er überhaupt so lange unentdeckt bleiben konnte und jetzt so geschickt vorgeht, hat mich stutzig gemacht.«

Nick trat neben sie und setzte sich auf die Tischkante. »Du hast einen Verdacht?«

Lynette nickte. »Er muss Hilfe haben. Jemand mit technischem Fachwissen unterstützt Harris. Andernfalls ist all das nicht zu erklären.«

Der Gedanke irritierte Nick. Wenn ein Stalker zum Teamplayer wurde, was konnte das bedeuten?

Er schluckte trocken. »Wenn wir keinen elektronischen Fingerabdruck entdecken, sind wir chancenlos. Ein ausländischer Profi-Hacker könnte ihm geholfen haben.« Es geschah immer öfter, dass sich Kriminelle Hilfe im Ausland holten. Nur in den seltensten Fällen gelang es den Kollegen aus der IT, sie aufzuspüren, und selbst wenn doch – eine Auslieferung erfolgte nie. Er konnte nur hoffen, dass Zane etwas fand. Irgendwas.

»Du solltest beim Revierleiter vorbeischauen«, sagte Lynette. »Mittlerweile hat sein Gesicht die Farbe einer überreifen Tomate angenommen, die kurz vor dem Platzen steht. Er wird von der Presse belagert und kann nichts sagen, da du ihn ziemlich übergangen hast.«

Nick seufzte. »Ewig hinausschieben kann ich es wohl nicht mehr. Dann begebe ich mich mal in die Höhle des Löwen.«

»Danach müssen wir uns über die weiteren Schritte unterhalten.« Sie gähnte herzhaft. »Am besten morgen in alter Frische.«

7. KAPITEL

Anna saß neben Zane am Küchentresen und sah ihm dabei zu, wie er ihr Smartphone mit einem Kabel an seinen Laptop anschloss.

Ihr Puls beruhigte sich nur langsam. Vor wenigen Stunden hatte sie hier auf dem Boden gesessen und durch Nicks Anruf erfahren, dass der Brief mit ihrem Blut geschrieben war. Sie hatte nur ein Badetuch um ihren nackten Körper getragen, als Harris sie in diesem Moment fotografiert hatte. In welchen intimen Augenblicken hatte er sie in den Tagen zuvor noch beobachtet? Ihre Finger zitterten. Damit Zane es nicht bemerkte, schob sie die Hände unter ihre Beine. War es möglich, dass von ihr Nacktaufnahmen auf dem Flachdach des Nachbarhauses lagen und gerade von den ermittelnden Polizisten inklusive Nick ausgewertet wurden?

Sie raffte den Stoff ihres Pullovers am Halsausschnitt zusammen. Nick hatte sie schon nackt gesehen, doch ihr Körper war inzwischen ein anderer, ihre Haut von den Narben des Martyriums gezeichnet.

Panisch ging sie in Gedanken ihre Tagesabläufe durch. Soweit sie sich erinnerte, hatte sie sich immer im Bad oder Ankleidezimmer ausgezogen, und das waren die beiden

Räume, die vom gegenüberliegenden Haus nicht einsehbar waren. Wenigstens diese Demütigung blieb ihr erspart.

»So, es geht los«, sagte Zane und tippte auf die Entertaste. »Die Auswertung ist total easy. Die Daten werden automatisch analysiert.«

Anna lächelte ihn dankbar an, stand vom Barhocker auf und ging mit der Wasserflasche hinüber zur Couch.

»Bist du okay?«, fragte Zane und folgte ihr.

Sie warf ihm einen erschöpften Blick zu.

»Tut mir leid. Was für eine dämliche Frage.« Er strich sich die blonden Haare aus der Stirn und setzte sich neben sie.

Anna deutete mit dem Kinn zur Fensterfront. Das Dach des Nachbarhauses war noch immer erleuchtet, die Spurensicherung nach wie vor bei der Arbeit.

»Ich weiß nicht, wie ich es hier weiterhin aushalten soll«, sagte sie mit matter Stimme und rieb sich den Nacken. »Von nun an werde ich mich in meiner eigenen Wohnung in jeder Minute beobachtet fühlen. Harris kennt mein Zuhause.«

Zane rückte näher zu ihr und legte ihr den Arm um die Schultern. Sie konnte Berührungen normalerweise kaum ertragen, doch bei Zane fühlte sie sich geborgen. Bei ihm hatte sie nicht das Bedürfnis zurückzuweichen.

»Im Moment bist du hier sicher«, sagte Zane. »Vor der Tür steht der Wachschutz und vor dem Haus ist das FBI im Einsatz. Harris hat keine Chance, an dich heranzukommen.«

»Und was, wenn sie alle irgendwann wieder abgezogen

werden?« Sie spürte, wie sich die Härchen auf ihren Unterarmen aufstellten.

»Sie werden ihn kriegen. Du wirst schon sehen, sie kommen ihm bald auf die Spur.«

Anna schüttelte den Kopf. »Harris ist clever. Und er liebt es, Spielchen zu spielen.« Sie streifte seinen Arm ab, stand wieder auf und ging rastlos im Wohnzimmer umher. »Erst der Brief«, brach es aus ihr heraus. Mit dem Handrücken strich sie sich über die Lippen. »Dann erfahre ich, dass Harris ihn mit meinem Blut geschrieben hat. Und nun diese ganzen Fotografien. Er will mir zeigen, dass er schon längst wieder Teil meines Lebens ist.« Sie drehte sich zu Zane, der noch auf der Couch saß, um. »Was kommt als Nächstes?« Ihre Stimme zitterte.

Zane sah sie entsetzt an. »Mit deinem Blut geschrieben? Woher weißt du das?«

»Von Nick. Das hat die Spurensicherung ergeben.«

»So liebevoll, wie du seinen Namen sagst, scheint er dir ja ziemlich nah zu stehen, dieser Agent Coleman. Woher kennst du ihn überhaupt?«

»Wir sind auf dieselbe Highschool gegangen«, sagte Anna.

Zane stand auf, trat neben sie. »Zwischen euch ist was gelaufen, stimmt's?«

Sie stützte die Ellenbogen auf den Tresen und strich sich die Haare hinters Ohr. »Wir waren bis zum College zusammen. Als Nick dann zum Studium nach Quantico ging, haben wir uns getrennt.«

»Warum?«

Anna zuckte mit den Schultern. »Wir waren noch jung und hatten keine Lust auf eine Fernbeziehung.«

»Es ist gut, dass er die Ermittlungen übernommen hat. Du kennst ihn und vertraust ihm.« Zane musterte sie eindringlich. »Willst du über das, was heute passiert ist, sprechen?«

»Nein.« Sie lächelte gequält. »Aber danke.« Sie blickte zum Laptop auf dem Tresen. »Wie lange dauert die Auswertung?«

»Der Speicher wird bis auf den Maschinencode ausgelesen. Im zweiten Schritt läuft ein Analysealgorithmus drüber und sucht nach vorgegebenen Parametern – die verwendeten Funkmasten zum Beispiel und hinterlegten Nummern, die Metadaten des Bildes. Das braucht die ganze Nacht. Ich behalte den Rechner im Auge. Du solltest versuchen, ein wenig zu schlafen.«

»Ich bezweifle, dass ich das kann. Mir fällt es sonst schon schwer, einzuschlafen. Nach dem, was heute passiert ist, sehe ich keine Chance. Und außerdem will ich nicht verpassen, wenn du auf etwas stößt.«

»Vielleicht nimmst du eine Schlaftablette? Du brauchst Ruhe, Anna. Falls ich was in den Daten finde, wecke ich dich.«

Sie seufzte. »Nach der Entführung war ich tablettenabhängig. Es war nicht leicht, davon wieder loszukommen. Ich will nicht wieder damit anfangen.«

Eine Weile schwiegen sie beide, bis Zane fragte: »Weißt du eigentlich, warum es dieser kranke Typ ausgerechnet auf dich abgesehen hat?«

Sie schloss für einen kurzen Moment die Augen und atmete tief durch. »Er hat am Columbia College als Reinigungskraft gearbeitet, und da bin ich ihm wohl ins Auge gefallen.«

»Du warst eine von Hunderten Studentinnen dort. Warum du?«

»Keine Ahnung. Darüber habe ich schon zigmal nachgedacht.« Sie rieb sich den Arm. »Ich wurde nach der Entführung psychologisch betreut und bin das mehrfach mit meiner Therapeutin durchgegangen. Harris hat mich auf dem Campus manchmal angesprochen, und ich habe mich auf einen freundlichen Small Talk mit ihm eingelassen. Vielleicht hat das schon ausgereicht, um ihn irgendwie zu triggern.«

Anna schüttelte den Kopf, als könnte sie das Gedankenkarussell dadurch stoppen. Sie ging in Richtung ihres Schlafzimmers. »Ich hole dir Bettzeug. Du kannst auf dem Sofa schlafen.«

Anna schloss die Schlafzimmertür hinter sich und lehnte sich dagegen. Über die Vergangenheit zu reden, hatte sie noch mehr aufgewühlt. Aber auch wenn sie es nicht wahrhaben wollte, sie musste sich wieder intensiver mit alldem auseinandersetzen. Harris würde sie nicht in Ruhe lassen, bis er tot war oder hinter Gittern saß.

Im Grunde hatte sie es nicht anders verdient. Natalie war durch sie ebenfalls in Harris' Fänge geraten und hatte die Freundschaft zu ihr letztendlich mit dem Leben bezahlt. Anna hatte sie zurückgelassen. Sie trug die Schuld an ihrem Tod. Und nun war er wieder hinter ihr her. Was ihr am meisten Angst machte, war die Vorstellung, dass Harris sie gar nicht töten, sondern für immer in seiner Gewalt halten, sie besitzen wollte.

Ein Zittern durchfuhr ihren Körper. Sie durfte nicht einfach aufgeben. Wenn Harris sie so sehr wollte, war sie seine Schwachstelle. Und solange sie konnte, würde sie dafür kämpfen, dass dieses Schwein endlich seine gerechte Strafe erhielt.

Anna atmete noch ein paarmal tief ein und aus, bis sie mit einem Kissen und einer Steppdecke ins Wohnzimmer zurückkehrte. Zane hatte den Fernseher eingeschaltet und schaute einen Bericht, in dem die vor dem Haus stehenden Streifenwagen zu sehen waren. Die Presse würde bald herausgefunden haben, welcher Fall hier neu aufgerollt wurde. Annas Redaktion eingeschlossen.

Als Zane ihr Näherkommen bemerkte, schaltete er den Fernseher sofort aus. »Ich dachte, du wärst schon eingeschlafen.«

Anna legte das Bettzeug auf der Couch ab und deutete zur Küche. »Bediene dich, wenn du Hunger oder Durst hast. Ich leg mich jetzt ein wenig hin.«

»Okay. Du weißt ja, wo du mich findest. Ich bin für dich da.«

Sie lächelte. »Danke.«

Sein Blick folgte ihr, als sie wieder im Schlafzimmer verschwand. Es war tröstlich, zu wissen, dass er hier bei ihr war. Trotzdem verriegelte sie wie immer die Tür.

Ohne sich umzuziehen, kroch sie unter ihre Decke. Vor drei Jahren in ihrem Verlies hatten Natalie und sie sich nach einem Laken gesehnt. Allein ihre gegenseitige Körperwärme hatte sie die Kälte überstehen lassen.

Anna stiegen Tränen in die Augen. Nie würde sie den Tag vergessen, als man sie über den Tod ihrer Freundin informiert hatte. Sie presste sich die Hände vor das Gesicht. Das Bild von Natalie, die alleine im Verlies kauerte, ließ sie nicht los. Sie würde sich nie verzeihen können, dass sie Natalie nicht hatte retten können. Niemals …

Ohne eine Tablette würde sie den grässlichen Erinnerungen heute nicht entkommen können. Sosehr es ihr auch widerstrebte, sie öffnete den Nachttischschrank und nahm die Packung heraus. Das Verfallsdatum war überschritten, aber eine einzelne alte Pille würde sie schon nicht gleich umbringen. Anna hielt die Tablette in der offenen Hand. Alles in ihr sträubte sich dagegen, sie zu nehmen. Doch sie musste schlafen, um tagsüber bei Kräften zu sein. Daher schluckte sie sie schließlich doch hinunter.

Sobald sie die Augen schloss, sah sie Harris vor sich. Sie wälzte sich unruhig von einer Seite zur anderen. Das Medikament wollte ihr keine Erlösung schenken. Gedämpft hörte sie, dass der Fernseher wieder lief. Zane war bei ihr, die Polizisten standen vor der Wohnungstür. Im Moment konnte ihr nichts passieren.

Bewusst atmete sie ein paarmal ganz tief ein und aus und merkte schließlich, wie die Tablette langsam ihre Wirkung zeigte. Sie glitt in einen unruhigen Schlaf.

Wie sehr sie diesen Gestank hasste! Eine Mischung aus Schweiß, getrocknetem Blut und der feuchten Modrigkeit des Kellers. Er kroch ihr in jede Pore und bereitete ihr eine Gänsehaut ebenso wie das unablässige Wimmern, das Natalie neben ihr ausstieß.

Sie hörte ihn kommen. Stufe um Stufe, bis er nach dreizehn Schritten am Ende der Treppe angekommen war. Natalie begann schon jetzt, vor Angst zu schluchzen, dennoch überlagerte das Knirschen der Schlösser und Riegel ihre verzweifelten Laute. Und dann trat er ein. Selbst der Klang seines Atems war abstoßend.

Neonlicht flackerte auf und blendete Anna. Sie kniff die Augen zusammen, wollte ihn nicht sehen. Ihre Freundin war nun vollkommen still.

»Hallo, Anna.« Er sprach jedes Mal nur zu ihr. Natalie ignorierte er. Nur, wenn er sich durch sie bei seinem Spiel mit Anna gestört fühlte, bekam sie seine Wut zu spüren.

Die Matratze gab unter seinem Gewicht nach. »Anna«, flüsterte er ihr nun ins Ohr.

Sie erstarrte, biss die Zähne knirschend aufeinander.

»Sieh mich an, Liebes.« Er sprach die Worte mit einer widerwärtigen Zärtlichkeit. Doch als sie seiner Bitte nicht gleich nachkam, brüllte er los: »Sieh mich an!«

Natalies Zittern übertrug sich auf die Matratze. Sie bemühte sich, ihre Angst zu kontrollieren. Aber gelegentlich entwich ihr wieder ein Unheil bringendes Wimmern.

Nun öffnete Anna doch die Augen. Sie musste Harris von ihrer Freundin ablenken, um sie vor seiner Bestrafung zu schützen.

Der Blick in seine starren Augen ließ sie die Luft anhalten. Er hatte sich über sie gebeugt, sein Gesicht war ihrem viel zu nah.

»Ich habe dir etwas zu essen gekocht.« Harris lächelte. »Komm, setz dich zu mir.« Er stützte sie und half ihr behutsam auf die Beine. Ihre Glieder schmerzten. Sie schwankte.

Seit sie hier waren, trug Anna, genau wie Natalie, nur ein T-Shirt und einen Slip. Er streichelte ihre zitternden Beine und begann, die Ketten an ihren Fußgelenken zu lösen. Dann führte er sie zu dem Tisch mit den zwei Stühlen. Sie würde ihn wieder anbetteln müssen, dass sie Natalie etwas von ihrem Essen übrig lassen durfte. Andernfalls würde sie verhungern.

Harris setzte sich ihr gegenüber. Er zündete eine Kerze an. Neben seinem Teller lag das Jagdmesser, an dessen Schneide Natalies und Annas Blut haftete.

»Ich habe dich vermisst. Was hältst du davon, wenn ich heute Nacht bei dir schlafe?« Er streckte die Hand aus und löste den Knebel aus ihrem Mund. Annas Mund war vollkommen ausgedörrt. Das Schlucken bereitete ihr Schmerzen.

Harris sah zu Natalie. Seine eben noch grinsende Miene veränderte sich zu einer hasserfüllten Fratze. »Sie verdirbt uns alles. Nie sind wir ungestört.«

»Dann lass sie gehen«, flehte Anna ihn an. Ihre eigene Stimme war ihr fremd.

Seine Finger krallten sich um den Griff des Messers. Die pochende Ader an seinem Hals zeugte von seiner aufsteigenden Wut.

»Sie würde unser Versteck verraten«, stieß er zwischen zusammengebissenen Zähnen hervor. »Ich könnte es nicht ertragen, dich ihretwegen zu verlieren.« Er stand so ruckartig auf, dass sein Stuhl umkippte. »Wir müssen sie loswerden.«

Als Harris auf ihre Freundin zuging, hallte Annas ver-

zweifelter Schrei von den rauen Kellerwänden wider. Natalie keuchte und schien vor Panik an ihrem Knebel zu ersticken. Sie konnte nur hilflos dabei zusehen, wie Anna sich trotz ihrer gefesselten Hände auf Harris stürzte und er ihr daraufhin das Messer tief in die Schulter rammte.

8. KAPITEL

Konzentriert führte Nick die Ruderbewegungen aus. Einatmen, ziehen. Ausatmen, dem Gewicht nachgeben. Der tägliche Sport half ihm dabei, den beruflichen Stress auszugleichen. Sein Kopf fühlte sich bereits freier an, Energie durchströmte seinen Körper. Für ihn begann jeder Tag noch vor dem Frühstück mit Training. Er hatte beim Buchen darauf geachtet, dass das Hotel mit einem Fitnessstudio ausgestattet war. Und dass es so weit wie möglich von seinem Elternhaus entfernt lag. Allein der Gedanke an seine Familie ließ ihn den nächsten Zug viel zu wuchtig ausführen.

Während des Ruderns betrachtete er den heraufziehenden Morgen durch die Glasfront. Seine Gedanken wanderten zum gestrigen Meeting, das recht kurz verlaufen war. Wie vermutet, hatte Captain Hooker, Leiter des Chicago Police Departments, nicht viel sagen können, oder genauer: wollen. Um sich abzusichern, hatte Nick Bericht erstattet, und der Fall war die Leiter nach oben gewandert – auf direktem Weg zum Area Deputy Chief, der für den Polizeibezirk zuständig war. Dieser hatte das heiße Eisen an den Büroleiter des Bezirks weitergereicht und der wiederum an den stellvertretenden Polizeipräsidenten.

Nick hatte mitverfolgen können, wie die Anspannung wuchs, und spätestens als der Polizeipräsident persönlich auf einem Meeting am heutigen Vormittag bestanden hatte, war klar, dass der Fall mit Priorität behandelt wurde. Niemand wollte sich nachsagen lassen, die Verfolgung von Edward Harris verpfuscht zu haben.

Es war das gleiche Spiel, wie er es bereits viele Male zuvor erlebt hatte. Das Protokoll wurde eingehalten, am Ende war man jedoch froh, einen Fall dieser Größenordnung an den zuständigen Agenten abgeben zu können. Sollte etwas schiefgehen, konnte so alles auf die Feds geschoben werden, das FBI.

Nach einer Stunde verließ Nick das Fitnessstudio. Mit dem Aufzug fuhr er drei Etagen tiefer zu seinem Zimmer. Die Einrichtung verströmte das typische Businessflair – ein Doppelbett, zwei Sessel und ein schmaler Tisch mit Internetanschluss. Mehr benötigte er auch nicht.

Das verschwitzte T-Shirt klebte auf seiner Haut. Nick streifte es über den Kopf und zog die Shorts aus. Dann lief er ins Bad, stellte die Dusche an und genoss es, wie sich seine Muskeln unter dem Strahl des heißen Wassers entspannten. Er sammelte Kraft für die kommenden Stunden. Für die letzten dreißig Sekunden schaltete er auf eiskalt.

Wenig später verließ Nick das Hotelzimmer und stieg in der Tiefgarage in den gemieteten SUV. Auf dem Weg zum CPD wählte er Annas Nummer.

»Jones«, meldete sie sich schon nach dem ersten Klingeln, aber mit müder Stimme.

»Guten Morgen. Wie hast du geschlafen?«

»Miserabel. Und du?«

»Einigermaßen okay«, log er. »Ich bin auf dem Weg zum Revier. Sitzung mit dem Polizeipräsidenten, dem Captain und meinem Chef aus D.C.«

»Dein Chef kommt hierher?«

»Er ist zugeschaltet per Videokonferenz. Nach dem, was gestern passiert ist, nehmen alle den Fall sehr ernst.«

»Immerhin etwas.«

»Gibt es Neuigkeiten zu den Verbindungsdaten?« Sein Chef würde ihm die Hölle heißmachen, wenn er erfuhr, dass Nick das Smartphone bei Anna gelassen hatte.

»Zane ist gerade fertig geworden.« Ihre Stimme verriet bereits, dass sie keine guten Nachrichten hatte. »Die Metadaten der Bilder wurden gelöscht, bevor Harris sie verschickt hat. Zane konnte nichts mehr finden, keine Daten zu den Masten, gar nichts.«

»Harris hat wohl dazugelernt«, hielt Nick seine Antwort knapp. Lynettes Verdacht, dass der Stalker sich die Hilfe eines Hackers besorgt haben könnte, behielt er einstweilen für sich. »Ich bin gleich am Revier. Pass bitte auf dich auf und befolge die Anweisung der Polizisten, hörst du?«

»Du kennst mich doch.«

»Eben.«

Sie lachte kurz auf. Fast klang sie wie die Anna, die Nick von früher kannte. »Bis später, Nick.«

»Bis später.«

Er beendete das Gespräch. Während seiner Ausbildung in Quantico hatte Nick einiges zur Computerforensik gelernt. Er war kein Fachmann, aber die Daten auf einem alten Handy wirklich vollständig zu löschen, war keinesfalls so einfach, wie es sich vielleicht anhörte.

Als Nick auf den Parkplatz fuhr, sah er die Kamerawagen. Reporter flankierten den Haupteingang.

Nick parkte den Wagen und eilte zur Tür, musste sich seinen Weg aber notgedrungen durch die Meute der Journalisten bahnen, die sofort auf ihn zuströmten.

»Agent Coleman, können Sie uns sagen …«

»Ist es wahr, dass Edward Harris …«

»Wurde wieder eine junge Frau entführt?«

Sie wussten bereits, wer er war. Alle Achtung. Doch er verlegte sich auf den Standardsatz: »Kein Kommentar.«

Mit den Presseleuten sollte sich der Polizeipräsident herumschlagen.

Nick passierte eine Sicherheitsschleuse, ging in die Eingangshalle und lief die Treppen nach oben in den ersten Stock. Dort betrat er das zentrale Großraumbüro. Männer und Frauen, die an Schreibtischen telefonierten und auf Computertastaturen tippten. Am hinteren Ende des Raums, in einem separaten Glaskasten, saß Captain Hooker. Als er Nick erblickte, winkte er ihm zu, erhob sich von seinem Schreibtisch und trat aus dem Büro.

»Alle mal herhören«, rief er in den Raum. Die Gespräche verstummten, das Tastengeklapper erstarb. Alle wandten sich ihrem Chef zu. »Gestern hatten wir keine Zeit für eine ordentliche Vorstellung. Das hier ist Agent Nick Coleman vom FBI, der seit heute offiziell den Harris-Fall leitet. Ich erwarte eure volle Unterstützung. Danke.«

Die Polizisten im Raum nickten und wandten sich dann wieder ihrer Arbeit zu.

Hooker bedeutete Nick, ihm zu folgen.

»Guten Morgen, Captain«, grüßte er den Revierleiter.

Dieser hatte die Fünfzig bereits seit ein paar Jahren überschritten, wirkte jedoch fit und voller Energie. Ein Vollbart zierte sein schmales Gesicht. Er war nicht besonders groß, was er durch eine auffällig gerade Haltung wettmachte.

»Von gut kann keine Rede sein«, brummte Hooker. Er führte Nick in einen Korridor, den sie zügig durchschritten. »Das nächste Mal will ich sofort eingeweiht werden!« Er warf ihm einen vorwurfsvollen Blick zu. Dann zuckte er mit den Schultern. »Wie auch immer. Der damalige Leiter des Falls ist seit zwei Jahren im Ruhestand, sein Stellvertreter auf ein anderes Revier versetzt worden. Die beiden Deputys, die damals involviert waren, stehen nach der Sitzung zu Ihrer Verfügung. Mein Telefon steht nicht mehr still, und die Presse lechzt nach Informationen. Diese elenden Aasgeier.«

»Immerhin ist eine von ihnen das Ziel eines Killers.«

»Anna Jones.« Hooker nickte. »Schnüffelt ständig in ungelösten Fällen herum. Als ob wir hier nur herumsitzen und Däumchen drehen!«

Nick beschloss, lieber zu schweigen. Nachdem sie drei Sicherheitstüren passiert hatten, betraten sie den Konferenzraum, der fast vollständig von einem ovalen Tisch eingenommen wurde. Daran saßen zwei Personen. Lynette und ein Mann, den er bisher nur von Fotos kannte.

»Agent Coleman.« Der Polizeipräsident erhob sich. »Ich bin Markus Pike.«

Natürlich hatte sich Nick über die aktuelle Hierarchie informiert. Pike war erst vor einem Jahr vom Bürgermeister zum Polizeipräsidenten ernannt worden. Seine tiefschwarze Haut stand im Kontrast zu den bereits ergrauten, fast weißen kurzen Haaren. Er war vielleicht zehn Jahre älter als Hooker und im Gegensatz zu ihm hochgewachsen.

»Freut mich.« Nick schüttelte ihm die Hand und nahm neben Lynette Platz.

»Mit dir wird es nie langweilig«, flüsterte sie ihm zu. »Ich durfte heute Morgen schon zweimal über alles berichten. Und als ich das Büro von Hooker verlassen habe, haben die beiden den Bürgermeister angerufen.«

»Wundert mich nicht. Ich wette, der Gouverneur ist auch schon eingeweiht.«

Jeder in der Hierarchie wollte auf dem Laufenden gehalten werden und ein Wörtchen mitreden.

»Es ist jetzt neun Uhr«, verkündete Captain Hooker in Richtung der Protokollantin, die an einem kleinen Extratisch in der Ecke saß. »Wir schalten Paul Noriss hinzu, Direktor des FBI.«

Nicks Kollege Mike hatte ihn in der Nacht mit einer kurzen Textnachricht vorgewarnt. Noriss war nicht gut drauf.

Der Bildschirm erwachte zum Leben. Nach einem kurzen Moment war die Verbindung aufgebaut, und der Videolink öffnete sich.

»Guten Morgen«, grüßte Noriss in die Runde.

Er wirkte wie ein typischer Beamter, der sein Büro niemals verließ. Bleiche Haut, stets akkurat im Umgang mit anderen, aber immer etwas steif. Vermutlich kamen sie deshalb so schlecht miteinander aus. Nick neigte dazu, es mit den Regeln nicht immer so genau zu nehmen, während sie für Noriss heilig waren.

Nick begann mit einer kurzen Zusammenfassung der bisherigen Ereignisse und Erkenntnisse. Im Anschluss führte Lynette ihre Theorien zu Harris aus.

»Ein Helfer?«, hakte Noriss sofort nach. »Unsere hiesigen Profiler sprechen von einem Einzelgänger. Typischer Stalker, der sein Ziel über einen langen Zeitraum observiert hat, nette Gesten überinterpretiert und schlussendlich zur Entführung schreitet. Wir alle wissen, wie es endete.«

»Das war auch meine Einschätzung – zunächst.« Lynette ließ sich nicht aus der Ruhe bringen. Vor ihr lag der Aktenstapel, ihre Lesebrille obenauf. »Doch in den drei Jahren seiner Abwesenheit hat sich Harris ganz offensichtlich verändert. Meine Theorie ist, dass die Flucht von Anna etwas in ihm ausgelöst hat. Möglicherweise hat sich seine Sicht der Dinge, aber auch seine Manie, transformiert. Er will sie zurückhaben, doch er realisiert jetzt die Hürden, die ihn von ihr trennen.«

»Übermitteln Sie mir das Fallprotokoll bitte nach D.C. Ich muss den genauen Ablauf vor Ort und die Zuständigkeiten nachvollziehen können. Außerdem will ich die Fallakte einmal täglich aktualisiert in digitaler Form«, forderte Noriss.

»Selbstverständlich«, bestätigte Lynette. »Ich habe bereits eine Datei fertiggestellt und über die sichere Verbindung auf den Server gelegt.«

»Oh, das ist … ausgezeichnet.«

Nick konnte sich ein Schmunzeln nicht verkneifen. Lynette hatte bereits den Ordnungsfanatiker in Noriss erkannt und nahm ihm vorsorglich den Wind aus den Segeln.

»Wir unterstützen die Ermittlungen von Agent Coleman selbstverständlich«, schaltete sich Captain Hooker ein. »Meine Leute fahren in der Nähe der Redaktion und der Wohnung von Miss Jones verstärkt Streife. Eine Hotline für Hinweise aus der Bevölkerung wurde eingerichtet.«

»Ein entsprechendes Budget haben wir freigegeben«, erklärte der Polizeipräsident. »Was immer Sie bei Ihrer Arbeit benötigen, Agent Coleman.«

Womit alle fürs Protokoll festgehalten hatten, dass Nick der Verantwortliche war und das Kommando hatte.

»Dem schließe ich mich an«, kam es von Noriss. »Agent Coleman, Sie behalten die Leitung des Falls. Als externe Profilerin unterstützt Sie Miss McKenzie. Ihr Ansprechpartner in D.C. ist Agent Mike Cohen.«

»Budget?«

»Freigabe für eine Taskforce«, sagte Noriss mit einem Blick in seine Unterlagen. »Tun Sie, was nötig ist, um Edward Harris ein für alle Mal aus dem Verkehr zu ziehen. Die damaligen Ereignisse haben meinen Vorgänger den Job gekostet. In der zweiten Runde werde ich höchstpersönlich Sorge tragen, dass so was nicht noch mal passiert. Ich will tägliche Berichte!«

Sie sprachen noch kurz über den weiteren Umgang mit der Presse, beschlossen eine ergänzende Analyse durch die Spurensicherung in DC, und Nick berichtete, dass die Auswertung von Annas Smartphone nichts ergeben hatte. Glücklicherweise fragte niemand nach, wer sie gemacht hatte. Er würde später von Zane ein Protokoll für die Akten verlangen.

Nach vierzig Minuten war die Sitzung beendet.

»Viel Glück, Agent Coleman«, verabschiedete sich Noriss.

Der Monitor wurde schwarz.

Hooker und Pike verließen den Raum, um sich den Fragen der Presse zu stellen. Nick sollte sich einstweilen im Hintergrund halten.

»Kurz und schmerzlos.« Lynette nickte in Richtung Monitor. »Von Noriss bekommst du keine substanzielle Hilfe. Er schiebt dir die Mittel rüber, und wenn du einen Fehler machst, hat er auch gleich einen Schuldigen.«

»Habe ich auch nicht erwartet«, erwiderte Nick. »Sobald er erfährt, dass Anna und ich auf der Highschool ein Paar waren, ist der Fall weg.«

»Dann beeilen wir uns besser.« Lynette tippte auf die Akten. »Ich habe etwas gefunden.«

Nick nahm wieder neben ihr Platz. »Raus damit. Ich nehme alles, was ich kriegen kann.«

Lynette öffnete den obersten Aktenordner. Darin lag ein Papier, auf dem sie handschriftlich ein paar Notizen gemacht hatte. »Ich bin die Vernehmungsprotokolle des CPD von damals durchgegangen. Bevor das alles zum FBI gewandert ist.« Lynette setzte ihre Lesebrille auf, bevor sie fortfuhr. »Interessant war die Mutter, das hatte ich ja schon erwähnt. Als der Detective sie damals befragte, war sie betrunken, rauchte eine Zigarette nach der anderen und betonte immer wieder, was für ein *unartiger Junge* Harris als Kind gewesen sei. Ständig habe sie ihn bestrafen müssen.« Sie schüttelte den Kopf. »Die gesamte Vernehmung leuchtet nur so vor Schlüsselsätzen. Jeder einigermaßen psychologisch geschulte Ermittler hätte auf Kindesmissbrauch geprüft, wenn es zu dem Zeitpunkt um ein Kind gegangen wäre.«

Nick sah Lynette an. »Wie hilft uns das weiter? Denkst du, die Mutter war stärker involviert als gedacht?«

»Möglich wäre es, aber das spielt jetzt, nach ihrem Tod, ja keine Rolle mehr.«

»Aber?«

»Harris hat eine Tante«, fuhr Lynette fort. »Sie wohnte damals vierzig Minuten von hier, hatte laut Aussage jedoch kaum Kontakt zur Familie ihrer Schwester. Sie lebt noch.«

»Ein Ansatz.« Nick schlug zufrieden mit der Handfläche auf den Tisch. »Mit der Dame werde ich mich unterhalten.«

Er wollte schon aufstehen, doch Lynette hielt ihn zurück. »Harris mag dazugelernt und möglicherweise seinen Modus Operandi angepasst haben, aber er handelt nach wie vor gemäß seiner charakterlichen Grundstruktur.

Diese ändert sich nicht. Wenn wir Licht in seine familiären Verhältnisse bringen, hilft uns das vielleicht, seine nächsten Schritte vorauszusehen.« Sie atmete schwer aus. »Und wir müssen uns beeilen.«

»Das ist mir klar.«

»Nick, dieser Mann hat sich viele Jahre lang dem Zugriff der Polizei und des FBI entzogen, er hat Anna höchstwahrscheinlich seit Wochen beobachtet, und er hinterlässt kaum Spuren. Unterschätze ihn nicht. Die Fotos und der Brief – das alles war erst der Anfang.«

Nick sah Lynette ernst an. »Keine Sorge, dieses Mal entkommt er uns nicht!«

Damit verließ er den Raum.

Vor dem Revier war wenig los, die meisten Reporter waren auf der Pressekonferenz, die in einem Saal im Erdgeschoss stattfand. Nick sprang in den SUV und fuhr davon.

Nein, dieses Mal würde Harris auf keinen Fall entkommen.

9. KAPITEL

Anna hatte sich bereits ausgemalt, was sie bei ihrer Ankunft in der Redaktion an diesem Morgen erwarten würde. Und natürlich war sie aufgrund der Ereignisse der vergangenen Nacht heute nicht die Erste. Im Großraumbüro folgten ihr die verunsicherten, teils mitleidigen Blicke ihrer Kollegen, und ihr Chef rief sie zu sich, bevor sie auch nur einen Schritt in ihr Büro setzen konnte.

Zane nahm ihr die Tasche ab. »Ich stelle sie auf deinen Schreibtisch und warte dort auf dich.«

»Danke. Warten brauchst du nicht. Ich komme schon klar.« Dass ihr der Albtraum noch in den Knochen saß, brauchte er nicht zu wissen.

»Sicher?«

Sie nickte.

»Okay. Ruf mich jederzeit an, wenn dir danach ist.«

Anna nickte erneut, wandte sich um und ging auf Winston Brown zu. Ihr Chefredakteur stand in seiner Bürotür und wartete auf sie. Wie immer trug er einen maßgeschneiderten Anzug, der seine große, schlanke Gestalt betonte. Er wich einen Schritt zurück, um ihr Platz zu machen. Dann schloss er die Tür, bot ihr den Stuhl vor seinem Schreibtisch an und nahm selbst dahinter Platz.

»Die Frage, wie es dir geht, spare ich mir«, sagte er, stützte die Unterarme auf den Tisch und musterte sie. »Ich verspreche dir, dass aus unserer Redaktion keine Informationen über dich nach draußen dringen werden. Wir halten uns aus den Berichterstattungen bei diesem Fall komplett raus. Ich habe mit dem Verleger Rücksprache gehalten. Das ist das Mindeste, aber leider auch das Einzige, was wir für dich tun können.«

Damit hatte Anna nicht gerechnet, und diese Solidaritätsbekundung ihres Chefs machte sie einen Moment lang sprachlos. »Vielen Dank«, sagte sie schließlich.

Winston stand auf, kam um den Tisch herum und setzte sich vor ihr auf die Tischkante. Mit seinem grau melierten Haar und den voluminösen dunklen Augenbrauen war er eine imposante Erscheinung.

»Du solltest dir freinehmen, Anna. Vielleicht wäre es das Klügste, wenn du die Stadt verlässt.«

Sie faltete die Hände auf ihrem Schoß und betrachtete das Armband, das einst ihrer Mutter gehört hatte. An Flucht hatte sie bislang keinen Gedanken verschwendet. Und wo sollte sie auch hin? Zu ihrem Vater würde sie auf keinen Fall gehen. Wenn Harris sie bis nach Alabama verfolgte und sie damit ihren Vater und seine neue Lebensgefährtin Claire in Gefahr brachte, würde sie sich das nie verzeihen. Harris hatte sie im Visier und beobachtete vermutlich jeden ihrer Schritte. Anna hoffte, dass ihr Vater nichts von den hiesigen Presseberichten mitbekam. Seit dem Tod ihrer Mutter war er nicht mehr derselbe. Als sie dann entführt wurde, wäre er beinahe zerbrochen. Sie wollte ihm die erneute Sorge unter allen Umständen ersparen.

»Gibt es einen Ort, an dem du dich vor Harris verstecken könntest?«, hakte Winston nach.

»Ich will nicht davonlaufen«, erwiderte Anna. »An fremden Orten wird mir der Gedanke seiner Verfolgung noch unheimlicher. Außerdem habe ich hier Personenschutz.«

Winston nickte nachdenklich. »Aber nimm dir wenigstens frei, damit du deine Wohnung nicht verlassen musst.«

Anna stand auf, trat zum Fenster und betrachtete den wolkenlosen Himmel. Es war ein sonniger Tag, den sie unter normalen Umständen mit einer morgendlichen Joggingrunde begonnen hätte. Doch nun wurde sie zwangsläufig aus ihrer Routine gerissen.

»Wenn ich nur zu Hause sitze, werde ich vor lauter Grübeln verrückt. Ich brauche wenigstens etwas Normalität. Also werde ich weiterhin, so gut es geht, meinen Job machen.«

»Du musst selbst wissen, was in dieser Situation das Beste für dich ist.« Winston trat neben sie und schaute ebenfalls hinaus. »Falls du es dir anders überlegst, brauchst du es nur zu sagen. Meine Tür steht dir jederzeit offen.«

»Ich danke dir.« Als sie sich umwandte, trafen sich kurz ihre Blicke. »Dann mach ich mich mal an die Arbeit.« Sie ging zur Tür.

»Anna.«

Sie hatte die Klinke schon in der Hand und hielt inne, drehte sich aber nicht noch mal zu ihm um.

»Pass auf dich auf.«

»So gut ich kann«, erwiderte sie und verließ den Raum.

Schnellen Schrittes ging sie in ihr Büro. Die Blicke, die ihr folgten, versuchte sie zu ignorieren.

Anna setzte sich an ihren Schreibtisch und schaltete den Computer an. Wie immer widmete sie sich zunächst den aktuellen Polizeiberichten, wobei die Fahndung nach Edward Harris an erster Stelle angezeigt wurde. Schon auf der Fahrt hierher hatte sie im Autoradio einen Bericht über den gestrigen Polizeieinsatz gehört. In den Nachrichtensendungen war er heute Hauptthema. Immer wieder erschien das Foto von Harris, das gestern Annas Panikattacke ausgelöst hatte, auf den Fernsehbildschirmen im Großraumbüro. Durch die permanente Berichterstattung konnte Harris sich nicht mehr ohne Weiteres auf der Straße blicken lassen und fühlte sich sicherlich in die Enge getrieben. Er musste nun damit rechnen, dass er erkannt wurde. Das war ein kleiner Trost.

Während sie Harris' Fahndungsfoto betrachtete, drehte sich ihr der Magen um. Die tückisch blitzenden Augen, der Schweißfilm auf der Stirn, das lichte Haar, das an seiner Kopfhaut klebte. Sie schloss kurz die Augen und konzentrierte sich darauf, gleichmäßig zu atmen. Dann begann sie, den Bericht über den gestrigen Vorfall zu lesen, bis es an der Tür klopfte.

»Guten Morgen.« Es war Maggie. Die kleinwüchsige Sekretärin war um die Vierzig und verteilte heute die Post. Sie hielt Anna einen Stapel Briefe hin. Doch Anna starrte die Umschläge nur an und machte keine Anstalten, sie entgegenzunehmen. »Ich leg sie hierhin«, sagte Maggie und hinterließ sie auf dem Schreibtisch. Ihre gefurchte Stirn verriet, dass sie Annas Verhalten seltsam fand. »Alles in Ordnung?«, fragte sie. Anscheinend war sie eine der wenigen, die noch nicht mitbekommen hatten, was hier gerade vor sich ging. Anna nickte nur. Maggie bedachte sie mit einem skeptischen Blick und verließ ohne ein weiteres Wort den Raum.

Anna hörte das Blut in ihren Ohren rauschen. Sie wandte sich wieder dem Computerbildschirm zu, aber sie schaffte es nicht mehr, sich auf den Bericht zu konzentrieren. Sie fühlte die erdrückende Präsenz der Briefe. Was, wenn wieder einer …?

Zögernd sah sie zu dem Stapel und versuchte zu erkennen, ob einer der Umschläge verdächtig wirkte. Doch keiner von ihnen stach heraus. Anna rieb sich die Schläfe. Sie musste sich zusammenreißen. Ihr blieb nichts weiter übrig, als die Post durchzusehen. Also brachte sie es am besten schnell hinter sich.

Darum bemüht, die Briefe so wenig wie möglich zu berühren, fasste Anna sie nur vorsichtig an den Ecken und verteilte sie vor sich auf dem Tisch, um die Absender lesen zu können. Entwarnung! Alles nur unverfängliche Geschäftspost.

Erleichtert ließ sich Anna auf ihren Bürostuhl zurücksinken und rieb sich ihre zitternden Hände. Sie hasste es, dass Harris diese Macht über sie hatte und ihr solche Angst einflößte. Ab jetzt würde sie ihn für den restlichen Tag aus ihren Gedanken verbannen und sich voll und ganz auf ihre Arbeit konzentrieren.

Anna öffnete die Schreibtischschublade, um den Brieföffner herauszuholen – und erstarrte mitten in der Bewegung. Obenauf lag ein großes Kuvert, auf dem ihr Name stand. Die krakelige Schreibweise war unverkennbar, ebenso die bräunliche »Tinte«.

Ihr wurde eiskalt. Unwillkürlich stand sie auf. Sie starrte auf den Brief hinunter. Wie um alles in der Welt kam er in ihre Schublade? Sie sah sich hektisch um. Ihre Bürotür stand offen. Im Großraumbüro ging alles seinen gewohnten Gang. Nichts Auffälliges zu erkennen. Natürlich nicht!

Anna versuchte, ihr Zittern unter Kontrolle zu bringen, schloss für einen Moment die Augen und atmete tief durch. Dann machte sie sich auf die Suche nach einem brauchbaren Hilfsmittel, mit dem sie es vermeiden konnte, ihre Fingerabdrücke auf dem Umschlag zu hinterlassen. Dabei blieb ihr Blick an dem Stiftebecher hängen. Sie nahm zwei Kugelschreiber zur Hand, klemmte das Kuvert zwischen den Stiften ein und zog es aus der Schublade. Es war leicht, aber darin war definitiv nicht nur ein Blatt Papier. Der Umschlag wölbte sich leicht und war nicht zugeklebt.

Ihre Hände zitterten noch immer, und es fiel ihr schwer, das Kuvert zwischen den Stiften zu halten. Umständlich drehte sie den Umschlag so, dass die Öffnung nach unten zeigte, dann schüttelte sie ihn leicht, bis der Inhalt auf dem Tisch landete. Ein kleiner Zettel und ein schwarzes Stück Stoff kamen zum Vorschein. Anna verengte die Augen. Eine schreckliche Ahnung erfasste sie, die zur Gewissheit wurde, als sie die kleine pinke Zierschleife entdeckte. »Verdammt.« Sie ließ die Stifte samt Kuvert fallen.

Das war nicht möglich. Es durfte nicht sein.

Wie vom Blitz getroffen machte sie einen Schritt nach hinten. Mehrere Atemzüge lang stand sie einfach nur da. Erst als sie ihre Fassung halbwegs zurückgewonnen hatte, griff sie nach ihrem Smartphone und wählte Nicks Nummer.

»Bitte geh ran, bitte geh ran«, flüsterte sie immerzu, während sie dem Freizeichen lauschte.

»Anna, was gibt's?«, meldete er sich schließlich, woraufhin sie hörbar ausatmete.

»Kannst du bitte herkommen? Sofort!« Ihre Stimme bebte, und sie machte erst gar nicht den Versuch, es zu verbergen.

»Was ist passiert?«

»Ein neuer Brief.«

Einen Moment lang herrschte Stille.

»Hast du ihn geöffnet?« Die Beunruhigung war Nick deutlich anzuhören.

»Ja. Das heißt – nein. Er war offen.«

Nick gab einen Laut von sich, der sich wie ein Knurren anhörte. »Was hat er dieses Mal geschrieben?«

»Keine Ahnung.« Sie strich sich hektisch durchs Haar. »Ich hab noch nicht nachgesehen, weil …« Sie stockte.

»Weil?«, fragte Nick, als sie nicht weitersprach. »Was ist los? Rede mit mir!«

Alles in ihr sträubte sich, doch sie ging zögerlich wieder auf den Schreibtisch zu. Sie nahm einen der Kugelschreiber und faltete mit ihm den schwarzen Stoff weiter auseinander. Auch wenn sie es nicht wahrhaben wollte, es bestand kein Zweifel.

»Anna?« Nicks Tonfall klang eher verzweifelt als ungeduldig.

»Es ist ein Slip«, weihte sie ihn ein. »Mein Slip.«

»Dein …« Er hielt inne, als müsste er diese Information erst verarbeiten.

»Ich habe mir das Dessous-Set erst vor Kurzem gekauft und bisher nur einmal getragen. Als ich vor ein paar Tagen Wäsche gewaschen habe, konnte ich den zum BH passenden Slip nicht finden und habe mich schon gewundert.« Das musste bedeuten … Ihr wurde übel.

»Dann war er in deiner Wohnung«, sprach Nick aus, was sie kaum zu denken wagte.

Ihr lief ein eiskalter Schauder über den Rücken. Bevor ihre Beine unter ihr nachgeben konnten, ließ sie sich auf den Schreibtischstuhl sinken.

»Du hast gesagt, du hast dir den Brief noch nicht angesehen. Kannst du ihn lesen, ohne ihn zu berühren?«

»Ja, warte«, erwiderte sie.

»Ich bin auf dem Weg zu einer Befragung in der South Side, sonst würde ich das für dich übernehmen.«

Sie schwieg.

»Du schaffst das, Anna. Hör auf meine Stimme. Ich bin bei dir.«

Die Worte gaben ihr Kraft.

»Achte darauf, den Brief möglichst nicht zu berühren. Dann hat es die Spurensicherung anschließend leichter.

Nimm ein Tuch oder irgendwas anderes, was für dich greifbar ist.«

»Es ist kein Brief, sondern nur ein kleiner Zettel. Er liegt vor mir auf dem Tisch, ist beim Öffnen des Kuverts herausgefallen«, stieß Anna hervor. Sie stellte den Lautsprecher ihres Smartphones an und legte es auf den Tisch. Mit den Kugelschreibern drehte sie den Zettel, der mit dem Slip aus dem Umschlag gefallen war, um. »Er hat nur einen Satz geschrieben«, sagte sie, bevor sie die drei Worte mühsam vorlas: »*In ewiger Liebe*«.

»Ich komme zu dir, so schnell ich kann«, hörte sie Nick wie aus weiter Ferne sagen. »Bis dahin leite ich alles in die Wege und lasse das Kuvert zur forensischen Untersuchung abholen. Und die Aufnahmen der Überwachungskameras lasse ich überprüfen. Vielleicht ist dieses Mal deutlicher zu erkennen, wie Harris den Brief abgibt.«

Anna schluckte. »Er war hier, Nick. In meinem Büro.«

Es entstand eine kurze Pause. »Wie kommst du darauf?«

»Das Kuvert wurde nicht mit der Post gebracht. Es lag in meiner Schublade.«

Nick fluchte. »Ist dein IT-Kollege in der Nähe?«

»Zane ist vermutlich in seinem Büro. Warum fragst du?«

»Geh zu ihm und gib ihn mir mal. Ich bleibe solange in der Leitung.«

»Okay.« Anna schob den Slip und den Zettel mithilfe der Kugelschreiber zurück ins Kuvert. Um sicherzugehen, dass es in der Zwischenzeit niemand anders in die Finger bekam, verstaute sie es wieder in der Schublade. Dann griff sie nach ihrem Smartphone und verließ ihr Büro. »Bin unterwegs«, informierte sie Nick.

Als sie in Zanes Büro ankam, machte er Anstalten aufzustehen, doch sie bedeutete ihm, sich wieder zu setzen, stellte abermals den Lautsprecher ihres Smartphones an und legte es auf den Tisch. Verwirrt sah Zane sie an. »Nick möchte dich sprechen«, sagte sie nur.

»Können Sie mich hören, Zane?«, fragte dieser wie auf Kommando.

»Äh, ja.«

»Harris hatte Zugang zu Annas Büro. Ich gehe davon aus, dass …«

»Ach du Scheiße. Wirklich? Wie?«

»Er hat sich keinesfalls tagsüber hereingeschlichen. Das Risiko, dabei erwischt zu werden, wäre selbst für Harris zu groß gewesen. Zumal wir gestern vor Ort waren.«

»Ich nehme mal an, ich soll die Log-Dateien prüfen?«, fragte Zane und begann, umgehend auf seiner Tastatur zu tippen.

»Korrekt. Finden Sie heraus, ob sich jemand außerhalb der Bürozeiten Zugang verschafft hat und vor allem, wie. Anna gibt Ihnen meine Nummer. Bitte melden Sie sich, sobald Sie etwas für mich haben.«

»Ich habe jetzt schon was«, erwiderte Zane. Er blickte vom Computerbildschirm zu Anna. »Ich habe mich mit meiner Administratorberechtigung in die Datenbank für die Keycards eingeloggt. Gegen dreiundzwanzig Uhr gestern wurde der Haupteingang zweimal entsperrt. Die Codenummern verweisen auf die Zugangserlaubnis einer Reinigungsfirma.«

»Harris hat damals in der Uni als Reinigungskraft gearbeitet«, warf Anna ein.

»Ich brauche die Keycardnummern, dann lasse ich das überprüfen«, meldete sich Nick wieder zu Wort.

»Das können Sie sich vermutlich sparen«, sagte Zane, stand auf und sah Anna direkt in die Augen. »Kurz vor zwei Uhr morgens hat sich noch jemand Zugang verschafft. Laut der Log-Datei mit Annas Keycard.«

10. KAPITEL

Nick parkte vor einem großen Apartmentkomplex in der South Side von Chicago und starrte auf sein Smartphone. Nach dem Gespräch mit Anna hatte er sofort auf dem Revier angerufen, damit Harris' neueste »Überraschung« in der Redaktion abgeholt wurde. Einer der Deputys besorgte die Aufnahmen der Überwachungskameras des *Tribune Towers*, und auf dem Revier waren sie bereits damit beschäftigt, die Bilder von Annas Wohnung auszuwerten. Irgendwann in den letzten Tagen musste Harris sich Zutritt verschafft haben.

Mit einem tiefen Atemzug vertrieb Nick die Gedanken und stieg aus dem Wagen. Die Fahrt vom Revier zur gemeldeten Adresse von Viola Hastings, Harris' Tante mütterlicherseits, hatte ihn über eine Stunde gekostet, der Verkehr war zu dicht, und er war kaum vorangekommen.

Kurz ließ Nick seinen Blick schweifen. Ein Hochhaus reihte sich an das nächste, alte Bauten, die seit den 1970ern hier standen. Die Mülltonnen in den Sammelboxen quollen über, waren schon lange nicht geleert worden, oder es gab einfach zu wenige. Ein Großteil der Geschäfte, die sich zwischen die Häuser schmiegten, stand leer. Die Jugendlichen am Ende der Straße hatten seinen SUV neugierig beäugt, jedoch die Flucht ergriffen, als er ausgestiegen war. Vermutlich hatten sie einen Riecher für Cops.

Neben der Eingangstür waren die Klingelschilder angebracht, sechzig insgesamt. Er fand das Namensschild von V. Hastings, schätzte das Stockwerk ab und betrat das Haus. Zwei Stufen auf einmal nehmend, lief Nick hoch in den vierten Stock. Dicht an dicht reihten sich die Türen, es roch nach altem Staub und gekochtem Gemüse.

Fast ein Dutzend Türen suchte Nick ab, bevor er schließlich die richtige fand. Der Name auf dem Schild war bereits verblichen.

Nick klingelte.

Stille.

Er klopfte. »Miss Hastings, hier ist das FBI, bitte machen Sie auf. Es geht um die Familie Ihrer Schwester.«

Endlich regte sich etwas in der Wohnung. Eine Kette klirrte, die Tür wurde einen Spalt geöffnet, und ein verlebtes Gesicht blickte Nick misstrauisch an.

Er holte seine Marke hervor und hielt sie ihr vor die Nase.

Ihr Misstrauen blieb. »Wer sagt mir, dass das Ding nicht gefälscht ist?«

Nick ging nicht darauf ein. »Ich ermittle in dem Fall von Edward Harris. Ich würde Ihnen gerne ein paar Fragen stellen.«

Die Antwort bestand aus einem Grunzen. Dann schlug sie die Tür zu, löste die Kette und öffnete die Tür ganz. »Kommen Sie rein!«

Nick betrachtete die Frau eingehend. Viola Hastings

hatte die Sechzig überschritten, wovon die tiefen Runzeln auf ihrem Gesicht kündeten. Sie trug ein Kleid mit Leopardenmuster, das ihr vor vielen Jahren vielleicht einmal gepasst hatte. Heute betonte es ihr Übergewicht auf unvorteilhafte Weise. Darüber spannte eine Weste, die einmal weiß gewesen sein musste, mittlerweile aber ins Bräunliche ging. Ihr Haar war violett gefärbt, und in ihrem Mundwinkel steckte der Stummel einer Zigarette.

Sie schlurfte den Flur entlang und schloss nachdrücklich die Schlaf- und Badezimmertür.

»Da geht's lang.« Sie deutete auf den einzig offenen Durchgang.

Nach wenigen Schritten waren sie in einem Wohnzimmer mit integrierter Küchenzeile.

Die Wohnung erwies sich als bessere Müllhalde: Essensreste und Geschirr türmten sich im Spülbecken, aufgestapelte Magazine lagen neben der Wand, und überall standen kitschige Porzellanfiguren herum.

»Wollen Sie einen Tee?«

»Das ist sehr nett, aber nein, danke.«

Sie sank auf einen Stuhl am Küchentisch. »Dachte mir schon, dass einer von euch Jungs irgendwann auftaucht. Die Nachrichten sind ja voll von *ihm*.«

Bei der Suche nach Harris hatte man vor drei Jahren auch im Umfeld der Mutter mögliche Mittäter gesucht. Doch ein kurzes Gespräch hatte genügt, um Viola Hastings von der Liste der Verdächtigen zu streichen. Sie hatte schon viele Jahre keinen Kontakt mehr zu ihrer Schwester gehabt.

»Jetzt, wo Vivien tot ist, gibt es außer mir ja niemanden sonst, den man zu ihm befragen könnte.«

Sie deutete nachdrücklich auf einen zweiten Stuhl, und Nick nahm Platz.

»Es ist richtig, dass Ihr Neffe wiederaufgetaucht ist«, bestätigte er. »Wir müssen ihn dringend finden.«

»Sie hat ihn verdorben.«

Nick hob lediglich die Augenbrauen und wartete, dass Viola weitersprach.

»Glauben Sie es nur. Am Anfang posaunte sie noch stolz hinaus, wie glücklich sie war. Prahlte damit, einen Mann gefunden zu haben, im Gegensatz zu mir.« Viola nahm einen letzten Zug von ihrer Zigarette und stieß den Rauch aus.

»Sie sprechen von Paul Harris, dem Vater.«

»Von wem sonst?« Sie drückte den Stummel in einen Aschenbecher, der bereits übervoll war. »Hat ihr schicke Kleider gekauft. Ständig ist sie herumgerannt wie die Königin von England. Bis er arbeitslos wurde.«

Das deckte sich mit dem, was Nick in den Akten gelesen hatte. Wobei die schicken Kleider wohl eher Secondhand gewesen waren und kaum mit Haute Couture mithalten konnten.

»Das war kurz nach Edwards Geburt?«, hakte Nick nach, um den Redefluss anzustacheln.

Mit zittrigen Fingern zog Viola eine neue Zigarette aus der Packung. »Glück für den Jungen … oder Pech, wie man es nimmt. Vermutlich hätte Paul ihn sonst noch im Mutterleib totgeprügelt. Schließlich kostet so ein

Winzling ja Geld. Stattdessen hat er seine Wut an meiner Schwester ausgelassen. Am Anfang konnte sie es noch verbergen, aber dann …«

Eine klassische Geschichte. Arbeitslosigkeit führte zu Alkoholismus und erhöhter Gewaltbereitschaft. Die Familie zerbrach.

»Sie hätte ihn verlassen sollen, stattdessen parkte sie den kleinen Edward ständig bei mir.« Sie nahm ein billiges Feuerzeug zur Hand und zündete sich die Zigarette an. »Der Junge saß immer in der Ecke, zu schüchtern, was zu sagen. Nur einmal, als er meine Vase zerbrochen hat, habe ich ausgeholt. Da hat er gewimmert und sinnloses Zeug gestammelt.«

»Ja? Was hat er gesagt?«

»Sinnloses Zeug eben.« Sie schluckte.

Nick sah die Schuld in ihren Augen. Was Viola Hastings damals abgetan hatte, war alles andere als sinnloses Zeug gewesen.

»Dass er nicht wieder ins Dunkel gesperrt werden will.« Sie schnippte fahrig die Asche ab. »Ich hab das erst später mitgekriegt. Es gab da wohl einen ›Bestrafungsraum‹, den Paul gebaut hat. Da musste der Kleine rein, wenn er böse war. Hatte 'ne dünne Wand. So konnte er hören, was sein Vater Vivien antat.«

Nick schob alle Emotionen von sich weg. Was dem Jungen auch widerfahren war, er hatte sich längst selbst in ein Monster verwandelt.

»Haben Sie jemals versucht, Ihrem Neffen zu helfen?«, fragte er.

»Bei dem Vater? Keine Chance. War aber irgendwann auch gar nicht mehr nötig.«

»Wie meinen Sie das?« Nick runzelte die Stirn.

»Keine Ahnung, was genau passiert ist. Aber exakt am fünfzehnten Geburtstag des Jungen ist Paul verschwunden. Einfach weg.« Vivien lachte auf. »Meine Schwester sagte, dass ihr liebender Ehemann sie hat sitzen lassen … wegen des Jungen. Weil er etwas angestellt hat, etwas Schlimmes.«

»Aber Sie haben nie erfahren, was?«

»Was es auch war, der Mistkerl hatte es verdient. Leider sah meine Schwester das anders. Sie gab dem Jungen die Schuld an allem. Wegen ihm sei sie alleine und müsse ihre gesamte Freiheit opfern, damit er ein Dach über dem Kopf hat und etwas zu essen.«

Auch das war ein Fall wie aus dem Lehrbuch. Die misshandelte Mutter gab dem Kind die Schuld am Verlust des Mannes, der sie niemals wirklich geliebt hatte. Eine toxische Verbindung, die das Leben aller zerstört hatte.

»Irgendwann durfte er mich dann nicht mehr besuchen«, erklärte Viola. »Ich sei ein schlechter Einfluss, setze ihm nur Flausen in den Kopf. Das war, nachdem ich sie das erste Mal auf das blaue Auge des Jungen angesprochen habe.« Sie zog heftig an der Zigarette. »Ich war für ihn da, solange ich konnte. Was weiter passiert ist … nun, daran trage ich keine Schuld. Sie war das. Und ihr geliebter Ehemann! Ich verfluche den Tag, an dem Paul Harris in ihr Leben getreten ist!«

Langsam sah Nick klarer, was Edward Harris' Kindheit

und Jugend anging. Doch was er vor allem brauchte, war ein Hinweis auf seinen aktuellen Aufenthaltsort.

»Wo hat die Familie damals gewohnt? Hier in der South Side?«

»Ach was, dafür waren die sich zu fein. Die haben doch ständig über ihre Verhältnisse gelebt.« Die Zigarette war aufgeraucht, und Viola stopfte sie zu den anderen Stummeln in den Aschenbecher. »Sie lebten in dem Haus in Rosemont. Sie wissen schon …«

O ja, allerdings. Das Haus von Edward Harris' Großeltern, das sie Vivien vererbt hatten. Dort im Keller waren Natalie und Anna gefangen gehalten worden. Es lag gut dreißig Autominuten von Chicagos Innenstadt entfernt.

Nick erhob sich abrupt. Ihm war gerade eine Idee gekommen. Der *Tribune Tower* musste warten. Vorher würde er Rosemont einen kleinen Besuch abstatten.

»Ich danke Ihnen für Ihre Hilfe,« sagte Nick.

Viola sah ihn überrascht an. »Sie gehen schon? Wollen Sie nicht doch einen Tee?«

Nick schüttelte den Kopf. »Danke, nein. Und bleiben Sie ruhig sitzen. Ich finde allein hinaus.«

Mit schnellen Schritten eilte Nick zu seinem SUV, setzte sich hinter das Steuer und wählte über den Sprachassistenten die Nummer von Lynette.

»Wie war es?«, fragte sie sofort.

»Interessant. Ich erkläre dir alles persönlich. Wir treffen uns in Rosemont. Ich habe neue Informationen zur Familie, die ich dich bitte vor Ort auszuwerten.«

»Das alte Haus?« Lynette bewies erneut, dass sie die

Akte in- und auswendig kannte. »Ich bin schon unterwegs.«

Das Navi leitete Nick zielsicher in nordwestliche Richtung, heraus aus der South Side und auf direktem Weg nach Cook County. Je näher er dem Haus der Familie Harris kam, desto verlassener wirkten die Straßen. Auf den Fußgängerwegen von Rosemont waren kaum Menschen unterwegs. Er ließ die letzten Häuser hinter sich, und es dauerte eine Weile, bis schließlich das heruntergekommene Haus mit dem angrenzenden dichten Wald in Sicht kam. In ihn war Anna damals voller Panik geflohen, hatte zwischen den Bäumen Schutz gesucht und war stundenlang umhergeirrt. Wäre sie in die andere Richtung gelaufen, hätte sie die Häuser gesehen. Doch es war dunkel gewesen, und sie hatte es nicht besser gewusst.

Fünfzehn Minuten später bog der grüne Ford von Lynette in die Straße ein. Sie stieg aus und begrüßte Nick mit einem Lächeln. »Tut gut, mal aus dem Büro herauszukommen«, sagte sie und ging auf ihn zu.

Er gab ihr eine Zusammenfassung seiner Befragung von Viola Hastings. »Letztlich nichts wesentlich Neues, mit einer Ausnahme.«

»Der Raum.« Lynette nickte. »Ja, von dem war in den Akten tatsächlich nirgends die Rede. Wenn es ihn wirklich gibt, würde er ein ganz neues Licht auf Harris' Persönlichkeitsentwicklung werfen.«

»Aber dafür müssen wir ihn erst mal finden«, bemerkte Nick. »Die Spezialisten haben das Haus damals natürlich gründlich durchsucht und überall Spuren gesichert. Der

Keller wurde geradezu auseinandergenommen, aber das Team konnte nichts Auffälliges entdecken. Andererseits hat niemand nach einem versteckten Zimmer gesucht, schließlich befand sich Harris auf der Flucht, und es ging primär darum, ihn und Natalie zu finden.«

Gemeinsam schritten sie auf das Haus zu. Ein alter Zaun umrahmte das Grundstück, der jedoch an mehreren Stellen löchrig und brüchig war. Die Hauswand hatten Sprayer mit Schmähschriften beschmiert, einige Fenster waren eingeworfen. Die Fahndung hatte auch den Hass der Leute hervorgerufen.

Immerhin erleichterte das Lynette und Nick den Zugang. Die Tür war aufgebrochen worden, und sie konnten problemlos eintreten. Das Haus stand seit Jahren leer.

Nick wandte sich instinktiv der Kellertür zu. »Du wartest oben, bis ich mir einen Überblick verschafft habe.«

»Alles klar. Aber die Suche dort unten kannst du dir sparen«, hielt ihn Lynette zurück. »Der Raum, den wir suchen, hat dazu gedient, den Jungen zu bestrafen. Wenn Paul Harris ihn gebaut hat, ist vermutlich auch die Ehefrau da drin gelandet. Er wird also eher hier oben im Wohnbereich sein.«

»Egal. Standardprozedur. Rücken frei halten.« Er zog seine Waffe und stieg die Treppenstufen neben der Eingangstür hinunter. Der typische Geruch von feuchtem Zement stieg ihm in die Nase, vermischte sich mit den modrigen Ausdünstungen von Schimmel. Der Keller war inzwischen undicht, eine Wasserlache hatte sich auf dem Boden gebildet. Er verschaffte sich einen schnellen Überblick und versuchte, jeden Gedanken an Annas und Natalies Martyrium zu verdrängen.

»Alles klar?«, fragte Lynette, als Nick wieder nach oben kam.

»Niemand zu sehen. Also, wo könnte sich dieser Raum befinden?«

»Im Wohnzimmer, möglicherweise auch im Schlafzimmer. Der Vater wollte vermutlich die Schreie und Schluchzer hören.«

»Ich seh' mich hier im Erdgeschoss auch noch mal um«, sagte er. »Wir können keine Überraschungen gebrauchen.«

Durch die Diele betrat er das Wohnzimmer. Die Möbel waren halb vermodert oder mutwillig zerstört. Die Kissen lagen aufgeschlitzt in Fetzen. Fast jedes Fenster war eingeschlagen worden. Die Küche war genauso verrottet. Die Hängeschränke hingen schief in den losen Verankerungen, und Glassplitter der zerschlagenen Deckenlampe lagen auf dem Boden.

Lynette blieb im Wohnzimmer. Als er zu ihr zurückkehrte, betrachtete sie bereits eingehend die Wände und den Boden. »Nach oben.«

Sie stiegen die Treppenstufen empor. Nick ging weiter mit gezogener Waffe voran, Lynette hielt sich hinter ihm.

Das Haus war leer, wie vermutet. Der Putz bröckelte von den Wänden, Risse zogen sich bis hinunter in das Holz der Treppe. Schimmel blühte in den Ecken.

Sie hatten den vorletzten Treppenabsatz gerade erreicht, als sie ein scharrendes Geräusch hörten. Sofort packte Nick die Waffe fester mit beiden Händen.

Vorsichtig stiegen sie weiter hinauf und gelangten auf den oberen Flur. Ein Blick um die Ecke enthüllte weiteren Schimmel und feuchte Wände. Nick öffnete die erste Tür. Ein kleines Schlafzimmer. Auch hier hatten Vandalen gehaust. Vermutlich waren regelmäßig Jugendliche ins Haus eingedrungen, als eine Art Mutprobe.

Lynette prüfte Boden und Wände. »Kein Hohlraum unter den Dielenbrettern, und die Wände sind überall massiv.«

Sie gingen weiter in den angrenzenden Raum, Nick mit der Waffe vorneweg.

»Das muss das Elternschlafzimmer gewesen sein«, flüsterte Lynette.

Wieder begann sie, den Boden nach einem Versteck abzusuchen. Nick begutachtete die Wände. Ein Regal stand schief an der Seite, die Böden der einzelnen Fächer waren herausgebrochen. Die Matratze des Bettes lag daneben, die Oberseite von Flecken übersät.

Nick betrachtete das Regal genauer. »Es sieht aus, als wollte jemand das Regal umwerfen, deshalb hängt es so schief. Aber wieso ist es nicht ganz umgefallen?«

Sie traten näher heran.

Jetzt war auch wieder das scharrende Geräusch zu hören. Es schien direkt aus der Wand hinter dem Regal zu kommen.

Lynette klopfte gegen den Putz neben dem Regal. Als sie sich herunterbeugte, sah sie es.

»Hier unten ist ein Riegel«, sagte sie, ging in die Hocke und rüttelte daran. Der Zahn der Zeit hatte das Metall rostig und brüchig werden lassen.

Nick erkannte nun, bei genauerem Hinsehen, einen Spalt in der Wand. Eine quadratische Tapetentür, nicht größer als der Eingang einer Hundehütte. Nick machte Lynette Zeichen, zurückzutreten. Dann trat er mit voller Wucht gegen den Riegel. Aber nicht der Riegel löste sich, sondern die ganze Holztür brach aus den Angeln. Ein schwarzes Loch kam zum Vorschein. Nick hielt seine Waffe mit ausgestreckten Armen vor sich. Falls Harris hier war, hatte er sie längst gehört.

Ein Schwall warmer Luft, der ihnen entgegenschlug, ließ Lynette zurücktaumeln. Nick keuchte, blieb aber, wo er war. Mit einem schnellen Griff zog er die fingerlange Taschenlampe aus seinem Jackett, duckte sich und leuchtete in die Dunkelheit. Der Lauf seiner Waffe blieb auf den Lichtkegel gerichtet. Eine Ratte huschte durch sein Sichtfeld. Vermutlich war sie der Verursacher des Geräusches gewesen.

Graue Bodenfliesen bedeckten den Boden und einen Teil der Wände, der Rest war mit Holz ausgekleidet. Hoch oben gab es Belüftungsschächte, die einen stetigen Luftstrom durch den Raum schickten. Sie mochten der Grund sein, warum es hier drinnen paradoxerweise besser roch als im Rest des Hauses.

Nick kroch durch die schmale Öffnung und ließ das Licht der Taschenlampe schweifen.

»Hier sind Zahlen«, sagte er. »Sie wurden in das Holz geritzt.«

Sie waren überall. Jahreszahlen, Monate und Tage. »Der junge Edward hat offenbar jeweils das Datum seiner Haft verzeichnet.«

Als Nick den Boden genauer betrachtete und sein Blick in die gegenüberliegende Ecke des Raumes fiel, zuckte er zurück und stieß einen kurzen unterdrückten Schrei aus.

»Was ist?«, fragte Lynette. Sie hatte sich hingekniet und spähte zu ihm herein.

»Ein Skelett«, sagte Nick.

Sie wechselten einen kurzen Blick.

»Der Vater?«

»Da gehe ich jede Wette ein.«

»Das erste Opfer«, flüsterte Lynette.

Erneut betrachtete Nick die Wand mit den Datumsangaben. Seine Stimme senkte sich zu einem heiseren Flüstern.

»Edward Harris hat ihn umgebracht«, sagte Nick tonlos. »Aber die Daten an der Wand gehen nach seinem fünfzehnten Geburtstag weiter.« Das Wissen um die Bedeutung seiner Worte ließ seine Stimme zittern. »Seine Mutter hat ihn hier eingesperrt. Zusammen mit der Leiche.«

11. KAPITEL

Anna betrachtete Zanes konzentrierte Miene, während er ihr gegenüber an seinem Schreibtisch saß und auf seiner Tastatur tippte. Zu ihrem eigenen Büro hatte sie aktuell keinen Zutritt, da die Spurensicherung dort beschäftigt war. Der Umschlag, den Harris in ihrem Büro platziert hatte, war schon auf dem Weg ins forensische Labor, und die Überwachungsvideos wurden ausgewertet. Anna würde den Ermittlern auch Zugang zu ihrer Wohnung gewähren müssen. Allein der Gedanke, dass Harris dort gewesen war, drehte ihr den Magen um. Nicht nur auf dem Dach des gegenüberliegenden Gebäudes, sondern in ihrem Zuhause.

Sie bewahrte ihre Unterwäsche im Schlafzimmer auf und durfte gar nicht daran denken, wie er dort ihre Kommode durchwühlt hatte. Möglicherweise hatte er sich auf ihr Bett gelegt, an ihrem Kissen gerochen. Anna schloss die Augen, konnte fast wieder spüren, wie er mit der Nasenspitze über ihre Haut strich und dabei ekstatisch die Luft einsog. Sie hatte das Gefühl, sich übergeben zu müssen.

»Du bist ja käseweiß«, sagte Zane, der gerade von seinem Monitor zu ihr schaute. »Soll ich dir ein Glas Wasser holen?«

Sie nickte und sah ihm nach, als er das Büro verließ. Dabei fiel ihr Blick auf einen der Bildschirme des Großraumbüros. Langsam stand sie auf und ging auf ihn zu. Es lief eine Live-Übertragung. Anna erkannte das Haus, in dem sie mit Natalie die Hölle durchlebt hatte. Das Grundstück war mit Absperrband als Tatort gekennzeichnet.

»Soll ich ausmachen?«, fragte Marica. Ihr Schreibtisch befand sich direkt unter dem Monitor.

»Nein, stell es bitte lauter«, bat Anna, ohne ihren Blick vom Bildschirm zu nehmen.

»… gibt es eine neue Entwicklung im Fall von Edward Harris«, berichtete der Reporter gerade. Er stand vor der Absperrung. Hinter ihm war in einiger Entfernung der Eingangsbereich des verfallenen Hauses zu sehen. »Der Leichenfund wurde noch nicht von offizieller Stelle bestätigt. Die Polizei hält sich bisher bedeckt, hat aber für heute Abend eine Pressekonferenz angekündigt.«

Anna runzelte die Stirn. *Ein Leichenfund?*

In diesem Moment trat Nick in Begleitung einer Frau aus dem Haus. Sofort herrschte Unruhe. Mehrere Reporter drängten sich an das Absperrband. Sie folgten Nick und bombardierten ihn mit Fragen, als er das Anwesen verließ. Doch er schwieg eisern und bemühte sich, die Frau so gut wie möglich vor der Presse abzuschirmen. Nick begleitete sie zu ihrem Wagen, bevor er in sein Auto stieg. Wer war sie?

»Ich hatte gehofft, dass du vorerst nichts davon mitbekommst«, sagte Zane hinter ihr.

Sie drehte sich zu ihm um. Er reichte ihr ein Glas Wasser.

»Es gibt eine weitere Leiche«, flüsterte Anna. Sie traute sich kaum, die Worte auszusprechen.

Für einen kurzen Moment sah sie noch einmal zum Bildschirm, dann wandte sie sich ab und hastete zurück in Zanes Büro.

»Was hast du vor?«, fragte Zane, der ihr gefolgt war und nun beobachtete, wie sie sich ihrem Laptop widmete.

Anna loggte sich ein und öffnete die Liste mit den aktuellen Vermisstenfällen. Nicht umsonst ging sie jeden Tag die hiesigen Polizeiberichte durch, um verschwundene Personen zu katalogisieren.

»Wenn das Mädchen, dessen Leiche heute in Harris' Haus gefunden wurde, als vermisst gilt, steht ihr Name auf dieser Liste«, erklärte sie und klickte auf die Druckfreigabe.

»Du weißt doch gar nicht, ob es sich um ein Mädchen handelt«, erwiderte Zane und lief ihr abermals hinterher, als sie ins Großraumbüro zum Hauptdrucker lief. »Oder wann sie verschwunden ist. Das könnte Jahre her sein.«

Sie ignorierte ihre Gänsehaut. »Meine Flucht ist drei Jahre her. Glaubst du wirklich, er hat es in dieser Zeit geschafft, seine kranken Fantasien in den Griff zu kriegen? Ich nicht. Wahrscheinlich habe ich es diesem Mädchen und wer weiß wie vielen weiteren zu verdanken, dass er mich nicht schon früher wieder aufgesucht hat.«

Darauf wusste Zane nichts zu erwidern. Er wartete neben ihr, bis alle Blätter ausgedruckt waren. Anna nahm sie an sich und sah zu ihrem Büro, wo ein Mann in einem Schutzanzug gerade mit einem Pinsel schwarzes Pulver auf der Glastür verteilte.

Anna seufzte, ging zurück zu ihrem provisorischen Arbeitsplatz in Zanes Büro und schnappte sich aus dem Stiftebecher einen Kugelschreiber. Nach und nach strich sie auf der ausgedruckten Liste die Namen der vermissten Frauen durch, die allein aufgrund ihres Alters nicht für eine Entführung durch Harris infrage kamen. Vielleicht konnte sie Nick damit bei der Suche nach der Identität der Leiche etwas Zeit ersparen.

Eine halbe Stunde später traf Nick endlich in der Redaktion ein. Als er an Zanes Büro vorbeiging, hob Anna die Hand. »Nick, ich bin hier.«

Er blieb stehen. Bei ihm war die Frau, die sie schon im Fernsehen gesehen hatte. Sie kamen zu ihnen ins Zimmer.

»Anna, ich möchte dir Lynette McKenzie vorstellen«, sagte er und deutete auf die etwa sechzigjährige Frau. »Sie ist die Profilerin meines Vertrauens. Wir haben schon in mehreren Fällen zusammengearbeitet.«

Die Frau lächelte freundlich und streckte ihr die Hand entgegen. Ihre helle Jeans war an den Knien unverkennbar verschmutzt, und aus ihrer Hochsteckfrisur hatten sich ein paar kupferfarbene Strähnen gelöst. Offenbar war sie im Haus von Harris nicht untätig gewesen.

»Anna Jones«, stellte sie sich selbst vor und schüttelte Lynette die Hand. Zane erhob sich und machte sich ebenfalls mit ihr bekannt. Danach entstand ein kurzer Augenblick bedrückten Schweigens.

»Du weißt es wahrscheinlich schon aus dem Fernsehen«, setzte Nick an und strich sich durchs Haar. »Es gab keine Möglichkeit, die Reporter aufzuhalten. Seit sie von der Wiederaufnahme des Falls wissen, lauern sie vor dem Revier und hängen sich an jeden Streifenwagen, der vom Hof fährt. Dadurch haben sie schnell von dem Leichenfund erfahren.«

»Mir brauchst du das nicht zu erklären.« Anna ging zum Tisch und übergab ihm die Liste. »Das hier kann euch bei der Identifizierung helfen. Es sind die Namen von Frauen, die in den letzten drei Jahren als vermisst gemeldet wurden«, erklärte sie, während er die Stirn runzelte und die Liste durchsah. »Ich habe diejenigen gestrichen, die …«

»Anna«, unterbrach Nick sie und sah vom Papier auf. Die Art, wie er sie musterte, verriet ihr, dass er innerlich aufseufzte.

Er drehte sich um und schloss die Tür. Dann gab er ihr die Liste zurück. »Wir müssen die Obduktion abwarten, aber wir gehen stark davon aus, dass es sich bei der heute gefundenen Leiche um die Überreste von Edward Harris' Vater handelt.«

Anna hob die Augenbrauen. »Sein Vater?«

»Die Leiche ist bereits vollständig skelettiert«, sagte Lynette. »Wie Nick sagt, ist noch nichts bestätigt, aber wir nehmen an, dass der Zeitpunkt des Todes mindestens fünfzehn Jahre zurückliegt.«

»Wie kann es sein, dass die Leiche erst jetzt gefunden wurde?«, mischte Zane sich ein. »Das Haus wurde doch vor drei Jahren sicherlich auf den Kopf gestellt.«

»Das kann ich Ihnen auch nicht sagen«, erwiderte Nick. »Vor dem Zugang zu dem Verschlag, in dem sich die Leiche befand, war ursprünglich ein Regal fest an der Wand angebracht. Und natürlich stand die Ergreifung von Harris damals im Vordergrund. Aber aus heutiger Sicht müssen wir wohl von gravierenden Ermittlungsfehlern sprechen.«

Dann wandte er sich an Anna. »Hör zu, die Lage hat sich verschärft. Wir müssen überlegen, wo du ab sofort unterkommst. Deine Wohnung ist tabu. Du musst an einen Ort, wo wir für deine Sicherheit sorgen können, ohne Zivilisten zu gefährden.«

»Dann kommt ein Hotel ja schon mal nicht infrage«, sagte Zane. »Anna kann gern bei mir unterkommen. Ich lebe allein.«

Nick verengte die Augen und überlegte kurz. »In welchem Stadtteil wäre das?«

»In Lake View, in der Nähe vom Lincoln Park.«

»Geben Sie mir mal die Adresse.«

Zane schrieb die Anschrift auf einen Zettel und reichte ihn Nick.

»Entschuldigt mich einen Moment«, sagte dieser. »Ich muss kurz telefonieren.« Er verließ das Büro.

Anna sah starr vor sich hin. Selbst wenn Zane und sie gut befreundet waren, sträubte sich alles in ihr dagegen, in eine fremde Wohnung zu ziehen. Gleichzeitig fiel ihr keine Alternative ein. Harris hatte ihr die Zügel über ihr Leben wieder aus den Händen gerissen. Sie fühlte sich ausgelaugt und leer. Ihr blieb nichts anderes übrig, als sich vor ihm zu verstecken.

»Womöglich bist du in Gefahr, wenn du mich bei dir aufnimmst.« Sie sah Zane eindringlich an, damit er seinen Vorschlag noch mal überdachte.

»Ich lass dich doch jetzt nicht hängen. Außerdem wird Personenschutz vor Ort sein.«

»Harris hat sich Zugang zu Ihrer Wohnung verschafft, bevor er Sie das erste Mal kontaktierte«, ergriff Lynette McKenzie wieder das Wort. »Später wäre ihm das durch die Überwachung Ihres Wohnhauses nicht mehr möglich gewesen. Wir werden für Ihre Sicherheit sorgen. Vor allem müssen wir alles daransetzen, dass Ihr Aufenthaltsort vor ihm verborgen bleibt.«

Nick kam zurück. Er biss sich auf die Lippen, wirkte besorgt.

»Was ist los?«, fragte Anna.

»Nichts, alles in Ordnung«, sagte Nick schnell und wandte sich dann an Zane. »Wir nehmen das Angebot an und bringen Anna bei Ihnen unter. Anna, schreib auf, was du unbedingt aus deiner Wohnung brauchst. Sobald die Spurensicherung durch ist, fahre ich hin, um die Sachen zu holen.« Er nickte Lynette zu und bedeutete ihr, ihm zu folgen.

»Nick, bitte sag mir, was passiert ist«, brach es aus Anna heraus, als die beiden das Zimmer gerade verlassen wollten. »Du verheimlichst mir etwas, das merke ich doch.«

Nick drehte sich zu ihr um, schaffte es aber nicht, ihr in die Augen zu sehen.

»Was es auch ist. Wenn es etwas mit diesem Fall zu tun hat, dann sag es mir.«

Er seufzte, zögerte kurz und sagte dann: »Auf deinem Slip wurden Spuren von Sperma gefunden.«

12. KAPITEL

»Es tut mir leid«, sagte Nick.

Anna stand schweigend neben ihm, während der Aufzug in die Tiefe glitt. Ihr Gesicht hatte die Farbe von Kreidestaub angenommen.

Nick hatte auf dem Weg zum Fahrstuhl Hooker angerufen, um ihm seine Idee vorzuschlagen. Der einzige Weg, unbemerkt aus der Redaktion zu kommen, führte über die Tiefgarage, die nach außen komplett abgeschirmt war. Das Gittertor war geschlossen, ohne Keycard kam niemand hinein oder hinaus. Zusätzlich überprüften Polizisten jedes einfahrende Fahrzeug.

Mit einem Klingeln öffneten sich die Aufzugtüren, und Nick und Anna erreichten die Tiefgarage.

Eine kühle Stille empfing sie.

Anna bemühte sich, die neue Information zu verarbeiten. Sie trat an eine Wand, stemmte die Hände dagegen und atmete langsam und tief ein und wieder aus.

»Geht es?«, fragte er vorsichtig.

»Es muss ja.« Als sie aufblickte, lag ein wütendes Funkeln in ihren Augen. »Ich will, dass du mir alles sagst! Jedes Detail! Lass mich nicht im Unwissen. Unwissen ist das Schlimmste.«

»Anna, ich wollte …«

»Mich nicht verletzen? Beunruhigen? In Angst versetzen?« Sie schüttelte den Kopf. »Dafür ist es doch längst zu spät. Harris nimmt mir jede Kontrolle über mein Leben. Gib du mir wenigstens einen Teil davon zurück.«

Die Worte trafen Nick wie ein Schlag in den Magen. Gleichzeitig begriff er, dass sie recht hatte. »In Ordnung. Zukünftig weihe ich dich in alles ein.«

»Danke.«

Dieses eine Wort klang so zerbrechlich und offenbarte viel über Anna. Instinktiv trat Nick auf sie zu und nahm sie in den Arm. Sie versteifte sich. Er kämpfte seinen Instinkt nieder, sie sofort wieder loszulassen. Nach einigen Sekunden entspannte sich Anna zunehmend und legte schließlich sogar ihre Stirn an seine Schulter.

Wortlos standen sie beieinander, fernab vom Rest der Welt. Hier gab es keinen Harris, kein Blitzlichtgewitter oder fragende Blicke, die sie verfolgten.

»Es wäre vielleicht eine gute Idee, wenn du dich mit Lynette unterhältst«, sagte Nick leise. »Sie ist die Beste auf ihrem Gebiet. Sie kann dir helfen, mit der Situation umzugehen. Und wenn du ihr von Harris erzählst, wird ihr das helfen, sich ein Bild von ihm zu machen.«

Anna löste sich von ihm und wich zurück. »Ich kann das nicht noch mal durchgehen. Sie kann sich meine Zeugenaussagen durchlesen, ich kann ihr die Akte meiner damaligen Therapeutin freigeben. Alles, was ich weiß, alles, was passiert ist, steht da drin. Glaubst du wirklich, sie kann jetzt noch etwas Neues herausfinden, wenn ich mit ihr spreche?«

»Wir haben gerade einen geheimen Raum inklusive Leiche gefunden«, sagte er. »Es schadet sicherlich nicht, wenn du dich ihr anvertraust.«

Das typische Geräusch der Aufzugtüren ließ Nick herumfahren. Zane und Lynette betraten die Tiefgarage.

»Captain Hooker hat sich bei mir gemeldet. Alles ist vorbereitet.« Lynette trat zu ihnen und lächelte verschwörerisch. »Da hast du dir ja was einfallen lassen.«

»Ausgezeichnet.« Nick war für die gute Nachricht dankbar. »Wir benutzen eure Dienstfahrzeuge, Anna.«

»Genial, oder?« Zane deutete auf den Bereich, in dem fünf schwarze Astras nebeneinanderstanden. »Alle bis auf das Nummernschild identisch und auf die Redaktion zugelassen. Drei sind für uns reserviert.«

»Ihr wollt damit die Pressemeute weglocken?« Anna betrachtete die Wagen eingehend. »Was sagt denn Brown dazu?«

»Wir erhalten volle Unterstützung. Captain Hooker hat ihn kontaktiert, nachdem Agent Coleman ihm die Sache vorgeschlagen hat«, erklärte Zane.

Nick war beeindruckt von der Hilfe, die der Chefredakteur Anna zukommen ließ. Nicht jeder war bereit, für seine Angestellten auf Artikel zu verzichten und Fahrzeuge zur Verfügung zu stellen.

»Zane setzt sich ans Steuer eines Wagens«, erläuterte Nick den Plan. »Lynette legt sich hinten auf die Rückbank. In einem zweiten Auto wird eine Kollegin von euch sitzen.«

»Marica«, warf Zane ein.

Nick fuhr fort: »Einer der Deputys, die in der Redaktion Wache geschoben haben, nimmt den dritten Astra. Auf dessen Rücksitz liegst du, Anna. Ich fahre mit meinem Auto. Das kennt die Presse bereits. Sie werden mir folgen, aber ich kenne da ein paar Tricks, um Verfolger abzuhängen.«

Kaum hatte Nick seine Ausführungen beendet, tauchte Marica auf. Sie trug einen modischen Mantel und war ganz aufgeregt. Kurz nach ihr kam auch der Deputy. Auf seinem Namensschild stand *S. Reed.* Er war erst Mitte zwanzig, ein Ehering glänzte an seiner linken Hand.

Sie verteilten sich wie besprochen auf die Fahrzeuge, und kurz darauf fuhren sie nacheinander aus der Tiefgarage. Nicks Wagen war der erste, und er lächelte zufrieden, als die vier Autos an der ersten Kreuzung in unterschiedliche Richtungen steuerten und sich zwei der Kamerawagen tatsächlich an ihn hefteten.

Das Spiel begann. Er hielt sich an die Geschwindigkeitsbegrenzungen, wendete ansonsten aber jeden Trick an. Mal fädelte er sich im letzten Augenblick in eine abgehende Spur ein, mal riss er das Steuer abrupt herum, um in eine Seitengasse zu fahren. Als er schließlich in ein Parkhaus fuhr, nur um über ein Deck wieder hinauszufahren, hatte er sie abgehängt. Sicherheitshalber nahm er noch einige Abzweigungen extra, verlängerte somit die Strecke zu Zanes Wohnung, doch es tauchte kein Fahrzeug mehr auf.

Nick erreichte etwa eine Stunde, nachdem sie aufgebrochen waren, den Stadtteil Lake View. Er parkte das Auto einen Block entfernt und ging zu Fuß zu Zanes

Wohnung. Er würde sich zuerst davon überzeugen, dass alles gut verlaufen war, und Anna später die frische Kleidung vorbeibringen, um die sie gebeten hatte.

Die Wohnung lag in einem weiß gestrichenen Neubau im fünften Stock einer ruhigen Seitenstraße. Vor dem Haus war eine Kamera installiert, sodass die Bewohner sehen konnten, wer klingelte. Wenige Sekunden nachdem Nick bei *Z. Newton* geklingelt hatte, erklang der Summer.

Im Hausflur traf er auf Deputy Reed, der im Schatten der Kellertreppe Position bezogen hatte. Sie grüßten einander mit einem kurzen Nicken. In einigen Minuten würde noch ein zweiter Polizist des CPD eintreffen.

Nick fuhr mit dem Aufzug in den fünften Stock, wo Zane ihn an seiner Wohnungstür begrüßte.

»Hat alles geklappt?«, fragte Nick.

»Bestens.« Zane grinste. »Die wussten überhaupt nicht, wie ihnen geschieht. Haben sich total zerstreut, und der eine, der uns gefolgt ist, hat uns schließlich im dichten Innenstadtverkehr verloren.«

Gut, damit hatten sie einen, vielleicht auch zwei Tage gewonnen. Wie es danach weiterging, musste Nick später mit Noriss besprechen.

Die Einrichtung war schlicht, fast spartanisch, Deko gab es so gut wie keine. Dafür lagen Technikmagazine auf der Kommode bei der Garderobe, und ausgeschlachtete Rechnergehäuse sammelten sich in einer Ecke des Flurs.

Der kurze Flur war mit blauem Teppich ausgelegt und führte in ein modernes Wohnzimmer. Hier wurde erneut deutlich, dass Zane ein Techniknerd war. Vom Flachbildfernseher bis zur Soundbar war alles auf dem neuesten Stand.

Lynette und Anna saßen auf der Couch und unterhielten sich. Nick wollte sie nicht stören und musste sich ohnehin einen Überblick über die restlichen Räume verschaffen. Ein Durchgang gab den Blick auf ein kleines Büro frei. Nick zählte vier Monitore und einen Laptop, dazwischen lagen ein Tablet und Dutzende Kabel. An der Seite stand ein aufgeschraubter Rechner, in dem die Platinen zu sehen waren.

Den Abschluss seiner Tour bildeten das Bad mit Tageslichtfenster und die kleine separate Küche. Das Schlafzimmer ließ er außen vor. Auch hier machte sich das Singledasein bemerkbar. Pizzakartons stapelten sich auf dem Mülleimer, und leere Energydrink-Dosen standen auf der Spüle.

Zane grinste, als er Nicks prüfendem Blick folgte. »Hey, ein wenig Klischee muss sein.«

Nick lächelte. »Wie steht es mit den beiden da drinnen?«

»Lynette hat mich gebeten, in meinem Büro zu warten.« Auf Nicks fragenden Blick hin ergänzte er: »Wir sind per du. Sie ist total nett.«

»Wenn wir schon dabei sind, können wir auch zum Du übergehen«, bot Nick an.

Zane nickte. »Ganz deiner Meinung.«

»Dann geben wir ihnen am besten noch ein paar Minuten.« Nick lehnte sich an die Spüle und rieb sich die müden Augen.

»Energydrink?«, fragte Zane.

»Danke, aber die habe ich mir nach Quantico abgewöhnt.«

Draußen dämmerte es bereits. Vermutlich lagen in Kürze die ersten Berichte der Spurensicherung vor. Er musste bald zurück aufs Revier.

»Wie ist die FBI-Akademie so?«, fragte Zane neugierig.

»Darüber darf ich nichts sagen«, erwiderte Nick, konnte sich ein Schmunzeln aber nicht verkneifen.

Seine Freunde versuchten auch ständig, Details aus ihm herauszukriegen. Glücklicherweise rief Lynette sie in diesem Moment ins Wohnzimmer.

»Wir sind hier fürs Erste fertig.« Sie wandte sich Anna zu. »Danke, dass du mir die wichtigsten Fragen beantwortet hast. Ich komme dann morgen Mittag wieder vorbei, und wir sprechen weiter.«

Anna wirkte mitgenommen, aber auf seltsame Art auch erleichtert. Als hätte das Gespräch etwas in ihr gelöst.

»Ich denke, bis morgen haben wir auch die erste forensische Auswertung«, meinte Nick. »Ich komme mit Lynette hierher, dann besprechen wir alles Weitere. Bis dahin bleibt ihr bitte beide in der Wohnung.« Er warf einen Blick auf sein Smartphone. »Mittlerweile steht auch vor der Wohnungstür ein Deputy, zusätzlich zu dem im unteren Eingangsbereich.«

»Alles klar.« Zane nickte bekräftigend.

Annas Nicken war nur angedeutet. Das Gespräch hatte sie sichtlich ausgelaugt.

Am liebsten hätte Nick sich mit einer Umarmung von

ihr verabschiedet, doch vor Zane und Lynette kam ihm das unpassend vor. Daher hob er nur kurz die Hand und verließ dann mit Lynette die Wohnung.

»Schafft sie es?«, fragte er.

Sie schlugen den Weg zu Nicks SUV ein.

»Anna ist eine starke Frau, und ihre Resilienz ist beeindruckend.«

»Noch mal in verständlich, bitte.«

Lynette lachte. »Sie kann Schicksalsschläge gut verarbeiten. Das heißt nicht, dass sie ihr Trauma einfach loswird und davon nicht weiter beeinflusst wird, aber sie hat viel Kraft. Sie geht in die Knie, aber sie fällt nicht. Im Gegenteil. Sie versucht, sich gleich wieder aufzurichten.«

Nick nahm Lynettes Einschätzung schweigend zur Kenntnis. Sie stiegen in den SUV und machten sich auf den Weg zum Hauptquartier des Chicago Police Department.

Lynette sah aus dem Fenster und ließ ihren Blick auf den vorbeifahrenden Autos ruhen. »Harris gibt ihr das Gefühl, die Kontrolle über ihr Leben zu verlieren. Es gibt praktisch keinen Rückzugsort mehr für sie.«

»Aber bei Zane fühlt sie sich sicher?«

»Vermutlich, aber das meine ich nicht. Du kannst einen Menschen in einen Bunker stecken, und er fühlt sich vermutlich geschützt. Das gilt aber nicht mehr in den eigenen vier Wänden. Oder gar in der eigenen Haut.« Lynette schüttelte leicht den Kopf. »Bevor Harris nicht gefasst wird, wird Anna sich vermutlich nie wieder sicher fühlen. Als er in ihrer Wohnung war, hat er ihr viel mehr genommen als nur ihren Slip.«

»Was wird er als Nächstes tun?«

Da war sie, die alles entscheidende Frage.

»Wir müssen damit rechnen, dass er sich Menschen aus Annas Umfeld zuwendet«, sagte Lynette nach kurzem Schweigen. »Er wird versuchen, Anna mürbe zu machen. Wenn Familienangehörige, Freunde oder auch Kollegen ihretwegen in Gefahr geraten würden, würde sie sich vermutlich von ihnen abwenden, um sie zu schützen. Dadurch wäre sie ein leichtes Ziel, denn dann wäre sie bald schon ziemlich isoliert und allein.«

Sie musste nicht weitersprechen.

Den Rest der Fahrt legten sie schweigend zurück, bis sie endlich auf den Parkplatz des Reviers fuhren. Wie immer passierten sie dabei Pressevertreter, aber es waren ein paar Wagen weniger als am Morgen.

»Ich mache mich mal an meinen Bericht«, meinte Lynette, als sie den Eingangsbereich betraten. »Und danach begebe ich mich ins Hotel.«

Sie verabschiedeten sich.

Auf dem ihm zugeteilten Schreibtisch erwartete Nick nur ein leeres Ablagefach. In seinem Posteingang war jedoch eine Mail von der Spurensicherung. Die Identität des Toten konnte mittels der zahnmedizinischen Daten bestätigt werden. Es handelte sich tatsächlich um Paul Harris. Weitere Details würden folgen, sobald alle Daten ausgewertet waren.

Nick tippte einen Bericht über die Ereignisse des Tages und schickte ihn an Captain Hooker, Polizeipräsident Pike, Direktor Noriss und an Mike.

Am nächsten Morgen musste Nick sich zuerst darum kümmern, die komplette Taskforce offiziell zusammenzustellen. Ab sofort benötigten sie ein morgendliches Meeting. Mike sollte in Washington bleiben und von der Zentrale aus Ressourcen beisteuern. Lynette war sowieso bereits involviert, und als Nächstes wollte Nick mit den beiden Deputys sprechen, die vor drei Jahren ermittelt hatten. »Wer ist dein nächstes Ziel?«, flüsterte Nick, während er das Foto von Edward Harris betrachtete, als würde es ihm Antworten liefern.

Es klopfte an seiner Bürotür. »Agent Coleman!« Ein Deputy kam herein. »Das hier wurde gerade für sie abgegeben. Wir haben's gecheckt, keine Gefahr.« Er hielt Nick ein Kuvert entgegen.

»Danke.«

Nick beäugte den kleinen Umschlag misstrauisch. Es war kein Absender darauf zu erkennen, das Innere mit Luftpolsternoppen ausgekleidet. Vorsichtig öffnete er ihn und sah hinein.

Ein schwarzgrauer USB-Stick befand sich darin.

Nick fischte aus der Innentasche seines Jacketts Einmalhandschuhe heraus und streifte sie über. Erst dann nahm er den Stick in die Hand. Über den extra für solche Fälle eingerichteten externen USB-Anschluss steckte er ihn ein. Ein Sicherheitsprogramm öffnete sich, in dem er alle Inhalte gefahrlos überprüfen konnte. Eine Sandbox verhinderte, dass potenzielle Viren auf den Rechner zugreifen konnten.

Nur eine einzige Datei befand sich auf dem Stick. Ein Video. Nick startete die Aufnahme.

Das Video zeigte einen Fernseher, auf dem eine Nachrichtensendung lief. Nick war irritiert. Was sollte das? Dann erkannte er den Nachrichtenbeitrag.

»Das Ausflugsschiff«, murmelte er.

Gerade wurde die Mutter interviewt, das schreiende Kleinkind auf dem Arm. Nick hatte die Sendung gesehen, am Tag seiner Ankunft in der Redaktion bei Anna.

Das Bild wackelte. Jemand nahm das alles mit Handkamera auf und bewegte sich nun rückwärts, wodurch eine Person ins Bild kam, die bisher noch nicht zu sehen gewesen war.

Reflexartig sprang Nick auf, sein Schreibtischstuhl kippte um.

Fassungslos blickte er auf das Video, das sich in seiner gesamten Grausamkeit vor ihm enthüllte. Er begriff, dass sie nie eine Chance gehabt hatten.

13. KAPITEL

Anna stieg aus der Dusche und hüllte sich in das fremde Handtuch. Nach dem langen Tag war die Erfrischung wohltuend gewesen. Morgen würde Nick ihr ein paar ihrer persönlichen Sachen bringen, bis dahin war sie auf Zanes Leihgaben angewiesen. Sie wusste nicht, wie sie das je wiedergutmachen sollte. Seit er in der Redaktion angefangen hatte, war er ihr mit seiner unbefangenen Art ans Herz gewachsen, und aus ihrem Arbeitsverhältnis hatte sich eine enge Freundschaft entwickelt. Doch die Nähe, die sie jetzt zu ihm zuließ, hatte sich erst mit Harris' Rückkehr ergeben.

Sie hörte ihn in der Küche im Besteckkasten kramen. Er kochte für sie. Bisher hatte sie nicht geahnt, wie wichtig sie ihm war. Was er für sie tat, war alles andere als selbstverständlich. Er und Nick gaben ihr gerade den Halt, ohne den sie längst zerbrochen wäre.

Die Erinnerung an Nicks Umarmung brachte sie zum Lächeln. Zuerst hatte sie nicht gewusst, wie sie darauf reagieren sollte, hatte instinktiv wieder ihre Schutzschilder hochgefahren, aber dann hatte sie sie einfach als Geste des Trostes akzeptiert. Nicks Nähe hatte sich zu ihrer eigenen Verwunderung gut angefühlt. Vielleicht lag es daran, dass sie eine gemeinsame Vergangenheit verband. Seine Nähe war ihr vertraut – aus einer Zeit, in der sie noch nicht gebrochen gewesen war.

Anna dachte an ihren Vater. Er hatte sie heute Mittag angerufen, und sie hatte es nicht fertiggebracht, ihm von der Situation zu erzählen. Bis jetzt waren die Berichterstattungen hoffentlich noch nicht bis zu ihm nach Alabama in sein winziges Kaff durchgedrungen. Ihr blieb nur zu hoffen, dass sie Harris fassten, bevor es so weit kam. Jeder Tag, den ihr Vater in Unwissenheit verbrachte, war es wert.

Sie schaltete den Föhn ein und ließ den warmen Luftstrom über ihre Haare wehen. Da sie Zanes Wohnung erst mal nicht verlassen durfte, brauchte sie auf ihre Frisur keinen besonderen Wert zu legen. Trotz des Rauschens des Haartrockners hörte Anna die Klingel der Wohnungstür. Vielleicht hatte sie Glück, und Nick brachte ihr doch noch heute ihre Kleidung vorbei.

Sie schaltete den Föhn aus und griff nach der Jogginghose und dem hellgrauen Pullover, die Zane auf einem Regal für sie bereitgelegt hatte. Die Sachen waren ihr mindestens eine Nummer zu groß. Umso mehr hoffte sie, dass tatsächlich Nick an der Tür war.

Das Handtuch legte sie über den Wannenrand und öffnete dann die Badezimmertür. Ihr Magen begann sofort zu knurren, als ihr der Duft von Lasagne in die Nase stieg.

»Das riecht köstlich«, rief sie, trat in den Flur und erstarrte.

Zane lag bäuchlings auf dem Boden, Blutspritzer bedeckten das helle Laminat. Sämtliche Luft wich Anna auf einmal aus der Lunge. »Zane!« Sie schrie seinen Namen und stürzte auf seine regungslose Gestalt zu. Doch im selben Moment traf sie etwas mit solcher Wucht am Rücken, dass sie schmerzerfüllt zu Boden fiel.

Von ihrer Schulter breitete sich eine kribbelnde Wärme aus und steigerte sich zu einem Brennen. An der offen stehenden Wohnungstür nahm sie eine Bewegung wahr. Es wurde dunkel. Jemand hatte das Licht ausgemacht. Nur die Lampen im Hausflur und die Straßenlaternen draußen beleuchteten die Wohnung noch leicht.

Anna schaffte es kaum, den Kopf zu heben, konnte nur verschwommen sehen. Ihre Arme und Beine fühlten sich taub an, dennoch stemmte sie sich mit aller Kraft auf die Hände und kroch an Zane vorbei, weg von der Eingangstür.

Wie in weiter Ferne hörte sie das Klingeln ihres Smartphones. Sie spürte, dass Harris hinter ihr her war, rechnete damit, dass er sie packte oder noch mal auf sie einschlug. Keuchend stieß sie ihren Atem aus. Es kam ihr vor, als hätte sie statt Blut Blei in den Adern. Kraftlos kroch sie weiter, folgte dem Klingeln bis ins Wohnzimmer. Mit den Fingerspitzen tastete sie auf dem Couchtisch nach dem Telefon, das vor ihr auf den Boden fiel. Die vier Buchstaben auf dem beleuchteten Display konnte sie nur verzerrt lesen, doch sie erkannte noch, dass es Nick war. In dem Moment trat jemand mit dem Fuß gegen das Smartphone und kickte es von ihr weg. Sie bekam kaum noch Luft, alles um sie herum begann sich zu drehen. Sie wollte sehen, wer da in der Wohnung war, spürte aber, dass sie es nicht schaffen würde. Unaufhaltsam glitt sie in eine erdrückende Schwärze.

Schmerz war das Erste, was Anna empfand. Ihr Kopf fühlte sich an, als würde ihn jemand mit einem Presslufthammer malträtieren. Sie schlug die Augen auf und blinzelte ein paarmal, doch die Finsternis blieb. Das Zweite, das Anna registrierte, war der Geruch. Es stank so penetrant nach Fäkalien, dass sie würgte.

Anna wollte sich die Hand vor den Mund halten, aber es ging nicht. Etwas hielt ihre Handgelenke fest. Ein Seil? Erst langsam registrierte sie, dass sie auf einem Stuhl saß und ihre Hände hinter ihrem Rücken an einer Sprosse der Stuhllehne festgebunden waren.

Wo war sie? Erinnerungsfetzen prasselten auf sie ein. Das Klingeln an der Tür. Irgendetwas hatte sie an der Schulter getroffen. Nicks Name auf dem Display ihres Smartphones. Zane, am Boden, reglos – tot. Harris!

Die Panik packte sie mit eisiger Kralle. Erfolglos zerrte sie an ihren Fesseln. Ihr Herz raste. Durch die kurzen, abgehackten Atemzüge glaubte sie zu ersticken. Verzweifelt versuchte sie, ihre Lunge mit ausreichend Sauerstoff zu füllen, doch die Panik hielt an. Minutenlang war sie einzig und allein damit beschäftigt, die Kontrolle über ihren Körper wiederzuerlangen. Als die Panikattacke endlich nachließ, kam die Trauer.

Zane! Er hatte ihr helfen wollen und es mit seinem Leben bezahlt. Sein Leben, sein Lachen, seine Zukunft, einfach ausgelöscht. Noch ein Freund, an dessen Tod sie Schuld hatte! Harris würde alle aus dem Weg räumen, die ihr zu nah kamen. Das war die bittere Wahrheit.

Die Dunkelheit umgab sie wie eine endlose Nacht. Sie hatte keine Ahnung, wie lange ihre Panikattacke gedauert hatte, geschweige denn, wie lange sie davor ohnmächtig gewesen war. Ihre nackten Füße fühlten sich wie Eisklumpen an. Die Kälte kroch ihr die Beine hinauf, überzog ihren Körper mit Gänsehaut und ließ sie frösteln.

Ob man Zane inzwischen gefunden hatte? Wahrscheinlich hatte Nick noch eine Weile versucht, sie zu erreichen, und dann die Polizisten vor der Wohnung kontaktiert. Aber an ihnen musste Harris ebenfalls vorbeigekommen sein. Es war gut möglich, dass Zane nicht das einzige Opfer war. Anna biss die Zähne zusammen, um nicht loszuschreien. Sie wünschte sich, Nick würde in diesem Moment hereinkommen und sie von hier wegbringen. Gleichzeitig hoffte sie, dass er sie nicht finden würde. Sie konnte nicht auch noch ihn verlieren.

Anna sah sich um, versuchte, einen kleinen Lichtstreif zu erhaschen. War Harris hier bei ihr? Beobachtete er sie womöglich über eine Nachtsichtkamera?

Sie erschauderte. Worauf wartete dieser Bastard? Zu ihrer Verzweiflung und Angst mischte sich Wut, und diese schrie sie nun aus Leibeskräften heraus.

Wie auf Kommando flackerte in der Ecke auf dem Boden ein Fernsehbildschirm auf. Das graue Flimmern spendete kaum Licht, reichte jedoch aus, um den trostlosen Ort, an dem sie sich befand, zumindest grob sichtbar zu machen. Der Raum war nicht sonderlich groß und schien komplett aus Zement gegossen zu sein. Graue Wände, grauer Boden, graue Decke.

Als auf dem Fernseher plötzlich ein Bild erschien und der Ton einsetzte, schrak sie zusammen. Nach der lang anhaltenden Stille hallte die Stimme des Nachrichtensprechers viel zu laut in Annas Ohren. Es war derselbe Beitrag, den sie gestern bereits in der Redaktion angeschaut hatte. Nick verließ gerade mit Lynette das Harris-Haus. Ihn zu sehen und gleichzeitig zu wissen, dass er nun unerreichbar für sie war, trieb ihr erneut Tränen in die Augen.

Es folgte ein anderer Bericht. Auch in diesem war Nick zu beobachten, wie er vor ihrem Wohnhaus parkte, von Kollegen empfangen wurde und mit ihnen das gegenüberliegende Gebäude betrat, auf dessen Dach er Annas Fotos finden würde. Das Video, das danach folgte, gab ihr den Rest. Die Aufnahmen zeigten das Motel, in dem Harris sich damals nach ihrer Flucht mit Natalie versteckt hatte.

Tränen vernebelten Anna die Sicht und brannten auf ihren Wangen. Während der Fernseher das Motel zeigte, sah sie vor ihrem inneren Auge das grausige Tatortfoto, auf dem Natalies blutüberströmter Leichnam in einer Badewanne liegend zu sehen war.

»Seit heute Vormittag haben Natalie Walshs Eltern die schreckliche Gewissheit, dass ihre Tochter tot ist«, sagte der Reporter, während ihr verhüllter lebloser Körper auf einer Bahre aus dem Motel getragen wurde. Am oberen Bildschirmrand tauchte ein Foto von Natalie auf, auf dem sie fröhlich lachte und wie das blühende Leben aussah. »Die Studentin wurde vor drei Wochen zusammen mit ihrer Kommilitonin und engen Freundin Anna Jones entführt. Obwohl Miss Jones die Flucht gelang und der Polizei seither die Identität des Täters bekannt war, hat es bis zum heutigen Tag gedauert, bis die Ermittler Edward Harris' Spur bis zu diesem Motel verfolgen konnten. Leider kam für Natalie Walsh jede Hilfe zu spät. Umso dringender bittet die Polizei die Bevölkerung bei der Suche nach Edward Harris um Mithilfe.« Das Fahndungsfoto ihres Peinigers wurde eingeblendet. »Harris ist weiterhin auf der Flucht. Falls Sie diesen Mann sehen oder Hinweise auf seinen Aufenthaltsort haben, melden Sie sich bitte umgehend unter der unten eingeblendeten Telefonnummer. Die Polizei warnt nachdrücklich davor, sich diesem Mann zu nähern. Er ist bewaffnet und gilt als gefährlich.«

Wieso zeigte er ihr diese Aufnahmen? Anna rüttelte an den Fesseln um ihre Handgelenke, spürte, wie der Strick ihre Haut aufscheuerte, und nahm den Schmerz in Kauf, da er sie zumindest von den weiteren Videos ablenkte. Er spielte schon wieder mit ihr, kostete ihre Hilflosigkeit aus. Sie hatte keine Chance, die Hände zu befreien.

Anna stand mitsamt dem Stuhl auf und drehte sich im Kreis, um nach einer Tür zu suchen. Im nächsten Moment taumelte sie vor Schreck zurück, prallte mit der verletzten Schulter gegen die Wand und stürzte. Da ihre Hände hinter ihr an dem Stuhl gefesselt waren, konnte sie sich nicht abfangen, landete mit vollem Körpergewicht auf ihrem Arm und schlug seitlich mit dem Kopf auf.

Der Schmerz war jedoch nichts gegen den Schock, den

der Anblick in ihr auslöste, der sich ihr vor der Tür bot. Dort stand ein weiterer Stuhl, auf dem ein lebloser Körper festgebunden war. Der Kopf wurde von einer blickdichten Plastiktüte verhüllt, aber die Statur ließ auf einen Mann schließen. Seine Kleidung war voller Blut, welches sich am Boden zu einer Lache angesammelt hatte. Beim Blick auf die Hose des Mannes wurde Anna auch klar, woher der starke Fäkaliengeruch stammte. Es bestand kein Zweifel, dass der Unbekannte nicht mehr am Leben war.

Hätte Harris sie auch an den Füßen gefesselt, wäre sie wohl nicht wieder auf die Beine gekommen. Auch so dauerte es eine Weile, bis sie sich mühsam aufgerappelt hatte. Sie keuchte und hatte nur einen Gedanken: Sie musste hier weg. Lieber fügte sie sich selbst Schmerzen zu, als dass er es wieder tat. Mit einem Schrei stürzte sie auf die Wand zu und warf sich seitlich dagegen. Sie würde es hinnehmen, sich den Arm zu brechen, wenn sie sich dadurch befreien konnte. Ihr Brüllen und das ächzende Geräusch, das der Holzstuhl bei den Schlägen gegen die Wand von sich gab, erfüllten den Raum. Anna schrie noch lauter, um die Berichterstattung im Fernsehen nicht mehr mitanhören zu müssen. Das Holz knarzte, ein Stuhlbein brach. Ermutigt schmetterte Anna sich selbst und den Stuhl wieder gegen die Wand. Beim vierten Mal löste sich der Sitz von den Sprossen der Lehne, und sie kam frei.

Sofort ging sie in die Hocke, streckte ihre Arme nach hinten. Da sich der Strick um ihre Handgelenke etwas gelockert hatte, schaffte sie es mit Mühe, ihre Hände über ihren Po zu schieben. Dann stieg sie durch ihre Arme und atmete erleichtert auf. Mit den Händen vor ihrem Körper hatte sie wenigstens bessere Chancen, sich gegen Harris zu wehren.

Ein paar Herzschläge lang starrte sie angespannt zur Tür. Falls er sie nicht irgendwie beobachtete, musste er sie zumindest gehört haben. Sie war außer Atem, versuchte, sich zu beruhigen, wartete. Doch sie blieb weiterhin mit der Leiche allein.

Atemzug um Atemzug, Schritt für Schritt näherte sie sich dem Toten. Er saß so nah vor der Tür, dass sie gezwungen war, mit ihren nackten Füßen in das eingetrocknete Gemisch aus Blut und Fäkalien zu treten, und sich an ihm vorbeizuzwängen. Dabei fiel ihr Blick auf eine Tätowierung am Unterarm des Toten, die der hochgekrempelte Hemdsärmel zum Teil freigab. Anna hielt mitten in der Bewegung inne und starrte auf das Motiv. Das war unmöglich. Sie musste sich irren.

Alles in ihr schrie danach zurückzuweichen. Stattdessen griff sie mit Daumen und Zeigefingern ihrer gefesselten Hände nach dem Ärmel und streifte ihn weiter nach oben, um die Tätowierung im Ganzen sehen zu können. Als sie den Schriftzug ihres Namens lesen konnte, begannen ihre Beine unkontrolliert zu zittern. Ihre Hände zuckten, während sie die Finger langsam nach der Plastiktüte ausstreckte und diese vom Kopf der Leiche zog.

Die aufgeschlitzte Kehle des Mannes war ein furchtbarer Anblick. Aber das war nichts gegen die weit aufgerissenen toten Augen, mit denen Edward Harris Anna anstarrte.

14. KAPITEL

Nick folgte der unfassbaren Szene, die vor ihm über den Bildschirm lief.

Edward Harris saß gefesselt auf einem Stuhl. Die Kamera hatte ihn zunächst gefilmt, wie er den Beitrag über den Ausflugsdampfer im Fernsehen sah. Dann war sie herumgeschwenkt und hatte ihn frontal gefilmt. Das Wackeln endete, als der Filmer die Kamera auf ein Stativ setzte. Der Unbekannte hatte sie so ausgerichtet, dass sie sein Gesicht nicht einfing, als er sich nun hinter Harris stellte und ihm ohne zu zögern die Klinge eines langen und offenbar sehr scharfen Messers über die Kehle zog. Harris' Augen traten hervor, sein Körper zuckte im Todeskampf. Da in seinem Mund ein Knebel saß, drang nur ein kurzes dumpfes Stöhnen hervor, das schnell in ein Gurgeln überging. Blut schoss aus der klaffenden Wunde am Hals wie Wasser aus einem kaputten Rohr.

Eine Stimme erklang, von einem Vocoder mechanisch verzerrt. »Vor drei Jahren habt ihr Natalie nicht retten können. Ihr habt versagt. Jetzt wollt ihr Anna retten? Auch dabei werdet ihr versagen. Sie verdient den Tod.«

Ruckartig kehrte Nick in die Gegenwart zurück. Mit zitternden Fingern führte er den Mauszeiger über das

Video und sprang auf den Anfang zurück. Da! Er hatte richtig gesehen, die Übertragung mit dem Ausflugsdampfer war live gewesen. Demnach war Harris vor zwei Tagen gestorben.

Zwei Tage!

Noch während seine Gedanken rasten, riss Nick das Smartphone hervor. Er musste die Deputys informieren, die vor Zanes Wohnung Wache standen. Sie hatten sich Harris' Äußeres eingeprägt, doch das war nicht länger relevant. Die Situation hatte sich komplett geändert.

Er versuchte es bei beiden, doch keiner ging ran. Zwei Polizisten in Bereitschaft meldeten sich nicht! Das verhieß nichts Gutes. Nick atmete tief durch und wählte die Nummer von Anna, klemmte das Smartphone zwischen Ohr und Schulter und kopierte das Video auf einen Ordner des FBI-Servers. Schnell verfasste er eine Mail und wies auf den Ordner hin. Ein Klick und sie ging an Lynette, Captain Hooker, Mike und Noriss.

»Komm schon, geh ran!«, rief er in den Hörer.

Doch seine Bitte wurde nicht erhört.

Nick warf sich die Jacke über und rannte aus seinem Büro. Auf dem Weg nach draußen schnappte er sich den nächstbesten Deputy. »Ich erreiche die Deputys Reed und Morgan nicht. Rufen Sie die Kollegen über Funk. Wenn sie nicht antworten, will ich eine komplette Einheit in Lake View.«

»Ver… verstanden«, stammelte der Deputy.

Nick hetzte aus dem Revier zu seinem SUV und trat das Gaspedal durch. Er wollte nicht das ganze CPD aufscheuchen, doch das alles konnte kein Zufall sein.

Er steckte das Smartphone auf die Freisprecheinrichtung und wählte erneut Annas Nummer. Keine Antwort. Er versuchte es bei Zane, doch auch der nahm nicht ab.

Die nächtlichen Straßen waren so gut wie leer, was ihm zugutekam. Er ignorierte die Ampeln und beschleunigte den Wagen.

Sein Smartphone klingelte.

Erst wollte Nick erleichtert aufatmen, dann registrierte er, dass es Lynette war.

»Ich habe das Video gesehen. Du bist auf dem Weg zu Anna?«, fragte sie.

»Bin in fünf Minuten dort.«

Schlüssel klimperten. »Ich fahre auch gleich los.«

»Das ist nicht nötig.«

»Doch, ist es. Das Video, der Mord an Harris, die Tatsache, dass du genau jetzt diese Informationen zugespielt bekommst. Das spricht für eine exakte Planung, eine gut durchdachte Choreografie, Nick. Wann hast du das Video bekommen?«

Er warf einen Blick auf die Uhr. »Vor zwanzig Minuten.«

Lynette schwieg. Nick hörte, wie eine Tür ins Schloss fiel. »Ich bin auf dem Weg«, sagte sie.

Nick konnte es immer noch nicht fassen. Sie hatten ihren Fokus auf Harris gelegt, sich in seine Akten vertieft, versucht vorauszusehen, was er als Nächstes planen würde. Und jetzt war er tot. Ermordet!

Mit quietschenden Bremsen stoppte Nick den SUV direkt vor dem Haus, in dem sich Zanes Wohnung befand. Er hakte seine Marke gut sichtbar an seinen Gürtel, damit die Kollegen ihn erkannten. Falls sie wohlauf waren, würde er ihnen die Hölle heißmachen. Er zog seine Glock 19 und sprang aus dem Wagen.

Die Eingangstür zum Haus stand offen.

»FBI!«, rief er.

»Deputy Reed, hören Sie mich? Hier ist Agent Coleman! Ich habe meine Waffe gezogen und betrete jetzt das Haus!«

Keine Antwort.

Vorsichtig machte Nick einen Schritt nach vorn. Seine Schuhsohlen berührten eine Flüssigkeit, beinahe rutschte er aus. Das Licht seiner Stablampe enthüllte die leblose Gestalt von Deputy Reed. Seine toten Augen blickten zur Decke, ein Einschussloch prangte auf seiner Stirn. Der goldene Ehering funkelte in der Blutlache. Halb auf ihm lag ein Mann mittleren Alters, ebenfalls tot. Ein Blick zeigte Nick, dass der Hausschlüssel noch von außen in der Tür steckte.

»Shit!«, entfuhr es ihm.

Er drängte jede Emotion beiseite, konzentrierte sich auf die Fakten. Reed war tot. Der unbekannte Mann vermutlich ein Bewohner, der spät nach Hause gekommen war.

Nick spähte seitlich nach oben ins Treppenhaus. Lauerte der Mörder noch in der Dunkelheit? Er konnte niemanden sehen oder hören. Langsam und mit schussbereiter Waffe stieg er Stufe um Stufe bis ins fünfte Stockwerk.

Zanes Wohnungstür stand offen, direkt davor fand

er die Leiche des zweiten Deputy. Die Polizistin lag auf dem Bauch, das blonde Haar bedeckte ihren Kopf wie ein Leichentuch. Sie war mit zwei Schüssen in den Rücken getötet worden.

Nick verzichtete darauf, das Licht einzuschalten. Stattdessen stieg er über die Blutlache, die sich unter dem Kopf von Deputy Morgan ausgebreitet hatte, und betrat die Wohnung. Die Straßenlaternen warfen ihren fahlen Schein durch das Fenster, genug, um die Silhouetten der Möbel auszumachen.

Nick hielt inne. Im Flur lag ein weiterer Körper.

»Zane.« Nick ging in die Knie und berührte Zane an der Schulter. Er reagierte nicht. Das durfte doch nicht wahr sein! Die Waffe weiter erhoben, den Blick auf die Umgebung gerichtet, streckte Nick zwei Finger seiner linken Hand aus. Er fühlte einen Puls, aber nur schwach. Zane blutete stark. Nick hoffte, dass er durchhielt.

Wo war Anna? Er verzichtete darauf, nach ihr zu rufen, richtete sich stattdessen wieder auf und ging langsam den Flur entlang.

Das Büro und Zanes Schlafzimmer waren leer, und auch in Bad und Küche befand sich niemand. Das Wohnzimmer erreichte Nick als Letztes, doch auch hier war Anna nicht.

Sie war fort. Der Gedanke schnürte ihm die Brust ab. Er strich sich fahrig über das Gesicht. Was für ein Albtraum!

Nick sicherte die Waffe und steckte sie in sein Holster zurück. Hastig streifte er sich Gummihandschuhe über, erst danach betätigte er den Lichtschalter. Vor dem Fenster zuckte das blaue Leuchten der ankommenden Polizeiwagen.

Nick zog sein Smartphone hervor, eilte zu Zane und kontaktierte das Revier. Er beschrieb hastig die Szenerie, meldete, dass zwei Deputys und ein unbekannter Mann tot waren und es einen Schwerverletzten gab.

Er wusste, dass in diesem Augenblick jeder Polizist in der Stadt aus dem Bett getrommelt wurde, die Nachricht die Befehlskette nach oben schoss, und er Captain Hooker, Noriss und dem Polizeipräsidenten bald Rede und Antwort stehen musste.

»Polizei!«, brüllte jemand vor der Tür.

»Agent Coleman vom FBI!«, rief er zurück. »Ich habe eine gesicherte Waffe im Holster und halte meine Marke in die Höhe!«

Schritte waren zu vernehmen, drei Pistolen wurden auf ihn gerichtet. Ein Detective kam vorsichtig näher und betrachtete die FBI-Marke, bevor er »Alles klar« rief. Die Waffen wurden gesenkt.

»Notarzt?«, fragte Nick nur.

»Direkt hinter uns.«

Von diesem Moment an brach die Hölle los.

Rettungssanitäter kamen herein und kümmerten sich um Zane, die Spurensicherung sperrte alles ab. Polizisten drängten die übrigen Bewohner des Hauses und der Nachbarschaft zurück in ihre Wohnungen. Der Lärm hatte sie geweckt. Es verging keine halbe Stunde, bis die ersten Reporter sich vor dem Absperrband tummelten, das das gesamte Gebäude umspannte.

Ein wütender Hooker kam hereingestürmt. »Was für eine Scheiße läuft hier eigentlich, Coleman? Erst werde ich aus dem Bett geklingelt, um ein Video anzuschauen, dann werden zwei meiner Leute kaltblütig erschossen!«

Nick behielt aus den Augenwinkeln die Sanitäter im Auge, die Zane behandelten. »Der Harris-Fall. Wir wurden auf eine falsche Fährte gelockt.«

»Harris ist tot«, mischte sich Lynette ein, die kurz vor Hooker angekommen war. »Wir haben Täter und Motiv falsch eingeschätzt. Es scheint um Rache zu gehen.«

Die Sanitäter legten Zane auf eine Trage. Er war bleich und immer noch bewusstlos.

»Wird er durchkommen?«, fragte Nick.

»Glatter Durchschuss. Er ist stabil«, rief ein Mann Anfang vierzig in weißem Overall zurück. »Mehr können wir erst nach der Untersuchung im Krankenhaus sagen.« Sie trugen ihn aus der Wohnung.

»Ich will Straßensperren an beiden Enden der Straße«, gab Hooker Anweisungen an einen Deputy. »Verdoppelt die Patrouillen. Und jemand soll sich die Verkehrsüberwachung vornehmen. Wir müssen davon ausgehen, dass Anna Jones entführt wurde.«

Die Angst um Anna ließ Nicks Nerven vibrieren. Gleichzeitig kehrte seine Rationalität zurück. Noch war sie am Leben, davon war er überzeugt. Wieso sollte sich jemand die Mühe machen, sie zu entführen, wenn er sie danach sofort umbrachte? Das hätte derjenige auch hier vor Ort erledigen können.

Eine Frau trat auf ihn zu. »Glauben Sie mir, Agent Coleman, die gesamte Polizei von Chicago heftet sich an die Fersen dieses Dreckskerls.« Sie trug einen weißen Overall und Handschuhe. »Nancy Pane, Spurensicherung«, stellte sie sich vor. »Deputy Reed wurde von vorne erschossen, zwei Schüsse aus kurzer Distanz. Deputy Morgan in den Rücken. Vermutlich eine Halbautomatik mit Schalldämpfer. Mehr kann ich erst sagen, sobald der Rechtsmediziner das Ergebnis der Obduktion übermittelt und die ballistischen Auswertungen vorliegen.«

»Der unbekannte Mann?«

»Chester Norwich«, sagte Hooker. »Meine Leute haben seine Papiere geprüft. Er wohnt in diesem Haus. Durch ihn hat sich der Täter Zugang zum Gebäude verschafft.«

»Harris steckt nicht dahinter, immerhin das ist jetzt glasklar.« Lynette rieb sich die müden Augen. »Er ist tot – bereits seit zwei Tagen. Wir müssen den gesamten Fall neu betrachten. Jeder, der damals beteiligt war oder eine Verbindung zu Natalie und Anna hat, ist verdächtig.«

»Der Satz am Ende des Videos …« Nick sprach nicht weiter, doch Lynette schaltete sofort.

»Es geht hierbei um Rache für Natalie. Harris musste bereits büßen, und jetzt ist Anna an der Reihe.«

»Agent Coleman!« Ein Deputy kam hereingestürmt. »Wir haben auf den Aufzeichnungen der Straßenüberwachung höchstwahrscheinlich den Wagen gefunden, mit dem Miss Jones entführt wurde.«

»Wo?«

»Die Kollegen sind noch dran, aber ein grauer Kleintransporter mit unkenntlichem Nummernschild stand im toten Winkel vor der Wohnung. Als er losfuhr, konnte die Kamera ihn für ein paar Sekunden erfassen. Wir gehen davon aus, dass Miss Jones in den Laderaum verfrachtet wurde. Den Täter konnten wir nicht erkennen, er hat sich außerhalb des Aufnahmebereichs aufgehalten. Das Fahrzeug hat sich in östlicher Richtung entfernt.«

Nick rannte zu seinem Wagen, Lynette folgte ihm.

Er drängte die Presseleute beiseite, sprang hinter das Steuer und startete den Motor, als Lynette eingestiegen war. Kurzerhand drückte er ihr sein Smartphone in die Hand. »Lass dich von Hooker zu den Jungs durchstellen, die den Weg des Transporters verfolgen.«

Sie brausten in östlicher Richtung davon, wurden nur kurz von der Straßensperre aufgehalten, die Hooker angeordnet hatte. Vermutlich waren bereits ein Dutzend Polizisten dabei, die Spur aufzunehmen. Doch Nick wollte der Erste sein. Es ging um Anna!

Mit ruhiger Stimme gab Lynette die Richtungsanweisungen weiter. »An der nächsten Kreuzung ist er rechts abgebogen.«

Er riss das Steuer herum.

Eines war sicher: In dieser Nacht würde kein Polizist etwas sagen, wenn Nick über eine rote Ampel fuhr. Jeder einzelne Uniformierte wollte seine beiden Kollegen rächen, den Mörder fassen.

»Da vorne links«, sagte Lynette und runzelte die Stirn.

»Was ist?«, fragte er.

»Ich denke, ich weiß, wohin wir fahren.«

Nicht weit vor ihnen auf der rechten Seite zeichnete sich das steinerne Halbrund des Eingangs zum Graceland Cemetery ab.

»Hier verliert sich die Spur«, sagte Lynette tonlos.

Auf dem Friedhof selbst gab es keine Kameraüberwachung. Mit eingeschalteten Scheinwerfern fuhr Nick die asphaltierten Friedhofsstraßen ab. Wie tote Finger, die sich dem Leben entgegenstreckten, ragten die grauen Steine empor. Hunderte von Namen, Daten und Schicksalen.

»Dort vorne!«, rief Lynette plötzlich.

Da stand er tatsächlich! Ein grauer Kleintransporter, der Motor lief noch. Die Scheinwerfer waren angeschaltet.

Nick brachte den Wagen zum Halten, zog seine Pistole und sprang heraus. »Stellen Sie den Motor ab und kommen sie mit erhobenen Händen raus!«

Nichts geschah.

Vorsichtig ging er näher. Die Türen der Ladefläche waren geöffnet, das Innere leer. Ein Blick durch die Scheiben offenbarte, dass der Schlüssel noch steckte, der Leerlauf war eingelegt.

»Nick«, sagte Lynette leise und deutete nach vorn.

Die Scheinwerfer des Kleintransporters erfassten ein ausgehobenes Grab mit einem Grabstein daneben in der Dunkelheit. Fein säuberlich war darauf Annas Name eingemeißelt, sowie ihr Geburts- und ein Todesdatum.

»Das Todesdatum ist in drei Tagen«, hauchte Lynette.

»Drei Tage«, echote Nick. »Genauso lange hatte Harris Natalie nach Annas Flucht noch bei sich, bevor er sie getötet hat.«

Kraftlos ließ er seine Waffe sinken.

Er konnte den Blick nicht von dem Grabstein wenden, der Annas Schicksal prophezeite.

15. KAPITEL

Anna taumelte von einer Raumecke in die andere, untersuchte die Wände auf der Suche nach einer Fluchtmöglichkeit. Harris' starrer Blick schien ihr zu folgen. Sie drehte sich mit dem Gesicht zur Wand, schloss die Augen und atmete tief durch. Gleich darauf fuhr sie wieder zu Harris herum, aus Angst, er könnte von den Toten auferstehen und sie anfallen.

Magensäure stieg ihr in die Kehle. Sie schluckte gegen den Würgereiz an, aber sein Anblick und der Gestank seiner Fäkalien waren zu viel. Sie beugte sich vornüber und erbrach sich. Ihr Magen krampfte sich immer wieder zusammen. Selbst als sie nichts mehr hervorbrachte, hustete sie sich die Seele aus dem Leib. Ihre Kehle kratzte wie Sandpapier.

Erschöpft lehnte sie sich mit dem Rücken gegen die Wand und ließ sich daran hinabgleiten. Sie hob ihre gefesselten Hände und wischte sich mit dem Ärmel von Zanes Pullover über den Mund. Dabei bildete sie sich ein, noch einen Hauch seines Waschmittels zu riechen. Die Spuren seines Lebens waren noch nicht verblasst, während er selbst es verlassen hatte.

Anna biss die Zähne zusammen und sah Harris voller

Verachtung an. »Du elender Bastard«, schrie sie ihn an. Sie brüllte ihre ganze Verzweiflung und Wut heraus und erwartete beinahe, dass er ihr antwortete.

Erneut konfrontierte ihr Gedächtnis sie mit Erinnerungsfetzen. Flüchtige Begegnungen, bei denen er auf einer Kehrmaschine an ihr vorbei durch den Gang der Uni fuhr und ihr einen schönen Tag wünschte. Die Party, bei der sie dachte, sich nur eingebildet zu haben, ihn an der Tür stehen zu sehen. Dann hatte sie die Feier gemeinsam mit Natalie verlassen und war mit ihr in das Taxi gestiegen, das zufälligerweise genau vor der Tür gewartet hatte. Harris hatte das Auto gestohlen und ihr aufgelauert. Was er nicht geplant hatte, war, dass ihre Freundin bei ihr war. Im ersten Moment hatte Anna sich gewundert, als sie ihn erkannte, sich aber nichts Schlimmes dabei gedacht. Doch dann hatte er die Türen verriegelt und aus nächster Nähe Betäubungspfeile auf sie beide abgeschossen. Vielleicht war es dasselbe Mittel, mit dem sie in Zanes Wohnung betäubt worden war. Aber Harris konnte es dieses Mal nicht gewesen sein, und auch für Zanes Tod war er nicht verantwortlich. Erst jetzt, nachdem sie den ersten Schock überwunden hatte, wurde ihr klar, was das für sie bedeutete.

Hektisch kämpfte sie sich wieder auf die Füße und sah sich um. Der Fernseher lief noch immer. Eine wiederkehrende Abfolge von Nachrichtensendungen, alte und neue, alle beschäftigten sich mit ihrem Fall. Einerseits wollte Anna, dass die Übertragung endlich endete, andererseits war das ihre einzige Lichtquelle.

Wo war sie hier? Wer hatte Harris ermordet und sie entführt? Und wieso?

Ihr Blick glitt suchend umher und blieb an einem rot leuchtenden Punkt über der Tür hängen. Eine Kamera. Also wurde sie doch beobachtet.

»Was wollen Sie von mir?«, schrie sie.

Als Antwort erlosch der Fernseher, und Finsternis hüllte sie wieder ein. Ihr Herz raste. Sie taumelte und rutschte beinahe auf ihrem eigenen Erbrochenen aus. Dann flimmerte über ihr eine Leuchtstoffröhre auf, deren Summen wie ein unheilvolles Omen klang. Das Licht war hell und kalt und schmerzte in ihren Augen.

»Hallo, Anna«, ertönte eine tiefe, verzerrte Stimme über einen Lautsprecher und ließ Anna erschaudern.

»Wer sind Sie?«, flüsterte sie. Obwohl sie fror, durchströmte sie eine Hitzewelle.

Mit einem elektrischen Surren entriegelte die Tür, vor der Harris sie noch immer anstarrte.

»Komm! Ich habe eine Überraschung für dich.«

Bei jedem Wort zuckte Anna wie unter Stromschlägen zusammen. Der düster klingende Stimmenverzerrer sorgte dafür, dass sich die Härchen in ihrem Nacken aufstellten.

Was sollte sie tun? War das eine Falle? Letztendlich hatte sie keine Wahl.

Ihre Beine wollten ihr jeden Schritt verweigern, dennoch zwang sie sich langsam vorwärts. Noch einmal musste sie Harris nah kommen, um sich an ihm vorbeizudrängen. Die Blutlache, die ihn umgab, spielte keine Rolle mehr. Ihre Füße und die zu langen Beine von Zanes

Jogginghose waren schon beschmutzt mit seinem Blut, den Fäkalien und ihrem eigenen Erbrochenen.

Sie achtete darauf, Harris' Leichnam nicht zu berühren. Vor der Tür hob sie die gefesselten Hände, schloss die Finger um den Knauf und zögerte.

Die Kamera über ihr hatte sie genau im Visier. Kurz wartete sie, ob die Stimme sich nochmals mit einem Befehl meldete. Als nichts geschah, drehte sie den Knauf, stemmte sich gegen die schwere Tür und trat in einen in dämmriges Licht gehüllten Kellergang.

Im Vergleich zu dem hinter ihr liegenden Gestank war die modrig kühle Luft eine willkommene Abwechslung.

Ihre Nerven waren zum Zerreißen angespannt. Damit ihr kein Geräusch entging, bewegte sie sich leise den Gang entlang und lauschte. Ständig rechnete sie damit, angegriffen zu werden. Wieso sprach er nicht mehr zu ihr? Was – und wer – würde sie erwarten?

Sie erreichte eine Abzweigung und blieb stehen, drängte sich an die rechte Wand und warf einen Blick um die Ecke. Ihr Herz schien nicht zu wissen, ob es rasen oder stehen bleiben sollte. Sie fühlte sich wie in den Momenten, in denen sie Harris in ihrem Verlies hatte näher kommen hören. Zumindest hatte sie damals stets gewusst, was ihr bevorstand. Psychische Folter, gepaart mit Liebesschwüren. Wäre Natalie nicht bei ihr gewesen und hätte er sich durch ihre Anwesenheit nicht gestört gefühlt, wäre Anna einer Vergewaltigung wohl nicht entgangen. So hatte sie nur seine zärtlichen Berührungen und seinen Atem auf ihrer Haut ertragen müssen. Und natürlich die Bestrafungen, weil sie nicht so darauf reagierte, wie er es sich wünschte. Dann wurde er jedes Mal blind vor Wut, schlug sie beide und malträtierte sie mit dem Jagdmesser …

Die Erinnerung daran wog schwer, und Anna hatte Schwierigkeiten zu atmen. Sie schaute zurück. Aber dort erwartete sie nur der Raum mit dem toten Harris. Es gab keine Chance zu fliehen, sie konnte dem Gang nur weiter nach rechts folgen. Die Stimme schwieg, doch weitere Kameras an den grauen Wänden kontrollierten jeden ihrer Schritte.

Sie gab sich einen Ruck, hielt die gefesselten Hände abwehrend vor ihren Körper und bog um die Ecke. Kaum hatte sie die Tür vor ihr erblickt, wurde auch diese mit einem elektrischen Surren entriegelt.

»Was soll das alles?«, sagte sie zu sich selbst. Anna schluckte und näherte sich der Tür.

Als sie erneut zögerte, schien sie die Geduld ihres Entführers überstrapaziert zu haben. Es wurde stockdunkel. Wahrscheinlich würde nur die Tür vor ihr sie wieder ins Licht führen.

Die Finsternis streckte die Krallen nach ihr aus. Anna glaubte, den Hauch eines Atems in ihrem Nacken zu spüren, rechnete damit, dass jeden Moment jemand sie packte. Panisch tastete sie nach dem Türknauf und stieß die Tür mit einem Ruck auf. Sobald der Spalt breit genug war, schlüpfte sie hindurch, hinein in einen Raum. Er lag im Dunkeln, nur die gegenüberliegende Wand war in einen matten rötlichen Schein getaucht. Ihr Entführer lenkte ihre Aufmerksamkeit gezielt dorthin. Langsam ging sie darauf zu und erkannte, dass die Wand voller Fotos war.

Sie fuhr zusammen, als die Tür hinter ihr ins Schloss fiel und sich mit einem Surren wieder verriegelte. Doch sie konnte den Blick nicht von den Fotos wenden, die ihr allesamt den Ort zeigten, an dem Natalie den Tod gefunden hatte. Kurz erschrak sie vor ihrem eigenen Schatten, der sich dunkel in dem rötlichen Licht an der Wand abzeichnete. Sie mahnte sich selbst zur Ruhe.

Er spielte ein Spiel mit ihr und gab die Regeln vor. Solange sie nicht wusste, mit wem sie es zu tun hatte, konnte sie ihm nichts entgegensetzen. Es war ungewiss, ob sie das hier überlebte. Trotzdem blieb ihr nichts weiter übrig, als auf ihre Instinkte zu vertrauen. Sie musste einen kühlen Kopf bewahren, auch wenn das bei der feuchten Hitze, die den Raum einhüllte, nicht einfach war. Die Wärme legte sich wohltuend um ihren unterkühlten Körper, schwächte sie aber, da ihre erschöpften Glieder sich nun danach sehnten, der Müdigkeit nachzugeben.

Was erwartete er jetzt von ihr? Sie wollte ihn anschreien, ihn auffordern, wieder mit ihr zu reden. Doch dadurch würde sie ihm nur ihre Verzweiflung offenbaren. Auch in diesem Raum gab es eine Kamera, die über den Bildern angebracht war. Je mehr Schwäche sie zeigte, desto größer sein Triumph. Wenn sie ihm eine gewisse Selbstsicherheit vorspielte, konnte sie ihn vielleicht aus der Reserve locken. Als Journalistin wusste sie, wie man Informationen aus Leuten herauskitzelte.

Während sie sich innerlich zusammenkrümmte, straffte sie die Schultern und trat näher an die Wand mit den Fotos heran. Aus den Augenwinkeln nahm sie das rote Blinken der Kamera wahr, ließ es sich aber nicht anmerken.

Anna kannte die Tatortfotos schon aus den Akten. Harris hatte Natalie in ein heruntergekommenes Motel gebracht, in dem sonst hauptsächlich Prostituierte mit ihren Freiern abstiegen. Hatte der Unbekannte das rötliche Licht gewählt, weil auch das Motel in dieser Farbe von Neonleuchten angestrahlt wurde?

Ein Foto zeigte die Tür, deren verblasste Nummerierung die Zahl 19 kaum noch erkennen ließ. Auf weiteren Bildern war das Zimmerinnere zu sehen. Kissen und Decke lagen unordentlich auf dem Bett, die Matratze war mit Blut getränkt. Die Spurensicherung hatte die gesamte Szenerie mit kleinen Nummernschildchen versehen.

Anna spürte den Kloß im Hals, kämpfte jedoch mit aller Macht gegen die Tränen an.

Die Aufnahmen, die Natalies Leiche zeigten, erschütterten sie jedes Mal aufs Neue bis ins Mark. Seit sie die Bilder das allererste Mal gesehen hatte, hatten sie sich bis ins letzte Detail in ihr Gedächtnis gebrannt. Man hatte ihre Freundin im Badezimmer gefunden, in der bis zum Rand mit Wasser gefüllten Wanne. Das lange braune Haar schwamm wie ein Teppich auf der purpurnen Oberfläche. Ihr Gesicht und der heraushängende Arm waren mit blauen Flecken und Schnittwunden übersät. Harris hatte ihr die Pulsadern an den Handgelenken aufgeschnitten, ihr vermutlich beim Sterben zugesehen. Und er hatte eine Nachricht für Anna hinterlassen – geschrieben mit Natalies Blut, auf den Fliesen über der Wanne.

Sie starrte das Foto an, auf dem die blutige Schrift in Nahaufnahme zu sehen war. Ihr Name in krakeligen Lettern.

Alles in ihr krampfte sich zusammen. Doch im Visier der Kamera durfte sie sich das nicht anmerken lassen. Ihr unbekannter Entführer hatte Harris umgebracht und konfrontierte sie nun mit Natalies Tod. Sah er in ihr auch eine Schuldige? Falls das so war, musste es jemand sein, dem Natalie nahegestanden hatte. Und das bedeutete, dass er ihren Tod rächen wollte.

Ein kaum wahrnehmbares Stöhnen ließ Anna aufhorchen. Sie fuhr herum, blickte nach links, doch die Seite des Zimmers lag im Dunkeln. War er hier? Im selben Raum?

Er gab ihr die Antwort, indem er eine Leuchtstoffröhre zum Aufflackern brachte und eine weitere Tür zum Vorschein kam. Sie stand einen Spaltbreit offen. In dem angrenzenden Raum schaltete sich jetzt ebenfalls das Licht ein.

Zögernd trat Anna näher, stockte, bevor sie die Tür weiter öffnete und sich vorwärts zwang. Unter ihren nackten Fußsohlen fühlte sie nur kalten Stein. Das war der Moment, in dem sie das ganze Ausmaß seines kranken Spiels vor sich sah.

»Detective Johnson«, brach es aus ihr heraus, als sie den ehemaligen Polizisten, der vor drei Jahren die Ermittlungen in ihrem Fall geleitet hatte, in dem Raum entdeckte. Er lag nackt in einer frei stehenden Wanne, in der das Wasser vor Hitze dampfte. An der Wand hing ein Boiler, Wasserleitungen verliefen am Putz entlang. Vermutlich eine ehemalige Waschküche.

Anna stürzte auf ihn zu, rutschte beinahe auf dem Boden aus. Das Wasser dort war übergelaufen. Sie betrachtete ihn von oben bis unten und hatte Schwierigkeiten, den grauenhaften Anblick, der sich ihr bot, zu verarbeiten. Johnsons beleibter Körper wurde von dem blutgetränkten Wasser umspült. Die Brust und der enorme Bauch waren mit Blutergüssen übersät. Ein Arm hing schlaff über den Wannenrand, an dem inneren Handgelenk klaffte eine längs verlaufende offene Wunde. Er atmete flach und dennoch keuchend.

»Scheiße.« Sie beugte sich über ihn, tätschelte ihm umständlich mit ihren gefesselten Händen das Gesicht. »Detective Johnson! Können Sie mich hören?«

Er blinzelte. Sein halb geöffneter Mund blieb regungslos, als er etwas Unverständliches röchelte.

»Halten Sie durch!« Sie wollte ihm versichern, dass Hilfe unterwegs war.

Eine Lüge, natürlich würde niemand kommen.

Zitternd streichelte sie ihm über den kahlen Oberkopf. Ihre mühsam aufrechterhaltene Selbstbeherrschung war in der Sekunde vorbei, als sie ihn erblickt hatte. Jetzt schluchzte sie, Tränen flossen über ihre Wangen.

Detective Johnson stöhnte. Anna konnte nicht sagen, ob er sie noch wahrnahm. Seine Pupillen weiteten sich, und sein Blick wurde starr, als er leise keuchend seinen letzten Atemzug machte.

Anna biss sich auf die Unterlippe, bis sie Blut schmeckte.

Unter tränenverschleierter Sicht betrachtete sie den Toten, streichelte ihm noch einmal über den Kopf und schloss dann seine Lider.

Haltlos sackte sie auf den nassen Boden. Ihr Blick glitt von Johnson zu der Wand über ihm, auf der ihr Name mit seinem Blut geschrieben stand und von ihrer Schuld kündete.

16. KAPITEL

Nick fühlte sich wie ein Korken, der auf dem Meer trieb und von den Wellen hin- und hergerissen wurde. Um ihn herum tobte das Chaos, das in den nächsten Stunden noch zunehmen würde.

In der grellen Beleuchtung des Reviers stand er im Großraumbüro und gab den Anschein von Gelassenheit. Innerlich suchte er verzweifelt nach Halt.

Es war seine Aufgabe gewesen, Anna zu schützen. Sie hatte ihn angerufen und um Hilfe gebeten – er wusste, dass ihr das nicht leichtgefallen war. Heute hatte er auf ganzer Linie versagt.

Sie war entführt worden, sollte in drei Tagen sterben. Und was hatte er vorzuweisen? Welcher Spur konnte er folgen? Sie stocherten im Trüben. Die ganze Theorie über die Rückkehr von Harris erwies sich als perfekt ausgearbeitetes Konstrukt eines kranken Geistes. Jemand wollte Rache. Eine simple Tatsache, die sie in ihrer Ermittlungsarbeit quasi bei null anfangen ließ. Innerlich schrie er auf, sah sich selbst dabei zu, wie er wütend die Aktenstapel vom Tisch fegte und mit der Faust auf die Platte schlug. Äußerlich blieb er beherrscht, vermittelte das Bild eines FBI-Agenten, der alles unter Kontrolle hatte.

Lynette kam herein, blickte kurz von den Akten in ihrer Hand auf und eilte zu ihm herüber. »Wie geht es dir?«

»Alles in Ordnung«, meinte er kurz angebunden.

»Und wie geht es dir wirklich?«

Er wusste, dass sie nicht lockerlassen würde, und schenkte ihr ein kurzes Lächeln. »Ich weiß überhaupt nicht mehr, was ich noch fühle.«

»Du verbietest dir, über die Konsequenzen nachzudenken.«

Nick überlegte kurz, dann sagte er zögerlich: »Ich versuche, mich auf die Fakten zu konzentrieren. Am liebsten würde ich mit einem Baseballschläger um mich schlagen.« Er war so wütend auf Harris, auf sich selbst, auf den unbekannten Entführer.

»Du bist nicht vollkommen machtlos«, sagte Lynette. »Er ist uns lediglich ein paar Schritte voraus.«

»Ich wusste nicht, dass du so optimistisch sein kannst.« Er rieb sich die Augen. »Hast du etwas gefunden?«

Nick hatte Lynette angewiesen, die Akte von Harris noch einmal durchzugehen, um alle Personen zu identifizieren, die Anna entführt haben könnten. Besonders Natalies Familie hatte ein starkes Rachemotiv.

Er schob alle Schuldgefühle in den hintersten Winkel seines Geistes. Jetzt ging es um jede Minute. Ihnen blieben drei verdammte Tage.

Immerhin, die Polizisten des CPD waren mehr als motiviert, den Fall zu lösen. Wenn es zum Tod eines der Ihren kam, nahmen das alle persönlich. Dann ging es nicht nur darum, den Verdächtigen zu finden. Es musste auch Präsenz gezeigt, Stärke demonstriert werden.

Durch die halb durchsichtige Trennwand warf Nick einen Blick auf Captain Hooker, der sich in seinem Büro mit dem Telefonhörer zu streiten schien. Nick ging jede Wette ein, dass am anderen Ende der Leitung der Polizeipräsident ordentlich Druck machte.

»Du weißt ja, ich rede normalerweise nicht schlecht über Kollegen, aber die haben damals wirklich Mist gebaut.« Lynette schüttelte den Kopf, setzte ihre Lesebrille auf und senkte den Blick auf die Akte. »Jeder weiß, dass bei einer Entführung die ersten achtundvierzig Stunden entscheidend sind. Trotzdem haben die Deputys das Ganze damals abgetan. Zwei Studentinnen, die einfach auf einer Party versackt sind. Das änderte sich erst, als die beiden auch nach drei Tagen verschwunden blieben. Es wurde das übliche Verfahren eingeleitet. Vermisstenanzeige, Befragung der Angehörigen, Kommilitonen und Professoren.«

Während sie die Informationen zusammenfasste, folgten ihre Augen weiter dem Text. Nick kannte die Details natürlich bereits und fragte sich, auf welchen bestimmten Punkt Lynette hinauswollte.

»Als Anna dann auftauchte, blutbeschmiert und nur mit Slip und einem zerrissenen T-Shirt bekleidet, bekam der Fall höchste Priorität. Zu diesem Zeitpunkt wurden die Angehörigen erneut und intensiver befragt. Annas Vater war tief betroffen, die Eltern von Natalie waren stinkwütend. Ihr Bruder hat der Polizei schwere Vorwürfe gemacht.« Lynette seufzte. »Worauf ich hinauswill: Nachdem Natalie im Motel gefunden wurde, musste sie identifiziert werden.«

»Von ihrem Bruder«, entgegnete Nick. »Ich erinnere mich.«

Lynette nickte. »Er ist bei ihrem Anblick zuerst zusammengebrochen und hat dann einen Deputy angebrüllt und ist sogar auf ihn losgegangen. Wenn man ihn nicht aufgehalten hätte, wäre der Mann vermutlich nicht nur mit einem blauen Auge davongekommen.«

Ein wütender Angehöriger mit Motiv. Könnte Natalies Bruder tatsächlich dahinterstecken?

Der Klingelton seines Smartphones ertönte und riss Nick damit aus seinen Gedanken. »Coleman.«

»Nancy Pane hier«, erklang die Stimme der Leiterin der Spurensicherung. »Ich habe erste Ergebnisse für Sie.«

»Raus damit.«

»Die Waffe, mit der die Deputys Reed und Morgan sowie Chester Norwich getötet wurden, ist eine 9 mm Halbautomatik. Die Schüsse erfolgten aus kurzer Distanz. Allem Anschein nach hat der Schütze außerhalb des Hauses gewartet, bis ein Anwohner nach Hause kam und die Tür aufschloss. Der erste Schuss traf Deputy Reed seitlich. Der hatte keine Zeit mehr zu reagieren, drehte sich reflexartig um und wurde schließlich mit einem Kopfschuss ins Gesicht getötet. Dann folgte ein dritter Schuss auf den Anwohner, der direkt ins Herz traf.«

Nick schloss für eine Sekunde die Augen. Nancy Pane sprach so rational und professionell wie möglich, aber er merkte ihr an, dass der Tod der beiden Deputys auch ihr naheging. »Agent Coleman, sind Sie noch dran?«

»Ja«, sagte er schnell. »Sprechen Sie weiter.«

»Der Schütze nahm dann die Treppen nach oben. Was dort vorgefallen ist, können wir nicht exakt rekonstruieren. Die Tür wurde nicht aufgebrochen, daher gehen wir davon aus, dass er Deputy Morgan bedroht hat. Die Kollegen haben ihre Waffe ein Stück entfernt von ihrem Leichnam auf dem Boden des Hausflurs gefunden. Unsere Theorie ist, dass er sie gezwungen hat, diese wegzuschieben. Dann musste Morgan klingeln, während der Täter sich außerhalb des Blickwinkels des Türspions aufhielt. Als Zane Newton die Tür öffnete, schoss der Schütze Morgan in den Rücken.«

Hier versagte die Stimme von Nancy Pane kurz. Nick gab ihr Zeit. Sie räusperte sich und sprach weiter. »Als Nächstes schoss der Schütze Mr. Newton in den Rücken, der noch versucht hatte, in den Wohnbereich zu fliehen. Wir gehen davon aus, dass Miss Jones währenddessen geduscht hat. Die Wasserrückstände im Bad deuten darauf hin.«

Der unbekannte Täter hatte sehr sorgfältig, schnell und strategisch gearbeitet.

Bei dem Gedanken, dass Anna nichts ahnend aus der Dusche gestiegen, frische Kleidung übergestreift hatte und diesem Irren direkt in die Arme gelaufen war, ballte Nick die linke Hand zur Faust. Er musste Zane befragen, und zwar schnell.

»Danke für die Zusammenfassung.«

Nick beendete die Verbindung.

»Etwas, das uns weiterbringt?«, wollte Lynette wissen.

Er rieb sich die Schläfe. »Nicht wirklich. Eine Bestätigung dessen, was wir bereits vermutet haben.«

Lynette dachte kurz nach. »Es gibt nur einen Zeugen, der uns wenigstens ein paar oberflächliche Merkmale des Täters nennen könnte.«

Er nickte. »Zane.«

»Gibt es etwas Neues zu seinem Zustand?«

»Ich fahre gleich ins Krankenhaus. Wenn es ein glatter Durchschuss war, müssten die ihn mittlerweile zusammengeflickt und mit Schmerzmitteln vollgepumpt haben.« Wenigstens er war mit dem Leben davongekommen. »Durchleuchtest du bitte noch einmal den alten Fall«, bat Nick Lynette. »Sieh dir insbesondere die Befragungen ganz genau an. Vielleicht findest du noch einen Hinweis, eine Spur.«

»Ich gehe mit der Lupe drüber, versprochen.« Lynette zog sich in den Aktenraum zurück.

Nick eilte aus dem Revier. Wieder begrüßte ihn Blitzlichtgewitter. Reporter streckten ihm ihre Mikros entgegen und stellten ihm zahlreiche Fragen zu Harris und den toten Deputys. Sobald Hooker die Information freigab, dass Harris tot war und der Fall eine ungeahnte Wendung genommen hatte, würde sich die Sensationsgier der Presse noch steigern. Die Geschichte wäre auf allen Titelseiten. Doch noch würden sie sich gedulden müssen.

»Sie kennen doch das Spiel«, sagte Nick. »Kein Kommentar bis zur offiziellen Pressekonferenz.«

Er schob sich durch die Menge, stieg in seinen Wagen und fuhr zum Krankenhaus. Die Straßen waren um diese Zeit noch relativ leer. Der Morgen graute.

Er fuhr mit dem Wagen zur Krankenhaustiefgarage für Besucher. Von dort konnte er mit dem Aufzug direkt in den Eingangsbereich fahren. Am Empfang saß eine müde dreinblickende Schwester in weißer Uniform.

»Agent Coleman.« Er wies sich aus. »Wo finde ich Zane Newton?«

Sie betrachtete ihn von oben bis unten und fuhr sich mit den Fingern durch das gewellte Haar. »Dritter Stock, Zimmer 324.«

Die Schwester hatte nicht einmal nachsehen müssen. Dass Zanes Zimmer von Deputys bewacht wurde, hatte ausgereicht, ihn im Krankenhaus zum Gesprächsthema Nummer eins zu machen.

Nick nahm die Treppe, immer drei Stufen gleichzeitig. Im dritten Stock angekommen sah er bereits von Weitem, dass zwei Wachen vor Zanes Zimmer postiert worden waren.

»Das ging ja schnell.« Ein Arzt mit kurzem weißen Haar kam ihm auf halber Höhe des Flurs entgegen und streckte Nick die Hand hin.

»Wie bitte?«

»Sie sind doch Agent Coleman? Ich habe Sie im Fernsehen gesehen.«

»Das ist richtig.« Zögerlich schüttelte Nick die dargebotene Hand.

»Es ist noch keine fünf Minuten her, dass ich auf dem

Revier angerufen habe und ausrichten ließ, dass Sie bitte herkommen sollen.«

»Wovon sprechen Sie?«

»Zane Newton. Sind Sie nicht wegen ihm hier?«

»Das bin ich. Aber von dem Anruf wusste ich bis eben nichts.«

»Ah, nun, die Sache ist etwas merkwürdig. Wir haben von einem Expressboten ein Kuvert erhalten, das Mr. Newton übergeben werden sollte. Er ist erst vor einer halben Stunde aufgewacht, hat es geöffnet und dann nach Ihnen verlangt.«

Nick eilte ohne ein weiteres Wort an ihm vorbei zu Zanes Krankenzimmer.

Die Deputys verspannten sich merklich, als Nick näher kam. Beide legten ihre Hände auf die Läufe der Waffen. »Sir, hier ist kein Zutritt gestattet.«

Nick hatte seinen Ausweis bereits in der Hand und streckte ihn jetzt dem linken Wachmann entgegen. »Coleman, FBI.«

Der Mann betrachtete den Ausweis eingehend, während der andere noch immer die Hand am Holster hielt.

»Geht klar«, kam endlich das Okay.

Nick betrat das Zimmer.

»Nick!« Es war mehr ein Raunen. Zane lag mit halb geschlossenen Lidern im Bett, den Blick an die Decke gerichtet. Er musste seine Stimme erkannt haben. »Was ist mit Anna?«

Er sprach langsam, was sicher an den Schmerzmitteln lag. Nick wollte nicht in Zanes Haut stecken, wenn die Wirkung nachließ. Er war blass und wirkte zerbrechlich.

»Sie wurde entführt.«

Zane schloss kurz die Augen, um sie dann direkt auf Nick zu richten. Er bemühte sich sichtlich, fokussiert zu bleiben, kämpfte gegen die Müdigkeit an. »Die Polizistin …«, brachte er mühsam lallend hervor. »Sie hat an der Tür geklingelt.«

»Hast du gesehen, wer auf dich geschossen hat?«, erkundigte sich Nick.

»Es ging alles so schnell.« Zane atmete zweimal tief durch, bevor er weitersprach. »Als sie zu Boden ging und ich die Waffe sah, habe ich mich umgedreht und wollte fliehen.«

Nick sah sich im Zimmer um. Die Nachttischschublade war offen und die Spitze eines weißen Umschlags von FedEx ragte hervor. »Dir wurde etwas geliefert?«

»Was? Nein, das war doch diese Deputy«, sagte Zane.

»Ich meine hier, ins Krankenhaus.«

»Oh, richtig! Entschuldige … Ich bin noch nicht so ganz wieder da.« Er schloss die Augen. »Eigentlich ist das für dich.«

»Du hast es geöffnet?«

»Hab ich.«

Womit immerhin Sprengstoff ausgeschlossen werden konnte. Nick hatte wirklich genug von Kuverts und Päckchen.

Er stülpte sich Handschuhe über und zog das Kuvert hervor. Es war ein simpler Luftpolsterumschlag, im Inneren befand sich ein Prepaidhandy. Diese Dinger wurden heute kaum noch benutzt und besaßen keinerlei elektronischen Fingerabdruck. Ein Zettel klebte daran, auf dem stand: Für Nick Coleman.

Genau in diesem Augenblick klingelte es. Nick starrte das schwarze Gerät an, als handelte es sich um eine Bombe. Er zögerte und hielt es schließlich schweigend an sein Ohr. Nach ein paar Atemzügen erklang die dunkle verzerrte Stimme, die er bereits von dem Video kannte.

»Hallo, Agent Coleman. Endlich lernen wir uns kennen.«

17. KAPITEL

Anna schrie vor Schmerz und ging zu Boden. Ihr Blut floss heiß und feucht aus der Wunde. Sie tastete nach dem Jagdmesser in ihrer Schulter, doch Harris schlug ihre Hand beiseite. Er beugte sich über sie, schloss seine Finger um den Messergriff und zog die Schneide quälend langsam aus ihrem Fleisch.

Sie brüllte vor Qual, dann keuchte sie mehrfach auf und glaubte, jeden Moment bewusstlos zu werden. Alles verschwamm, ihr wurde schwarz vor Augen. Obwohl sie auf dem harten Boden lag, hatte sie das Gefühl, als befände sie sich im freien Fall.

Harris' Fluchen drang zu ihr durch, ohne dass sie die genauen Worte verstand. Erst Natalies gedämpftes Röcheln brachte Anna ins Hier und Jetzt zurück.

Ihre Lider flatterten, als sie die Augen weit aufriss und sich dazu zwingen wollte, wieder klarer zu sehen. Harris kniete neben ihrer Freundin auf der Matratze und würgte sie mit bloßen Händen. Er war wie im Wahn. Wollte er sie jetzt ein für alle Mal loswerden?

»Nein! Lass sie los!« Ihre Stimme klang krächzend. Mit letzter Kraft stemmte sie sich auf die Hände und rutschte auf allen vieren auf die beiden zu. Sie bekam Harris am Bein zu packen und versuchte verzweifelt, ihn von Natalie wegzuziehen. Doch er ließ erst von ihr ab, als sein Telefon klingelte.

Der schrille Ton ließ ihn zusammenzucken. Er stand auf und wankte zum Tisch, auf dem sein Smartphone lag.

Anna kroch auf Natalie zu, zerrte ihr den Knebel aus dem Mund und setzte sie auf, damit sie besser atmen konnte. Sie hustete und würgte. Der Anruf kam in letzter Sekunde.

Harris trat von einem Fuß auf den anderen. Er zögerte kurz. Doch offensichtlich hatte er keine Wahl, als das Telefonat entgegenzunehmen. Hastig verließ er den Keller. Während die Riegel vorgeschoben wurden, hörte Anna ihn mit bemüht ruhiger Stimme sprechen.

»Hallo, Mutter. Ich war im Garten und habe das Klingeln nicht gleich gehört.« Seine Schritte entfernten sich. Sie konnte ihn nicht mehr verstehen.

Als Natalie angestrengt Luft durch den Mund einsog, gab ihr Kehlkopf pfeifende Töne von sich. Sie hielt die Augen weit aufgerissen und zitterte am ganzen Leib.

Anna streichelte ihr über den Rücken. Ihre Schulter fühlte sich an, als hätte man ihr ein Stück davon herausgerissen. Die offene Wunde brannte, ihr Blut schien zu kochen.

Sie zog die Beine an und umklammerte die Knie mit ihren gefesselten Händen. Erst in diesem Moment wurde ihr klar, dass Harris ihr in der Hektik die Beinketten nicht wieder angelegt hatte.

Ihr Blick huschte umher. Das Messer hatte er mitgenommen, aber die Kerze brannte noch. Anna kämpfte sich auf die Beine und taumelte auf den Tisch zu. Als sie die Hände über die Flamme hielt, raste ihr Herz. Doch sie erlosch, sobald sie mit der Fessel in Berührung kam. Fassungslos starrte Anna auf die kleine Rauchschwade. Sie wusste nicht, was sie falsch gemacht hatte. War sie zu hektisch gewesen? Hatte sie die Flamme erstickt?

Sie stieß ein Stöhnen aus und sah sich abermals um. Dabei blieb ihr Blick auf dem zugenagelten Kellerfenster hängen. Mit den Fußketten war es bisher unerreichbar für sie gewesen, jetzt stürmte sie darauf zu. Sie rüttelte an einem Brett, hielt inne und lauschte, ob Harris sich bereits wieder näherte. Dann riss sie erneut daran, bis sich der erste Nagel löste. Nun konnte sie die Latte leicht entfernen und nutzte sie für die restlichen Bretter als Hebel.

Sie stockte und sah zur Tür. Er würde das Splittern des Glases vermutlich hören. Aber wenn sie es jetzt nicht versuchte, würde sich vielleicht nie wieder eine Fluchtmöglichkeit ergeben.

»Was tust du da?«, wimmerte Natalie. »Dafür wird er uns umbringen!«

»Das wird er sowieso«, entgegnete sie und lief zu ihrer Freundin zurück. »Wir müssen hier weg.« Sie begutachtete Natalies Fußketten und wusste, dass sie ohne den Schlüssel keine Chance hatte, Natalie davon zu befreien. Anna stockte. Ihre Augen füllten sich mit Tränen, als sie ihre Freundin nun ansah.

»Lass mich hier nicht allein zurück«, flehte diese.

»Ich hole Hilfe«, versprach Anna, während sie aufstand und sich langsam von Natalie entfernte.

»Nein! Bitte, Anna! Lass mich nicht mit diesem Psychopathen allein!«

»Ich komme mit der Polizei zurück«, stieß Anna aus, hielt auf das Fenster zu und griff nach einer der Holzlatten.

»Anna!«

Sie durfte nicht länger warten. Er konnte jeden Moment zurückkehren. Natalies Flehen hallte tief in ihrem Inneren wider. Sie verstand nicht, dass ihre Flucht ihre einzige Chance war.

Ohne sich noch einmal nach ihr umzudrehen, holte sie aus und schlug die Scheibe ein. Mit der Faust entfernte sie die Glasscherben am Fensterrahmen und ignorierte, dass sie sich dabei schnitt. Um ihre gefesselten Hände zu schützen, fasste sie ihr T-Shirt am Saum und stemmte sich dann durch das schmale Fenster. Den Stichen und Schnitten schenkte sie keine Beachtung und blendete auch Natalies Weinen für den Moment aus. Der Gedanke an ihre Flucht trieb sie an. Sie musste entkommen, um ihre Freundin zu retten.

Sie bekam den tief hängenden Ast eines Strauches zu fassen und zog sich an ihm vollends heraus. Das Gras unter ihren Händen war feucht, der Garten sah verwildert aus. Es dämmerte. Anna sah einen Zaun, hinter dem offenbar ein Wald lag. Blutend und vor Schmerz taumelnd stürzte sie los. Die Bäume würden sie vor seinen Blicken schützen. War er ihr schon auf den Fersen? Vor Panik meinte sie, seinen Atem in ihrem Nacken zu spüren.

Ein Geräusch ließ Anna aufschrecken. War die Tür gerade ins Schloss gefallen? Sie brauchte einen Moment, bis sie realisierte, wo sie war. Augenblicklich sprang sie auf und presste sich mit dem Rücken gegen die Wand, an der gelehnt sie im Sitzen weggedämmert war. Die Erschöpfung hatte sie übermannt und kurzzeitig von ihrem Martyrium erlöst, in dem sie nun wieder gefangen war.

Detective Johnson lag nach wie vor in der Wanne auf der anderen Seite des Raums, und auch sonst schien sich nichts verändert zu haben. Was hatte sie geweckt? Anna lauschte, hörte aber nur ihren eigenen Atem.

Sie dachte an ihren Traum zurück und an Natalie. Natalie stammte zwar auch aus Chicago, aber sie hatten sich erst während der Einführungswoche am Columbia College kennengelernt. Das erste Mal waren sie auf einem Ausflugsschiff ins Gespräch gekommen, auf dem die Studentenvereinigungen für die neuen Erstsemester eine Party organisiert hatten. Dann hatten sie sich öfter bei Vorlesungen gesehen, und mit der Zeit waren sie beste Freundinnen geworden. Natalies Familie war Anna das erste Mal auf ihrer Beerdigung begegnet. Die Gesichter der Eltern waren vom Schmerz über den Verlust ihrer Tochter gezeichnet gewesen. Ihre Mutter hatte unentwegt geweint und sich wie ihr Mann Anna gegenüber sehr distanziert verhalten. Natalies Bruder hingegen hielt mit seiner Wut auf Anna nicht hinter dem Berg. »Hau ab, du Miststück«, hatte er sie an Natalies Grab angeschrien. »Dass du dich überhaupt hierher traust … Mörderin!« Sein hochrotes Gesicht, die zuckenden Wangenknochen und den vor Hass triefenden Blick würde sie niemals vergessen. Geschweige denn seine Worte. Noch heute war sie ihrem Vater dankbar, dass er sie damals begleitet hatte. Als sie zum Parkplatz liefen, war Anna Professor Fenton aufgefallen, der etwas abseits an einem Grabstein gestanden hatte, um der Beisetzung von Weitem beizuwohnen. Anna war vermutlich die Einzige, die von dem Verhältnis ihrer

Freundin zu dem fünfzehn Jahre älteren Ethik-Professor gewusst hatte.

Anna schloss die Augen. Sie konnte sich nicht einmal an den Namen von Natalies Bruder erinnern. Hieß er Daniel? Oder David? Sie war sich nicht sicher. War er derjenige, der sie hier gefangen hielt und sie für Natalies Tod büßen lassen wollte?

Anna rieb sich die Stirn und bemerkte erst in diesem Moment, dass ihre Hände nicht länger gefesselt waren. Sie schauderte. Das Geräusch, das sie geweckt hatte. Er war bei ihr gewesen …

Die aufkommende Panik fühlte sich an wie Säure, in der sie sich langsam und unter Schmerzen auflöste.

»Hallo, Anna«, ertönte die dunkle, verzerrte Stimme und ließ sie zusammenfahren. »Es wird Zeit, Detective Johnson zu verlassen.« Das folgende höhnische Lachen bereitete ihr eine Gänsehaut. Ihr Blick fiel auf den Toten. Der Körper, der aus dem Wasser ragte, war bleich, das Gesicht eingefallen, die Lippen spröde und rissig. Über seine Familie wusste sie nichts. Sie hatte keine Ahnung, ob ihn jemand vermisste und man inzwischen nach ihm suchte. Aber sie war sich sicher, dass Nick gerade alles daransetzte, sie zu finden.

»Komm! Du solltest dich etwas stärken, bevor ich dir die nächste Überraschung präsentiere.«

Mit einem elektrischen Surren entriegelte sich die Tür, durch die sie den Raum betreten hatte. Anna überlegte, was sie tun sollte. Einerseits wollte sie ihren Peiniger ignorieren. Da sie wusste, dass die »Überraschung« nichts

Gutes sein würde, konnte sie darauf verzichten. Gleichzeitig war ihr klar, dass er ihr keine Wahl lassen würde. Was würde passieren, wenn sie sich weigerte, seinen Anweisungen zu folgen? Anhand von Harris und Detective Johnson hatte er ihr vor Augen geführt, zu welchen Gräueltaten er fähig war. Für ihn war sicherlich auch ihr Tod schon beschlossene Sache. Allerdings wollte er vorher noch mit ihr spielen, um sie leiden zu sehen. Dadurch gewährte er ihr Zeit, und ihr blieb nur zu hoffen, dass sie ausreichte, damit Nick zu ihr finden konnte.

Mit einem letzten Blick auf Detective Johnson tapste sie zur Tür. Sie wünschte sich, dass sie ihn bald fanden und aus dieser erniedrigenden Lage befreiten. Er hatte sich als Ermittler sein Leben lang der Aufklärung von Verbrechen gewidmet und verdiente eine ehrenvolle Bestattung.

Das Licht erlosch, bevor sie die Tür erreichte. Ein Zeichen *seiner* Ungeduld.

Anna tastete sich an der Wand entlang, bis sie das glatte Metall unter ihren Fingern spürte und den Knauf zu fassen bekam. Dann zog sie die Tür auf und trat in den Kellergang. Musste sie zurück zu Harris' Leiche?

Sie tat ein paar Schritte in die Richtung, als hinter ihr Licht aufflammte. Der Gang ging dort noch weiter, und offenbar sollte sie ihm folgen. Hinter ihr erlosch die Beleuchtung, also beschleunigte Anna ihre Schritte, bis sie am Ende des Ganges zu einer Treppe gelangte. Anna blieb stehen und sah zurück.

Das inzwischen bekannte elektrische Surren ertönte, für Anna der Auslöser, um die Stufen hinaufzuhasten und sich gegen die Tür zu werfen. Durch den Schwung kam sie ins Straucheln und taumelte in den fremden Raum hinein. Mit schnellen Blicken versuchte sie, ihn in Gänze zu erfassen. Die mit kunstvollem Graffiti verzierten Wände kamen ihr bekannt vor. Schilder wiesen zwei nebeneinanderliegende Türen als Damen- und Herrentoilette aus. Anna war verwirrt.

»Du solltest dich vorher etwas waschen, bevor ich dir gegenübertrete«, meldete er sich zu Wort. »So, wie du stinkst, vergeht mir sonst der Appetit.«

Anna biss sich innen auf die Wange. Der Gedanke, dass er, während sie geschlafen hatte, bei ihr gewesen war, sie angesehen, ihren Geruch eingesogen hatte, machte ihr zu schaffen.

»Zieh anschließend das Kleid an, das ich dir aufs Waschbecken gelegt habe.«

Kaum hatte er seine Anweisungen beendet, wurde es stockdunkel. Die Finsternis umfing sie wie ein dichter Schleier, der weit mehr nahm als nur das Licht. Sie keuchte, krallte ihre Finger auf das kalte Porzellan des Waschbeckens. Wieder demonstrierte er ihr seine Macht. Er konnte ihr zu jeder Zeit alles nehmen. Licht, Hoffnung ... das Leben. Sie musste sich beeilen, bevor ihm noch etwas einfiel. Ein Husten schüttelte sie. Zittrig tastete sie sich zu einer der Toilettentüren vor, hinter der sie gedämpftes Licht empfing.

In dieser Situation war es ihr fast schon egal, dass er sie womöglich auch hier beobachtete. Sie stürzte in eine Toilettenkabine, um sich zu erleichtern. Dort drinnen konnte sie keine Kamera entdecken, doch als sie wenig später ans Waschbecken trat, bemerkte sie über dem Spiegel ein rotes Lämpchen. »Was willst du? Dann tu es doch endlich!«, schrie sie und biss sich auf die spröden Lippen. Sie erschrak vor der Frau im Spiegel. Mit dreckverschmierten Haaren, eingefallenen Wangen und trüben Augen starrte ihr Ebenbild sie an.

Hastig wandte sie sich ab und zog die zu lange Jogginghose aus. Dem bereitliegenden Kleid schenkte sie keine Beachtung, zu verlockend war das Wasser, das sie von Blut und Erbrochenem befreite. Sie drehte den Wasserhahn auf und benetzte ihre Beine und Füße. Dann drückte sie auf den Hebel des Seifenspenders, verteilte die pinkfarbene Flüssigkeit auf der Haut und sprenkelte Wasser nach, so gut sie konnte.

Auf dem gefliesten Boden bildete sich eine schlierige Dreckpfütze, und der Gestank war so intensiv, dass sie sich fast erneut erbrochen hätte.

Den Pullover behielt sie vorerst an, schlüpfte nur aus den Ärmeln, um sich unter dem Stoff, der sie vor den unerwünschten Blicken schützte, waschen zu können. Anschließend hielt sie das Gesicht unter Wasser, trank gierig ein paar Schlucke und wusch sich mit dem Rest der Flüssigseife die Haare. Dabei fuhr sie sich so heftig durch die nassen Strähnen, dass sie einzelne herausriss. Sie konnte sich nicht schnell genug von dem ganzen Schmutz befreien und hatte dennoch das Gefühl, dass er weiterhin an ihr haftete.

Vergeblich hielt sie nach einem Handtuch Ausschau

und stieg schließlich nass von oben in das schwarze Kleid und zog es bis über ihre Brust, ehe sie sich des Pullovers entledigte. Sie warf ihn zu der Hose auf den Boden und hielt kurz inne. Es kam ihr so vor, als würde sie Zanes Andenken mit Füßen treten, wie sie seine Sachen hier so achtlos zurücklassen musste.

Das Kleid passte ihr einigermaßen, der locker fallende Rock ging ihr bis zu den Knien. Sie fuhr mit den Armen durch die dünnen Träger und zog den seitlichen Reißverschluss zu. Dann warf sie wieder einen Blick in den Spiegel. Sie wirkte immer noch blass wie eine Leiche, die dunklen Ringe unter ihren Augen waren riesig. Durch die Flüssigseife war ihr schulterlanges Haar leicht schmierig und voller Knoten. Sie kämmte es notdürftig mit den Fingern durch. Da schaltete der Unbekannte abermals das Licht aus.

Anna stockte erneut der Atem. Ihm gefiel dieses Spielchen, sie hasste es abgrundtief. An der Wand entlang tastete sie sich bis zur Tür. Im Vorraum konnte sie wieder sehen und folgte dem breiten Gang, der hell vor ihr lag. Plötzlich hörte sie Musik und blieb auf der Stelle stehen.

Der sanfte Klang eines Klaviers war ihr in diesem Moment unheimlicher als die kalte Finsternis des Kellers. Was hatte er vor?

Sie begann unwillkürlich zu zittern, zwang sich aber weiter vorwärts. Durch einen schweren dunkelgrünen Vorhang gelangte sie in einen Saal, der sich als eine Art Bar entpuppte. Gepolsterte Sitznischen waren im Raum verteilt, auf der Stirnseite befand sich eine Theke. Anna erstarrte. Ihr Blick haftete auf der grünen Leuchtschrift, die über dem Tresen an der Wand prangte. Schlagartig ergab auch das Graffiti einen Sinn, das sie zuvor nicht hatte zuordnen können. Doch jetzt erinnerte sie sich. Das *Crystal* war die Bar, in der sie mit Natalie gefeiert hatte, bevor sie ahnungslos zu Harris ins Taxi gestiegen waren. Im hellen Licht und ohne Gäste ging diesem Ort die besondere Atmosphäre verloren. Zudem war alles voller Staub, Fenster und Türen von außen mit Brettern zugenagelt. Kurz kam die Erinnerung an das Kellerfenster in ihr hoch – aus dem sie ohne ihre Freundin geflohen war.

Die Erkenntnis traf Anna wie ein Schlag. Sie kannte das Kleid, das sie gerade angezogen hatte. Natalie hatte es an jenem Abend getragen.

Nach Halt suchend, griff sie nach dem Erstbesten, was sie in die Finger bekam und ließ sich auf den Stuhl sinken, dessen Lehne sie umklammerte. Ihr Blut rauschte ihr in den Ohren. Mit welchem perfiden Psychopathen hatte sie es hier zu tun?

In dem Moment wurde das Licht gedimmt, nur die Bar war noch in grünes Neonlicht getaucht. Da sah Anna auf dem Tresen zwei gefüllte Cocktailgläser und einen Teller mit Essen stehen. Sie erschauderte.

»Komm und iss mit mir!«

Seine Stimme brannte sich jedes Mal aufs Neue in ihre Nervenbahnen. Panisch sah sie sich um, konnte ihn aber nirgendwo entdecken.

Langsam erhob sie sich und ging auf den Tresen zu. Sie brauchte keinen Cocktail, sondern Wasser. Beim Anblick der belegten Sandwichs rumorte ihr Magen aber ebenfalls lautstark.

»Verbinde dir mit dem Schal die Augen«, wies er sie an.

Anna setzte sich auf einen der Barhocker und betrachtete den regenbogenfarbenen Schal, der ebenfalls einmal Natalie gehört hatte. Sie zögerte.

»Jetzt!«, schrie er so laut, dass er die Klaviermusik übertönte. Von allen Seiten hallte seine Stimme aus Lautsprechern wider und drang ihr bis ins Mark.

Ihre hektischen Atemstöße brachten ihren Brustkorb zum Beben. Sie tat, was er von ihr verlangte, legte den Schal vor ihre Augen und verknotete ihn hinter dem Kopf. Er war so engmaschig gestrickt und breit, dass sie nicht hindurchsehen konnte.

Stocksteif saß sie da und lauschte angestrengt. Die Klaviertöne überlagerten das Geräusch näher kommender Schritte. Vor Angst schwitzte sie aus allen Poren.

Etwas Kaltes, Glattes berührte ihre Kehle. War das ein Messer? Erst jetzt nahm Anna den Geruch eines herben Deodorants wahr. Sie atmete möglichst flach und lautlos, wartete darauf, dass er wieder zu ihr sprach. Doch sie vernahm nur seine schnellen Atemzüge, die durch den Stimmenverzerrer bedrohlich wirkten.

Der Unbekannte strich ihr mit den Fingern den Arm hinab, wobei sie die Zähne zusammenbiss und mit aller Macht dagegen ankämpfte zurückzuweichen. Er nahm ihre Hand, führte sie zu einem der Cocktailgläser und stieß mit ihr an. Die Situation war gleichermaßen surreal und beängstigend.

Sie trank, konzentrierte sich darauf, wie das süße, kühle, nach Erdbeeren schmeckende Getränk wohltuend ihren Rachen hinablief. Dann spürte sie das weiche Sandwich an ihren Lippen, roch den Thunfisch und biss hinein. Er fütterte sie, als wäre sie ein Kind, das nur mit seiner Hilfe überleben konnte.

Sie sprachen kein Wort. Trinken und essen wechselten sich ab. Es war Annas Chance, bei Kräften zu bleiben. Doch mit der Zeit fühlte sie sich seltsam erschöpft. Sie schaffte es kaum noch, den Mund zu öffnen, und realisierte zu spät, dass er ihr etwas in den Cocktail gemixt haben musste. Er nahm die Messerklinge von ihrer Kehle.

Anna sank in sich zusammen und rutschte beinahe vom Hocker. Aber er fing sie auf und trug sie auf seinen Armen. Sie wollte sich wehren, um sich schlagen. Stattdessen glitt sie immer tiefer in einen Dämmerzustand, dem sie völlig ausgeliefert war.

Frische Luft wehte ihr entgegen, ehe er sie auf einer harten Fläche ablegte und ihr die Hände vor ihrem Körper fesselte. Sie hörte eine Autotür zuschlagen, kurz darauf das Starten eines Motors. Sie konnte sich nur kraftlos ihrem Schicksal ergeben.

18. KAPITEL

»Sagen Sie jetzt nichts und verzichten Sie im Interesse von Miss Jones auf irgendwelche dummen Heldentaten.« Die Stimme wurde nach wie vor von einem Vocoder verzerrt.

»Wer ist es?«, fragte Zane mit trübem Blick.

Nick war dankbar für das Morphium, das durch Zanes Blutbahn rauschte. Er brummte noch etwas Unverständliches, dann schlossen sich seine Lider.

»Ich denke, wir haben den armen Mr. Newton für heute genug beansprucht«, erklang die Stimme des Unbekannten. »Immerhin verdankt er es reinem Glück, dass er überhaupt noch am Leben ist.«

Während Nick das Prepaidhandy an sein rechtes Ohr hielt, zog er mit der linken Hand sein Smartphone aus der Tasche. Er musste Lynette eine Nachricht zukommen lassen und das CPD kontaktieren.

Der Unbekannte unterbrach Nicks Gedanken. »Ich habe jemanden im Krankenhaus, der Sie im Auge behält. Sie sollten mir also gut zuhören und meinen Anweisungen folgen. Kommen Sie nicht auf die Idee, die beiden Kollegen vor dem Zimmer zu informieren. Sie gehen jetzt in den Flur. Am Ende des Gangs steht ein Abfallbehälter. Dort werfen Sie Ihr Smartphone rein. Los!«

Nick blieben nur Sekunden. Anstatt eine Textnachricht zu tippen, drückte er auf das Anrufsymbol. Die Verbindung zu Lynette wurde aufgebaut. Bevor er die Tür öffnete, vergewisserte er sich, dass das Display dunkel war.

Zane murmelte Nicks Namen. Doch Nick verließ den Raum, ohne sich noch einmal umzusehen. Zane musste warten. Im Vorbeigehen nickte er den beiden Wachen kurz zu und versuchte, in ihren Gesichtern zu lesen. War einer von ihnen eingeschleust worden?

»So ist es brav. Es muss sich schrecklich anfühlen, auf diese Art gefangen zu sein, Agent Coleman.« Die Stimme bekam einen aggressiven Unterton. Von der gespielten Freundlichkeit war nichts mehr geblieben. »Ich verspreche Ihnen, es ist erst der Anfang.«

»Was ist mit Anna?«

»Werfen Sie Ihr Smartphone in den Abfallbehälter. Wenn Sie irgendwelche Dummheiten versuchen, wird Miss Jones auch ihr hübsches Gesicht bald verstecken müssen.«

Nick beschloss, den Anweisungen Folge zu leisten. »Ich habe mein Handy jetzt im Mülleimer entsorgt«, sagte er laut und deutlich, bevor er es tatsächlich im Vorbeigehen in die runde Öffnung warf. Ihm blieb nur zu hoffen, dass Lynette ihn gehört hatte und die richtigen Schlüsse zog. »Was jetzt?«

»Sie nehmen die Treppe in die Tiefgarage, nicht den Aufzug.«

Wütend zog Nick die ausgestreckte Hand zurück, mit der er den Lift hatte rufen wollen. Auf dem Weg nach unten wäre die Verbindung zusammengebrochen, und er hätte möglicherweise jemandem, der zustieg, ein Zeichen geben können.

Kaum dass er das Treppenhaus betrat, zeigte ihm ein kurzer Blick aufs Handy, dass die Verbindung hier schwächer war. Ganz riss der Kontakt aber auf dem Weg nach unten nicht ab, blieb zum Glück auch noch in der Tiefgarage bestehen.

Nick zog die Schlüssel aus dem Jackett und öffnete den SUV.

»Jetzt legen sie das Handy neben sich und schalten die Freisprechfunktion ein«, befahl der Unbekannte. »Schließlich wollen wir nicht, dass ein übereifriger Kollege Sie anhält.«

»Was ist mit Anna?«, fragte Nick erneut. »Ich will einen Beweis, dass es ihr gut geht.«

»Sie wollen!« Ein verächtliches Schnauben drang aus dem Hörer. »Haben Sie es noch nicht begriffen? Es spielt keine Rolle, was Sie wollen. Im Gegenteil. Ich gebe Ihnen das Gefühl, wie es ist, jemand anderem ausgeliefert zu sein. Sie können heute noch etwas lernen, Agent Coleman.«

»Wohin soll ich fahren?«, fragte Nick mit bemüht ruhiger Stimme.

»Aus der Tiefgarage raus und nach links. Ich werde Sie lotsen.«

Er gab keinen Hinweis auf das Ziel, wollte die Kontrolle vollständig behalten. Angestrengt lauschte Nick den Geräuschen, die aus dem Hörer neben ihm drangen. Schon mehr als ein Kidnapper war durch Hintergrundgeräusche aufgeflogen, die seinen Standort verrieten. Doch hier gab es nichts Verräterisches. Tatsächlich hörte Nick eine allumfassende Stille.

War Anna möglicherweise schon tot?

Die Angst brodelte in Nick wie flüssige Lava, die seinen Körper zum Pulsieren brachte. Er musste Ruhe bewahren. Drei Tage!

»Ich komme gleich an die Kreuzung W 18th St und S Wentworth Ave«, gab Nick seinen Standort durch. Dann kam ihm eine Idee. »Sie mögen wohl das Theatralische. Der Grabstein war allerdings ein bisschen dick aufgetragen.«

Ein Seufzen erklang. »Biegen Sie an der Kreuzung rechts ab und verzichten Sie auf Provokationen. Andernfalls werde ich die Zange nehmen, die neben mir liegt, und Miss Jones einen Besuch abstatten. Das Ergebnis schicke ich ihnen dann zu. Verstehen wir uns?«

Nick überlegte einen Moment. Er konnte nichts tun.

Schweigend folgte er den weiteren Anweisungen des Psychopathen. Einen besseren Plan hatte er zurzeit ohnehin nicht.

»Das war doch gar nicht so schwer«, sagte der Unbekannte nach vierzig Minuten Fahrzeit. »Sie sollten jetzt auf der rechten Seite ein mit Brettern vernageltes Geschäft sehen. Halten Sie davor. Und hören Sie mir ganz genau zu. Sobald ich auflege, sind Sie frei zu tun, was immer Sie möchten. Vielleicht lohnt es sich, einen Drink zu nehmen. Ich werde mich wieder melden. Über dieses Handy. Behalten Sie es also besser bei sich. Sollte ich davon ausgehen müssen, dass mein nächster Anruf zurückverfolgt wird, werden Sie Miss Jones auf eine Art wiedersehen, die Ihnen nicht gefallen wird.«

Nick stoppte den Wagen. »Verstanden.«

»Ach ja, und verlieren Sie besser keine Zeit. Sie wissen doch, es geht um jede Minute.«

Der Unbekannte beendete die Verbindung.

Nick schob das Handy in die Innentasche seines Jacketts, öffnete die Tür und sprang aus dem Wagen. Er befand sich in einer belebten Straße in Downtown, ein beliebtes Studentenviertel. Ein Schild wies das mit Brettern vernagelte Gebäude vor ihm als Bar mit Namen *Crystal* aus.

Warum hatte der Unbekannte ihn hierher gelotst? Im ersten Augenblick konnte er den Namen nicht zuordnen, wusste jedoch genau, dass er ihn bereits einmal gehört hatte. Nein, gelesen! Die Erinnerung kehrte schlagartig zurück. Hier waren Anna und Natalie vor ihrer Entführung zum letzten Mal gesehen worden.

Nick versuchte, durch die Spalten zwischen den Brettern einen Blick ins Innere zu werfen, konnte jedoch nichts erkennen.

Er rannte um das Gebäude herum. Tatsächlich gab es auf der Rückseite eine schmale Zufahrt, die in einen Innenhof führte. Er entdeckte eine grüne Metalltür, zog seine Waffe, drückte die Klinke herab und war überrascht, dass sie sofort nachgab. Vorsichtig betrat er den Raum und tastete nach einem Lichtschalter. Als er einen fand, legte er den Hebel um, doch nichts geschah. Er knipste seine Taschenlampe an, die ihm einen Gang mit kahlen Wänden enthüllte, an dessen Ende sich eine weitere Tür befand. Langsam ging er weiter. Hinter der zweiten Tür verbarg sich ein verlassener Schankraum. Klaviermusik vom Band begrüßte ihn. Auch hier blieb es dunkel, als er nach dem Schalter tastete.

Im Schein der Taschenlampe nahm er gepolsterte Sitznischen wahr, die gemütlich aussahen, auch wenn sie von einer Staubschicht überzogen waren. Ein paar einzelne Tische füllten die Mitte des Raums. Die Bar nahm die ganze Länge der gegenüberliegenden Wand ein, und das Regal dahinter war gut gefüllt mit diversen Alkoholika.

Ein grüner Samtvorhang trennte einen seitlichen Durchgangsbereich ab. Was dahinter kam, konnte man nur erahnen.

Waffe und Taschenlampe im Anschlag, drehte sich Nick langsam einmal im Kreis und nahm die fast gespenstische Atmosphäre des Raumes in sich auf.

Auf der Theke standen zwei Cocktailgläser, daneben eine Servierplatte mit Sandwichs, eines davon mehrfach angebissen. Der Anblick ließ unweigerlich Übelkeit in ihm aufsteigen.

Er näherte sich der Theke und bemerkte ein Whiskeyglas, unter dem ein Zettel hervorlugte.

Nick roch nacheinander an den Cocktailgläsern. Bei dem linken stieg ihm der Geruch nach Erdbeere in die Nase, in dem anderen musste etwas Herberes gewesen sein, das er nicht direkt zuordnen konnte.

Er nahm das Whiskeyglas zur Hand und sah sich den Zettel genauer an.

EINE KLEINE STÄRKUNG. BEI DEM,
WAS SIE NOCH ERWARTET, WERDEN SIE
DEN DRINK BRAUCHEN, AGENT COLEMAN.

Nicks Atem stockte.

Er hatte keinen Blick für den honiggelben Whiskey, nur für die mit krakeliger Handschrift verfassten Worte. Es sah aus wie die Schrift von Edward Harris. Hatte er den Zettel noch vor seinem Tod geschrieben?

Nick sah sich um und begab sich mit schnellen Schritten zu dem grünen Vorhang. Als er ihn beiseitezog, verstummte die Klaviermusik plötzlich. Verwirrt suchte er mit seinem Blick die Wände ab, fand aber keinen Mechanismus, der die Unterbrechung ausgelöst haben könnte. Der Unbekannte schien ihn über Nachtsichtkameras zu beobachten.

Trotzdem musste er weiter.

In dem Zwielicht erkannte er einen breiten Gang. Zwei Schilder wiesen die Toiletten aus. Die der Frauen stand offen. Im Inneren lagen fleckige Kleidungsstücke. Blut? Es war Männerkleidung, doch nicht schwer zu erraten, wer sie getragen hatte.

Was hatte dieses Schwein Anna angetan?

Er ging in die Hocke und betrachtete die Kleidung eingehend. Das war auf jeden Fall Blut, eine Menge davon.

In den Toiletten war sonst kein Hinweis auf Anna oder ihren Entführer zu finden. Nick ging zurück auf den Gang und entdeckte eine Metalltür. Er öffnete sie. Die Treppenstufen führten wohl in den Keller des Gebäudes.

Sein Puls raste, als er einen Fuß vor den anderen setzte. Er hielt die Taschenlampe direkt über den Lauf seiner Glock.

Nick erreichte eine Tür, die einen Spaltbreit geöffnet war. Ein letzter Schritt und ihn erfasste das nackte Grauen.

Rötliches Licht warf seinen Schein auf eine Wand, die mit Fotos bedeckt war. Bilder des Motels, Raum Nummer 19, die Leiche von Natalie.

Eine weitere Tür führte in einen angrenzenden Raum.

Der Boden war nass und glitschig, beinahe wäre Nick ausgerutscht. Ein Lichtkegel erfasste eine frei stehende Badewanne, in der ein aufgedunsener Körper lag, der bereits Gärgase produzierte. Ein beißender Gestank lag in der Luft.

Vorsichtig trat er näher.

Die Pulsadern des Mannes waren aufgeschnitten, der Tod musste langsam eingetreten sein. Eine schreckliche Art zu sterben, wenn man nur noch auf den unausweichlichen Tod warten konnte. Machtlos. Hilflos.

Nick betrachtete das Gesicht des Toten eingehend. Die Erkenntnis traf ihn mit voller Wucht. »Detective Johnson!«

Er taumelte zurück.

Der ehemalige leitende Ermittler im Fall von Annas und Natalies Verschwinden hatte auf seiner Liste der erneuten Befragungen ganz oben gestanden.

»Zu langsam«, flüsterte Nick. »Wir sind … zu … langsam.«

Er eilte aus dem Raum mit der Badewanne, vorbei an

der Fotowand und schließlich hinaus. Hier auf dem Gang sah er sich nach beiden Seiten um und ließ die Taschenlampe sinken. Mit dem Rücken lehnte er sich an die kalte Betonwand und atmete tief durch.

Es kostete ihn alle verbliebene Kraft, die Fassung wiederzuerlangen. Er durfte nicht aufhören! Jetzt erst recht nicht!

Der Gang machte einen Knick. Konzentriert glitt er um die Kurve, die Waffe schussbereit in die Höhe gestreckt. Doch niemand wartete auf ihn.

Blitzschnell drückte er die Klinke herunter, um sie aufzureißen, was nicht ganz so leicht war, wie er es sich erhofft hatte. In einer seitlichen Drehung trat er in den Türrahmen. Ein beißender Geruch drang ihm in die Nase, gleichzeitig sah er den aufgedunsenen Körper eines Mannes direkt vor sich. Er saß auf einem Stuhl, war gefesselt und blickte in den Raum. Er ging um ihn herum, um ihm ins Gesicht sehen zu können. Es war Harris.

Beinahe hätte Nick sich übergeben. Er atmete langsam durch den Mund, unterdrückte den Brechreiz.

Auf dem Boden stand ein Fernsehmonitor. Die Bretter eines zerbrochenen Stuhls lagen im Raum verteilt. Eine Lache aus Erbrochenem bedeckte den Boden.

Unweigerlich tauchten Bilder vor seinem inneren Auge auf. Anna, die auf dem kalten Stein kauerte und sich übergab, in einem Raum eingesperrt mit ihrem toten Peiniger.

Nick versuchte, jedes kleinste Detail des Raums aufzunehmen, egal, wie unwichtig es erschien.

Seine Atmung ging stoßweise, seine Hand zitterte

leicht. Was, wenn der Entführer ihn belogen hatte? Wenn all das nur ein grausames Spiel war, und er Anna längst umgebracht hatte? Er wollte sie nicht finden, ihren toten Körper, ihre bleiche Haut.

Nicks Brust wurde eng.

Er stand kurz vor einer Panikattacke. So etwas hatte er bisher noch nie erlebt. Mit letzter Willenskraft beruhigte er seinen Atem. Erst als er das Zittern endlich unter Kontrolle hatte, ging er weiter. Langsam, bedächtig, auf alles gefasst.

»Ich finde dich«, schwor er dem Unbekannten. »Wo du dich auch verkriechst.«

Seine Stimme klang fremd und hohl.

Er hob erneut Taschenlampe und Waffe und schritt die Gänge des Kellers noch einmal ab. Doch es gab keinen weiteren Raum, nirgendwo wartete Anna.

Nick eilte zur Treppe zurück, stieg die Stufen empor und zog den Vorhang beiseite. Der Schankraum erschien ihm fast wie eine Erlösung. Hier gab es keine Leiche, kein makabres Fundstück.

Er stand in der Dunkelheit und dachte über seine nächsten Schritte nach. Der Unbekannte plante sorgfältig und kannte den Harris-Fall genau. Er schreckte vor nichts zurück, um seinen Rachedurst zu stillen.

Dieses Spiel war noch lange nicht zu Ende. Und der Wahnsinnige plante sicherlich bereits seinen nächsten Zug. Aber er hatte gerade etwas über sich offenbart: Er liebte offenbar symbolträchtige Inszenierungen. Das würde Nick für seine Zwecke nutzen.

19. KAPITEL

Anna versuchte mit aller Macht, bei Bewusstsein zu bleiben. Doch ihre Sinne drifteten immer wieder davon. Was auch immer der Unbekannte ihr in den Cocktail gemischt hatte, es zeigte Wirkung. Sie war nicht einmal dazu in der Lage, ein Bein anzuwinkeln. In der Ferne konnte sie die Sirenen eines Rettungswagens hören. Sie fuhren über eine schlecht asphaltierte Straße. Es holperte in regelmäßigen Abständen. Immer wieder fielen Anna die Augen zu.

Als der Wagen schließlich hielt und die Fahrertür zufiel, setzte die Angst einen Adrenalinschub frei. Sie wollte sich in eine Ecke der Ladefläche verkriechen, weg von der Hecktür, der einzigen Barriere, die noch zwischen ihm und ihr lag. Als sie den Kopf hob, konnte sie ihn kaum halten. Die Hände hatte er ihr wieder gefesselt, dieses Mal gleich vor ihrem Körper, mit Kabelbinder. Ihre Augen waren nach wie vor verbunden. Nicht einmal zum Schreien war sie stark genug. Ihre Zunge fühlte sich geschwollen und pelzig an. Wie ein Fremdkörper, der ihr jeden Laut verweigerte. Ihr Körper war schwer wie Blei.

Sie hörte alle Geräusche gedämpft, als befände sie sich unter Wasser. Die Tür, die geöffnet wurde, ein Kratzen auf der Ladefläche, bevor er sie an den Fußgelenken packte und zu sich zog. Er warf sie sich über die Schulter, trug sie ein kurzes Stück, dann schloss er eine Tür auf. Knarrend fiel sie hinter ihnen zu und sperrte die Straßengeräusche aus. Anna war allein mit ihm und der Stille. Ihr benebelter Geist nahm die Umgebung kaum wahr.

Staub flirrte durch die Luft. Der Geruch alter Kissen stieg ihr in die Nase und kam ihr vage vertraut vor.

»Du solltest langsam munter werden«, sprach er mit dieser unnatürlich verzerrten Stimme. »Wie es scheint, habe ich es mit der Dosierung etwas übertrieben.«

Er setzte sie ab und ließ sie auf einen Stuhl sinken. Oder war es ein Sessel? Auf jeden Fall waren Sitzfläche und Lehne gepolstert.

Stand er noch neben ihr? Sie lauschte, hörte ihn atmen.

Sein Schlag traf sie mit voller Wucht. Ihr Kopf schleuderte zur Seite. Vor ihrem inneren Auge blitzte es auf, der Schmerz hallte in ihren Nervenbahnen wider. »Wach auf! Sonst prügele ich dich windelweich, damit du die nächste Überraschung nicht verpasst.«

»Ich bin wach«, ließ sie ihn mit schwacher Stimme wissen. Mehr als ein Flüstern brachte sie noch immer nicht zustande, auch wenn sie durch den Schlag zumindest etwas klarer denken konnte.

Seine Schritte entfernten sich. Was hatte er jetzt vor? Musste sie wie einst bei Harris mit grausamen Bestrafungen rechnen? Obwohl sie wusste, dass er tot war, hatte sie bei dem Unbekannten Harris' Gesicht vor Augen.

»Nimm deine Augenbinde ab«, befahl der Fremde. Dabei drang die verzerrte Stimme von allen Seiten viel zu laut und schallend aus Lautsprecherboxen. Anna wollte ihre Hände gegen die Ohren pressen, doch die Fesseln ließen das nicht zu. Stattdessen hob sie die Arme und streifte sich mühsam den Schal von den Augen und über den Kopf.

»Gutes Mädchen«, lobte er sie, während sie ihre Umgebung blinzelnd in sich aufnahm.

Eingetaucht in gedimmtes Licht, das die veralteten Strahler entlang der Wände spendeten, lag der kleine, in die Jahre gekommene Kinosaal vor ihr. Sie wusste, dass hier einhundertdreißig Personen Platz fanden, die Leinwand hinter dem schweren weinroten Vorhang war schon leicht verschlissen. Die nostalgischen Filme wurden von einem surrenden klapprigen Projektor abgespielt, bei dem man jedes Mal hoffen musste, dass er während der Vorstellung nicht schlappmachte. Die meisten der Sitze hatten Löcher in ihrer Polsterung, außerdem wackelten sie, weil sich die Schrauben mit den Jahren aus der Verankerung gelöst hatten. Die Erinnerung war noch lebendig. In diesem Kino hatte sie als Studentin eine Zeit lang mit Natalie gearbeitet.

Es lag in einem Künstlerviertel, etwa zwanzig Minuten vom Campus entfernt, und wurde von ihrer damaligen Studentenvereinigung betrieben. Damals hatte es hier nach Popcorn, nicht nach verstaubtem, modrigem Holz gerochen. Natalie und sie hatten hier viele gemeinsame Stunden verbracht und ganz nebenbei ihre Geldbörse aufgefüllt, bis das Kino in ihrem zweiten Studienjahr wegen Baufälligkeit und fehlender Gelder geschlossen werden musste.

Der Unbekannte hatte Anna mittig in der hintersten

Reihe platziert. Sie sah sich weiter um, suchte nach irgendeinem Anhaltspunkt, der ihr verriet, was der Fremde mit ihr vorhatte. Auf dem benachbarten Sitzplatz entdeckte sie ein Päckchen, eingewickelt in rot glitzerndes Geschenkpapier und mit einer übertrieben großen Schleife versehen.

»Du erhältst heute eine ganz private Vorstellung, Anna«, teilte er ihr über die Lautsprecher mit. Sie hätte ihm gern gezeigt, wie er die Lautstärke regulieren konnte, denn seine Stimme dröhnte zu laut in ihren Ohren. »Das Überraschungsgeschenk heben wir uns noch auf. Bekanntlich kommt das Beste ja immer zum Schluss.«

Unwillkürlich rückte Anna so weit es ging von dem Päckchen weg. Was befand sich darin? Nun, da die Wirkung des Schlafmittels nachließ, kehrte die Angst zurück, ihr Puls begann zu rasen. Ein kalter Schauer jagte ihr über den Rücken, und als die Lampen allmählich erloschen, nahm ihr Zittern zu.

Nur über ihr war noch ein kleiner Lichtstrahl wahrnehmbar, der vom Projektor stammte. Der Vorhang teilte sich und schwang mit einem quietschenden Geräusch jeweils beiseite. Sie hörte das Surren der Filmrolle hinter sich; die Leinwand erwachte zum Leben, und Natalies Schrei brachte das Blut in Annas Adern zum Gefrieren.

Seit ihrer Flucht war kaum eine Nacht vergangen, in der sie nicht wach gelegen und sich die letzten Stunden ihrer Freundin ausgemalt hatte. In diesem Moment bekam sie die ungefilterte Wahrheit vor Augen geführt.

Anna umklammerte mit den gefesselten Händen ihre Knie. Die Beine aneinandergepresst versuchte sie, sich irgendwie zusammenzuhalten. Ihr Blick war starr auf die bewegten Bilder gerichtet, die in Übergröße vor ihr abliefen. Sie schrie, um Natalies Schmerz und Angst nicht mehr hören zu müssen. Doch Natalies Schreie übertönten ihre eigenen.

Er ließ sie dabei zusehen, was ihre Freundin hatte durchmachen müssen, nachdem Anna sie verlassen hatte. Die letzten grausamen Momente ihres Lebens, von Harris festgehalten.

»Wo ist sie?«, brüllte er und stach mit dem Jagdmesser wie ein Besessener auf die Matratze ein, verfehlte Natalies Gesicht jedes Mal nur um Haaresbreite.

Plötzlich sprang Harris auf, stürzte zu dem Kellerfenster, durch das Anna geflohen war, und kletterte ebenfalls hinaus.

Anna schluckte. Er war ihr tatsächlich gefolgt, hätte sie einholen können.

Natalie wurde von Krämpfen geschüttelt. Sie kroch zur Wand, kauerte an dem kalten Stein. Die Kamera filmte sie weiter. Mit schreckgeweiteten Augen sah sie zum Fenster.

Tränen rannen über Annas Wangen. Hatte Natalie in diesem Augenblick gehofft, dass sie entkommen konnte oder dass sie mit Harris zurückkehrte?

Es dauerte nicht lange, bis er wieder auftauchte. Er kam nicht durchs Fenster, sondern durch die Tür, die von außen stets mit vier Riegeln zugesperrt gewesen war. Zusätzlich gab es das normale Türschloss; den Schlüssel drehte er stets zweimal um. Dreizehn Stufen führten vom Erdgeschoss in den Keller, seine Tritte hörte Anna noch heute im Schlaf.

Auf der Leinwand stieß Harris ein Brüllen aus und sprang förmlich auf Natalie zu. Mit einem animalischen Knurren packte er sie am Kopf und schmetterte diesen so hart gegen die Wand, dass sie bewusstlos in sich zusammensackte.

Anna biss in ihre Faust und kniff die Augen zusammen. Das Geräusch, das entstand, als Kopf und Wand aufeinandertrafen, hallte in ihr wider. Harris musste ihr den Schädel zertrümmert haben.

Ihre Atmung klang, als stände sie kurz vor einem Asthmaanfall. Außer ihrem eigenen Röcheln war jetzt nichts mehr zu hören. Kein Licht flackerte mehr hinter ihren geschlossenen Lidern, weshalb sie blinzelte und die Augen wieder öffnete. Es war stockdunkel.

»Können wir fortfahren?«, meldete sich die Stimme.

Der Unbekannte duldete nicht, dass sie wegsah. Er würde diese Tortur nicht enden lassen, bevor sie alles gesehen hatte.

»Können wir fortfahren?«, wiederholte er und betonte dabei nachdrücklich jedes Wort.

»Ja«, brachte sie mühsam hervor und ballte die Hände zu Fäusten.

Die Leinwand erwachte erneut zum Leben. Dieses Mal filmte Harris per Hand und fing Natalie am Boden liegend mit der Kamera ein.

»Sie hat dich im Stich gelassen«, zischte er und trat auf die Freundin ein, damit sie sich regte.

Anna verengte die Augen und versuchte zu erkennen, wo Harris und Natalie sich befanden. Die wackelige

Kameraführung und das spärliche Licht machten es ihr nicht einfacher. Doch dann schwenkte er kurz zur Seite, und Anna erhaschte einen Blick auf etwas, das wie die Lehne eines Autositzes aussah.

»Wir holen uns Anna zurück«, sagte Harris und beugte sich mit der Kamera zu ihr hinab. Mit der Klinge seines Messers schob er ihr die blutverkrusteten Haarsträhnen aus dem Gesicht. Als sie sich weiterhin nicht regte, schnitt er ihr quälend langsam quer über die Wange.

Natalie wimmerte. Ihr rechtes Auge war zugeschwollen, das linke halb geöffnet und blutunterlaufen.

»Du wirst dafür sorgen, dass sie zu mir zurückkommt«, flüsterte er. »Hast du mich verstanden?«, brüllte er gleich hinterher.

Annas Tränen tropften ihr vom Kinn. Sie sah nur noch verschwommen und war dankbar dafür.

»Bist du bereit für das Finale?«, dröhnte es durch den Saal, nachdem sich die Leinwand verdunkelt hatte.

Sie biss sich von innen auf die Wange, konnte nur mechanisch mit dem Kopf nicken.

Das Bild setzte wieder ein, zeigte ihre Freundin vollkommen nackt, gefesselt auf einem Bett liegend. Das musste das Motelzimmer sein, in dem Harris sie ermordet hatte. Ihr Körper war von seinen zahlreichen Misshandlungen gezeichnet.

Mittlerweile hatte Natalie auf beiden Wangen Schnittwunden. Auf ihrem Brustkorb erkannte Anna Brandblasen und Schürfwunden. Und es gab kaum einen Körperteil, der nicht voller blauer, lilafarbener und roter Flecken war.

»Anna hat uns verraten«, stieß Harris aus. Seine Stimme zitterte vor Wut. Er trat ins Bild. Die Kamera musste auf einem Sideboard oder Schreibtisch vor dem Bett stehen. Sie erfasste beinahe das gesamte Zimmer.

»Ich hatte gedacht, sie würde für dich zurückkommen«, sagte er, kniete sich neben Natalie auf die Matratze und schlug ihr die Faust in die Magengrube.

Ihr entwich trotz ihres Knebels ein gequältes Stöhnen.

»Du bist nur noch Ballast für mich. Vollkommen nutzlos. Ich muss abtauchen und abwarten, bis ich mich ihr wieder nähern kann.«

Wieder und wieder schlug er mit den Fäusten auf ihren Bauch ein. Ihre Schreie wurden weitestgehend von dem Knebel verschluckt. Sie krümmte sich zusammen, konnte seine Schläge wegen der Fesseln aber nicht abwehren.

Anna zuckte bei jedem der Hiebe zusammen, als würde Harris auch sie misshandeln. Innerlich flehte sie darum, dass er von ihrer Freundin abließ. Doch er schlug weiter auf sie ein, als wäre sie ein seelenloser Boxsack.

Als er endlich innehielt, schmeckte Anna Blut in ihrem Mund. Sie regte sich nicht, ebenso wie Natalie es nicht mehr tat. Harris verschwand durch eine angrenzende Tür, die vermutlich ins Badezimmer führte. Mit einem Glas kam er zurück und kippte ihr Wasser ins Gesicht.

»Wir sind noch nicht fertig miteinander«, spie er aus, und Speicheltropfen trafen Natalie ins Gesicht. Dann machte er sich daran, seinen Gürtel zu lösen.

»Nein!« Anna schlug sich die gefesselten Hände vors Gesicht. Doch die Peitschenhiebe und die Schmerzenslaute ihrer Freundin konnte sie nicht ausblenden. Sie krümmte sich zusammen, wollte, dass das Video endlich aufhörte.

»Sieh hin!«, brüllte sie die verzerrte Stimme des Unbekannten an. »Das alles ist deine Schuld!«

Anna sah in dem Moment auf, in dem das verstörende Klatschen des Gürtels erstarb. Natalie war schon vorher verstummt. Purpurne Striemen zeichneten ihren Bauch und ihre Brust, die Haut war stellenweise aufgerissen, dünne Blutrinnsale liefen ihren Körper hinab. Doch sie war noch immer am Leben, ja, sogar bei Bewusstsein.

Natalie keuchte, als Harris zum Jagdmesser griff. Anna würgte, hustete. Sie glaubte, nun würde er auch noch zustechen. Doch er durchtrennte nur ihre Fesseln, packte sie an den langen verfilzten Haaren, zerrte sie vom Bett und schleifte sie durch die Badezimmertür. Anna hielt den Atem an. Sie wusste, wie es weiterging.

Endlich stoppte die Aufnahme. Die Vorführung war vorbei. Das Licht im Kinosaal ging wieder an.

»Es ist jetzt Zeit für deine Überraschung. Pack sie aus«, befahl die Stimme.

Anna rührte sich nicht, starrte auf die Lehne des Sitzes vor ihr.

»Du solltest meine Geduld besser nicht zu sehr strapazieren«, meldete er sich erneut. »Öffne das Päckchen!«

»Wozu?«, flüsterte sie. Es war ihr egal, ob er sie hörte. Die Schuldgefühle über Natalies Tod verschlangen jeden klaren Gedanken. Ihr Herz fühlte sich an wie ein kalter Klumpen, der von Minute zu Minute schwerer wurde.

»Ich habe später ein Telefongespräch mit Agent Coleman. Vielleicht möchtest du ihm deine Schmerzensschreie als Lebenszeichen zukommen lassen?«

Anna sah auf. Nick … Der Klang seines Namens ließ einen Hauch von Hoffnung aufkeimen.

»Öffne es«, forderte er abermals.

Ihr schossen mehrere Fragen gleichzeitig durch den Kopf. Wie kam ein Telefonat zwischen ihrem Entführer und Nick zustande? Weshalb kontaktierte er ihn? Was besprachen sie? Hatte Nick vielleicht eine Spur zu ihr? Eines stand fest: Nick suchte sie! Sie klammerte sich an den Gedanken.

Anna atmete tief durch, wandte sich dem Paket auf ihrem Nachbarsitz zu und streckte die gefesselten Hände danach aus. Die Schleife ließ sich leicht abziehen, das Geschenkpapier riss sie auseinander.

Kurz zögerte Anna, dann hob sie mit einem tiefen Seufzen den Deckel des Kartons an und hielt ihn sogleich wie einen schützenden Schild vor sich.

Sie hatte mit einigem gerechnet, jedoch nicht damit. Eingebettet in roten Samt lag dort das Jagdmesser, mit dem Harris sie einst gefoltert und Natalie am Ende die Pulsadern aufgeschnitten hatte. An der Klinge haftete noch immer getrocknetes Blut.

20. KAPITEL

Die gesamte Szene wirkte auf Nick vollkommen surreal, als befände er sich in einem Albtraum und würde jeden Augenblick erwachen. Doch die Hoffnung war vergeblich.

Nick stand im Hinterhof des *Crystal*. Er hatte sich von einem Deputy das Diensthandy ausgeborgt und beendete soeben das Gespräch mit Captain Hooker. Dieser war auf dem Weg zur Pressekonferenz, würde sich in wenigen Minuten den Fragen der Journalisten stellen. Selbst der unerschütterliche Chef des Polizeireviers hatte geschockt auf die Nachricht vom Tod Detective Johnsons reagiert. Edward Harris weinte niemand eine Träne nach.

Nachdem er das Blaulicht wahrgenommen hatte, war Nick in den Hinterhof getreten und hatte den Deputys erklärt, was sie im Inneren des *Crystal* finden würden. Die Spurensicherung war angerückt, Polizei sperrte den Hof ab und wurde vor dem Haupteingang positioniert. Spürhunde kamen zum Einsatz in der Hoffnung, dass sie die Fährte von Anna aufnehmen konnten. Jaulend und schwanzwedelnd schnupperten sie, an den Leinen zerrend, am Asphalt die Straße entlang. Auch die Verkehrsüberwachung wurde eingeschaltet, immerhin musste Anna irgendwie weggebracht worden sein. Mittlerweile gab es überall in der Stadt verteilte Einsatzteams, die mit dem Revier in Kontakt standen und sofort zugeschaltet werden konnten. Hooker selbst koordinierte das Ganze.

Vor dem Zugang zum Hinterhof hielt ein Wagen. Lynette stieg aus und wechselte mit den Beamten ein paar Worte, worauf sie das Absperrband passieren durfte und auf ihn zueilte.

»Nick, geht es dir gut?«

Er lachte bitter. »Stell mir diese Frage momentan besser nicht.«

Sie reichte ihm sein Smartphone. »Ich hab sofort das Krankenhaus angerufen. Eine der Empfangsdamen war so nett, dein Handy aus dem Mülleimer zu fischen.«

»Danke. Vielleicht unterhalten wir uns besser, nachdem du dir alles angeschaut hast.« Er nahm das Gerät entgegen.

Lynette betrachtete ihn eingehend, nickte schließlich und trat an den Tisch, auf dem die Spurensicherung die Schutzanzüge bereitgelegt hatte. Sie schlüpfte in einen hinein und betrat die Bar. Nick wartete draußen.

Als Lynette nach zwanzig Minuten zurückkehrte, war sie kreidebleich. »Der arme Detective Johnson«, sagte sie nach einem Moment des Schweigens.

Nick berichtete ihr von dem zugestellten Handy und dem Anruf des Kidnappers.

Lynette rieb sich gedankenverloren über den Nasenrücken, wo so oft ihre Lesebrille saß. »Unser Unbekannter agiert stellenweise atypisch. Die Ermordung von Johnson passt perfekt zum Rachemotiv. Das ist sehr symbolisch, die Orte, an denen er die Leichen positioniert, sind passend gewählt. Aber dass er dich hierherholt und mit dir spielt, passt nicht ganz ins Bild. Das ist kein Racheakt, eher ein Kräftemessen.«

Im Hofeingang erschien ein Hundeführer mit seinem Schäferhund. Er blickte in Nicks Richtung und schüttelte bedauernd den Kopf.

»Keine Fährte.« Lynette war seinem Blick gefolgt.

»Er muss sie in einen Wagen verfrachtet haben, da kommen die Hunde nicht mit.«

Sein Smartphone klingelte, und die Verkehrsüberwachung machte auch seine Hoffnung zunichte, dass der Kidnapper aufgenommen wurde. Bei einem Parkhaus in der Innenstadt verlor sich die Spur. Eine Streife hatte den abgestellten Kleintransporter entdeckt, doch niemand war darin. Die Suche nach dem Besitzer war bereits in vollem Gang. Doch Nick war sicher, dass das Team der Spurensicherung kaum etwas Verwertbares finden würde. Wie auch schon bei dem zurückgelassenen Fahrzeug auf dem Friedhof.

»Konnte die Technik denn mit dem Prepaidhandy etwas anfangen?«, überlegte Lynette.

»Ich habe es ihnen nicht gegeben.«

Verwirrt erwiderte sie seinen Blick. »Du hast es noch bei dir?«

Er tippte auf sein Jackett. »Und dort wird es auch bleiben.«

»Das ist Unterschlagung von Beweismaterial, bist du wahnsinnig?!«

Nick berichtete von der Andeutung des Anrufers, dass

eine der Wachen vor Zanes Zimmer ihm Bericht erstattete. Sie konnten nicht ausschließen, dass der Entführer noch mehr Deputys auf seiner Gehaltsliste hatte. Hinzu kam die Gefahr für Anna, wenn er das Handy abgab. Ein Fehler seinerseits, und sie würde es büßen.

»Du hast gesehen, was dort unten passiert ist.« Er deutete in Richtung Keller. »Ich werde kein Risiko eingehen.«

Lynette schwieg. Nach einigen Sekunden nickte sie zögerlich. »Es könnte natürlich eine Finte sein, um dein Vertrauen in die Kollegen zu erschüttern. Bitte behalte das im Hinterkopf. Andererseits können wir nicht ausschließen, dass jemand sein schlechtes Gehalt aufbessert. Zutrauen würde ich das unserem Puppenspieler durchaus. Aber dir ist doch klar, dass er ein Spiel mit dir spielt?«

»Natürlich.« Nick seufzte. »Der nächste Anruf wird mich zu dem Ort locken, an dem Anna jetzt ist, aber natürlich wieder zu spät. Wir müssen ihm endlich mal zuvorkommen.«

Bisher reagierten sie immer nur. Die Spurensicherung hatte noch nicht einmal alles aus Zanes Wohnung ausgewertet, da waren sie schon mit dem *Crystal* beschäftigt. Der Unbekannte hinterließ immer mehr Leichen und womöglich ein Dutzend irreführender Hinweise und falscher Fährten.

In der Ferne sah Nick Reporter, die sich hinter der Absperrung versammelten.

Er führte Lynette, die mit gerunzelter Stirn nachdachte, in einen toten Winkel des Hinterhofs.

»Dieser Ort ist nicht einfach so gewählt worden«, sagte

sie. »Hier haben Anna und Natalie ihre letzten Stunden in Freiheit verbracht. Hier wurden sie entführt. Das passt, wie gesagt, zum Rachemotiv.«

»Worauf willst du hinaus?«, fragte Nick, obwohl auch er sich schon seine Gedanken gemacht hatte. Doch er wollte gerne Lynettes unbeeinflusste Einschätzung haben.

»Laut Grabstein will er Anna drei Tage gefangen halten, und wie wir hier sehen, hat er eine entsprechende Kulisse für sie vorbereitet. Unser Entführer will, dass sie ihre Schuld permanent vor Augen hat. Er hätte auch einfach jeden Beteiligten töten können, ohne diese ganze Inszenierung.«

»Das stimmt«, gab Nick ihr recht. »Johnson ist wie Natalie in einer Badewanne gestorben. Harris wurde in einem Keller getötet, der dem nicht unähnlich ist, in dem er Anna und Natalie gefangen gehalten hat. Anna will er aber offenbar länger leiden lassen.«

»Indem sie die Entführung noch einmal durchleben muss.«

»Du denkst also, er bringt sie an weitere Orte, die etwas mit der Vergangenheit der beiden zu tun haben?«

»Der Schluss liegt nahe«, sagte Lynette zögerlich. »Aber das führt uns zu mehreren Problemen.«

Nick seufzte abermals. »Wir wissen nicht, welche Orte er auswählt.«

»Und die zeitliche Abfolge ist unklar«, ergänzte Lynette. »Geht er von diesem Punkt in der damaligen Abfolge weiter, würde Harris' Elternhaus als Nächstes kommen, doch dort waren wir bereits. Dann war Anna frei, und es käme das Motel.« Sie schüttelte den Kopf. »Meine

Vermutung ist aber, dass er zurückgeht. Alles andere ergibt keinen Sinn.«

»Aber Anna und Natalie kannten sich seit Jahren.«

Nick fiel es schwer stillzustehen. Er ging auf und ab und überlegte laut. »Das College? Studentenwohnheim?«

»Ich traue ihm ja viel zu, allerdings wird er Anna kaum in ein volles Studentenwohnheim oder in einen Hörsaal bringen«, sagte Lynette. »Aber in den alten Akten waren auch ihre Professoren aufgelistet – die wurden nach der Entführung ebenfalls befragt.«

Bis sie die alten Kommilitonen aus den Vernehmungsprotokollen wieder aufgespürt hatten, würde zu viel Zeit vergehen. Doch die Professoren unterrichteten mit etwas Glück noch immer. »Wir können sie fragen, welche Orte damals bei den Studenten angesagt waren.«

Sie wechselten einen kurzen Blick.

»Du willst es alleine machen«, sagte ihm Lynette auf den Kopf zu.

»Wenn der Kidnapper einen Maulwurf in unser Team geschleust hat, können wir niemandem dort trauen. Und das Handy gebe ich auf keinen Fall in die Hände von Technikern, die das Ganze hier als einen Fall unter Tausenden ansehen. Es geht um Anna!«

In Lynettes Blick lag eine Mischung aus Sorge und Verständnis. »Also schön.« Sie kannten sich seit vielen Jahren, und Nick war dankbar dafür. Jede andere Profilerin hätte darauf bestanden, dass er alle Informationen mit seinem Chef teilte, das Handy übergab und auf keinen Fall ohne Rücksprache neue Ansätze verfolgte.

Sie schoben sich unter dem Absperrband hindurch.

Sofort erklangen Stimmen von überallher.

»Agent Coleman …«

»Miss McKenzie …«

Mittlerweile war Lynette so oft an seiner Seite aufgetaucht, dass die Reporter sie ebenfalls auf dem Radar hatten.

Sie beschränkten sich auf die typische »Kein-Kommentar«-Floskel und stiegen in Nicks SUV. Lynette gab einem der Deputys ihren Schlüssel, damit er ihr Auto zum Revier brachte.

Es war inzwischen früher Nachmittag, und auf den Straßen von Chicago herrschte reger Verkehr. Das *Crystal* befand sich nicht weit vom College entfernt, sie erreichten es innerhalb weniger Minuten. Da der gesamte Campus grundsätzlich für Unbefugte gesperrt war, kamen die Reporter zum Glück nicht aufs Gelände. Nick wies sich beim Pförtner aus und bekam genau wie Lynette einen Besucherausweis.

Sie fuhren auf den Parkplatz. Lynette loggte sich über das Smartphone in die Cloud des Reviers ein und vergegenwärtigte sich die alte Akte erneut.

»Wir haben drei Professoren, die sich damals noch einigermaßen an Anna oder Natalie erinnern konnten, was bei der Menge der Studenten schon gut ist«, erklärte sie. »Am meisten konnte Professor Charles Fenton beisteuern.«

Der Campus war gut beschildert. Zwischen gepflegten Rasenflächen verliefen zahlreiche schmalere und breitere Wege, die zu den Studentenheimen und Vorlesungsgebäuden der unterschiedlichen Fakultäten führten.

Sie steuerten das Gebäude der allgemeinen Verwaltung an, in dem eine freundlich dreinblickende Dame in den Vierzigern ihnen von ihrem Platz hinter dem Empfangstresen aus entgegenlächelte. »Wie kann ich Ihnen helfen?«

»Hat Professor Charles Fenton momentan eine Vorlesung?«, fragte Nick.

Die Dame wandte sich ihrem Computer zu und tippte etwas auf der Tastatur.

»Seine heutigen Kurse sind bereits zu Ende. Er ist aber sicherlich noch in seinem Büro.«

»Wären Sie bitte so freundlich, ihn zu kontaktieren, wir müssen ihn dringend sprechen.« Nick legte seine FBI-Marke auf den Tresen.

Die Augen der Frau richteten sich abrupt zu ihm auf, wanderten dann zu Lynette. Nick konnte ihr ansehen, dass sie ihre Schlüsse zog. Sie verfolgte eindeutig die Nachrichten.

»Sofort.«

Sie wies ihnen den Weg zum Büro des Professors und nahm dann den Hörer auf, um ihn über ihr Kommen zu informieren.

Vor dem Verwaltungsgebäude wandten sie sich nach rechts und mischten sich unter den Strom der Studenten. Offenbar war gerade Vorlesungsende.

Nach fünf Minuten erreichten sie die Fakultät für Publizistik und traten ein. Eine breite Treppe führte nach oben, dahinter zweigten Türen zu einzelnen Vorlesungsräumen ab.

Die Büros der Dozenten lagen im ersten Stock, Fentons befand sich am Ende des langen Gangs. Die Tür stand offen.

Nick warf einen Blick hinein und sah einen Mann, der aufgeregt in seiner Tasche kramte. Das dunkle Haar trug er mittellang, und ein sorgfältig gestutzter Bart zierte sein Gesicht. Nick schätzte ihn auf höchstens Anfang vierzig und war verblüfft. Er hatte automatisch an einen älteren Herrn gedacht. Mit seinem Look aus Hemd, Krawatte und Weste wirkte Fenton durchaus distinguiert.

»Professor Fenton?« Nick klopfte sachte an den Türrahmen.

Fenton zuckte zusammen und drehte sich zu ihnen um. »Was? Ja, der bin ich. Sie müssen der Agent vom FBI sein. Kommen Sie nur herein.«

Nick stellte sich selbst und Lynette vor.

»Setzen Sie sich.« Der Professor deutete auf die Besucherstühle und ließ sich selbst hinter seinem Schreibtisch nieder.

Sie nahmen Platz, und Nick zückte seinen Notizblock, während Lynette einfach die Beine übereinanderschlug und lächelte. Ihr analytischer Blick ruhte auf Fenton.

»Vermutlich können Sie sich bereits denken, weshalb wir hier sind«, begann Nick das Gespräch.

Der Professor nickte. »Es geht um diese schreckliche Entführung, die in den Nachrichten in Dauerschleife läuft. Aber ich weiß wirklich nicht, was ich dazu noch sagen kann. Damals wurde ich ja bereits eingehend befragt.«

»Jedes Detail ist hilfreich«, erklärte Nick. »Sie haben damals die beiden jungen Frauen unterrichtet, bevor sie verschwanden?«

»In der Tat. Sie waren gute Studentinnen, kamen regelmäßig in die Vorlesungen und hätten das Semester mit herausragenden Noten abgeschlossen«, erzählte er.

Auf Fentons Tisch lagen diverse Schreibutensilien sowie ein Stapel Papiere. Vermutlich Klausuren. Daneben stand eine Tasse aus dünnem Porzellan. Er griff danach, zog dann aber die Hand, die auffällig zitterte, wieder zurück.

»Können Sie uns Hinweise geben, was Anna und Natalie außerhalb der Vorlesungen unternommen haben könnten?«

»Woher soll ich das wissen?«

Nick runzelte die Stirn. »Es muss doch ein paar Orte geben, an denen die Studenten hier typischerweise unterwegs sind.«

Fenton räusperte sich. »Sie meinen, allgemein gesprochen. Natürlich, die gibt es. Die Mensa oder der Platz davor.«

»Ich meinte eher Orte, an denen Studenten unter sich sind. Es gibt doch immer wieder Treffpunkte, die sich herumsprechen. Günstige Restaurants oder Discos.«

»Also da kann ich Ihnen wirklich nicht helfen.«

Nick sah deutlich, dass Professor Fenton irgendetwas verbarg. Es waren winzige Gesten, seine abwehrende Körperhaltung, Mikroexpressionen, die ihn verrieten. Würde ihnen mehr Zeit zur Verfügung stehen, hätte Nick auf sein nervöses Verhalten eingewirkt und ihn in Ruhe aus der Reserve gelockt. Doch jetzt ging es um jede Minute.

Lynette sah Nick mit gerunzelter Stirn an. Ihr war es ebenfalls aufgefallen. Er nickte ihr auffordernd zu.

»Professor Fenton, wir haben es mit einem Täter zu tun, der innerhalb weniger Tage eine Journalistin entführt sowie zwei Deputys, einen unbeteiligten Hausbewohner und einen ehemaligen Detective kaltblütig ermordet hat«, setzte sie die Befragung fort. »Falls es etwas gibt, das Sie uns sagen können, wäre jetzt der richtige Zeitpunkt dafür.«

»Also ich muss doch sehr bitten!«

»Wir müssen alle Unterlagen von damals noch einmal neu bewerten«, erklärte Lynette unbeirrt weiter. »Jeder, der irgendwie in die Ermittlungen involviert war, wird intensiv befragt, und ich versichere Ihnen, dass unsere Kollegen keinen Spaß verstehen. Ich möchte Sie also noch einmal nachdrücklich bitten – auch wenn Sie es möglicherweise für nicht relevant halten –, nennen Sie uns alle Details, die Ihnen einfallen.«

Sie ließ ihre Worte wirken.

Es fiel Nick schwer, hier den nahbaren Agenten zu spielen. Am liebsten hätte er den Professor gepackt und ihm mal richtig Dampf gemacht.

»Nun, ich möchte betonen, dass es nicht ungesetzlich war«, sagte Fenton zögerlich.

»Das Leben einer Frau steht auf dem Spiel, reden Sie endlich!«, empörte sich Nick.

Lynette machte eine beschwichtigende Handbewegung in seine Richtung. »Bitte, Professor Fenton, fahren Sie fort.«

»Natalie und ich … Es begann recht unschuldig. Sie war attraktiv. Meine Frau und ich hatten zu der Zeit Probleme …« Er ließ die Worte in der Luft hängen.

Grundgütiger! Nick konnte nur innerlich den Kopf schütteln. Der Mann war ein Klischee. Trotzdem hatte er in der Tat nichts Ungesetzliches getan, immerhin war Natalie volljährig gewesen. Vom moralischen Standpunkt aus sah die Angelegenheit natürlich etwas anders aus.

»Ihre Affäre hat keine strafrechtliche Relevanz«, sagte Nick in möglichst neutralem Tonfall. »Aber ich gehe davon aus, dass Sie uns durchaus ein paar Orte nennen können, an denen Natalie ihre Freizeit verbracht hat.«

»Es gab da ein Schwimmbad im Pilsen District, das sehr beliebt war«, sagte Fenton nachdenklich. »Nichts Dolles, es hatte nur ein Becken, und nachdem die Stadt die Subvention gestrichen hatte, wurde es dichtgemacht.«

Nick schrieb eifrig mit.

»Dann wäre da das *Urban-Style*, ein Café, das Natalie mochte. Die haben mittlerweile sogar eine zweite Filiale.«

Professor Fenton blickte nachdenklich zur Wand, an der ein Foto seiner Familie hing. Einzelporträts der Kinder und eines der Frau. Ruckartig schaute er wieder zu ihnen. »Meine Frau wird das doch nicht erfahren?«

»Es geht uns nur um die Orte«, versicherte Lynette ihm.

»Da war noch das alte Kino, in dem Natalie gearbeitet hat. Wurde von Studenten betrieben, aber mit dem ständigen Wechsel und Neuzuteilung der Zuschüsse aus dem Fonds der Studiengebühren … Hat auch zugemacht.«

Fenton berichtete von zwei weiteren Locations, in

denen manchmal Studentenpartys stattgefunden hatten. Doch mehr wollte ihm nicht einfallen.

Wenigstens hatte er ihnen etwas weiterhelfen können. Ihn konnten sie als Verdächtigen ausschließen, da er am Morgen eine Vorlesung gehalten hatte. Nach einer Fahrt durch die halbe Stadt inklusive Fahrzeugwechsel wäre er kaum rechtzeitig zur Uni gelangt. Trotzdem machte Nick sich eine Notiz, damit einer der Deputys das überprüfte.

Sie verabschiedeten sich und eilten zurück zum Wagen.

Dort analysierten sie die Ziele. Gut besuchte Orte oder solche, die sich im Privatbesitz befanden, konnten sie ausschließen und die Liste somit auf zwei potenzielle Aufenthaltsorte eingrenzen.

»Also Kino oder Schwimmbad«, schloss Lynette. »Von hier aus ist die Entfernung zu beiden gleich. Wo fangen wir an?«

Nick betrachtete seine Notizen eingehend.

Dann traf er eine Entscheidung.

21. KAPITEL

Anna konnte den Blick nicht von dem Messer abwenden. Sie streckte zögernd die Finger danach aus, berührte es jedoch nicht. Das Blut auf der Klinge war verkrustet und hatte einen unappetitlichen Braunton angenommen. Auch ein Teil des Griffes war mit Blutspritzern überzogen.

»Wärst du nicht geflohen, hätte Natalie nicht sterben müssen. Letztlich hast du mit der Klinge ihre Pulsadern aufgeschnitten«, meldete ihr Entführer sich wieder mit der verzerrten Stimme zu Wort. Als würde eine andächtige Stimmung herrschen und er sie nicht stören wollen, sprach er leise, geradezu sanft.

Annas lähmende Angst wich verzweifelter Wut. Ihr ganzer Körper begann zu zittern, als sie ihre Finger um den Griff des Messers legte. Sie schluckte und schloss für einen kurzen Moment die Augen.

»Du wirst es noch brauchen. Für den letzten Akt.«

Er ging mit dem Messer ein Risiko ein, das sie ausnutzen konnte. Der Gedanke kam ihr ganz plötzlich, doch sie griff nach ihm wie nach einer Rettungsleine. Mit einer Waffe in der Hand konnte sie sich ihm entgegenstellen.

Sie sprang auf und rannte los.

Als sie sich gegen die Tür warf und aus dem Kinosaal

taumelte, hallte sein Lachen von den Wänden wider. Der Vorraum mit der Verkaufstheke war erhellt. Sie rechnete damit, dass er sie wieder völliger Dunkelheit aussetzte. Doch stattdessen ließ er sie gewähren und amüsierte sich weiter darüber, wie sie verzweifelt nach einer Fluchtmöglichkeit suchte.

Anna rüttelte an der verschlossenen hölzernen Eingangstür, sah durch den schmalen Glaseinsatz, dass sie wie die Fenster von außen mit Spanplatten vernagelt war. Hastig drehte sie sich um die eigene Achse. Die Tür neben der Theke führte in den Keller, in dem sie damals allerlei Krimskrams, Getränkekästen, Popcorn und Süßigkeiten gelagert hatten. Durch den kurzen Gang neben dem Kinosaal gelangte man nur in den Vorführraum. War er dort? Beobachtete er sie weiter?

Sie fuhr herum, starrte zu dem Flur, der zum Hinterausgang führte. Sicherlich war dieser ebenfalls verschlossen. Auch dort konnte er auf sie lauern.

Ihr Brustkorb hob und senkte sich unter ihren schweren Atemzügen. Eines der Fenster war ihre letzte Chance.

Sie hörte ein Geräusch und zuckte zusammen. Abermals drehte sie sich im Kreis, hielt das Jagdmesser fest in der Hand, bereit zuzustoßen. Ihr Blick huschte panisch umher und blieb auf dem Kabelbinder liegen, mit dem ihre Handgelenke gefesselt waren.

Während sie das Messer in ihrer Hand mit der Klinge nach unten drehte und den gezahnten Kunststoff durchzuschneiden versuchte, zitterte sie so stark, dass es ihr beinahe aus den Fingern rutschte.

»Übertreibe es nicht«, mahnte er sie. Sein dämliches Lachen war verstummt.

Durch ihre fahrigen Bewegungen verletzte sie sich mehrfach an den Handballen und Unterarmen. Sie rang nach Luft. Der brennende Schmerz, der sie bei jedem Schnitt durchfuhr, trieb ihr Tränen in die Augen. Doch sie schrie mit zusammengebissenen Zähnen dagegen an, bis sie den Kabelbinder schließlich durchtrennt hatte.

Anna hörte ihren Entführer nicht mehr, vernahm in den Boxen nur ein Knacken. Kam er jetzt, um sie zu bestrafen?

Voller Panik schaute sie sich nach etwas um, mit dem sie die Fensterscheibe zerschlagen konnte. Sie rannte hinter die Theke und zerrte einen Barhocker hervor. Im selben Augenblick ging das Licht aus.

Sie brüllte ihren Frust heraus. In einer Hand schleifte sie den Hocker hinter sich her, in der anderen hielt sie das Messer und fuchtelte wild damit herum.

Näherte er sich ihr bereits? Konnte er sie über ein Nachtsichtgerät sehen, während sie völlig im Dunkeln tappte? Sie durfte nicht innehalten und lauschen. Jetzt zählte jede Sekunde.

Mit voller Kraft schleuderte sie den Hocker einhändig in die Richtung, in der sie die Fensterfront vermutete. Sie stieß den Atem aus, als tatsächlich Glas splitterte. Doch durch die Spanplatten drang kein Licht.

Gerade als sie zu einem Hilferuf ansetzte, traf sie etwas Hartes seitlich so heftig am Kopf, dass sie benommen zu Boden fiel. Sie landete auf Glasscherben. Splitter stachen durch das Kleid, schnitten ihr in Arme und Hände. Sie stöhnte, spürte ihr Blut heiß über ihre Stirn rinnen.

Er trat ihr das Messer aus der Hand. Es knackte. Ein stechender Schmerz durchzuckte Annas Mittelfinger. Sie schrie und keuchte gleichzeitig, wurde aber sofort durch einen Schlag ins Gesicht zum Schweigen gebracht. Er packte sie am Knöchel. Das Glas knirschte unter seinen Schuhsohlen und ihrem Körper, als er sie über den Boden schleifte.

Anna bestand nur noch aus Schmerz. Sie schmeckte Blut, ihre Sinne drifteten davon.

»Du elendes Miststück«, fluchte er.

Er stieß eine Tür auf, zerrte ihren Körper über eine Schwelle. Hinter ihr fiel die Tür mit einem Knallen wieder ins Schloss. Er ließ sie los. Seine Schritte entfernten sich. Licht flackerte auf.

Benommen hob sie den Kopf, blinzelte. Blut rann ihr aus einer Wunde unter dem Haaransatz über ihre Stirn und tropfte in ihr rechtes Auge. Er hatte sie in den Kinosaal zurückgebracht. Der fiepende Ton in ihrem linken Ohr wurde lauter. Alles begann sich zu drehen.

»Wenn du jetzt ohnmächtig wirst, werde ich deinem Vater einen Besuch abstatten und seine Leiche hinter dem Haus in seinem Gartenteich versenken.« Seine dröhnende Stimme drang schmerzhaft in ihren Kopf.

Woher wusste er, dass im Garten ihres Vaters ein Teich war? Er wohnte in Alabama, vier Flugstunden von hier entfernt. Ihr Kinn begann zu zittern, bevor sie haltlos weinte.

»Steh auf!«

Anna leckte sich über die blutigen Lippen. Sie stützte sich auf die Hände, in denen kleine Glassplitter steckten. Der rechte Mittelfinger, gegen den der Unbekannte getreten hatte, war angeschwollen und pochte. Ihr wurde schlecht.

»Mach mich nicht wütend. Du weißt, wozu ich fähig bin.«

Sie bildete sich ein, ihren Vater ihren Namen sagen zu hören. Der Gedanke an ihn gab ihr die Kraft, sich auf die Unterarme und Knie zu stemmen. Dann zog sie sich an der Türklinke hoch und lehnte sich schwankend mit dem Rücken gegen die Wand.

Ihre Beine zitterten. Sie musste sich abstützen, sonst wäre sie erneut zu Boden gegangen. Sie atmete tief durch und schloss die Augen. Immerhin bewiesen ihr die Schmerzen, dass sie noch lebte.

Anna konnte ihren Kopf kaum aufrecht halten. Ihre Lider flatterten, als sie die Augen wieder öffnete. Ihr Blick fiel auf einen breiten Schlitz im Kleid. In Hüfthöhe steckte dort eine daumengroße Scherbe in ihrem Fleisch.

Sie fluchte und ergriff das Glas mit zwei Fingern der unverletzten Hand. Ihre Zähne trafen knirschend aufeinander. Dann zog sie das scharfe Bruchstück mit einem schnellen Ruck heraus. Ihr Schrei verebbte in einem Stöhnen. Der Geruch ihres eigenen Blutes stieg ihr in die Nase.

»Bevor ich dich an den Ort bringe, an dem du sterben wirst, möchte ich, dass du Abschied nimmst.«

Auf der Leinwand erschien ein Bild. Anna taumelte zu

einem Sitz und ließ sich daraufsinken. Erst danach nahm sie das Foto richtig wahr. Sie war dort zu sehen, zusammen mit Nick.

Sie blinzelte immer wieder, ihr Blick klärte sich nur für einige Sekunden. Es war eine Aufnahme aus der Tiefgarage des *Tribune Towers*. Dort hatte Nick sie getröstet, bevor sie zu Zane aufgebrochen waren. Zane … Zu diesem Zeitpunkt hatte sie noch nicht geahnt, dass er nur wenige Stunden später sterben würde und sie in die Fänge eines weiteren Wahnsinnigen geriet.

»Soso, der gute Agent Coleman. Was würde sein Chef wohl dazu sagen, wenn er das sehen könnte? Der FBI-Agent und die Reporterin, eine schöne Schlagzeile. Wäre das nicht was für deine Kollegen?«, höhnte er.

»Was wollen Sie von ihm?«, stieß Anna aus. Ihr Blick brannte sich in das Foto, auf dem Nick sie im Arm hielt und sein Kinn auf ihrem Kopf ruhte. Er sah besorgt aus. Sein kurzes Haar war zerzaust, der Dreitagebart wirkte auf seinem Gesicht wie ein Schatten.

»Gleich wird Coleman begreifen, dass er versagt hat«, sagte der Entführer. »Binde dir den Schal wieder um die Augen.«

Er war dort gewesen, hatte sie in der Tiefgarage fotografiert, war ihnen in dem Moment ganz nah gewesen, ohne dass sie es auch nur geahnt hatten. Ihr lief ein Schauer über den ganzen Körper. Sie konnte den Blick nicht von Nick abwenden.

In seinen Augen lag ein sanfter Schimmer. Einen Moment später hatte sein Blick den ihren getroffen und so viel mehr gesagt, als Worte es konnten. Der Moment hatte sich in Annas Erinnerungen gebrannt.

Das Bild verschwand. Der Anblick der leeren Leinwand hinterließ ein Gefühl der Hilflosigkeit. Schlagartig wurde ihr ihre Einsamkeit bewusst.

»Der Schal! Jetzt!«

Wie sehr sie diese verzerrte Stimme hasste.

Sie stützte sich auf die Lehne des Vordersitzes und stand auf. Alles, was sie noch tun konnte, war, so lange wie möglich zu überleben. Sie würde ihm gehorchen müssen. Für ihren Vater. Und für Nick.

Anna taumelte zu dem Sitz, auf dem sie vorhin gesessen hatte. Das leere Päckchen lag noch dort, das Messer hatte er inzwischen wieder. Er hatte es ihr nur präsentieren wollen, um sie zu quälen.

Sie setzte sich, nahm den Schal vom Nachbarsitz und verband sich die Augen. Nun würde er sie also an den Ort bringen, an dem sie sterben sollte.

Anna hörte, wie die Tür geöffnet wurde. Mit jedem sich nähernden Schritt zuckte sie weiter zusammen.

»Es wird Zeit aufzubrechen«, sagte er beinahe sanft. »Aber vorher wirst du dich verabschieden.«

Er setzte sich neben Anna, und sie erstarrte. Sie rechnete mit dem nächsten Schlag oder zumindest mit einer Berührung.

»Du sollst dir jeder Minute bewusst sein, die dich von deinem Tod trennt. Abschiednehmen tut weh, umso mehr, wenn es für immer ist. Ich will, dass du dein Lebensende mit jeder Faser deines Seins begreifst. Und Agent

Coleman wird klar werden, dass er und seine Kollegen abermals versagt haben. Wie bei Natalie waren sie auch bei dir zu langsam.«

Bevor ihr richtig bewusst wurde, was er vorhatte, hörte sie den Signalton eines Telefons, das er auf Lautsprecher gestellt hatte. Es klingelte nur zweimal, bis Nick sich meldete.

»Coleman.«

Seine Stimme war wie Balsam für ihre Seele. Doch zeitgleich spürte sie die scharfe Klinge des Messers an ihrer Kehle.

»Wenn du auch nur versuchst, ihm einen Hinweis auf unseren Aufenthaltsort zu geben, schlachte ich dich hier und jetzt ab und lasse ihn dabei zuhören«, stieß er aus. Da er den Lautsprecher aktiviert hatte, musste Nick seine Drohung ebenfalls gehört haben.

»Anna?!«, rief er.

Stille. Ihr Entführer schwieg. Sie hörte nur ihren eigenen stoßweisen Atem.

»Verdammt, reden Sie mit mir!« Nick klang leicht panisch.

»Verabschiede dich.« Der Atem ihres Peinigers streifte ihr Ohr, als er ihr die Worte zuflüsterte.

Sie schluckte gegen den Kloß in ihrem Hals an. Ihr entwich ein Wimmern. Dabei wollte sie Nick nicht hören lassen, wie verzweifelt sie war.

»Anna? Hörst du mich?« Nicks Stimme wurde weich.

Der Entführer verstärkte den Druck der Klinge an ihrer Kehle.

»Ich höre dich«, brachte sie stockend hervor.

Nick stieß die Luft aus. »Halte durch!«

Der Fremde lachte. »Es ist zu spät, Agent Coleman. Haben Sie Anna noch etwas zu sagen, bevor sie stirbt? Wählen Sie Ihre Worte mit Bedacht, es werden die letzten sein, die sie von Ihnen zu hören bekommt.«

»Sie verdammter Dreckskerl!«

Wieder dieses grässliche Lachen. Er krallte die Hände in ihr Haar und zog daran, riss ihren Kopf nach hinten und strich mit der Klinge über ihre Kehle.

»Verabschiede dich jetzt, Anna. Du willst doch nicht, dass ich ihn wegen dir heimsuche.«

Tränen rannen aus ihren geschlossenen Augen und versickerten im Stoff des Schals.

»Ich danke dir, Nick. Für alles, was du für mich getan hast – früher und jetzt.«

»Ich hole dich da raus«, rief er. »Ich schwöre, ich hole dich da raus! Halt durch!«

»Es ist allein seine Schuld. Vergiss das niemals!«, erwiderte sie und bekam dafür die Rechnung. Er schlug ihr mit dem Messergriff mitten ins Gesicht und stach ihr dann eine Nadel in den Hals.

Sie keuchte, hörte Nick verzweifelt ihren Namen rufen.

»Leb wohl«, flüsterte sie noch.

22. KAPITEL

»Leb wohl«, drang Annas erstickte Stimme aus dem Hörer, bevor die Verbindung beendet wurde.

Einen Augenblick lang starrte Nick das Prepaidhandy an, als handle es sich um einen Grabstein, der von Annas endgültigem Schicksal kündete. Ein Hupen riss ihn in die Realität zurück. Die Ampel stand auf Grün, er konnte weiterfahren. Lynette betrachtete ihn eingehend von der Seite und legte ihm sanft ihre Hand auf die Schulter. Während des Gesprächs hatte sie das Handy gehalten, der Lautsprecher war eingeschaltet gewesen. Sie hatte alles mit angehört. »Er spielt ein Spiel. Vergiss das nicht.«

Nick umschloss das Lenkrad fester und unterdrückte den Drang, das Gaspedal bis zum Boden durchzudrücken. Wenn er jetzt einen Unfall baute, verloren sie kostbare Zeit. Er versuchte, den Sturm aus Emotionen, der in seinem Inneren tobte, zu verdrängen.

»Wir kommen ihm näher, Nick.« Lynette sprach ihm Mut zu und nahm den Notizblock zur Hand.

Das Schwimmbad – ihr erstes Ziel – war ein Reinfall gewesen. Jetzt waren sie auf dem Weg zum Kino.

»Zu seiner Theatralik würde das Kino auf jeden Fall passen«, sagte Lynette leise zu sich selbst. »Falls wir dort nichts finden, sollten wir zumindest Hooker einweihen.« Ihr Blick wanderte über die Notizen. »Dann müssen die Deputys ausschwärmen und diese Liste abklappern. Alleine schaffen wir das nicht mehr rechtzeitig.«

Captain Hooker würde ihnen die Hölle heißmachen, wenn er von dem Handy und den Telefonaten erfuhr. Selbst Nicks Status als FBI-Agent würde ihn nicht vor der geballten Wut schützen.

Aber Lynette hatte recht. Die Zeit lief ihnen davon. Längst war die Dämmerung hereingebrochen. Um Mitternacht begann der dritte Tag nach der Entführung. Annas Todestag.

Sie fuhren die Küstenstraße hinunter. Rechter Hand wuchs dichtes Grün, dahinter zeichneten sich Häuserfassaden ab. Links lag der Michigansee friedlich in der Abenddämmerung. Das Wasser war in rote und orangefarbene Schlieren getaucht. In der Ferne erkannte Nick ein paar Segelboote, die sanft dahintrieben.

Ein beleuchtetes Motorboot brauste auf dem Wasser an ihnen vorbei. Ein älteres Modell desselben Herstellers hatte dem Vater von Nicks bestem Freund aus der Schule gehört. Im Sommer war er öfter mit ihnen auf den See hinausgefahren. In der Dunkelheit war der Skipper nur als dunkle Silhouette am Steuerrad zu erkennen.

Als Nick abbog, blieb der See hinter ihnen zurück. Das Kino lag im Künstlerviertel. Professor Fenton hatte ihnen den Ort, wie auch den vom Schwimmbad, genau beschrieben, und somit war es leicht zu finden. Nick zog beim Aussteigen Taschenlampe und Glock hervor und schob das Handy des Entführers in seine Hosentasche. Lynette hielt sich hinter ihm.

Wie beim *Crystal* waren hier ebenfalls die Fenster mit Spanplatten zugenagelt. Die Tür war abgeschlossen, eine zusätzliche Eisenkette war um die Klinken geschlungen.

»Hintereingang«, sagte Nick nur.

Sein Instinkt schrie ihm zu, dass sie hier richtig waren. Dieser Ort passte zu gut zur Inszenierungslust dieses Wahnsinnigen.

Leise schlichen sie zur Rückseite des Gebäudes.

Falls der Entführer sich hier befand, musste Nick schnell reagieren. Keinesfalls durfte der Täter sie zu früh bemerken.

Nick lehnte sich seitlich neben die Tür an die Hauswand, hielt Pistole und Taschenlampe erhoben und nickte Lynette zu. Sie tastete von der anderen Seite nach der Klinke und drückte sie herunter. Die Tür schwang auf.

Lautlos glitt Nick in die dahinterliegende Dunkelheit.

Der Hintereingang führte über einen kurzen Zwischenbereich direkt in das Foyer. Ein Teil der Deckenlampen brannte, jedoch so wenige, dass nur ein düsteres Spiel aus Schatten und Licht entstand. Die Mehrheit der Lampen war zersplittert, als habe sie jemand bewusst zerschlagen.

Nick ging über den roten Teppich, vorbei an der Popcornmaschine und alten Filmplakaten, die sich langsam von den Wänden lösten.

Das Kino war nicht groß, hatte aber diesen gewissen Charme von jenen, die nicht zu einer großen Kette gehörten. Ein lang gestreckter Gang lag vor ihnen, auf der linken Seite gab es zwei, auf der rechten eine Tür.

Zuerst nahm Nick sich die einzelne Tür vor, hinter der eine kurze Treppe in einen Keller führte. Er stieg sie hinab. Süßigkeiten, deren Verfallsdatum längst überschritten war, und allerlei Krimskrams stapelten sich hier unten. Der Geruch von Chloreiniger lag in der Luft, Spinnweben hingen an den Wänden.

Nachdem er die Treppe wieder emporgestiegen war, widmete er sich der gegenüberliegenden Tür und warf einen Blick in den Technikraum mit dem Filmprojektor. Er war leer, nur ein paar Filmrollen lagen auf einem Tisch.

Nick wandte sich wieder ab und betrat nun den Kinosaal. Gedimmte Wandlampen erhellten den Raum ein wenig. Auf die Leinwand waren Worte geschmiert. Ob mit Farbe oder Blut, konnte Nick nicht erkennen. Sie waren also tatsächlich hier gewesen. Der Entführer. Und Anna.

»Wieder zu spät«, las Lynette laut, die ihm die ganze Zeit schweigend gefolgt war.

Dahinter stand das Datum des morgigen Tages.

Nick fühlte sich wie ein Ertrinkender. Er bekam kaum noch Luft, stand nur wenige Schritte von der Leinwand entfernt und starrte auf die hingeschmierten Worte.

Wieder zu spät, hallte eine höhnische Stimme in seinem Kopf.

»Das ist gut«, sagte Lynette.

Irritiert sah Nick sie an. »Gut? Siehst du, was ich sehe?«

»Nick.« Sie deutete auf die Worte. »Er hat das morgige Datum geschrieben. Verstehst du nicht? Er wollte dich hierherlotsen, wie auch zum *Crystal*, aber wir sind früher da als geplant.« Sie warf einen Blick auf die Uhr. »Vermutlich wollte er dich erst nach Mitternacht hier haben. Wenn der letzte Tag bereits angebrochen ist.«

Die Worte sickerten nur langsam in Nicks Bewusstsein. »Wir holen auf.«

»Wir holen auf«, bestätigte Lynette.

Nicks Kampfgeist kehrte zurück. Das Ziel war in Sicht, und er durfte keinesfalls aufgeben! Nicht jetzt!

Lynette hatte aus ihrer Jackentasche ein paar Einmalhandschuhe hervorgezogen und übergestreift.

Nick steckte die Waffe weg und tat es ihr gleich. Der Entführer und Anna waren nicht mehr hier. »Wir müssen herausfinden, wohin er sie als Nächstes bringt.«

Instinktiv wollte er sein Smartphone hervorziehen und die Kollegen kontaktieren, verwarf den Gedanken jedoch sofort wieder. Falls der Entführer tatsächlich jemanden eingeschleust hatte, durfte dieser gerade jetzt nicht aufmerksam werden. Sie hatten endlich einen kleinen Vorteil herausgeschlagen.

»Schauen wir uns den Technikraum noch mal genauer an.«

Als sie auf den Gang traten, versuchte Nick, sich jedes Detail einzuprägen. Eines der Fenster war zersplittert, ein Barhocker lag direkt darunter. Er ging in die Hocke und betrachtete alles genau. Ein paar Scherben waren blutig.

»Ein Fluchtversuch?«, überlegte Lynette.

»Falls ja, hatte Anna keine Chance«, sagte Nick bitter. »Selbst wenn sie das gesamte Fenster herausgeschlagen hätte, die Spanplatten sind fest vernagelt.«

Er stand wieder auf, und gemeinsam betraten sie den Vorführraum. Nick griff nach einer der Filmrollen. Die krakelige Handschrift, mit der die eine beschriftet war, kam ihm bekannt vor. *Natalie* stand darauf.

Vorsichtig nahm er die Rolle aus der Metalldose. Natürlich konnte er sie nicht einfach in den Projektor legen, die Gefahr, mögliche Spuren zu verwischen, war zu groß. Nick zog sein Smartphone hervor. Lynette hielt den Film gegen das Licht, er fotografierte die einzelnen Bilder ab.

Mit dem Zoom konnte er sich die digitale Version im Detail ansehen.

Es waren Bilder von Natalie. Die letzten Tage vor ihrem Tod.

»Wenn ich den Kerl in die Finger bekomme …« Nick fühlte heiße Wut in sich aufsteigen. Am liebsten hätte er den verdammten Film zerfetzt, den Projektor gegen die Wand geschleudert und die Leinwand heruntergerissen.

»Er behält sein Muster bei.« Lynette verschränkte die Arme und schritt langsam durch den Raum. »Zuerst die Bar, wo im Keller Detective Johnsons und Harris' Leichen gefunden wurden.«

Der Gedanke, dass sie Harris hinterhergejagt waren, obgleich der längst tot war, ließ Nick nur müde den Kopf schütteln. Der Moment, als er den USB-Stick mit dem Video bekam, hatte den wahren Albtraum erst starten lassen.

»Dann hierher, wo Anna gemeinsam mit Natalie gearbeitet hat.« Lynette machte eine ausladende Armbewegung. »Nachdem er zuerst Harris beseitigt hat,

Natalies Mörder, wandte er sich mit Detective Johnson jenem Mann zu, der bei den Ermittlungen versagt hat. Jetzt bleibt noch Anna übrig, die ihre Freundin mit Harris allein gelassen hat.«

Nick schätzte Lynette für ihre scharfen Analysefähigkeiten. Jetzt aber wollte er sie am liebsten schütteln, weil sie so sachlich sprach.

»Was ist sein nächstes Ziel?«, überlegte sie laut.

Mit dem Rest seiner Selbstbeherrschung vertrieb Nick seine eigenen Emotionen. Dafür war Zeit, sobald er den Kerl vor die Fäuste bekam. Wut, Panik, Sorge: All das musste in den Hintergrund treten.

Muster! Jede Abfolge aus Tathergängen basierte auf einem Muster. Er hatte unzählige Fallbeispiele in Quantico studiert, und genau darauf musste er sich konzentrieren.

»Er geht zeitlich gesehen rückwärts vor, um seine Rachefantasien zu befriedigen«, sagte Nick leise. »Zuerst hat er sich Harris vorgenommen, ihn imitiert, als Sündenbock benutzt und ihn schließlich getötet. Dann war Detective Johnson an der Reihe. Hier in diesem Kino haben Anna und Natalie zusammengearbeitet.«

»Der Anfang!« Lynette unterbrach aufgeregt seine Überlegungen und deutete durch das kleine Fenster in Richtung Leinwand.

Der Gedanke kam Nick im gleichen Augenblick. Alles drehte sich um Anna und Natalie. Eine tragische Freundschaft, die Letztere das Leben gekostet hatte. Ein Kollateralschaden. Hätten die beiden sich nicht angefreundet, wäre Natalie noch am Leben, und Anna wäre Harris alleine in die Hände gefallen.

»Wo haben die beiden sich kennengelernt?«, fragte Lynette.

»Ich habe keine Ahnung!«

Nick und Anna hatten sich getrennt, bevor sie ihr Studium begonnen und er nach Quantico gegangen war. Ihm kam eine Idee. Nick zog das Smartphone hervor. »Kannst du dich in deinen Ordner einloggen?«

»Woran denkst du?« Lynette kam der Aufforderung sofort nach.

»Ich brauche die Telefonnummer von Professor Fenton.«

Er würde gar nicht begeistert sein, wenn Nick ihn um diese Zeit anrief und obendrein zu Hause bei seiner Familie. Doch darauf konnte er jetzt keine Rücksicht nehmen.

Lynette gab ihm die Nummer und Nick wählte. Nach kurzem Tuten wurde abgenommen. »Hier Fenton.«

»Agent Coleman hier.«

»Ag … Sind Sie wahnsinnig?« Im Hintergrund erklang eine Frauenstimme. Fenton rief ihr zu: »Nein, Schatz, alles in Ordnung. Es ist ein Kollege. Ich bin kurz im Arbeitszimmer.«

»Hören Sie mir genau zu«, forderte Nick ihn auf und schilderte dem Professor, welche Information er benötigte.

»Sie hat öfter ihre beste Freundin erwähnt.« Seine Stimme nahm einen nostalgischen Tonfall an. »Aber wo sie sich kennengelernt haben … Nein. Obwohl, warten Sie. Einmal waren wir gemeinsam am Michigansee …«

»Ja?« Nick fühlte sich wie eine gespannte Sprungfeder.

»Ich meine, Natalie hat erzählt, dass sie Anna bei einer Erstsemesterparty auf einem Ausflugsschiff das erste Mal getroffen hat. Hilft Ihnen das weiter?«

In Nicks Geist rastete etwas ein.

Er ließ das Smartphone sinken und beendete ohne ein weiteres Wort die Verbindung.

»Es war die ganze Zeit vor unserer Nase«, hauchte er. »Das Video von Harris' Tod.«

Lynette hob die Augenbrauen. »Erkläre es mir.«

»Komm mit!«

Nick eilte aus dem Raum und zur Hintertür des Kinos hinaus.

»Sie haben sich auf dem Ausflugsdampfer kennengelernt. Das Schiff, das im Hintergrund im Fernsehen zu sehen war, als Harris getötet wurde. An seinem Todestag war es mitten auf dem Michigansee wegen eines Motorschadens liegen geblieben.« Er stockte. »Das kann kein Zufall sein.«

Nick und Lynette sahen sich an. Das Spiel war noch umfassender geplant worden, als sie angenommen hatten. Der Täter hielt sie zum Narren, gab ihnen Hinweise, die sie zu spät als solche erkannten.

»Er bringt sie zu dem Schiff«, sagte Nick.

Zum ersten Mal verspürte er einen Anflug von Hoffnung. Sie waren ihm dicht auf den Fersen.

»Das würde passen. Aber wo ist das Schiff jetzt?«

Sie sprangen ins Auto und rasten in Richtung Hafen. Mittlerweile war die Stadt in tiefe Dunkelheit gehüllt, nur die Straßenlaternen spendeten Licht. Da es mitten in der Woche war, lag der See ausgestorben vor ihnen, die Restaurants im Hafenbereich waren um diese Zeit bereits geschlossen.

Nick wählte mit einer Hand die Nummer des Reviers und ließ sich von der Zentrale zur Wasserschutzpolizei durchstellen. Er brauchte jetzt Verstärkung. Das Kino behielt er noch für sich, ihr Vorteil durfte nicht verspielt werden.

Während sie am Hafen auf das Boot der Wasserschutzpolizei warteten, war Lynette am Telefonieren, um den Betreiber des Ausflugsdampfers ausfindig zu machen. Sie mussten herausfinden, in welcher Werft das Schiff wieder instandgesetzt wurde.

Endlich hörten sie ein sich näherndes Motorengeräusch. Im Licht der Hafenbeleuchtung kam ein Boot herangerauscht, an Deck befanden sich zwei Uniformierte.

In diesem Augenblick klingelte das Prepaidhandy.

Nick holte das kleine Gerät aus seiner Tasche und starrte es an, als wäre es eine Giftschlange, die gerade zum tödlichen Biss ansetzte.

Ihr Gegner durfte keinesfalls erfahren, dass sie am See waren. Doch das Motorboot kam näher, schnell und viel zu laut. Er würde es hören und seine Schlüsse ziehen.

Nick musste eine Entscheidung treffen. Wählte er die falsche, war Annas Schicksal besiegelt.

23. KAPITEL

Anna lag weich, aber der Boden unter ihr schwankte leicht. In ihren Ohren erklang eine Art Fiepen, Wellen schwappten geräuschvoll neben ihr gegen die Wand. Sie befand sich eindeutig auf einem Boot.

»Sind die Leinen fest?«, rief jemand.

Sie riss die Augen auf. Es war die Stimme eines Mannes, doch der Klangverzerrer fehlte. Dachte ihr Entführer, sie schliefe noch und sprach deshalb mit unverstellter Stimme? Oder war es jemand anderes? Sie keuchte. Selbst wenn Letzteres der Fall war, konnte sie nicht um Hilfe schreien. Ein Knebel steckte so weit in ihrem Mund, dass sie glaubte, daran zu ersticken.

Anna versuchte, gleichmäßig durch die Nase ein- und auszuatmen. Er hatte ihre Handgelenke wieder auf dem Rücken gefesselt. Der Mittelfinger ihrer verletzten Hand fühlte sich an, als wäre er auf die dreifache Größe angeschwollen. Ihr ganzer Körper bestand aus Schmerz, die zahlreichen Schnittwunden brannten, als hätte jemand Säure hineingeträufelt.

Als sie an sich hinabsah, bemerkte sie, dass sie Natalies schwarzes Kleid nicht mehr trug. Während sie das weiße Herrenshirt betrachtete, das sie stattdessen anhatte, kamen die Erinnerungen an Harris schlagartig zurück. Wie Natalie hatte sie in seiner Gefangenschaft nur Slip und ein solches T-Shirt getragen. Doch ihr heutiges Outfit fungierte zusätzlich als eine Art grausiges Plakat.

Auf dem weißen Stoff zeichneten sich an manchen Stellen die blutigen Abdrücke ihrer Wunden ab. Zudem hatte ihr Entführer eine Botschaft darauf hinterlassen, die vermutlich ebenso mit ihrem Blut geschrieben war:

Schuld.

Sie schloss einen kurzen Moment lang die Augen, bemühte sich abermals, ihre Atmung unter Kontrolle zu bringen. Dann hob sie den Kopf von der Matratze und schaute sich um.

Die kleine Kajüte war in ein sanftes Nachtlicht getaucht. Fast der gesamte Raum wurde von der Liegefläche eingenommen, am Fußende befand sich eine kleine Küchenzeile, neben der eine schmale Treppe an Deck führte. In einem ähnlichen Boot war sie schon einmal mit Nick über den See gefahren. Es gehörte dem Vater seines besten Freundes. Sie waren damals oft mit Roger auf den See hinausgefahren, waren jung und unbeschwert gewesen. Rückblickend die schönste Zeit ihres Lebens.

Sie wurde sich schlagartig bewusst, dass heute ihr letzter Tag angebrochen war. Ihr Puls begann zu rasen. Eine Hitzewelle ging durch ihren geschwächten Körper. Wie lange hatte sie geschlafen? Anna stützte sich auf ihren Unterarm und lugte aus dem Bullauge. Draußen war es tiefste Nacht.

Zumindest ihre Füße waren nicht gefesselt. Aber was

auch immer er ihr gespritzt hatte, sie hatte noch mit den Nachwehen zu kämpfen. Migräne war das Letzte, was sie in ihrer Situation gebrauchen konnte. Sobald sie den Kopf auch nur leicht drehte, kamen die stechenden Schmerzen mit voller Wucht.

»Ich bereite alles vor und rufe dich, wenn der Zeitpunkt gekommen ist«, hörte sie einen Mann sagen. War er das? Mit wem sprach er?

Die Tür zum Deck schwang auf, Stiefelschritte erklangen auf der Treppe, kamen zügig näher. Zum ersten Mal sah sie ihren Entführer in voller Größe vor sich. Er war von Kopf bis Fuß in Schwarz gekleidet, von kräftiger Statur, jedoch kleiner, als sie angenommen hatte. Unter der Sturmmaske erkannte Anna stechend blaue Augen. In der rechten Hand hielt er eine Pistole.

»Sehr gut, du bist wach.« Nun kam der Stimmenverzerrer wieder zum Einsatz. »Wir wollen doch nicht, dass du das Beste verpasst.«

Er packte sie am Arm, zerrte sie vom Bett und stieß sie vor sich her zur Treppe. An ihrem Rücken spürte sie den Lauf der Pistole.

Auf dem Deck wehte kühle Luft um ihre nackten Beine. Anna sah sich hektisch um, konnte auf dem Heck und beim Cockpit aber niemanden entdecken, mit dem er sich unterhalten haben könnte. Vielleicht hatte er nur telefoniert?

»Da geht's lang«, sagte er und trieb sie die Zugangstreppe hinunter zum Steg.

Bis auf die an die Anlegestelle schwappenden sanften

Wellen und die entfernten Stadtgeräusche lag die Umgebung in einer beinahe andächtigen Ruhe. Laternen beleuchteten den Pier, an den ein Fabrikgebäude und ein leerer Parkplatz grenzten. Ein fest stehender Kran überragte einen Ausflugsdampfer, der längsseits an der Anlegestelle vertäut war. Sie konnte keine Menschenseele sehen.

»Na, kommen bei diesem Anblick Erinnerungen hoch?«

Im ersten Moment wusste sie nicht, was er meinte. Doch als er sie vor sich her über die Zugangsrampe auf das Ausflugsschiff drängte, begriff sie. Alles, was er hier veranstaltete, tat er aus Rache für Natalie. Auf ebendiesem Schiff war sie ihrer Freundin das erste Mal während der Erstsemesterparty begegnet.

»Hier hat eure Freundschaft begonnen und nun findet sie hier ihr endgültiges Ende.«

Anna bildete sich ein, die Rockmusik von damals zu hören. Er führte sie durch das Schiffsrestaurant, das damals erhellt und mit Stimmengewirr und Lachen erfüllt gewesen war. An der Bar hatte sie mit Natalie gesessen und mit dem Barkeeper geflirtet. Das alles schien in diesem Moment so unwirklich, als stamme die Erinnerung aus einem anderen Leben.

Vor der Treppe, die zum offenen Oberdeck hinaufführte, blieb sie stehen. Er presste den Lauf der Pistole an ihren Hinterkopf.

»Vorwärts!«, befahl er.

Sie zuckte zusammen und machte sich an den Aufstieg. Die geriffelten Metallstufen kratzten an ihren nackten Fußsohlen. Oben angekommen, zerrte der Wind an dem dünnen Shirt und ließ sie frösteln. Hier hatte sie mit Natalie getanzt und später an der Reling gestanden und die Skyline Chicagos bewundert. Jetzt sah sie auf den Michigansee hinaus, dessen Wasseroberfläche im Licht des Vollmondes silbrig schimmerte. Ihr wurde bewusst, dass sie diesen wundervollen Ort nie mehr bei Tageslicht sehen würde. Ihre Kehle begann zu brennen, und ihre Augen füllten sich mit Tränen.

»Agent Coleman«, sagte ihr Peiniger hinter ihr, weshalb sie sich hastig zu ihm umdrehte. »Ich wollte schon wieder auflegen.« Er hielt sich das Telefon ans Ohr, mit der anderen Hand bedrohte er sie immer noch mit der Waffe. »Sind Sie bereit für den nächsten Spielzug?«

Er lauschte und deutete währenddessen mit der Pistole nach vorn zum Bug. Sie kam der stillen Aufforderung nach.

»Sobald wir den Anruf beendet haben, sollten Sie sich schnellstmöglich in Bewegung setzen. Das nächste Ziel wird Ihnen gefallen, da bin ich sicher. Es ist gar nicht so weit entfernt vom Crystals. Wären Sie doch nur ein bisschen schneller gewesen. Ich schicke Ihnen gleich einen kleinen Hinweis. Wenn sie gut recherchiert haben, könnten Sie den Ort schnell finden, aber daran glaubt wohl niemand. Schon vor drei Jahren war das FBI nicht dazu in der Lage, effektiv zu handeln und die richtigen Schlüsse zu ziehen. Sie haben versagt, Agent Coleman. Genau wie Ihre Kollegen damals.«

Ohne Nicks Antwort abzuwarten, legte er auf. Anna war wie erstarrt. Der Knebel war vollgesogen mit ihrem Speichel. Sie brachte keinen einzigen Laut heraus.

»Komm zu uns«, wies er denjenigen an, mit dem er nun telefonierte. »Es ist an der Zeit, es zu Ende zu bringen.«

Anna taumelte zurück. Ihr gesamter Körper wurde von ihren erstickten Schluchzern geschüttelt.

»Was denn, was denn?« Ihr Entführer lachte und kam langsam auf sie zu. »Möchtest du mir vielleicht noch etwas sagen?«

Er trat hinter sie und löste ihren Knebel.

Anna rang nach Luft. Sie würgte. Ihr Mund war trocken, die Zunge fühlte sich pelzig an.

»Ich sehe die Schlagzeilen schon vor mir«, sagte er, kam wieder in ihr Blickfeld, ging ein paar Schritte zurück und betrachtete sie eingehend. »Renommierte Journalistin Anna Jones tot aufgefunden. Erfolglose Ermittler müssen Versagen eingestehen.« Er steckte die Pistole hinter sich in den Bund seiner Hose und zog aus einer Seitentasche das Jagdmesser hervor.

Den Blick starr auf das Messer gerichtet, wich Anna weiter vor ihm zurück. Der Kabelbinder, der ihre Handgelenke hinter ihrem Rücken zusammenhielt, schnitt schmerzhaft in ihre Haut, als sie panisch daran zerrte.

»Man hat ihr die Pulsadern und die Kehle aufgeschnitten«, sinnierte er weiter. »Und dann hat man sie wie eine Galionsfigur an der Bugspitze des Schiffes aufgehängt, um sie ausbluten zu lassen.«

Anna stieß keuchend die Luft aus. Schuhsohlen klackten auf Metall, als jemand die Treppe heraufkam. Ihr Entführer wandte sich um. Sie reagierte, bevor ihr klar wurde, was sie da tat. Voller Panik sprang sie seitlich auf eine Sitzreihe, lief darauf entlang bis zum äußersten Platz. Als sie die Reling erreichte und den Fuß auf eine Sprosse des Geländers setzte, sah sie ihn aus den Augenwinkeln auf sie zustürmen. Sie konnte sich mit ihren Händen nicht abstützen, einzig ihr Gewicht nach vorn verlagern. In dem Moment, als er sie am Fußgelenk zu fassen bekam, kippte sie über das Geländer. Er hielt sie an einem Fuß fest, deshalb prallte sie kopfüber mit dem Oberkörper gegen die Bordwand. Der Stoß presste ihr sämtliche Luft aus der Lunge, ihr Schmerz entlud sich in einem qualvollen Schrei.

»Hilf mir!«, rief ihr Entführer jemandem zu. Doch Annas Fuß glitt ihm aus der Hand, und sie stürzte in den Abgrund.

Leicht schräg durchstieß sie die Wasseroberfläche. Ihr mit Wunden übersäter Körper brannte, gleichzeitig tauchte sie in die eisige Kälte des Michigansees. Ihr Herz raste. In ihrer Panik atmete sie durch Mund und Nase Wasser ein.

Ihre gefesselten Hände waren nutzlos. Anna versuchte, allein durch die Kraft ihrer Beine wieder an die Wasseroberfläche zu gelangen. Sie hatte keine Ahnung, wie tief sie eingetaucht war. Überall um sie herum war es gleichermaßen dunkel. Statt vorwärtszukommen, hatte sie das Gefühl, immer weiter abzusinken. Das Haar trieb ihr wie ein Vorhang ins Gesicht. Ihr ging die Luft aus.

Ein dumpfer Aufschlag verriet, dass ihr Entführer ebenfalls gesprungen war. Über ihr sah sie nun einen Lichtkegel.

Er bekam sie zu packen, zerrte an ihr und durchstieß

schließlich mit ihr gemeinsam die Wasseroberfläche. Anna schnappte gierig nach Luft, hustete und würgte.

»Ich allein entscheide, wie du stirbst«, brüllte er sie an. Sein Stimmenverzerrer war entweder verloren gegangen oder funktionierte nicht mehr.

Sie hatte keine Kraft, um sich gegen ihn zu wehren. Er schwamm mit ihr zum Pier, klammerte sich dort an eine Leiter, die ins Wasser reichte, und hielt sie fest an seiner Seite. Auch er rang nach Atem.

Als er sich kurz gesammelt hatte, wuchtete er sich Anna über die Schulter und stemmte sich mit ihr die verrosteten Sprossen hinauf. Auf dem Kai legte er sie schnaufend ab und fluchte.

Anna rollte sich auf die Seite und krümmte sich. Jeder Atemzug bereitete ihr Schmerzen. Mit einem krampfartigen Husten spuckte sie Wasser aus.

Ihr Peiniger fluchte immer noch. Er lockerte die Sturmhaube an seinem Hals, wandte sich von ihr ab und wrang sie aus, ohne sie sich ganz vom Gesicht zu ziehen. Durch den nassen Stoff konnte er sicherlich nur schwer atmen.

An der Reling des Schiffes sah Anna eine dunkle Gestalt, die mit einer Taschenlampe zu ihnen herableuchtete. Sie hob den Kopf, blinzelte Wassertropfen von ihren Wimpern. Da packte er sie erneut, warf sie wieder über seine Schulter und trug sie in Richtung der Zugangsrampe.

Er triefte vor Wasser, seine Schuhe machten patschende Geräusche. Anna sammelte ihre letzte Kraft und zappelte mit den Beinen. Doch er verstärkte seinen Griff und brachte sie zurück aufs Schiff.

Auf dem Oberdeck setzte er sie ab und legte seine Hand im Würgegriff um ihren Hals. »Du stirbst, wann und wo ich es will«, stieß er aus. Seine Stimme klang auch ohne den Verzerrer bedrohlich. Anna überlegte, ob sie ihr bekannt vorkam, konnte sich aber nicht darauf konzentrieren.

Sie zitterte am ganzen Leib. Die Kälte ließ ihre Glieder taub werden, die Angst lähmte sie. Dennoch hob sie das Kinn und spuckte ihm direkt in die Augen.

Er knurrte, holte aus und schlug ihr mit der flachen Hand ins Gesicht. Sie wankte zur Seite, ihre Wange brannte wie Feuer. Als er sie am T-Shirt fasste und wieder zu sich zog, trat sie ihm mit voller Wucht zwischen die Beine.

Keuchend sackte er auf die Knie. Sie rammte ihn, stieß ihn beiseite und rannte los. Ihr Puls raste, die Treppe war schon fast zum Greifen nah. Doch bevor sie die Stufen erreichte, nahm sie aus den Augenwinkeln eine Bewegung wahr. Ein Schatten näherte sich ihr.

»Ich habe die Pistole im Wasser verloren!«, rief ihr Entführer. »Lass dieses Miststück endlich bluten!«

24. KAPITEL

Nick hob das Nachtsichtgerät vor seine Augen und ließ den Blick wandern. Das Ausflugsschiff lag direkt vor ihnen. Auf seinen Befehl hin waren alle Lichter des Polizeibootes abgeschaltet worden, und sie fuhren mit geringstmöglicher Geschwindigkeit näher heran.

Falls der Entführer sie hörte, würde er Anna sofort umbringen.

Mit dem Nachtsichtgerät konnte er das Deck des Ausflugsdampfers erkennen, das nur von den Laternen des Kais beschienen wurde.

Sie hatten Zeit verloren, als Nick das Telefonat mit dem Entführer annahm. Im letzten Augenblick hatte das Polizeiboot den Steg erreicht, der Motor war abgestellt worden, und in der einsetzenden Stille hatte er sich die hämischen Kommentare des verdammten Mistkerls angehört. An Bord befanden sich zwei Polizisten der Wasserschutzpolizei.

»Ich kriege dich«, flüsterte Nick.

Sie waren ihm so nah wie noch nie.

Auf dem Oberdeck tat sich etwas. Er zuckte zusammen, als er Anna erkannte. Sie trug ein weißes Hemd, rannte. Doch dann verschwand sie wieder im Schatten, er konnte sie nicht mehr sehen.

Jetzt tauchte der Entführer auf. Er hob den Arm, rief etwas. Nick konnte ihn nicht verstehen. Eine Drohung an Anna?

»Wenn ich es Ihnen sage, halten sie mit Höchstgeschwindigkeit auf den Dampfer zu«, befahl er.

Er ließ das Nachtsichtgerät sinken, zog seine Glock und richtete sie auf den Entführer. Langsam atmete er ein und wieder aus. Es gab nur diese eine Chance.

Der Unbekannte setzte sich in Bewegung.

Ausatmen.

Nick schoss.

Wie ein Peitschenschlag hallte der Schuss durch die Dunkelheit. Der Entführer taumelte, sprang in Deckung.

»Los!«, brüllte Nick.

Der Motor des Bootes heulte auf. Sie jagten auf den Dampfer zu. Es gab nur eine Möglichkeit, seitlich an der Schiffswand anzudocken.

Doch der Unbekannte durchkreuzte Nicks Pläne. Er hatte das Schiff verlassen, bevor sie es erreichten, und rannte über den Anlegesteg den Kai entlang. Die Lichtkegel der Laternen ließen Nick zumindest grobe Details erkennen. Ein Kerl mit breiten Schultern, Maske und Rollkragenpullover.

»Zum Steg!«, brüllte Nick dem Steuermann zu, obgleich jede Faser in seinem Inneren danach schrie, auf den Dampfer zu stürmen und nach Anna zu suchen. »Die beiden sollen das Schiff sichern«, sagte er an Lynette gewandt. »Dann gehst du sofort zu Anna. Und kontaktiere das Revier, jetzt ist es an der Zeit für Unterstützung.«

Es blieb gerade noch ausreichend Zeit für Lynette, bestätigend zu nicken, dann sprang er auf den Steg. Die Waffe im Anschlag, hetzte Nick hinter dem Entführer her.

Dieser steuerte auf eine Baustelle zu.

Nick stieß einen Fluch aus. Dort gab es Dutzende Verstecke, Hunderte von Ausgängen zu allen Seiten.

»Bleiben Sie stehen!«

Der Entführer rannte schneller. Ein Blick zurück, er stolperte.

Nick holte auf, zielte im Laufen und schoss. Das Projektil der Glock schlug in den Boden ein, direkt neben dem Unbekannten. Er zuckte zusammen, dachte jedoch nicht daran, stehen zu bleiben.

Immer wieder musste Nick seine Schritte verlangsamen, um nicht selbst über Paletten, Baumaterial oder Werkzeug zu stürzen.

Der Entführer wandte sich dem Betongerippe des Gebäudes zu und hetzte die Stufen hinauf. Ohne zu stoppen, rannte er weiter und weiter, ließ ein Stockwerk nach dem anderen hinter sich zurück. Das Quietschen seiner Gummisohlen auf dem Stein vermischte sich mit seinem keuchenden Atem.

Nick hetzte ihm hinterher, brachte nach einem Sprint die letzten Treppenstufen hinter sich. Hier auf der vierten Etage war die Verfolgungsjagd zu Ende. Es gab noch kein Dach, das Mondlicht warf seinen silbernen Schein herab.

Ein Stab schnellte aus dem Schatten zu seiner Linken auf ihn zu, zielsicher und gnadenlos. Das Metall einer Strebe, die als Schlagstock missbraucht wurde, schlug gegen die Waffe. Sie entglitt Nicks Händen und schlitterte in die Dunkelheit.

»Agent Coleman, was für eine ärgerliche Überraschung«, spie ihm der Unbekannte entgegen.

Stahlblaue Augen funkelten Nick hasserfüllt an. Der Vocoder war nicht aktiviert, und erstmals vernahm er die dunkle, heisere Stimme seines Gegners. In einer Hand hielt er ein Messer, dessen Klinge dunkel war. Von Blut? Der Stoff des Rollkragenpullovers war an der linken Schulter eingerissen, wo Nicks Schuss ihn auf dem Boot getroffen hatte.

»Es ist aus!«, rief er ihm entgegen.

»Und als Nächstes lesen Sie mir meine Rechte vor?« Der Fremde lachte hämisch. »Ich glaube nicht. Sie sind allein hier, sonst wäre ich längst umstellt. Ihre kleine Nottruppe auf dem Schiff war doch improvisiert, da gehe ich jede Wette ein. Hat da jemand den eigenen Leuten nicht vertraut?«

»Ich werde …«

»Gar nichts werden Sie«, fiel er Nick ins Wort. »Dieses Spiel ist noch lange nicht vorbei.«

Die Klinge pfiff durch die Luft. Nick hatte den Angriff kommen sehen und wich rechtzeitig aus. Schnell machte er ein paar Schritte zur Seite.

»Ihr krankes Spiel ist zu Ende«, stellte Nick klar.

»Das Einzige, was zu Ende ist, ist das Leben der armen Miss Jones.« Der Entführer deutete auf das Messer. »Sie verblutet bereits auf dem Vorderdeck.«

»Netter Versuch.« Nick machte sich bereit für einen

frontalen Angriff, ging leicht in die Hocke. »Ich habe gesehen, dass sie fliehen konnte.«

Der Entführer spannte die Muskeln an. »Ihr Triumph wird nicht von langer Dauer sein, Agent Coleman.«

Innerlich atmete Nick auf. Er hatte nur vermutet, dass der Entführer gelogen hatte. Jetzt wusste er es mit Sicherheit.

»Sie haben verloren, lassen Sie es gut sein. Niemand wollte, dass Natalie stirbt. Es war eine tragische Entscheidung des Schicksals.«

»Es war die Schuld einer Handvoll dummer Menschen, die sich das Recht herausgenommen haben, über Leben und Tod zu entscheiden. Nichts von alldem hier hätte passieren müssen.« Er preschte vor. Dieses Mal wurde Nick von der Klinge getroffen. Ein stechender Schmerz durchzuckte seine Brust, als das Metall in sein Fleisch schnitt. Er machte einen Satz zurück, vollführte gleichzeitig eine Drehung, streckte das Bein aus und trat dem Entführer die Klinge mit dem Fuß aus der Hand.

Mit einem Sprung brachte dieser sich in Sicherheit und rannte davon, weg von der Treppe. Kurz suchte Nick in der Dunkelheit nach seiner Glock, doch er fand sie nicht. Er rannte dem Unbekannten hinterher.

Immerhin war der Betonboden hier glatt, er musste auf keinerlei Hindernisse achten. Die einzige Treppe lag hinter ihnen, doch es gab einen zweiten Rohbau, direkt daneben.

Würde dieser Wahnsinnige tatsächlich den Sprung zum Nachbargebäude wagen?

Noch einmal beschleunigte Nick seine Schritte.

Der Entführer erreichte den Rand der Etage, spähte in die Tiefe, versuchte womöglich, die Entfernung zum anderen Gebäude abzuschätzen.

Die Schnittwunde an Nicks Brust brannte, Blut rann heiß über seinen Oberkörper und benetzte den Stoff seines Hemdes. Es war keine lebensgefährliche Wunde, aber eine schmerzhafte.

»Ich werde Sie jetzt festnehmen«, sagte er.

Er konnte das Keuchen nicht gänzlich unterdrücken.

»Ist Ihnen eigentlich bewusst, wie lächerlich das klingt, Agent Coleman?« Der Unbekannte lachte gehässig. »Einen Mann wie mich verhaftet man nicht einfach so. Sie können mich nicht besiegen.«

»Ich bin hier. Anna Jones lebt. Wie mir scheint, haben Sie mich etwas unterschätzt.« Nick gab sich keine Mühe, die Verachtung aus seiner Stimme zu verbannen. »Eigentlich sollte ich jetzt erst durch das Kino streifen, richtig?«

»Das wird der einzige Fehler bleiben«, kam es kalt zurück. »Sie werden sich an diesen Moment erinnern, Agent Coleman. Wir sind noch nicht fertig miteinander.«

»Knien Sie sich auf den Boden, Hände hinter den Kopf. Und keine schnellen Bewegungen!«

»Wie sehr sie gelitten hat«, sagte der Unbekannte und machte keine Anstalten, der Aufforderung nachzukommen. Stattdessen trat er näher an den Rand des Gebäudes. »Sie hätten dabei sein sollen. Die Verzweiflung, die Angst, die Gewissheit des nahenden Endes … So etwas zu fühlen, verändert einen Menschen.«

Nick wurde übel. Die Worte des Unbekannten erschufen unweigerlich Bilder einer schwer verletzten Anna. Er hatte die Wanne gesehen, den toten Detective. »Halten Sie den Mund!«

»Aber, aber, verlieren wir die Kontrolle? Keine Sorge, Agent Coleman, die hatten Sie nie.« Mit einem Ruck wandte er sich um. Er sprang, jedoch nicht wie Nick angenommen hatte, zum anderen Gebäude hinüber, sondern in die Tiefe.

Vorsichtig trat Nick an den Rand, erwartete, ihn dort unten liegen zu sehen. Es war zu hoch, als dass er das unversehrt überstehen konnte. Doch der Unbekannte war nicht auf dem Boden, sondern auf einem gewaltigen Berg aus Sand gelandet und watete durch die feinen Körner in die Tiefe.

Nick wollte ihm hinterherspringen, doch der stechende Schmerz in seiner Brust hielt ihn davon ab. Der Entführer hatte eine Schussverletzung. Dass er dennoch gesprungen war, zeigte, dass Nick ihn in die Enge getrieben hatte. Diese Flucht war nicht geplant gewesen, der Entführer hatte alles auf eine Karte setzen müssen.

Wütend rannte Nick – langsamer, als es ihm lieb war – zur Treppe zurück und nach draußen. Als er endlich den Sandberg erreichte, war der Unbekannte schon längst verschwunden.

In der Ferne tauchten die ersten Hubschrauber auf, Scheinwerfer glitten über die Wasseroberfläche des Sees und näherten sich dem Ausflugsdampfer.

Er rannte zurück zum Kai, seine Schuhsohlen pochten

dumpf auf dem Steg. Endlich erreichte er sein Ziel. Auf dem oberen Vordeck kniete Lynette neben einem zusammengesunkenen Körper.

»Anna!«

Lynette sah auf, trat einen Schritt zurück.

»Nick?«, erklang Annas Stimme. Zögerlich, als könnte sie nicht glauben, dass sie in Sicherheit war.

Er ging neben ihr in die Knie und schloss sie in die Arme, war gleichermaßen entsetzt und erleichtert. Ihr Haar war verklebt, sie trug nicht mehr als ein weißes T-Shirt und einen Slip. Ihr Körper wies an zahlreichen Stellen blaue Flecken und Schnittverletzungen auf.

Er benötigte nur Sekunden, um alles aufzunehmen. Wie sehr er sich wünschte, den Unbekannten mit einem gezielten Schuss ausgeschaltet zu haben.

»Nick.« Ihre Hände verkrallten sich in seinen Armen.

»Ich bin da.«

Tränen lösten sich aus ihren Augen, sie zitterte. Er zog sein Jackett aus und legte es ihr um.

Ihre Stirn sank auf seine Schulter, ihr Körper bebte. Ganz sanft hielt er sie in seinen Armen, wollte ihr all den Schmerz nehmen, der ihr in den letzten Tagen widerfahren war.

Das Geräusch von Rotoren war jetzt ganz nah, Hubschrauber kreisten über dem Ausflugsdampfer. Scheinwerfer tauchten das Deck in grelles Licht. Fast gleichzeitig heulten Sirenen auf, die Motoren weiterer Boote erklangen. Blaulicht zuckte durch die Nacht. Stimmengewirr schallte zu ihnen herüber.

Anna lehnte müde in seinen Armen, bedeckt vom Stoff seines Jacketts. Ihr Atem ging gleichmäßig, doch immer wieder zuckte sie zusammen.

»Hast du ihn erwischt?«, fragte sie leise.

Nick hatte Angst vor dieser Frage gehabt. »Er ist entkommen.«

Anna verkrampfte sich. »Es waren zwei.«

»Zwei?« Er schluckte und tauschte Blicke mit Lynette.

»Es ist noch nicht vorbei«, stellte Anna fest.

Nick begriff, dass er sie vor dieser Wahrheit nicht beschützen konnte. Denn sie hatte recht. »Nein, das ist es nicht.« Er seufzte.

Trotz der Flucht des Fremden, der Scheinwerfer, der Hubschrauber und der Stiefelschritte, die sich schnell näherten, hielt Nick für einen Moment inne und erlaubte sich, das Positive zu sehen. Anna war am Leben. Er war *nicht* zu spät gekommen!

Ihr Gegner machte Fehler.

Sie konnten ihn schlagen.

Sie *hatten* ihn geschlagen.

Lynettes Stimme erklang im Hintergrund. Sie redete auf das Einsatzkommando ein, erzählte, was passiert war.

Vorsichtig hob Nick Anna auf seine Arme, ignorierte die Wunde in seiner Brust und stand auf. Alle Augen waren auf sie gerichtet, während er sie sanft davontrug. In Sicherheit.

25. KAPITEL

Die Scheinwerferkegel der Hubschrauber kreisten über dem See und boten ein fast schon geisterhaftes Bild. Das Geräusch der Rotorblätter vermischte sich mit den Sirenen der Polizei- und Rettungswagen. Annas Augen schmerzten im zuckenden Licht der Streifenwagen. Sie drehte den Kopf zur Seite, ließ ihre Stirn auf Nicks Schulter sinken.

War er wirklich hier? Sie hatte Angst, dass es sich bei alldem lediglich um einen Traum handelte. Doch er trug sie auf seinen Armen, bewahrte sie davor, ins Bodenlose zu fallen. Sein Jackett und sein Körper wärmten sie. Dennoch war die Kälte allgegenwärtig, sie zitterte vor Schwäche am ganzen Leib.

»Es wird alles gut, Anna«, beruhigte er sie. »Ich schnapp ihn mir.«

»Er war nicht allein«, flüsterte sie, obwohl er das inzwischen wusste.

Lynette lief neben ihnen. »Wir konnten mit dem Nachtsichtgerät erkennen, dass der Entführer zu einer zweiten Person in ein Motorboot stieg«, informierte Lynette Nick. »Beide sind hinaus auf den See geflüchtet.«

Nicks Brustkorb hob und senkte sich auffallend schnell. Anna hielt sich an seinem Nacken fest, spürte das wilde

Pochen an seiner Halsschlagader. Seine Anspannung war förmlich greifbar.

Als er sie behutsam auf der ausgefahrenen Transportliege eines der Rettungswagen absetzte, löste sie sich nur ungern von ihm. Er trat zurück, ihre Arme glitten kraftlos an ihm hinab. Dabei streifte sie mit der Hand seine Brust und bemerkte, dass er blutete.

»Du bist verletzt«, stieß sie aus. Auf einen Schlag war ihre Müdigkeit verschwunden.

»Bleib bei Anna«, wies Nick Lynette an. Er wandte sich ihr wieder zu. »Ich komme später zu dir ins Krankenhaus«, sagte er und strich mit der Hand ihren Arm hinab. Dann drehte er sich um und lief davon.

»Nick.« Sie rief ihm nach, doch er reagierte nicht, hielt weiterhin auf ein Boot der Wasserschutzpolizei zu. Er sprang hinein, zuckte dabei sichtbar kurz zusammen. Offenbar hatte er ziemliche Schmerzen. »Ausschwärmen«, rief er und beschrieb mit der erhobenen Hand Kreise in der Luft. Alle Boote setzten sich in Bewegung und fuhren im Licht der rotierenden Scheinwerferkegel auf den See hinaus.

»Er ist verwundet«, murmelte sie, mehr zu sich selbst als zu jemand anderem.

»Ja, und er ist ein riesengroßer Dickkopf«, erwiderte Lynette.

Ein Rettungssanitäter nahm Annas Puls und forderte sie auf, sich hinzulegen. Sie musste all ihre Selbstbeherrschung aufbringen, sich seiner Berührung nicht zu entziehen.

Als er und sein Kollege die Transportliege ruckelnd zurück in den Rettungswagen schoben, spürte sie jede einzelne Wunde an ihrem Körper.

Lynette stieg hinter den zwei Sanitätern ein und nahm auf einem Sitz zu Annas Füßen Platz. Der Fahrer verschloss von außen die Türen. Kurz darauf setzte sich der Wagen in Bewegung.

Einer der Männer stellte sich als Notarzt vor, fixierte mit dem Daumen ihre Lider und leuchtete ihr mit einer fingergroßen Lampe in die Augen. Als er ihre Verletzungen abtastete und ihren Bauch verband, biss sie die Zähne zusammen. Anschließend führte er ihr eine Nasenkanüle ein, legte den Sauerstoffschlauch um ihren Kopf und schloss sie an verschiedene Geräte an.

Lynette sprach zu ihr. Anna vernahm ihre Stimme, ohne wahrzunehmen, was sie sagte. Obwohl sie die Profilerin kaum kannte, wirkte sie vertraut, ihre Stimme beruhigte sie. Sie war bei ihr, hatte sie nicht allein gelassen.

Anna zuckte zusammen, als der Notarzt ihr eine Flexüle in die Armbeuge stach. Sie fokussierte sich auf die Lampe über ihr, beobachtete die Insekten, die um das Licht herumschwirrten. Das Geräusch der Sirene nahm sie kaum noch wahr. Das leichte Schaukeln des Wagens wirkte ermüdend. Oder zeigte der Inhalt des Tropfes, der ihr über die Infusion zugeführt wurde, bereits seine Wirkung?

Die äußerlichen Schmerzen ließen merklich nach, dennoch stahlen sich stille Tränen aus ihren Augen, rannen über ihre Schläfen und versickerten in ihren Haaren. Sie hatte noch keine Erklärung dafür, wie Nick sie gefunden hatte. Aber dass es ihm überhaupt gelungen war, ließ erahnen, wie unermüdlich er nach ihr gesucht hatte.

Die Sorge um Nick schnürte ihr die Kehle zu. Sie hatte am eigenen Leib erfahren müssen, wozu dieser Wahnsinnige fähig war. Sie war von den blutigen Spuren seines perfiden Spieles gezeichnet.

Die Tür wurde aufgerissen. Sie schrak zusammen. Plötzlich schien alles schnell und fast gleichzeitig zu passieren. Lynette verließ das Wageninnere, die Transportliege wurde nach draußen gezogen. Das Fahrgestell rastete ein, hektisch passierten sie den Eingang der Notaufnahme.

Der Sanitäter schob auf der linken Seite die Liege, rechts lief der Notarzt und hielt den Tropf in die Höhe. Eine Ärztin eilte herbei, passte sich dem Tempo an und blickte auf ein Klemmbrett.

»Entführungsopfer mit äußeren Traumata durch Gewalteinwirkung«, informierte der Notarzt sie. »Vorrangig Schnitte, Hämatome und Schwellungen. Klaffende Stichwunde an rechter Bauchhälfte. Platzwunden an Hinterkopf, Stirn und Kinn. Strangulation der Hand- und Fußgelenke. Innere Verletzungen sind nicht auszuschließen.«

»Schockraum 3 vorbereiten«, rief die Ärztin. »EKG, Infusion und Sauerstoff auf vier Liter, Sättigung nicht vergessen.«

Anna drehte den Kopf, versuchte, Details ihrer Umgebung wahrzunehmen. Es roch nach Desinfektionsmittel. Der sterile weiße Gang nahm kein Ende. Das Licht über ihr war gleißend hell. Sie entdeckte Lynette, die hinter dem

Sanitäter lief, drehte sich ihr keuchend zu und streckte die Hand nach ihr aus. Doch gerade als ihre Finger sich berührten, glitten sie wieder auseinander. Lynette wurde von einer Krankenschwester zurückgehalten und verschwand aus Annas Sichtfeld, als sich eine zweiflügelige Tür hinter ihr schloss.

Nachdem sie die Transportliege im Schockraum zum Stehen gebracht hatten, leuchtete die Ärztin ihr erneut in die Augen. »Bitte folgen Sie meinem Finger«, forderte sie Anna auf und führte ihre Hand von links nach rechts und von oben nach unten. »Wo haben Sie die stärksten Schmerzen?«

Anna konnte sich beim besten Willen nicht festlegen. »Überall«, flüsterte sie.

Die Ärztin nickte. »Ich bin Doktor Collins«, stellte sie sich vor. Sie und eine Schwester tauschten Blicke, bevor sie sich daranmachten, ihr das blutgetränkte Shirt mit der Aufschrift *Schuld* vom Körper zu schneiden. Annas Muskeln verkrampften. Sie fror. Ein Pfleger klebte ihr Elektroden auf den Oberkörper. Es herrschte hektische Betriebsamkeit. Mehrere Hände machten sich an ihr zu schaffen. Zeit verging, ohne dass Anna sagen konnte, wie viel.

»Nach dem EKG machen wir nebenan ein MRT«, sagte Doktor Collins irgendwann.

Sie streiften ihr ein mintgrünes langes Hemd über, das am Rücken offen war und nur im Nacken verschnürt wurde. Die Ärztin setzte eine Spritze an. Dann brachten sie Anna auf der Transportliege in den benachbarten

Raum und schoben sie zu viert auf den Tisch des MRT-Gerätes. Dabei stieß sie stöhnend die Luft aus, presste die Lippen zusammen.

»Wenn Ihnen schlecht wird oder Sie sonstige Veränderungen Ihres Befindens bemerken, geben Sie uns bitte sofort Bescheid«, wies Doktor Collins sie an und setzte ihr vorsichtig Kopfhörer auf.

Anna nickte. Sie wurde langsam in die Röhre gefahren. Kaum schloss sie die Augen, sah sie die vermummte Gestalt ihres Peinigers vor sich und riss sie wieder auf. Die Enge des Tunnels war erdrückend. Sie ballte die Hände zu Fäusten, zuckte qualvoll zusammen. Von ihrem verletzten Finger aus schossen Schmerzwellen durch ihren ganzen Körper.

»Bewegen Sie sich bitte nicht«, hörte sie die Ärztin über die Kopfhörer sagen.

Anna bemühte sich um eine gleichmäßige Atmung, verkrampfte jedoch zusehends. Sie schloss abermals die Augen und sah plötzlich Zane in ihrem Geiste vor sich.

Ihr Kehlkopf begann zu brennen, und Tränen drängten sich an die Oberfläche. Die Redaktion würde ohne ihn nicht mehr dieselbe sein. Mitansehen zu müssen, wie jemand Fremdes seinen Platz einnahm, würde sie nicht verkraften.

Wie sollte es jetzt für sie weitergehen? Wie sollte sie nach dieser Erfahrung normal weiterleben? Arbeiten gehen? Wenn Nick nun auch noch etwas zustoßen würde, wäre das ihr Ende. Er war verletzt, und sie hatte keine Ahnung, wie schwer.

Das laute Klopfgeräusch des MRT-Gerätes verstummte, und die Liege glitt langsam aus dem engen Tunnel.

»Ich muss mit Lynette McKenzie sprechen«, sagte Anna, nahm sich selbst die Kopfhörer ab und sah die Ärztin an. »Sie hat mich hierherbegleitet.«

»Wir müssen erst alle Untersuchungen abschließen und Sie medizinisch versorgen«, entgegnete sie. »Auf den ersten Blick konnten wir keine inneren Verletzungen feststellen, werden die MRT-Bilder aber noch genauer analysieren. Jetzt kümmern wir uns jedoch erst einmal richtig um ihre Wunden. Zudem habe ich eine gynäkologische Untersuchung angeordnet.«

Anna atmete tief durch. »Das ist nicht notwendig. Dahingehend ist mir nichts passiert.« Sie versuchte, sich aufzusetzen, wurde aber sofort von Doktor Collins und einer Schwester wieder zurückgedrückt. »Bitte, lassen Sie Miss McKenzie zu mir. Es ist wirklich wichtig.«

Die Ärztin schüttelte den Kopf. »Erst wenn Ihre Erstversorgung abgeschlossen ist.«

»Ich brauche sie als psychologischen Beistand«, flehte Anna sie an.

Doktor Collins runzelte die Stirn, nickte aber schließlich der Schwester zu, die daraufhin den Raum verließ.

»Danke.«

Als sie wieder eine Transportliege heranschoben und sie umbetten wollten, hob sie abwehrend die Hand. »Keine inneren Verletzungen. Ich kann aufstehen.«

»Nicht solange Ihre Bauchwunde nicht versorgt wurde«, erwiderte die Ärztin und forderte drei Pfleger auf, mit anzupacken.

Anna hielt die Luft an und atmete erst wieder aus, als

sie auf der anderen Liege lag. Das Schmerzmittel war eindeutig zu gering dosiert. Da es in ihrem Ohr stach und fiepte, hob sie instinktiv die Hand und legte sie darüber.

Doktor Collins bemerkte es und untersuchte das Ohr mit einem Otoskop. »Ein Riss im Trommelfell«, stellte sie fest, was eine Schwester sofort notierte. Sie wandte sich gerade Annas anderem Ohr zu, als Lynette hereingeführt wurde.

»Bleiben Sie auf Abstand«, wies man sie an.

»Hast du etwas von Nick gehört?« Ohne groß darüber nachzudenken, duzte Anna Lynette.

»Mach dir keine Sorgen um ihn, er wird sicher bald auftauchen. Jetzt kümmern wir uns erst einmal um dich.«

»Er ist verletzt«, ließ Anna die Ärztin wissen, die ihr den Kittel hochstreifte und den alten Verband vom Bauch löste. Sie hatte natürlich keine Ahnung, von wem Anna sprach und ging auch gar nicht darauf ein, sondern beugte sich über sie und begutachtete die Wunde. »Können Sie mir sagen, was diese Stichwunde verursacht hat?«

»Eine große Glasscherbe.«

»Wann etwa wurde Ihnen die Verletzung zugefügt?«

»Das kann ich nicht genau sagen. Ich schätze, es passierte gestern Nachmittag oder Abend.«

Doktor Collins richtete sich auf und zog die Handschuhe aus. »Ihre Kopfverletzungen können wir kleben, aber die Bauchwunde muss operiert werden.« Sie sah zu einer Schwester. »Bereiten Sie OP-Saal 2 vor und benachrichtigen Sie den Anästhesisten.«

Anna schluckte schwer. Sie wollte endlich keine Schmerzen mehr haben, aber gleichzeitig hatte sie Angst vor der Narkose. Sie hatte das Gefühl, unbedingt bei Bewusstsein bleiben zu müssen.

Ihre Augen brannten, doch sie hielt die Tränen mit aller Macht zurück und blickte zu Lynette, die seitlich neben der Tür stand. »Kannst du bitte Nick anrufen? Ich muss wissen, ob es ihm gut geht.«

Lynette sah Doktor Collins fragend an. »Darf ich?«

Diese seufzte und nickte. »Halten Sie sich kurz. Ich verabreiche schon mal ein Beruhigungsmittel, bevor wir die Patientin in den OP bringen.«

Während Lynette ihr Smartphone zur Hand nahm und es sich ans Ohr hielt, spritzte Doktor Collins ihr das Sedativum. Annas Aufmerksamkeit war jedoch einzig auf Lynette gerichtet, die immer noch darauf wartete, dass Nick ihren Anruf entgegennahm.

»Wie ist die Lage?«, erkundigte sie sich endlich.

Anna merkte erst, dass sie unbewusst den Atem angehalten hatte, als sie ihn keuchend ausstieß.

Lynette sah sie an und wandte sich dann halb von ihr ab. »Verstehe.«

»Was ist los?« Anna hob den Kopf, ihr Blickfeld verschwamm. Sie tastete nach dem Schlauch, der zu ihrer Armbeuge führte. Das Medikament zeigte bereits seine Wirkung.

»Sie wird gleich in den OP-Saal gebracht«, hörte sie Lynette gedämpft sagen. »Ich gebe sie dir.« Sie kam näher und hielt ihr das Smartphone ans Ohr.

»Anna?«

Ihre Zunge war schwer. »Nick … Geht es dir gut?«

»Ich bin auf dem Weg ins Krankenhaus. Mach dir keine Sorgen.«

»Habt ihr sie gefasst?« Sie lispelte, als hätte sie zu viel Alkohol getrunken.

Er zögerte. »Nein, aber wir sind ihnen auf der Spur.« Er stockte erneut. »Jetzt ruh dich aus. Wenn du wieder aufwachst, bin ich bei dir.«

»Du musst dich auch behandeln lassen, Nick.« Die Worte kamen ihr nur noch schwer über die Lippen. »Bitte … Zane musste schon meinetwegen sterben … Ich …« Ihr fielen die Augen zu.

»Zane lebt«, hörte sie ihn sagen. Das Schlafmittel raubte ihr bereits die Sinne. »Er lebt«, wiederholte er. »Und jetzt schlaf. Es wird alles gut.«

Er lebt! Die Worte hallten in ihrem Geist wider. Sie lächelte, bevor sie unausweichlich in den Schlaf glitt.

26. KAPITEL

Nick lag mit nacktem Oberkörper auf einer Behandlungsliege in der Notaufnahme. Betäubungsmittel und Antibiotika hatte er schon bekommen. Im CT war er ebenfalls gewesen. Jetzt nähte der Arzt gerade die Messerwunde an seiner Brust.

»Sie hatten Glück«, meinte er zu Nick. »Die Klinge hat die oberen Hautschichten durchstoßen und ein paar Blutgefäße verletzt, aber keine Arterie getroffen.«

Erst vor einer halben Stunde war Nick im Krankenhaus angekommen, nachdem Captain Hooker ihn durch den Hörer angebrüllt hatte, er solle sich gefälligst untersuchen lassen. Spätestens als der Captain gedroht hatte, den Polizeipräsidenten und Noriss in Washington zu informieren, war der Punkt erreicht gewesen, an dem er hatte nachgeben müssen.

Trotzdem hatte er dem Kollegen vor Ort das Versprechen abgenommen, ihn sofort zu kontaktieren, sobald es Neuigkeiten gab. Außerdem hatte er dem Einsatzleiter beschrieben, wo das Kino zu finden war, und ihm kurzerhand das Prepaidhandy zur Auswertung übergeben.

»Und jetzt legen Sie das Handy mal zur Seite. Sie

brauchen Ruhe und bleiben zur Beobachtung ein paar Tage hier«, murmelte der Arzt und setzte die letzte Injektion.

»Das ist nett gemeint, geht aber leider nicht.«

Doktor Sahiwi sah auf. »Ich fürchte, das wird es müssen. Wir haben hier entsprechende Vorschriften.«

»Sagten Sie nicht vorhin, dass ich keine OP benötige?«

Sahiwi seufzte. »Agent Coleman, es ist ein Wunder, dass das so ist. Trotzdem ist eine schartige Klinge in ihren Körper eingedrungen, hat Gewebe und Gefäße verletzt. An besagter Klinge befanden sich laut Ihrer Aussage alte Blutrückstände, vermutlich auch Bakterienkulturen. Wir müssen sie mindestens vierundzwanzig Stunden beobachten. Falls es zu einer Infektion mit resistenten Bakterien kommt, kann diese Sache weitaus problematischer werden, als Sie denken.«

Nick seufzte. Er spürte noch immer das Adrenalin durch seinen Körper jagen, wollte aufstehen, etwas tun. Doch er wusste, dass er sich besser eine Weile ausruhen sollte.

»… zu ihm!«, erklang eine Stimme.

»Lynette!«

Der Vorhang wurde zurückgezogen. »Da bist du! Ich dachte schon, du tauchst gar nicht mehr auf.«

»Was ist mit Anna?«

»Sie haben hier keinen Zutritt«, informierte Sahiwi sie.

»Ihr geht es gut«, erwiderte Lynette, den Arzt ignorierend. »Sie ist gerade im OP.«

»Doktor, wir machen einen Deal«, sagte Nick an Sahiwi gewandt. »Sie tun Ihre Arbeit, ich meine.«

Das folgende Blickduell verlor der Arzt und arbeitete schweigend weiter.

»Das sieht übel aus.« Lynette setzte sich ihre Brille auf und beäugte die Wunde.

»Nur ein Kratzer.«

»Spiel nicht den Macho«, erwiderte sie. »Sei froh, dass du nicht in den OP musst. Gezackte Klingen können deine Organe richtig schön zersägen.«

»Sind Sie Ärztin?«, fragte Sahiwi.

»Psychologin, Fachbereich forensisches Profiling. Sie wollen nicht wissen, was ich schon alles gesehen habe.«

Der Arzt rollte mit seinem Hocker von der Liege weg und öffnete eine Schublade.

Lynette wandte sich wieder an Nick. »Habt ihr die beiden?«

Sofort kehrte der Drang zurück, aufzuspringen und sich in einen Hubschrauber zu setzen. »Keine Chance. Du kennst den See. Bei Nacht ist es unmöglich, das Gebiet flächendeckend zu checken. Die Wasserschutzpolizei hat alle verfügbaren Einheiten losgeschickt. Wenn du mich fragst, haben sie das Boot in Ufernähe verlassen und sind an einer abgelegenen Stelle an Land geschwommen.«

Bei Tagesanbruch würden sie das Boot finden, da war Nick sicher. Doch die beiden Flüchtigen würden fort sein. Das Revier begann bereits jetzt damit, die Verkehrskameras auszuwerten, und Nancy Pane war mit der Spurensicherung auf der Baustelle beschäftigt. Danach stand für das Team das Kino auf dem Plan.

Viel Schlaf würde heute niemand bekommen.

»Auf Basis der Fakten entwerfe ich morgen sofort neue Profile.« Lynette schüttelte verärgert den Kopf. »Unser Gegner plant mindestens zwei Schritte im Voraus. Normalerweise bringen Verbrechen aus Rache den Täter dazu, früher oder später Fehler zu begehen. Die Emotionen übernehmen irgendwann die Überhand. Aber dieser hier spielt ein Spiel. Zuerst macht er uns glauben, wir hätten es mit Harris zu tun. Dann bringt er ihn um. Jetzt stellt sich heraus, es ist nicht nur einer, es sind zwei.«

»Vielleicht bringt Annas Befragung noch etwas. Wenn Sie etwas gesehen hat, ein Detail, womit wir die beiden oder immerhin einen von ihnen identifizieren können …« Immerhin war sie Journalistin und als solche besonders aufmerksam. »Ich habe Mike in D.C. gebeten, alle eingehenden Hinweise und Infos zu sichten und sofort an mich weiterzuleiten«, erklärte Nick. »Nancy Pane hat ebenfalls meine Nummer. Hooker wird möglicherweise weniger mitteilsam sein.«

»Er weiß von dem Handy und dem Kino.« Es war eine Feststellung von Lynette, keine Frage.

»Unsere Vermutung, dass es einen Maulwurf gibt, habe ich allerdings noch nicht geteilt«, entgegnete Nick. »Du weißt ja, wie die Cops auf so etwas reagieren.«

Niemand verdächtigte gern seine eigenen Leute. Hooker würde jede Äußerung in diese Richtung runterspielen, und Nick würde sich damit nicht gerade beliebt machen. Sie mussten vorsichtig sein.

Sahiwi betrachtete die Wunde abschließend. »Wie gesagt: Sie bleiben über Nacht zur Beobachtung hier im Krankenhaus. Bitte verzichten Sie für zwei Wochen auf Sport und passen Sie beim Duschen auf, dass kein Wasser an die Wunde kommt. Sie bekommen bei der Entlassung eine Packung Antibiotika mit zehn Tabletten, die Sie bitte vollständig einnehmen. Täglich eine.«

Der Arzt zog den Vorhang zurück, verabschiedete sich mit einem Nicken, das in Richtung von Lynette überaus freundlich ausfiel, und ging.

»Da könnte ein Date für dich herausspringen.« Nick zwinkerte ihr zu.

»Halt den Mund«, sagte sie trocken. »Du lässt dich jetzt brav in dein Zimmer bringen und nimmst eine Mütze Schlaf. Ich sage Zane Bescheid, dass es Anna gut geht.«

An ihn hatte Nick überhaupt nicht mehr gedacht. »Ist er halbwegs okay?«

»Schusswunden stellen üble Sachen mit deinem Körper an. Aber schlimmer war die Ungewissheit. Er hing förmlich am Fernseher und hat auf die Tastatur seines Laptops eingehämmert, als wäre sie ein Amboss.« Sie lächelte sanft. »Als ich ihm gesagt habe, dass Anna hier im Krankenhaus ist, wollte er sich mit den Wachen anlegen.«

Nick grinste. »Guter Mann.«

»Dir ist schon klar, wie die reagiert hätten«, sagte Lynette. »In dieser Nacht versteht niemand Spaß.« Sie massierte sich die Stelle, an der die Brille normalerweise auf ihrer Nase saß. »Die Presse hat mittlerweile aufgeholt.«

»Ich habe es bemerkt.«

Bei seinem Eintreffen waren zahlreiche Reporterinnen und Reporter bereits am Krankenhaus eingetroffen und berichteten live.

»Wir sehen uns morgen.« Lynette verabschiedete sich, als eine Schwester mit einem Rollstuhl auf Nick zuging.

Er verdrehte die Augen. »Ich kann zu Fuß gehen.«

»Möglich, ist aber keine Option«, erwiderte die Schwester trocken. »Wenn Sie hier auf dem Weg ins Zimmer ausrutschen, könnten Sie uns verklagen.«

Widerwillig nahm Nick Platz.

»Wir haben Sie im Zimmer neben Zane Newton untergebracht«, sagte sie. »Damit diese grimmigen Polizisten nicht überall im Krankenhaus herumstehen.«

Neugierige Blicke waren auf ihn gerichtet, als sie ihn zu seinem Zimmer brachte. Er nickte den Kollegen kurz zu, dann fiel auch schon die Tür hinter ihm ins Schloss.

Er zog seine Kleidung aus, eine Plastiktüte lag bereit. Da er direkten Kontakt zu einem der Entführer gehabt hatte, konnte die Spurensicherung mit etwas Glück etwas Verwertbares finden.

In einem total schicken Krankenhaushemd stieg er ins Bett. Die Schwester verließ endlich den Raum, gab ihm davor jedoch noch ein paar Tabletten, darunter die zweite Dosis des Antibiotikums und ein starkes Schmerzmittel. Es dauerte nur wenige Minuten, bis sich das Wärmegefühl einstellte, das von solchen Medikamenten ausgelöst wurde. Die Schmerzen verschwanden allmählich, und die Müdigkeit ließ sich nicht länger ignorieren. Nicks Lider flatterten, und er versank in wohligem Schlaf.

Als er die Augen wieder öffnete, fiel Tageslicht zum Fenster herein und traf auf sein Gesicht. Er blickte zur Wanduhr, es war später Morgen. Nick hatte gut acht Stunden geschlafen. Der stechende Schmerz im Bereich der Wunde war zurückgekehrt.

Auf seinem Nachttisch stand ein kleiner Plastikbecher, in dem eine weitere Medikamentendosis lag. Er pickte das Antibiotikum heraus und schluckte es mit Wasser aus dem bereitstehenden Glas herunter.

Nick richtete sich auf, ließ seinen Blick aus dem Fenster über die angrenzenden Gebäude schweifen und überdachte die nächsten Schritte sorgfältig. Wie kam er am schnellsten an Informationen? Auch Anna müsste nach der Operation jetzt wieder wach sein. Wo war sie untergebracht?

Sein Blick fiel auf den Stuhl neben seinem Bett. Dort lagen eine Jogginghose und ein Shirt, Turnschuhe standen darunter. Ein Zettel lag auf dem Shirt.

Damit du nicht weiterhin in dem sexy Hemd herumlaufen musst. Schone dich! Liebe Grüße, Lynette

Am liebsten hätte er sie jetzt in eine feste Umarmung geschlossen. Das würde warten müssen.

Innerhalb weniger Sekunden war er in die Kleidung geschlüpft. Ein Blick auf sein Smartphone zeigte, dass die Spurensicherung, Hooker, Noriss und Mike angerufen hatten.

Bevor er sich bei einem von ihnen zurückmeldete, musste er jedoch zu Anna.

Vor seiner Tür standen zwei uniformierte Kollegen.

»Können Sie mir sagen, wo Miss Jones liegt?«

Einer der beiden deutete auf das gegenüberliegende Zimmer.

Er eilte hinüber, klopfte an und trat ein.

Anna schlief, atmete gleichmäßig ein und wieder aus. Neben ihr auf dem Stuhl saß ihr übermüdet aussehender Vater.

Es verblüffte ihn nicht, dass Annas Dad direkt hierhergekommen war. Die Kollegen hatten ihn informiert. Nick mochte ihn, hatte damals öfter mit der Familie zu Abend gegessen, als er und Anna noch ein Paar gewesen waren.

»Nick.« Mr. Jones erhob sich.

Er ging gebeugt, Alter und Sorge hatten ihre Spuren hinterlassen. Die Müdigkeit ebenso. Aus blutunterlaufenen Augen betrachtete er Nick. Mittlerweile musste er Ende sechzig sein.

»Hallo, Mr. Jones.«

Nick fand sich in einer Umarmung wieder, die er nicht erwartet hatte. Prompt keuchte er schmerzerfüllt auf.

»Oh, Entschuldigung.« Annas Dad betrachtete ihn von oben bis unten. »Ich habe nicht daran gedacht, dass du auch verletzt bist.«

»Nur eine kleine Schnittwunde.« Er winkte ab.

»Wer hat meinem Mädchen das angetan?« Mr. Jones trat wieder ans Bett und strich Anna sanft über die Haare.

»Wir wissen es nicht.« Nick hasste es, die folgenden Worte auszusprechen. »Er ist entkommen. *Sie* sind entkommen.«

Annas Vater schloss die Augen. »Aber … wieso?«

Nick lehnte sich an die Wand und erklärte Mr. Jones ihre Theorie in Kurzform.

»Aber mein Mädchen ist doch nicht verantwortlich für den Tod von Natalie.« Seine Hand zitterte, als er sie zurückzog. »Sie hat so viel durchgemacht. Jahrelang gab sie sich die Schuld. Noch heute kämpft sie, hat Albträume. Aber trotzdem ist sie tapfer.«

»O ja, sie hat sich mit einem der Mistkerle einen Kampf geliefert.« Nick legte Annas Dad die Hand auf die Schulter. »Ich verspreche Ihnen, wir kriegen die beiden.«

Im Geiste war er längst dabei, eine Liste mit Verdächtigen zu erstellen.

»Haben Sie schon etwas gegessen?«, erkundigte sich Nick.

»Ein Sandwich aus dem Automaten.«

Annas Dad lächelte traurig. Sein Blick verriet seinen Schmerz, als er seine Tochter betrachtete. »Was muss sie noch ertragen?«

Nick sank auf den zweiten Besucherstuhl.

»Ich habe die Berichterstattung auf dem Flug hierher verfolgt. Es ist so unwirklich, dass meine Anna Teil von alldem ist.«

»Es wird bald vorbei sein.«

Ihre Blicke trafen sich. Nick meinte seine Worte ernst.

»Das verspreche ich.«

Mr. Jones war kein Mann großer Worte. Er nickte nur. Und ein Anflug von Hoffnung kehrte in seinen Blick zurück.

Nick betrachtete Anna. Ihr Gesicht wirkte im Schlaf so friedlich, wären da nicht die Schatten unter den Augen und die Wunden. Er selbst war auch noch immer geschwächt, döste hin und wieder weg, bis Annas Stöhnen ihn weckte.

»Hey«, sagte er sanft.

»Schatz.« Annas Dad nahm sofort ihre Hand.

Ihre Lider flatterten. »Dad? Nick?« Sie drehte den Kopf. »Hast du sie erwischt?«

Innerlich verfluchte er sich selbst, dass er keine bessere Antwort auf diese Frage hatte. »Die Suche läuft.«

Noch einmal driftete Anna ab und verfiel in einen unruhigen Schlaf. Er verließ das Zimmer kurz, um mit Hooker und Noriss zu telefonieren. Die Gespräche waren kein Spaß, und er würde sich noch einiges anhören müssen, wenn er zurück im CPD war. Bis dahin hatten sie ihm eine Art Schonfrist gegeben. In Kürze würde er ein Statement abgeben. Auch mit Mike sprach er kurz. Es gab nichts Neues, die Suche lief, Spuren wurden ausgewertet.

Bis Anna erneut erwachte, hatte Nick sich mit einer wütenden Schwester und einem Oberarzt angelegt, um auf dem Stuhl neben ihrem Bett sitzen bleiben zu können. Jetzt wirkten ihre Augen viel konzentrierter als vorhin. Ihr Dad reichte ihr das Glas Wasser vom Beistelltisch. Sie setzte sich auf und nahm kleine Schlucke.

»Erzählt mir, was passiert ist.«

Sie sah müde aus, aber entschlossen.

Nick berichtete von seiner Suche nach ihr, von der Bar, vom Kino und dem Ausflugsdampfer. Schließlich erzählte er ihr, was auf der Baustelle zwischen ihm und einem der Entführer passiert war.

»Dann kennst du die Stationen meiner ›Reise‹ ja schon«, sagte Anna mit brüchiger Stimme. Ihr Blick nahm einen abwesenden Ausdruck an.

»Reise.« Ihr Dad schüttelte nur den Kopf, wusste sichtlich nicht, was er dazu sagen sollte.

Nick wollte tröstende Worte finden, doch ein Klopfen ließ sie beide in Richtung Tür schauen.

Zane trat ein. »Anna!« Er schloss die Tür, sank auf ihre Bettkante und rang sichtlich mit sich, ob er sie umarmen sollte oder lieber nicht. Schließlich legte er nur vorsichtig seine Hand auf ihren Arm. »Wie geht es dir?«

Tränen rannen über ihre Wange. »Ich dachte, dass du … Du lagst am Boden …« Ihre Stimme erstarb.

Stille senkte sich über den Raum.

Nick atmete tief ein. Auch er war mehr als dankbar, dass Zane überlebt hatte. Von Anna natürlich ganz zu schweigen.

Anna stellte Zane ihrem Dad vor. Dann betrachtete sie ihren Vater. »Du wirkst müde. Hast du ein Hotel?«

»Natürlich, Schatz, aber …«

»Ich bin hier gut aufgehoben. Gönn dir ein paar Stunden Ruhe.«

Er schüttelte den Kopf.

»Bitte.« Sie schenkte ihm ein Lächeln, von dem Nick ahnte, dass es sie jedes bisschen Kraft kostete.

»Also schön.« Er zog eine Weste über. »In ein paar Stunden bin ich wieder hier. Bis dahin ruhst du dich aber auch aus.«

»Natürlich.«

»Versprochen? Kein Laptop, keine Arbeit.«

»Versprochen, Dad.«

Sie verabschiedeten sich mit einer leichten Umarmung und einem Kuss auf die Wange.

Die Schwester trat ein, als Mr. Jones gerade ging, und brachte drei Tabletts mit dem Abendessen.

»Ist total lecker«, kommentierte Zane.

»Du bist so ein miserabler Lügner«, sagte Anna. »Warst du schon immer.« Sie betrachtete ihren Freund, als könne sie immer noch nicht glauben, dass er tatsächlich am Leben war.

Nachdem sie fast zu Ende gegessen hatten, betrat Lynette das Zimmer. Nick überließ ihr seinen Stuhl und setzte sich zu Anna auf die Bettkante.

»Wir müssen über unsere nächsten Schritte sprechen«, sagte sie und sah Nick an. »Nach dem, was auf der Baustelle passiert ist, werden die zwei Unbekannten dich nun ebenfalls im Visier haben. Wir brauchen einen guten Plan.«

27. KAPITEL

3 Tage später

Anna wollte endlich hier weg.

Ihre Entlassungspapiere waren bereits unterschrieben, auch Zane und Nick durften das Krankenhaus verlassen. Auf Letzteren wartete sie seit einer halben Stunde, da er auf dem Flur noch mit jemandem diskutierte. Lynette saß neben ihr auf dem Bett. Durch die geöffnete Tür konnten sie das Gespräch mitverfolgen.

»Du kannst dich auf mich verlassen«, sagte der Rothaarige und legte Nick die Hände auf die Schultern. »Aber das Gleiche muss auch für dich gelten. Dieser Typ wird eine Scheißwut auf dich haben, weil du seinen Plan durchkreuzt hast. Also sei kein Dickkopf und halte dich dieses Mal an die Regeln.«

»Mike hat recht«, flüsterte Lynette neben ihr. »Dein Entführer hat es jetzt auch auf Nick abgesehen. Sie haben sich Auge in Auge gegenübergestanden. Er hatte ihn so weit in die Enge getrieben, dass er sein Leben riskieren und springen musste, um entkommen zu können. Das wird an ihm nagen. Sein perfides Spiel mit dir hat er jahrelang vorbereitet. Seine Wut ist maßlos, das lässt sich schon an seiner Botschaft erkennen. Schau, das Papier ist an manchen Stellen durchstochen. Er hat die Mine zu fest aufgedrückt.«

Annas Nacken kribbelte unangenehm. Erneut las sie die Nachricht, die ihr Entführer und sein Komplize auf dem Boot zurückgelassen hatten:

DIE KARTEN WERDEN NEU GEMISCHT. ICH BIN EUER SCHATTEN. KEINER VON EUCH IST MEHR SICHER.

Das perfide Spiel war noch nicht zu Ende.

Die Akte lag zugeschlagen auf Lynettes Schoß, doch Anna kannte die Bilder, die die Spurensicherung von den Tatorten geschossen hatte. Die Wasserschutzpolizei hatte das Boot bei Tagesanbruch wie vermutet an einer abgelegenen Uferstelle gefunden. Doch von den beiden Flüchtigen gab es keinerlei Spur. Die Kriminaltechniker hatten keine DNA oder andere nützliche Hinweise sicherstellen können, lediglich den Zettel.

Dieses Mal war die Nachricht nicht in Harris' krakeliger Handschrift verfasst worden. Warum auch, jetzt, wo die Leiche gefunden worden war. Stattdessen hatten sie ihn in Druckbuchstaben und mit schwarzem Kugelschreiber geschrieben. Einer der nobleren Sorte, wie man inzwischen anhand der Tintenflüssigkeit herausgefunden hatte.

Bevor sie Lynette kennengelernt hatte, hatte Anna sich nie gefragt, was ein Kugelschreiber über seinen Besitzer aussagte. Sie sah die Psychologin an, die sie jeden Tag im Krankenhaus besucht hatte. In den vergangenen Stunden hatte sie ein Profil des Unbekannten erstellt, das ihn als hochintelligenten, skrupellosen Spielemacher beschrieb. Entweder besaß er selbst viel Geld, oder es wurde ihm zur Verfügung gestellt. Völlig unklar war, welche Rolle der Komplize hatte, ob er nur als Handlanger fungierte, sie als Partner zusammenarbeiteten oder er vielleicht sogar der eigentliche Initiator war. Vielleicht agierten beide auch auf die Anweisung eines Dritten? An diese Theorie glaubte Anna allerdings nicht. Sie hatte ihn erlebt. Er hatte aus persönlichem Antrieb gehandelt, sah in ihr eine Schuldige, die seine Strafe verdiente.

»Ich melde mich, wenn sich was Neues ergibt«, sagte Mike in dem Moment, und die beiden Männer verabschiedeten sich voneinander.

Als Nick in Annas Krankenzimmer zurückkehrte, sah er nachdenklich zu Boden. »Das war Mike Cohen, mein Kollege und Freund. Ihm wurde die Leitung der Ermittlungen übertragen.«

Anna stand auf. »Heißt das, dir wurde der Fall entzogen?«

»Lass mich raten, Hooker macht Stress?«, erkundigte sich Lynette.

»Der Chef des CPD?«, hakte Anna nach. Sie wollte nicht, dass jemand anderes ihren Fall übernahm.

»Hooker war nicht begeistert, dass ich bezüglich der Tatorte und des Handys nicht sofort Meldung erstattet habe«, erwiderte Nick. »Allerdings konnten wir Anna nur deswegen befreien, also muss er den Ball flach halten. Er und Noriss haben sich besprochen und halten es für das Beste, wenn ich aufgrund meiner Verletzung vorerst etwas kürzertrete.« Er sah Anna an. »Außerdem gibt ihnen das Foto von uns beiden, das im Kino gefunden wurde, zu denken. Sie glauben, ich bin emotional zu sehr in deinen Fall verstrickt.« Erneut wandte er sich an Lynette. »Mike wurde die Leitung auf meine Bitte hin übertragen. Ich bin noch im Team, kann mich jetzt aber auf das Wesentliche konzentrieren. Zukünftig ist es Mikes Aufgabe, sich mit der ganzen Bürokratie herumzuschlagen.«

Anna rieb sich über die Arme. Ihre Schmerzen hatten deutlich nachgelassen, aber durch die Medikamente fühlte sie sich ständig müde, und ihr war kalt. »Wie geht es jetzt weiter?«, wollte sie wissen.

»Ich fahre jetzt mit dir zu deiner Wohnung, damit du ein paar Sachen zusammenpacken kannst. Danach bringe ich dich ins Safe House.«

Nick hatte für sie eine vorübergehende Bleibe organisiert, ein Haus, das vom FBI normalerweise zum Schutz von Kronzeugen oder für Treffen mit Undercoveragenten genutzt wurde. Der Gedanke, ihre Wohnung zu betreten, in der ihr Entführer in ihren privaten Sachen gewühlt und schließlich den Slip an sich genommen hatte, bescherte Anna schon jetzt eine Gänsehaut. Sie hatten keinerlei fremde DNA-Spuren finden können. Daher war unklar, ob es nicht vielleicht doch Harris gewesen war. Der Einbruch musste vor seinem Todestag stattgefunden haben. Sie tappten völlig im Dunkeln, welche Rolle er bei dem großen Ganzen spielte. Die Polizei war nicht dazu in der Lage gewesen, ihn in den letzten drei Jahren aufzuspüren. Wie hatte der Unbekannte es dann schaffen können? Der mit Blut geschriebene Brief trug Harris' Handschrift, der Slip seine Spermaspuren. Das war eindeutig bewiesen. Annas Entführer und sein Komplize hatten ihn benutzt, um die Polizei auf eine falsche Fährte zu locken, bevor sie ihn schließlich töteten und Natalies Tod damit sühnten. Bei ihr selbst waren sie allein wegen Nicks Einschreiten gescheitert. Und nun war er ebenfalls in Gefahr.

»Was ist mit dir?«, fragte sie, an Nick gewandt. »Du musst auch beschützt werden.«

»Ich werde mich nicht vom Jäger zum Gejagten machen lassen.« Er nahm Lynette die Akte aus der Hand, blätterte darin und machte sich währenddessen langsam auf den Weg Richtung Tür.

»Welche anderen Möglichkeiten bleiben uns?« Anna folgte ihm zum Fahrstuhl, und auch Lynette betrat mit ihnen die leere Kabine.

»Momentan traue ich hier keinem einzigen Deputy über den Weg. Entweder hat unser Gegner mich getäuscht, oder es gibt tatsächlich einen Maulwurf. Die Männer, die an dem Tag, an dem Zane im Krankenhaus das Handy erhalten hat, zum Wachschutz eingetragen waren, wurden bereits überprüft und befragt. Für die Nacht, in der wir dich befreien konnten, haben beide ein Alibi. Es kommt also zumindest keiner von ihnen als zweiter Mann des Entführers infrage. Das Foto von uns beiden, das er dir im Kino gezeigt hat, wurde von einem Pressefotografen geschossen. Von denen hatten etliche vor dem *Tribune Tower* auf dich gelauert. Das Fahndungsfoto geht derzeit durch alle Redaktionen, aber da er ein Basecap trug und das Gesicht von den Überwachungskameras in der Tiefgarage nicht eingefangen wurde, versprechen wir uns von dieser Spur nicht viel.«

»Vielleicht meldet der Fotograf sich selbst, oder ein Kollege erkennt ihn anhand der Kleidung«, warf Lynette ein, als die Fahrstuhltür sich öffnete und sie das Foyer des Krankenhauses betraten.

Nick seufzte. »Polizisten, Fotografen – einfach jeder könnte als Komplize infrage kommen. Vielleicht gibt es auch mehrere.« Er nickte zwei in Zivil gekleideten Männern zu, die am Empfangstresen standen. Sie schlossen sich ihnen daraufhin an. »Sobald du das Krankenhaus verlässt, übernimmt vorläufig das FBI deinen Schutz.«

Anna blieb abrupt stehen. »Und wie lange soll das so gehen? Ein paar Tage, Wochen, Monate?«

Er seufzte erneut. »Ich weiß es nicht. Wir ermitteln auf Hochtouren und setzen alles daran, die Identität unserer Gegner herauszufinden. Zane wird dir im Safe House Gesellschaft leisten und Lynette und ich beziehen auch jeweils ein Zimmer.«

»Ich hole meine Sachen aus dem Hotel«, sagte Lynette. »Bis später.« Sie nickte ihnen zu und verließ das Krankenhaus.

Nick beschleunigte seine Schritte.

»Er kennt uns«, sagte Anna, während sie ihm folgte. »Wir hingegen haben keine Ahnung, mit wem wir es zu tun haben.«

Er sah sie an. »Wir werden es herausfinden.«

Gemeinsam mit den zwei Männern vom FBI gingen

sie zu dem bereitstehenden SUV. Nick setzte sich neben Anna auf die Rückbank, und noch während er seinen Kollegen die Adresse ihrer Wohnung nannte, gab der Fahrer sie schon ins Navi ein.

Nicks Anspannung war allgegenwärtig. Während der Fahrt war er in Gedanken versunken, weshalb sie zum Fenster hinaussah und ihren eigenen nachhing. Es war ein sonniger Tag. Keine Wolke war am Himmel zu sehen. Sein klares Blau spiegelte sich in den Fensterfronten der Wolkenkratzer. Viele Passanten waren auf den Gehwegen unterwegs. Einige schlenderten gemütlich, andere hetzten in Eile. Auch auf den Straßen herrschte reger Verkehr. Die Welt drehte sich weiter, ihre eigene war hingegen zum Stillstand gekommen, ohne dass sie sagen konnte, ob und wie sie diesen Zustand beenden konnte.

Anna machte sich zunehmend Sorgen um Zane. Seine Wohnung war mittlerweile von der Spurensicherung freigegeben worden, aber er war noch nicht so weit, an den Ort zurückzukehren, an dem er fast gestorben war. Wie Anna hatte er die letzten Tage oft das Gespräch mit Lynette gesucht. Sie schaffte es allein durch aufmerksames Zuhören und ihren einfühlsamen Blick, dass man sich besser fühlte. Ihre besonnene Art wirkte beruhigend. Sie gab einem das Gefühl, ihr jedes Geheimnis anvertrauen zu können. Anna war froh, sie im Safe House als seelische Stütze zu haben.

Eine Viertelstunde später kamen sie bei ihrem Wohnblock an. Nicks Kollege brachte den Wagen in zweiter Spur direkt vor dem Hauseingang zum Stehen.

»Wartet hier«, bat Nick die beiden. Er stieg aus, lief hinten um das Auto herum und öffnete ihr die Tür. Sanft fasste er sie am Arm und führte sie dicht an seiner Seite ins Haus.

Annas Anspannung wuchs mit jedem Schritt. Im Eingangsbereich, im Fahrstuhl, auf den einzelnen Etagen – überall waren Überwachungskameras angebracht. Doch wie sie inzwischen wusste, waren sie allesamt wegen eines angeblichen Systemfehlers ausgeschaltet worden. Das war an dem Tag gewesen, bevor sie Harris' ersten Brief erhalten hatte und der ganze Wahnsinn losgegangen war.

Ihre Wohnungstür war mit einem Polizeisiegel versehen. Nick durchtrennte es mit einem Taschenmesser und reichte Anna dann ihre Wohnungsschlüssel.

Hier war ihr Rückzugsort gewesen. Ihr Zuhause. Wer auch immer sich Zugang verschafft hatte, ob Harris oder der Unbekannte, das Gefühl von Geborgenheit hatten sie ihr genommen. Vermutlich für immer. Sie dachte an ihren Vater, der nur unter Protest und auf Drängen der Polizei nach Alabama zurückgekehrt war. Er hatte gewollt, dass sie ihn begleitete. Aber ihn derart in Gefahr zu bringen, kam für Anna nicht infrage. Er würde in der nächsten Zeit Polizeischutz bekommen. Der Entführer hatte bereits bewiesen, dass er vor nichts zurückschreckte, und ihren Vater selbst ins Spiel gebracht, indem er ihr gedroht hatte, seine Leiche im Teich seines Gartens zu versenken. Sie mussten mit allem rechnen.

Nick berührte sie leicht an den Schultern. Sein besorgter Blick reichte bis zu ihrer Seele. »Nimm dir so viel

Zeit, wie du brauchst. Soll ich hier draußen warten oder mit reinkommen?«

Anna starrte die Tür an. »Ich möchte es vorerst allein versuchen«, flüsterte sie.

Er nickte und trat einen Schritt beiseite, damit sie aufschließen konnte. Sie steckte den Schlüssel ins Schloss, zögerte noch einmal und trat ein.

»Ich bin hier«, sagte Nick, bevor die Tür zwischen ihnen zufiel.

Sie lehnte die Stirn gegen das glatte Holz und schloss für einen kurzen Moment die Augen. Dann atmete sie mehrfach tief durch und ging ins Wohnzimmer. Die Spurensicherung hatte ein ziemliches Chaos hinterlassen. Die Möbel waren an verschiedenen Stellen mit schwarzem Puder versehen, auf dem Boden und der Couch standen kleine Nummernschilder, und ihr Parkett musste dringend gewischt werden. Anna hatte nicht vor, in absehbarer Zeit wieder hier einzuziehen. Aber wenn sie sich doch dazu entschließen würde, müsste sie dann alles selbst in Ordnung bringen und putzen?

Ihr Blick schweifte umher, fiel durch die Fensterfront auf das gegenüberliegende Hausdach. Augenblicklich beschleunigte sich ihr Puls, ihr Atem wurde flacher, und Anna spürte, wie sich eine Panikattacke ankündigte. Innerlich sammelte sie sich, sprach sich Mut zu, ging ins Ankleidezimmer, zerrte ihren Koffer von einem Schrank und warf wahllos Kleidungsstücke hinein.

Im Bad füllte sie mit zittrigen Fingern ihre Kulturtasche.

Ich schaffe das, sagte sie sich immer und immer wieder. Sie würde die Unbekannten nicht einfach so gewinnen lassen.

Die letzte Station war die schwierigste. Im Schlafzimmer stellte sie die Kosmetiktasche auf das Bett, in dem sie vermutlich nie mehr schlafen würde. Sie trat zu der Kommode, in der sich ihre Unterwäsche befand, und zögerte. Erneut schloss sie die Augen, musste an ihren gestohlenen Slip im Kuvert denken. Anna atmete geräuschvoll aus, zog die Schublade mit einem Ruck auf und griff sich wahllos eine Handvoll Slips. Als sie sie im Koffer verstaut und ihn geschlossen hatte, kam ihr ein Gedanke, der sie innehalten ließ. Hatte er außer dem Slip vielleicht noch etwas anderes gestohlen?

Hektisch öffnete Anna erneut Schranktüren und Schubladen und durchstöberte den Inhalt. Dabei fiel ihr nichts auf, das sie vermisste. Sie wurde zunehmend angespannter, räumte alles leer, schmiss die Sachen einfach auf den Boden. Sie rannte ins Wohnzimmer, suchte dort weiter. Anschließend lief sie in die Küche, öffnete einen Schrank nach dem anderen. Ein Weinglas ging zu Bruch, als sie es aus Versehen mit dem Ellbogen von der Anrichte stieß.

»Anna, bist du okay?«, rief Nick durch die Tür.

Tränen rannen ihr über die Wangen, sie schluchzte. Haltlos sank sie auf die Knie. Ihr lautloser Schrei hallte in ihrer Seele wider.

28. KAPITEL

Etwas an Anna hatte sich verändert. Nick konnte es spüren, aber nicht benennen.

Der Kollege auf dem Fahrersitz brachte den SUV vor dem Safe House zum Stehen. Nick bedeutete den beiden im vorderen Teil mit einem kurzen Blick, auszusteigen. Er selbst blieb mit Anna weiterhin auf der Rückbank sitzen. Dunkle Schatten lagen unter ihren Augen, der unruhige Schlaf im Krankenhaus hatte nur wenig zu ihrer Erholung beigetragen.

»Soll ich jemanden schicken, der deine Wohnung in Ordnung bringt?«, fragte er sanft.

Die Andeutung eines bitteren Lächelns legte sich auf ihr Gesicht. »Noch mehr Unbekannte in meiner Wohnung?«

»Entschuldige.«

»Das war kein Vorwurf. Meine eigenen vier Wände sind mir fremd geworden. Als hätte jemand anderes dort gelebt.« Sie erwiderte seinen Blick.

Er nickte sachte. »Nach dem, was wir erlebt haben, fühlt sich alles anders an. So etwas wie Normalität gibt es nicht mehr.«

»Hast du so etwas schon einmal durchgemacht?«

Nick schüttelte den Kopf. »Bisher war ich …« Er zögerte. »Emotional nicht so sehr involviert.«

In ihrem Blick blitzte Verstehen auf, doch sie teilten das stillschweigende Einvernehmen, dass jetzt nicht der richtige Zeitpunkt war. Nicht dafür.

»Wird es besser?«, fragte Anna und blickte wieder durch die Windschutzscheibe hinaus auf das Safe House.

»Sobald wir die beiden haben. Das bringt Antworten und, wenn man es so nennen will, Freiheit und Erlösung.«

»Freiheit«, sagte Anna mit brüchiger Stimme. »Ich weiß schon gar nicht mehr, wie sich das anfühlt. Selbst über mein Leben bestimmen zu können, joggen zu gehen, ohne ständig einen Blick über die Schulter werfen zu müssen, keine Angst vor dem eigenen Schatten zu haben. Ich weiß schon gar nicht mehr, wie sich Unbeschwertheit anfühlt.«

»Weil wir es aktuell nicht sind. Keiner von uns.« Nick atmete schwer aus. »Komm, besprechen wir das weitere Vorgehen mit den anderen.«

Er warf einen Blick in den grauen Himmel. Das Wetter spiegelte Nicks Laune wider. Die Wolken zogen sich immer dichter zusammen, seit einer Weile nieselte es schon. Ein Gewitter stand bevor.

Anna öffnete die Wagentür und gab damit das Signal zum Aufbruch. Sie gingen zum Kofferraum und nahmen Annas Gepäck. Nicks persönliche Sachen waren bereits von Mike aus dem Hotel geholt und hierhergebracht worden.

Das Haus lag am nördlichen Stadtrand von Chicago, in der Nähe eines kleinen Parks. Eine gute Gegend mit zahlreichen identisch aussehenden Reihenhäusern. Keine

Hochhäuser in der Nähe, die die Sicht versperrten. Das FBI hatte natürlich alle Anwohner überprüft. Es würde keine bösen Überraschungen geben.

»Vertraust du deinen Kollegen?«, fragte Anna.

»Ich lege meine Hand für sie ins Feuer«, erwiderte er. »Wenn unsere Gegner tatsächlich jemanden bei der hiesigen Polizei haben, wird ihnen das jetzt nicht mehr weiterhelfen.«

Das Haus wurde Tag und Nacht von FBI-Agenten in Zivil überwacht. Auch wenn sie tagsüber mal nicht anwesend sein sollten, wurde gewährleistet, dass sich in dieser Zeit niemand unerlaubt Zugang verschaffte.

Von außen wirkte das Safe House unscheinbar. Eine hüfthohe Mauer aus rotem Klinkerstein umzäunte einen gepflegten Vorgarten. Die Fassade machte einen einladenden Eindruck, es gab nur wenige Fenster zur Straße. Eine Kamera hing über dem Eingang.

Anna schwieg. Ihr Blick wanderte vom Haus zu der Umgebung und zurück zum Haus. Hinter einem der Fenster war eine Silhouette auszumachen. »Sie sind schon da.«

Fast gleichzeitig mit ihren Worten wurde die Tür geöffnet.

»Hey, ihr.« Zane stand im Rahmen.

Auch er wirkte verändert, auch wenn Nick ihn noch nicht lange kannte und das schwer beurteilen konnte. In den letzten Tagen war er aber deutlich ruhiger gewesen als zuvor und hatte sich oft aus Gesprächen rausgehalten. Angeschossen zu werden hinterließ nicht nur körperliche Narben.

Sie betraten das Haus, und Zane schloss die Tür.

Die Einrichtung machte einen funktionalen Eindruck, als habe jemand den Katalog von Pottery Barn leer gekauft. Ein kurzer Flur mit Garderobe führte in einen weitläufigen Raum, der Wohnzimmer, Esszimmer und Küche beherbergte. Im Wohnzimmerbereich gab es eine Glasfront, die den Garten und die umgebende Mauer zeigte.

Die Möbel waren größtenteils in Weiß gehalten, es gab viel Pressholz und Glas. Schön anzusehen, aber billig.

Vermutlich hatte das FBI einfach ein Musterhaus übernommen, nachdem die übrigen Häuser in der Gegend verkauft worden waren.

Lynette saß auf dem anthrazitfarbenen Sofa. »Hat alles geklappt?«

Anna schaute zur Seite.

»Bestens«, sagte Nick.

Lynettes Blick blieb einige Sekunden lang auf ihr ruhen, bevor sie fragend zu ihm sah. Er schwieg, doch sie verstand auch so.

Für den nächsten Teil des Weges würde Anna Hilfe brauchen.

»Oben sind unsere Zimmer«, schaltete sich Zane ein. »Und irgendwer hat den Kühlschrank befüllt.«

Nick ging zur Küchenzeile und registrierte mit einem Lächeln, dass der Kaffee bereits aufgebrüht war. Endlich wieder guter Kaffee! Im Kühlschrank fand er zudem sein Lieblingsbier, was darauf schließen ließ, dass Mike sich um die Einkäufe gekümmert hatte.

»Auf jeden Fall wirst du nicht verdursten«, neckte Lynette ihn, als sie sein zufriedenes Lächeln bemerkte.

»Da steht auch Saft«, kommentierte Nick.

»Ich zeige dir die Zimmer«, sagte Zane, und kurz darauf verschwand er mit Anna nach oben.

»Was war los?«, fragte Lynette leise. Sie war aufgestanden und neben Nick getreten.

Mit einem Seufzen schloss er den Kühlschrank. »Anna war allein in ihrer Wohnung. Sie wollte es so.«

»Gut.«

»Sag das der Wohnung. Die ist jetzt Kriegsgebiet.«

»Dass sie überhaupt den Mut aufgebracht hat, alleine hineinzugehen, ist bemerkenswert.« Lynettes Stimme bekam einen nachdenklichen Ton. »Ihre Resilienz ist beachtlich. Andere würden tagelang zusammengekauert in einem Zimmer liegen und Schlaftabletten einwerfen. Dieser Konfrontation hätten sich nur sehr wenige gestellt.«

Sie gingen zur Couch und nahmen Platz.

»Und das bedeutet?«, wollte er wissen.

»Dass Anna die Kontrolle über ihr Leben zurückwill. Sie wird mit Albträumen, Panikattacken und Erinnerungen konfrontiert werden, aber eines kann ich dir versichern: Sie wird alles tun, um durchzuhalten. Und sie bleibt auf keinen Fall ruhig hier sitzen, während du dich in die nächste Schusslinie wirfst.«

»Du tust gerade so, als ob ich lebensmüde sei.«

Lynette schüttelte den Kopf. »Unsere Unbekannten haben dich herausgefordert.« Nun seufzte auch sie. »Keiner von uns will nur hier herumsitzen.«

Zane und Anna kehrten zurück und nahmen ebenfalls am Wohnzimmertisch Platz.

»Ich hoffe, du bist nicht wählerisch«, sagte Zane. »Ist nur noch ein Zimmer übrig.«

Nick winkte ab. »Wir werden nicht lange hier sein.«

»Gibt es eine neue Spur?«, kam es sofort hoffnungsvoll zurück.

»Die ganze verdammte Stadt sucht diese Dreckskerle«, sagte Nick. »Es ist unmöglich, dass sie uns entkommen.«

»Was hat Mike gesagt?«, fragte Lynette.

»Die Taskforce wurde vergrößert und arbeitet rund um die Uhr an der Auswertung der Verkehrsdaten, der forensischen Spuren aus dem Keller, dem Kino und dem Dampfer. Es ist ein Glück, dass ich den Entführer angeschossen habe. Irgendwo muss er sich behandeln lassen. Sollte er in einer Notaufnahme auftauchen, kriegen wir ihn.«

Lynette massierte sich den Nasenrücken, wo die Druckstellen ihrer Lesebrille zu sehen waren. Diese selbst lag auf dem Aktenstapel vor ihr. »Ich habe mir die Profile noch einmal angeschaut. Anhand der bisherigen Vorgehensweise der beiden Unbekannten gehe ich nicht davon aus, dass sie einen solchen Fehler machen.«

»Er hat bereits Fehler gemacht«, entgegnete Nick.

»Du hast ihm ein Schnippchen geschlagen und ihn kurz aus dem Takt gebracht, aber das ändert nichts an seiner Cleverness. Er hat sich als Harris ausgegeben, nur durch Zufall haben wir erfahren, dass wir es mit zwei Personen zu tun haben. Unterschätze ihn nicht. Er ist sehr intelligent.«

Anna zog die Knie an und umschlang sie mit ihren Armen. »Du sagst immer, ›er‹ ist schlau.«

Lynette nickte. »Ich glaube, dass der Anrufer das Mastermind ist, der Strippenzieher. Dass die zweite Person eher im Hintergrund bleibt, kann verschiedene Gründe haben.«

»Schutz?«, hakte Nick sofort nach.

»Du denkst an Natalies Vater und den Bruder«, begriff Lynette umgehend. »Es wäre eine Möglichkeit. Da wir die zweite Person nicht sehen konnten, kann ich das nicht gut genug einschätzen. Das wäre reine Spekulation, solange ich nicht mehr Fakten habe.«

»Vielleicht findet Nancy noch etwas.« Nick hielt große Stücke auf die Leiterin der Spurensicherung. »Ich habe Mike gebeten, den Dampfer und die Baustelle zu priorisieren. Das Kino und das *Crystal* waren vorbereitet. Aber auf dem Schiff habe ich ihn überrascht, war früher dort, als er es erwartet hat.«

Falls die Spurensicherung Blutspuren fand, konnten sie die DNA abgleichen. Aber auf so viel Glück wagte Nick nicht zu hoffen.

»Wie gut ist Mike?«, fragte Anna leise.

»Er ist der Beste«, erwiderte Nick. »Und er nimmt die Sache ernst. Er ist nicht einfach jemand, der die Zeit absitzt und Antreiber spielt. Falls etwas Wichtiges gefunden wird, werde ich davon erfahren.«

Es glich einem Wunder, dass Noriss ihn nicht sofort suspendiert hatte. Das Zurückhalten von Beweismaterial, die viel zu späte Information über die Fundorte. Einzig die Vermutung, dass unter den Polizisten des CPD ein Maulwurf war, und die Rettung von Anna hatten ihn davor bewahrt. Nicks Gesicht prangte auf jeder Zeitung, die Presse überschlug sich mit Lob. Er hatte eine der Ihren gerettet, eine Journalistin.

Damit war Nick aktuell unantastbar.

Und besaß mehr Freiheiten.

»Mike hat von mir neue Profile angefordert und erhalten«, erklärte Lynette. »Aber viel kann ich ihm nicht geben. Es ist das dritte Mal, dass ich alles neu analysieren muss.« Sie warf Nick einen durchdringenden Blick zu. »Auf jeden Fall kennt der Unbekannte das Vorgehen der Polizei und die Strukturen. Er weiß genau, wie wir arbeiten und wie er uns in die Irre führen kann. Insofern halte ich es für durchaus möglich, dass er tatsächlich jemanden ›in unserem Team hat‹. Ein Streifenpolizist mit hohen Schulden, jemand, den er erpresst. Alles ist möglich.«

Anna wirkte verkrampft, Zane saß ebenfalls in angespannter Haltung auf dem Sofa.

Die Probleme, die sich aus dieser Vermutung ergaben, waren so vielfältig, dass Nick kurz die Augen schloss und einmal tief durchatmen musste. »Es würde vieles erklären.«

Nach einem Augenblick der Stille sagte er: »Noriss und Mike wissen mittlerweile über alles Bescheid, sie werden vorsichtig sein. Eine interne Ermittlung läuft bereits im Hintergrund.«

Der sanfte Regen war zu einem beständigen Prasseln geworden. Vor dem Fenster war die Dämmerung heraufgezogen. Auf der Gartenmauer waren kleine Scheinwerfer angebracht, die sich jetzt einschalteten.

»Ich habe ebenfalls recherchiert«, schaltete Zane sich ein. »Es gibt alle möglichen öffentlichen Kameras. Wusstet ihr, dass es mehrere Webcams gibt, über die man via Livestream den Michigansee sehen kann?« Die Frage war rhetorisch, weshalb niemand antwortete. »Ich habe die verschiedenen Kameras mit einem Algorithmus analysiert und ab der Nacht, als ihr dort wart, eine Aufzeichnung laufen lassen.«

Was folgte, war eine Aneinanderreihung von Fachtermini, die Nick nichts sagten. »Und jetzt noch mal für uns Normalsterbliche?«

»Ich habe deine Leute ein wenig im Blick behalten«, erklärte Zane. »Und versucht, den Punkt auszumachen, an dem unsere Unbekannten an Land gegangen sind.«

»Und?«, fragte Anna.

»Keine Chance. Die müssen einen toten Winkel gewählt haben, um dann abzutauchen.«

Nick war kurz davor, frustriert die Faust auf den Tisch zu schlagen. Es musste doch einen Ansatz geben. Irgendeinen.

»Ich bleibe weiter dran«, sagte Zane. »Außerdem gehe ich gerade das digitalisierte Archiv der *Tribune* durch, um die alten Artikel zu prüfen. Damals wurde über Harris recherchiert, es gibt Bilder von Natalies Beerdigung und Porträts ihrer nächsten Angehörigen. Falls ich darin auf etwas Wichtiges stoße, sage ich euch Bescheid.«

Anna legte Zane dankbar die Hand auf die Schulter.

»Wie eng sieht Mike die Sache mit Noriss?«, wollte Lynette wissen.

»Solange ich keinen Skandal auslöse, hat er mir Spielraum gegeben«, erklärte Nick. »Mein Zugang auf die Datenbank wurde nicht gesperrt, und du bleibst natürlich Teil des Kernteams.«

Lynette nickte. »Ich stehe dir weiter zur Seite.«

Bei diesen Worten musste Nick lächeln. Er hatte längst realisiert, dass keiner der hier Anwesenden die Füße stillhalten würde. Sie wollten ihr Leben zurück, jeder von ihnen.

Sie beendeten das Gespräch und begannen damit, das Abendessen zuzubereiten. Mit Teamwork und Improvisation entstanden belegte Brote und Spiegeleier. Das beständige Regentrommeln machte sie alle müde, und nach dem Essen blieb nur Lynette zurück, um noch ein wenig die Akten zu wälzen.

In Nicks Zimmer befanden sich ein schmales Bett, ein Schrank und ein Schreibtisch. Mehr benötigte er auch nicht. Die Sporttasche mit seiner Kleidung stand neben der Tür.

Er ging hinüber zu Anna, deren Tür noch offen war. Zane hatte seine geschlossen.

»Kommst du klar?«, fragte er.

Anna überdachte ihre Antwort und nickte schließlich. »Seltsam. Zuerst hatte ich Angst vor einer neuen Umgebung, aber hier fühle ich mich wohler als in meiner eigenen Wohnung. Ich weiß noch nicht, ob ich überhaupt dorthin zurückkehren will.« Sie blickte nachdenklich aus dem Fenster in den Regen. »Das ist alles so unwirklich. Es gibt das Leben vor dieser Sache und das Leben danach.

Und beides passt nicht mehr zusammen. Irgendwie weiß ich noch nicht, wer ich jetzt bin.«

Wie gerne hätte er sie einfach in den Arm genommen.

Anna saß aufrecht im Bett, trug noch ihre Jeans und die Bluse. Ihre Haut war bleich, voller blauer Flecken und Kratzer. Die Müdigkeit hatte sich tief in ihr Gesicht gegraben. In ihren Augen erkannte er das Echo des Schreckens, des nahen Todes und der Hilflosigkeit.

»Gib dir Zeit«, sagte er heiser. »Es wird besser.«

Sie runzelte die Stirn. »Sprichst du da aus Erfahrung?«

Nick erwiderte ihren Blick. »Wir haben alle unsere Dämonen.«

Er nickte ihr noch einmal zu und verließ das Zimmer.

29. KAPITEL

Anna hatte lange wach gelegen und erwartet, dass die altbekannte Angst, die ihre Muskeln verkrampfen und sie ängstlich in die Schatten blicken ließ, zurückkehrte. Doch das Wissen, dass Nick, Zane und Lynette ganz nah waren, hatte ihr in der Nacht ein Gefühl von Sicherheit gegeben.

Ihre Zimmertür hatte sie nicht wie sonst verschlossen, sondern einen Spaltbreit offen gelassen. Der Gedanke, sich selbst einzusperren, wirkte jetzt eher bedrückend als schützend. Sie konnte es nicht benennen, doch etwas in ihr war anders. Vielleicht hatte die erneute Entführung irgendeinen inneren Schalter umgelegt. Vielleicht hatte sie zu viel Schmerz, zu viel Angst empfinden müssen. Vielleicht war es einfach ein Kellerraum zu viel gewesen.

Am Morgen weckte Anna der Klang von Lynettes und Zanes Stimmen. Das gelegentliche Klappern von Geschirr brachte sie zum Schmunzeln. Anscheinend bereiteten die beiden gemeinsam das Frühstück zu.

Eine Tür fiel ins Schloss. Kurz darauf lief Nick an ihrem Zimmer vorbei. Als er die offene Tür bemerkte, stockte er und erspähte sie durch den Spalt. Er stieß die Tür etwas weiter auf und klopfte an den Türrahmen.

»Guten Morgen. Das Bad ist frei.«

Sie nickte.

Aus seinen nassen Haaren perlten Wassertropfen und rannen über seine nackten Schultern. Er hatte sich ein Handtuch um die Hüften geschlungen. Da er das Pflaster nach dem Duschen entfernt hatte und noch kein neues trug, sah sie die frische Narbe auf seiner durchtrainierten Brust. Augenblicklich spürte sie ihre eigenen Wunden brennen.

»Konntest du einigermaßen schlafen?«, erkundigte Nick sich.

»Besser als im Krankenhaus«, erwiderte sie und schaltete die Nachttischlampe aus. »Allerdings hatte ich die ganze Nacht das Licht brennen. Die Dunkelheit tat mir nicht so gut.« Sie setzte sich auf. »Und du?«

»Ging so. Mir geht viel durch den Kopf.« Er lächelte zögernd. »Wir sehen uns gleich beim Frühstück.« Mit diesen Worten wandte er sich ab.

Anna stand auf, trat zum Fenster und schob die schweren Vorhänge zur Seite. Zwei FBI-Agenten in Regenjacken unterhielten sich auf dem Hof. Der Himmel war genauso grau und wolkenverhangen wie gestern.

Sie hatte noch nicht ausgepackt, nahm ihren Kulturbeutel aus dem Koffer und lief ins Bad. Der Raum war voller Dampf, der Duft von Duschgel lag in der Luft. Anna band ihre Haare zusammen, prüfte, ob die wasserdichten Pflaster noch richtig saßen, löste die Verbände an den Hand- und Fußgelenken und stellte sich unter den wohltuenden Wasserstrahl.

Ihre Haut war übersät mit blauen Blutergüssen, deren

Farbe allmählich ins Grün wechselte. An Abschürfungen und den leichteren Schnittwunden hatte sich Schorf gebildet. Sie betastete vorsichtig das Pflaster auf der kahlen Stelle auf ihrem Hinterkopf. Die Platzwunde war genäht worden, ebenso wie die tiefe Stichwunde auf ihrer rechten Bauchhälfte. Frühestens in zehn Tagen würde sie die Fäden gezogen bekommen. Die Schnitte auf der Stirn und am Kinn hatte der Arzt mit Kleber verschlossen.

Nach dem Duschen trocknete sie sich vorsichtig ab und löste dann die Pflaster, um sie durch neue zu ersetzen. In dem Moment klopfte es an der Tür.

»Anna?«, ertönte Lynettes Stimme.

Sie wickelte sich in ihr Handtuch und schloss die Tür auf.

»Himmel, hier sieht man ja kaum noch die eigene Hand vor Augen«, sagte Lynette beim Eintreten, lief zu dem kleinen Fenster und kippte es, damit der Dampf entweichen konnte. »Die Männer haben Hunger, wollen aber mit dem Frühstück auf dich warten.«

»Ich beeile mich«, versprach Anna und versuchte, sich das Handgelenk neu zu verbinden.

»Darf ich dir helfen?«, fragte Lynette.

Anna seufzte. »Das wäre nett. Wenn man nur eine Hand zur Verfügung hat, ist das gar nicht so leicht.«

»Die haben dich ja bestens ausgestattet«, sagte Lynette und warf einen Blick in die Tasche, die Anna im Krankenhaus für ihre Selbstversorgung erhalten hatte. »Wie fühlst du dich?«

»Den Umständen entsprechend«, erwiderte sie. Zu ihrer

eigenen Verwunderung machte es ihr nichts aus, dass Lynette sie beim Anlegen des Verbandes berührte.

Sie fixierte ihn mit einem Pflaster und sah Anna in die Augen. »Es war tapfer von dir, deine Wohnung gestern allein zu betreten. Ich finde es gut, dass du dein Leben wieder selbst in die Hand nehmen willst. Aber gestehe dir auch Rückschläge zu. Deine Psyche wird dir Streiche spielen. Stelle es dir wie bei einem gebrochenen Bein vor. Wenn du es vorschnell und zu stark belastest, bleibt das nicht ohne Folgen. Also überfordere dich nicht.«

Anna atmete tief durch. »Ich gebe mir Mühe. Aber ich kann nicht nur stillsitzen und abwarten. Jetzt ist auch noch mein Dad in Gefahr. Es reicht einfach.«

Lynette seufzte und nickte gleichzeitig.

»Sag Nick und Zane, sie können schon mit dem Essen anfangen«, bat Anna sie. »Ich muss noch die Verbände an meinen Fußgelenken erneuern und mich anziehen. Dafür brauche ich noch ein bisschen.«

»Okay.« Lynette lächelte sie an und verließ den Raum.

Nachdem Anna alle Wunden versorgt hatte, putzte sie sich die Zähne. Sie spülte den Mund aus und nahm das Antibiotikum und ein Schmerzmittel ein. Dann lief sie in ihr Zimmer und zog sich an. Sie wählte eine weit geschnittene schwarze Stoffhose, die nicht auf ihrer geschundenen Haut rieb. Auch bei der Wahl ihrer Bluse achtete sie auf weich fließendes Material.

Schon auf dem Weg nach unten drang ihr der Duft von Kaffee in die Nase. Als sie Nick, Zane und Lynette gemeinsam am Esstisch sitzen sah, spürte sie eine angenehme Wärme im Brustkorb, ein Gefühl der Geborgenheit.

»Da bist du ja endlich«, begrüßte Zane sie und goss Kaffee in die für Anna vorgesehene Tasse. Seine struppigen blonden Haare standen in alle Richtungen ab.

»Guten Morgen.« Sie setzte sich neben ihn. »Habt ihr gerade schon irgendetwas besprochen, von dem ich wissen muss?«, erkundigte sie sich und schmierte sich Marmelade auf ein Toastbrot.

»Ich muss ins Revier zur Lagebesprechung«, sagte Lynette.

»Ruf mich bitte an, wenn sich etwas Neues ergibt«, warf Nick ein und wandte sich dann an Anna. »Ich fahre gleich zu den Walshs.« Er stockte, rieb sich die Stirn. »Ich weiß, dass du gerne mit mir mitkommen willst, aber Natalies Vater und Bruder sind Verdächtige. Ich kann nicht einschätzen, wie sie auf unser Auftauchen reagieren werden. Wenn sie tatsächlich irgendwie an deiner Entführung beteiligt waren, könnte es gefährlich werden.«

Anna schluckte. »Ich weiß. Trotzdem bleibe ich auf keinen Fall hier und warte ab, was als Nächstes passiert. Ich komme mit dir.«

Nick sah zu Lynette, die ihm kaum merklich zunickte. Er lehnte sich zurück und sah Anna nachdenklich an. »Also gut.«

»Ich recherchiere weiter die alten Presseberichte«, meldete sich Zane zu Wort. »Die Überwachungsaufnahmen der Tiefgarage sehe ich mir auch noch mal an. Die Identität des Fotografen muss doch irgendwie herauszufinden sein.«

»Gut«, sagte Nick erneut. »Wir haben unsere Nummern ausgetauscht. Also ruft an, falls ihr auf etwas Wichtiges stoßt.« Er stand auf. »Ich drängle nur ungern, aber …«

»Schon gut, ich bin startklar«, entgegnete Anna und stopfte sich den Rest des Toastbrotes in den Mund. Mit einem letzten Schluck Kaffee spülte sie nach und folgte Nick zur Tür.

Im Flur nahm er ihre Jacke vom Haken und reichte sie ihr, bevor er sich seine überstreifte. »Bist du dir ganz sicher, dass du das wirklich durchziehen willst?«

»Ja.« Sie trat vor ihm nach draußen.

Als sie in den SUV stiegen, nickten die FBI-Agenten ihnen zu. Nick bog aus der Einfahrt und gab Gas. Anna entging nicht, wie wachsam sein Blick war. Immer wieder überprüfte er in Rück- und Seitenspiegeln, ob sie verfolgt wurden.

»Wenn uns jemand in unserer Jugend gesagt hätte, dass wir uns eines Tages gemeinsam in einer derart bedrohlichen Situation befinden, hätten wir denjenigen für verrückt erklärt«, sagte sie.

Er warf ihr einen kurzen Blick zu, wirkte nachdenklich. »Das stimmt.«

Sie betrachtete sein Profil. Nicks Gesicht war markanter als früher, und die Wangen lagen im Schatten des Dreitagebarts. Trotzdem konnte sie den Jungen, in den sie sich einst verliebt hatte, noch in ihm erkennen.

»Es tut mir leid, Nick«, flüsterte sie.

Er sah wieder zu ihr und runzelte die Stirn. »Was meinst du?«

»Du bist nur meinetwegen in dieser Situation. Ich habe dich angerufen. Hätte ich den Brief einfach der hiesigen Polizei gemeldet, dann …«

»Anna«, unterbrach er sie. Er fuhr rechts ran, drehte sich zu ihr und legte die Hand auf ihre Schulter. »Hör auf, dich für das, was passiert, schuldig zu fühlen. Als ich von deiner ersten Entführung erfahren habe, bin ich die Akte des Falls akribisch durchgegangen. Das FBI war auf der Suche nach Harris, und ich hätte so oder so erfahren, dass er angeblich wiederaufgetaucht ist. Ich versichere dir, auch wenn du dich nicht an mich gewandt hättest, wäre ich jetzt hier.«

Ihre Kehle brannte. Sie spürte die Tränen aufsteigen. Nicks Worte bewegten sie zutiefst, aber sie wusste nicht, wie sie damit umgehen sollte.

Er streckte die Hand nach ihrem Gesicht aus. Doch bevor er sie berührte, hielt er inne, als erwartete er, dass sie zurückwich. Da sie sich nicht bewegte und auch sonst nicht wirkte, als wolle sie ihn abwehren, strich er ihr sanft mit dem Zeigefinger eine Träne von der Wange.

»Ist das dann jetzt geklärt?«, fragte er.

Sie brachte kein Wort über die Lippen. Ihre Antwort war nur ein Nicken.

Er neigte den Kopf zur Seite, musterte sie. »Okay. Dann lass uns die Scheißkerle gemeinsam drankriegen.«

Anna umklammerte mit ihren Händen den Gurt. Als ihr klar wurde, wie intensiv sie Nick ansah, wandte sie sich ab und starrte aus dem Seitenfenster, ohne wirklich etwas zu sehen. Die Scheibe war mit Regentropfen gesprenkelt, die der Fahrtwind nach und nach vom Glas blies.

Während der restlichen Fahrt schwiegen sie. Doch es war eine einvernehmliche, keine unangenehme Stille. Vermutlich ging Nick gedanklich die bevorstehende Begegnung mit Natalies Familie durch. Und auch Anna grübelte darüber nach, wie sie dem Vater und dem Bruder ihrer ehemals besten Freundin gegenübertreten sollte. Erneut erinnerte sie sich, wie ihr Bruder bei Natalies Beerdigung auf Anna reagiert hatte.

Nick fuhr in eine Tiefgarage, die zu einem fünfstöckigen Bürogebäude gehörte.

»Was tun wir hier?«, erkundigte sie sich verwundert. »Ich dachte, wir fahren zu Natalies Elternhaus.«

»Ihr Vater und ihr Bruder sind beide Immobilienmakler. Ich hoffe, dass wir sie zusammen im Büro antreffen.«

Sie parkten und verließen den Wagen.

Anna folgte Nick zum Fahrstuhl. Er drückte den Schalter, neben dem ein Aufkleber auf das Immobilienbüro *Walsh & Son* hinwies. Sie fuhren ins zweite Stockwerk, gelangten in einen Vorraum und schließlich zum Eingang der Maklerbüros. Der Empfangstresen war nicht besetzt, jedoch stand das erste Büro entlang des kurzen Ganges offen, und sie traten näher. Neben der Tür hing ein Schild mit dem Namen von Natalies Vater. Der schmächtige Mann saß hinter einem bulligen Schreibtisch und sah auf, als er ihre Anwesenheit bemerkte.

»Guten Tag, wie kann ich Ihnen helfen?« Er stand auf und kam auf sie zu. Dann stoppte er abrupt in der Bewegung, als er Anna erkannte.

»Mr. Walsh.« Nick hielt ihm die Hand hin. »Ich bin

FBI-Agent Coleman und würde Sie gern zu einer dringenden Angelegenheit befragen.«

Ohne sie aus den Augen zu lassen, ergriff er zögernd Nicks Hand. Anna fühlte sich so gelähmt, wie er wirkte. Gleichzeitig war sie froh, dass Mr. Walshs Stimme nicht wie die ihres Entführers klang. Auch die Statur passte nicht, er war deutlich schmaler.

»Stimmt es?«, fragte er, nachdem er sich von ihrem Anblick losgerissen hatte. »Edward Harris ist tot?«

»Ja«, bestätigte Nick. »Ist Ihr Sohn zu sprechen?«

Natalies Vater räusperte sich und ging zu der Tür, die er, ohne zu klopfen, öffnete. »Robert, kannst du bitte mal kommen?«

Kurz darauf betrat sein Sohn den Raum, dessen Statur Anna ebenfalls umgehend abscannte und Vergleiche zog.

»Robert Walsh?«, fragte Nick.

Er erhielt keine Antwort, da Annas Anblick ihn ebenso offenkundig schockierte wie zuvor seinen Vater. Seine Nasenflügel blähten sich. Er schnaufte abfällig.

Alles in Anna schrie danach, diesen Ort möglichst schnell wieder zu verlassen. Doch sie hielt seinem Blick stand, versuchte, in seiner Mimik etwas Verräterisches zu lesen. Die Augen ihres Entführers waren blau gewesen, die von Natalies Bruder hingegen grau. Allerdings gingen Nick und Lynette davon aus, dass er zur Verschleierung farbige Kontaktlinsen getragen haben könnte. Seine Statur passte.

»Was wollen Sie?«, stieß er aus.

Anna merkte erst, dass sie unbewusst die Luft angehalten hatte, als sie ihr jetzt keuchend entwich. Seine Stimme war wesentlich tiefer als die ihres Entführers.

Nick und sie tauschten einen vielsagenden Blick.

»Agent Coleman, FBI«, stellte er sich erneut vor.

»Ich hatte bereits vor einer halben Stunde einen Anruf von einem Ihrer Kollegen und habe all unsere Termine der letzten Tage durchgegeben.« Robert machte einen Schritt auf Nick zu. »Sie können das gern überprüfen und sich vergewissern, dass wir glaubhafte Alibis haben. Und jetzt möchte ich Sie bitten zu gehen.« Er sah Anna voller Verachtung an.

»Vergeben Sie Robert seine unbeherrschte Art«, entschuldigte sich sein Vater für den Auftritt und warf seinem Sohn einen rügenden Blick zu. »Die Vergangenheit holt uns gerade wieder ein, und mit dem FBI haben wir in Natalies Fall keine sehr guten Erfahrungen gemacht.«

Nick verengte die Augen. »Inwiefern?«

»Wir haben damals kaum Informationen zu den Ermittlungen erhalten. Nur dank unseres Nachbarn wurden wir zumindest nicht gänzlich mit der Situation alleingelassen. Er hat psychologischen Beistand für uns organisiert, sonst hätten wir das vermutlich nicht durchgestanden.«

»Ihr Nachbar?« Nicks Augen verengten sich zu Schlitzen.

Mr. Walsh nickte. »Captain Hooker.«

30. KAPITEL

Nick fiel es schwer, bei den Worten von Mr. Walsh keine Miene zu verziehen.

»Captain Hooker«, wiederholte er, um Zeit zu gewinnen und seine Gedanken zu ordnen.

»Das sagte er gerade«, mischte sich Robert Walsh wieder ein. »Wieso sprechen Sie nicht einfach mit ihm?« Mit einem wütenden Blick in Richtung Nick und einem geradezu hasserfüllten auf Anna trat er ans Fenster und wandte ihnen den Rücken zu.

»Die letzten Tage haben uns zu schaffen gemacht«, verwies Mr. Walsh erneut auf die Ereignisse. »Zuerst hieß es, Edward Harris sei zurück. Können Sie sich vorstellen, was das für uns bedeutet hat? Dann kam die Nachricht, er sei ermordet worden. Ein ziemliches Auf und Ab.«

Natalies Vater gab sich beherrscht, doch Nick konnte an winzigen Details erkennen, wie es wirklich um ihn stand. Der flatternde Blick, die trüben Augen, die fahrigen Gesten seiner Hände.

»Mr. Walsh«, begann Anna.

»Mit Ihnen sprechen wir nicht!«, blaffte Robert.

Nick hatte mächtig Lust, den verdammten Kerl am Kragen zu packen und mal ordentlich durchzuschütteln.

Doch Anna ignorierte ihn. Ihre Stimme war ruhig und sachlich. »Mr. Walsh, ich werde nicht versuchen, erneut über die damaligen Ereignisse zu sprechen. Das habe ich bereits zur Genüge. Ich verstehe Ihren Hass.« Sie blickte zu Robert. »Vielleicht begreifen Sie eines Tages, wer der wirklich Schuldige ist.« Robert setzte zu einer Tirade an, aber Anna sprach einfach weiter. »Es stimmt, Edward Harris ist tot. Dieser Albtraum ist uns allen von der Seele genommen. Doch jetzt gibt es jemanden, der in allen Beteiligten der damaligen Suche einen Feind sieht.«

»Sie haben es verpfuscht!« Robert trat wieder zu ihnen.

»Und deshalb den Tod verdient?«, fragte Anna. »Detective Johnson hat damals sein Bestes getan. Dafür starb er in einer Badewanne, in seinem eigenen Blut liegend. Ich fange gar nicht erst von den jungen Deputys an, die Familie hinterlassen. Wenn Sie jemanden hassen wollen, Robert, dann soll es so sein. Aber ein kaltblütiger Killer ist außer Kontrolle. Und wir müssen ihn finden.«

Zum ersten Mal erkannte Nick Risse in der Fassade von Natalies Bruder. Der Schmerz, der für eine Sekunde sichtbar wurde, war nur allzu vertraut. Jeder in diesem Raum kannte ihn.

»Stellen Sie Ihre Fragen«, sagte Robert schließlich, die Arme vor der Brust verschränkt.

Mr. Walsh nickte. »Ich war lange Zeit sehr wütend auf Sie.« Er warf Anna einen durchdringenden Blick zu. »Aber am Ende war da nur noch Traurigkeit. Natalie hat uns immer wieder Bilder geschickt. Sie beide waren darauf.

Lachend, tanzend, lernend.« Er schluckte hart. »Vermutlich werde ich Ihnen niemals ganz verzeihen können, mag es auch unlogisch sein, aber so empfinde ich eben. Aber diese Entführung, dieses zweifache Grauen, das haben Sie nicht verdient. Niemand hat das. Und es tut mir leid, dass Ihnen das passiert ist. Fragen Sie uns, was Sie möchten, Agent Coleman.«

Nick würde die Alibis überprüfen, falls Mike das nicht bereits getan hatte, doch er glaubte nicht länger daran, dass die beiden mit der Entführung und den Morden in Verbindung standen.

»Captain Hooker hat Ihnen damals Informationen zukommen lassen?«, hakte Nick nach.

»So ist es«, bestätigte Mr. Walsh. »Anfangs hatten wir ja immer wieder auf dem Revier angerufen, aber Detective Johnson war immer ›beschäftigt‹. Also haben wir uns in unserer Not an Captain Hooker gewandt. Er wohnte in unserer Straße.«

»Sie kannten ihn persönlich?« Nicks Puls beschleunigte sich, doch er hielt sein Pokerface aufrecht.

Sein Blick schnellte zu Anna. Sie war ebenfalls beherrscht, auch in ihrem Beruf war das notwendig. Doch er kannte sie gut genug. Sie war mindestens genauso aufgeregt wie er.

»Das sagte er doch«, mischte sich Robert wieder ein, mittlerweile nicht mehr aggressiv, eher genervt. »Captain Hooker wohnte in unserer Straße. Als Kinder haben wir ihm immer zugewinkt, wenn er vorbeigefahren ist oder vom Dienst nach Hause kam. Damals war er natürlich noch kein Captain. Ob man das persönlich nennen kann, weiß ich nicht.«

»Es war hier und da ein freundliches Gespräch, Small Talk, nicht viel mehr«, erklärte Mr. Walsh. »Bis Natalie verschwand. Ich nehme an, dass er großen Anteil nahm. Zudem waren es seine Kollegen, die ermittelten.«

»Können Sie mir sagen, welche Informationen er mit Ihnen teilte?«

»Das ist doch wohl das Letzte!«, ereiferte sich Robert. »Wollen Sie jetzt ihrem eigenen Kollegen ans Bein pinkeln, weil er uns geholfen hat?«

Nick seufzte schwer. »Indem ich diese Befragung führe und niemand von der internen Dienstaufsicht, tue ich Captain Hooker etwas Gutes. Also sparen Sie sich endlich Ihren Trotz.« Er legte eine gewisse Schärfe in seine Stimme, die Robert hoffentlich als Warnschuss interpretierte.

»Er gab uns nie Details zu den Ermittlungen«, antwortete Mr. Walsh schnell, um zu deeskalieren. »Nur wenn eine neue Spur aufgetaucht war, teilte er uns mit, dass es voranging. Oder eben nicht. Er war recht offen, nannte aber keine Details.«

Es klang tatsächlich, als würde sich ein besorgter Bekannter ein wenig kümmern wollen. Trotzdem kam Nick die Sache seltsam vor. Ausgerechnet der Captain des CPD wohnte in der gleichen Straße wie Familie Walsh.

»Und das ist vollkommen in Ordnung«, sagte Nick mit einem Seitenblick auf Robert. »Haben Sie ihn während der aktuellen Situation kontaktiert?«

Er bemerkte aus den Augenwinkeln, dass Anna kurz zusammenzuckte. Doch sie hatte sich sofort wieder unter Kontrolle.

»Natürlich!«, rief Robert. »Es ging um Harris, verdammt noch mal.«

»Wir haben ihn auf dem Revier angerufen«, bestätigte Mr. Walsh. »Wir hofften so sehr, dass Edward Harris dieses Mal erwischt wird. Er konnte uns jedoch nichts zu den Ermittlungen sagen, und letztlich erfuhren wir durch die Presse, dass der Mörder meiner Tochter selbst zum Opfer wurde.«

»Dieses Schwein hat es verdient, aufgeschlitzt zu werden«, stieß Robert aus. »Wir sind die perfekten Verdächtigen, nicht wahr? Was wollen Sie uns denn noch antun?«

»Es ist vorbei«, flüsterte Mr. Walsh. »Endlich. Was auch immer noch geschieht, ich möchte damit nichts mehr zu tun haben. Prüfen Sie unsere Alibis. Und vielleicht gelingt es Ihnen ja dieses Mal, den Verantwortlichen zu schnappen.«

Die Worte leiteten das Ende des Gesprächs ein, Nick konnte spüren, dass Mr. Walsh nichts mehr beitragen wollte.

»Ich danke Ihnen für die Kooperation«, sagte er. »Und ich hoffe, Sie finden Ihren Frieden.«

»Leben Sie wohl«, verabschiedete sich auch Anna.

Sie verließen das Büro und kehrten zurück in die Tiefgarage. Nick startete den Motor. Auf der Fahrt zurück regnete es noch stärker als zuvor.

»Das darf doch nicht wahr sein«, entfuhr es Nick.

»Ich habe Hooker nie getroffen«, sagte Anna. »Passt seine Stimme?«

»Ehrlich gesagt, weiß ich es nicht«, erwiderte Nick. »Der Captain würde von der Statur her passen. Aber die Stimme … Ich bin mir nicht sicher.«

»Aber es wäre möglich?«, hakte Anna nach.

Er zuckte mit den Schultern. »Theoretisch, ja.«

Wie immer um die Mittagszeit herrschte reger Verkehr und es ging nur gemächlich voran. Das Büro von Mr. Walsh und seinem Sohn lag in einem Teil der Stadt, in dem es von Firmen nur so wimmelte. Viele Angestellte waren auf dem Weg zu einem schnellen Lunch außerhalb des Büros.

Sie fuhren schweigend, jeder hing seinen Gedanken nach.

Unweigerlich fragte sich Nick, was geschehen wäre, hätte er die Information zum Kino weitergegeben oder das zugeschickte Handy gemeldet. Wäre der Unbekannte dann gewarnt worden?

»Hooker«, sagte er nur, noch immer fassungslos.

Anna schwieg weiter, starrte durch die Scheibe hinaus in den Regen.

Sie erreichten das Safe House. Nick wartete, bis das Gittertor zurückgefahren war, und parkte den Wagen in der Einfahrt.

Als er die Tür aufschloss, stieg ihm der Duft von frischem Kaffee in die Nase. Lynette war von der Besprechung zurück, saß in dem Sessel im Wohnzimmer und studierte eine Akte.

Bei Nicks Eintreten legte sie die Papiere beiseite und nahm die Lesebrille ab. »Wie ist es gelaufen?«

Anna schloss die Tür hinter ihnen. »Anders als erwartet.«

Sie legten die Jacken ab, und Nick holte Tassen aus dem Schrank. »Du auch?«

Anna nickte. »Ja, bitte.« Sie rief nach Zane.

»Beeilt euch«, sagte Lynette. »Vermutlich fließt durch Zanes Adern nur noch Koffein.«

»Das habe ich gehört.« Zane kam die Treppe hinunter und warf sich auf die Couch. »Wenn keiner mehr da ist, koche ich neuen.«

»Es reicht noch für uns alle«, sagte Nick.

Er schob Anna eine der Tassen zu, die beiden anderen reichte er Lynette und Zane, bevor er den Rest in seine goss.

Als sie alle saßen, berichtete er, ergänzt von ein paar Einwürfen von Anna, von dem Gespräch mit den Walshs.

»Hooker also.« Lynette blickte fassungslos zwischen den beiden hin und her. »Aber das ist doch unmöglich. Ich meine, er ist der Captain.«

Nick erkannte an ihrem Blick, dass sie gedanklich überprüfte, ob das von ihr erstellte Profil des Entführers auf Hooker passte.

Zane eilte nach oben und kehrte kurz darauf mit dem Laptop zurück. Seine Finger rasten über die Tastatur.

»Es ist das erste Mal, dass ich mit ihm zusammenarbeite«, erklärte Nick. »Deshalb weiß ich tatsächlich nicht viel über ihn.«

»Ist bei mir auch so«, ergänzte Anna. »Ein Kollege aus dem Büro hat mal ein Interview mit ihm geführt, aber das war es auch schon.«

»Er sitzt bei jeder Morgenbesprechung der Taskforce mit am Tisch«, sagte Lynette. »Mike leitet das Ganze, aber Hooker ist voll eingebunden.«

»Was nicht ungewöhnlich ist«, merkte Nick an. »Ein Captain muss bei einem solchen Fall über jedes Detail Bescheid wissen. Die Reporter grillen ihn sonst auf der Pressekonferenz. Und wehe, es geht etwas schief.«

»Das kann ich bestätigen.« Anna trank bedächtig einen Schluck Kaffee. »Dass er sich informiert, finde ich auch nicht ungewöhnlich, aber dieser Kontakt zu den Walshs kann kein Zufall sein.«

»Er ist ein durchsetzungsstarker Mann, ein Macher«, sagte Lynette nachdenklich. »Andernfalls hätte er niemals bis zum Captain des Reviers aufsteigen können. Hooker ist mit dem Polizeipräsidenten vertraut und genießt die Loyalität seiner Leute.« Sie atmete schwer aus. »Solch einen Verdacht können wir nicht einfach vorbringen. Das ist selbst für die Dienstaufsicht eine Nummer zu hoch. Wenn wir uns irren, könnte allein die Presse seine Karriere ruinieren, und dann wären auch wir erledigt. Bevor wir das gegenüber jemandem auch nur erwähnen, benötigen wir Beweise. Und zwar unanfechtbare.«

Zanes Finger kamen zum Stillstand, was sofort alle Aufmerksamkeit auf ihn lenkte. »Captain Miles Hooker, vierundfünfzig Jahre alt. Wurde vom Polizeipräsidenten vor zwei Jahren ernannt. Mehrfach dekoriert. Offiziell gilt er als hart, aber fair. Genießt sogar unter Reportern großen Respekt, weil er geradeheraus Dinge anspricht und bereit ist, auch Fehler zuzugeben.« Zane blickte auf. »Blütenweiße Weste.«

»Können wir seine Personalakte einsehen?«, fragte Anna.

Nick schüttelte den Kopf. »Aus mehreren Gründen nicht. Zum einen dürften Lynette und ich euch keinen Zugriff darauf gewähren. Damit würden wir ein Dutzend Paragrafen verletzen. Zum anderen wird jeder Datenzugriff auf Personaldateien erfasst. Falls Hooker tatsächlich einer der beiden Entführer ist oder mit ihnen zusammenarbeitet, würde er das zweifellos merken.«

Anna rieb sich die Stirn. »Wenn er dafür verantwortlich ist, darf er nicht davonkommen, nur weil er unantastbar ist!«

»Hey, ich bin hier nicht der Feind«, erwiderte Nick.

»Tut mir leid.« Sie atmete einmal tief ein und aus.

»Er kommt nicht davon. Falls er schuldig ist. Aber warum sollte ein hochdekorierter Captain etwas mit alldem zu tun haben? Selbst wenn er Natalies Familie kannte und ihr Tod ihn persönlich mitnimmt, ist das doch kein ausreichender Grund. Wir brauchen mehr Informationen. Die Frage ist, wie wir sie bekommen.«

»Möglicherweise gäbe es da eine Chance.« Lynette schenkte jedem einen kurzen Blick. »Bei der Besprechung heute Morgen kam auch Nancy Pane zu Wort. Die Spurensicherung hat im Kino DNA-Spuren gefunden. Grundsätzlich ist das nicht verwunderlich, schließlich müssen dort zahlreiche Besucher ein und aus gegangen sein.«

»Die Studenten werden kaum alles besenrein hinterlassen haben, als es zur Schließung kam«, merkte Zane an.

Anna lächelte. »Zu meiner Zeit haben wir jeden Abend sauber gemacht.«

»Sie haben Hunderte von DNA-Spuren gefunden«, sprach Lynette weiter. »Falls Hooker dahintersteckt und im Kino war …«

»Einen Versuch ist es wert.« Nick ging in Gedanken bereits alle Optionen durch. »Obwohl ich glaube, dass er zu schlau dafür ist. Als Polizist weiß er, wie man keine Spuren hinterlässt.«

»Aber wie kommen wir an seine DNA?«, fragte Zane. »Oder wird die irgendwie automatisch hinterlegt, wenn man Polizist wird?«

»Sicher nicht«, verneinte Nick. »Aber er hält sich den ganzen Tag im Revier auf. Da muss es doch eine Möglichkeit geben.«

»Mike?«, fragte Lynette.

»Ihn können wir auf keinen Fall mit hineinziehen.« Nick schüttelte den Kopf. »Das müssen wir selbst erledigen.«

»Wie?«, fragte Zane.

»Ich kümmere mich darum«, antwortete Nick. »Schließlich steht eh noch ein persönliches Gespräch zwischen Hooker und mir aus. Er will eine Stellungnahme, weil ich Informationen zurückgehalten habe.«

Lynette seufzte. »Dann lass mich wenigstens dabei sein, um für Ablenkung zu sorgen.«

Nick zuckte mit den Schultern. »Auf jeden Fall wäre es nicht ungewöhnlich, wenn du anwesend bist.« Sein Blick glitt zu Anna, die nachdenklich in ihrem Kaffee rührte. »Alles klar?«, fragte er.

»Mir ist nur gerade ein Gedanke gekommen«, murmelte sie. »Ihr seid ja sowieso beschäftigt mit eurem DNA-Diebstahl. In der Zwischenzeit werde ich etwas überprüfen.« Sie stand auf und lief die Treppe hinauf. »Zane, ich brauche deine Hilfe.«

Er folgte ihr umgehend.

»Also dann, legen wir los.« Lynette klatschte in die Hände.

Sie machten sich auf den Weg zum Revier. Doch obgleich viel für Nick auf dem Spiel stand, wanderten seine Gedanken immer wieder zu Anna. Was hatte sie vor?

31. KAPITEL

»Ich nehme an, du hast dein ganzes IT-Equipment in deinem Zimmer?«, erkundigte sich Anna bei Zane.

Er nickte.

»Gut, dann komme ich gleich zu dir. Ich hole nur noch schnell meinen Laptop und das Smartphone.« Sie bog in ihr Zimmer ab.

»Wobei soll ich dir helfen?«, fragte Zane. Er lehnte sich gegen den Türrahmen und wartete.

Anna trat zum Fenster und beobachtete Nick und Lynette dabei, wie sie in ihre Autos stiegen und losfuhren. Sie wollte Nick nicht in den Rücken fallen. Aber er war Agent und sie Journalistin. Auch wenn er ihr nicht alle Informationen zur Verfügung stellen durfte, hieß das noch lange nicht, dass sie das hinnehmen musste. Sie hatte andere Möglichkeiten. In diesem speziellen Fall war sie auf Zanes Fähigkeiten angewiesen.

»Nick darf uns keinen Zugriff auf Captain Hookers Personalakte geben. Aber ich muss sie sehen.«

»Warum? Reicht es nicht, wenn Nick das macht?«

Anna sah Zane eindringlich an. »Dann würde Hooker es merken, das wäre keine gute Idee. Es gibt da etwas, das ich überprüfen will. Kannst du dich einhacken?«

Er grinste.

»Nick meinte, es wird nachverfolgt, wer auf die Daten zugreift. Gibt es eine Möglichkeit, das zu blockieren?«

Zane grinste noch breiter. »Lass mich mal machen.« Er stieß sich vom Türrahmen ab.

Anna nahm den Laptop und das Smartphone an sich und folgte ihm bis zum Ende des Ganges in sein Zimmer. Er ließ sich im Schneidersitz auf dem Fußboden nieder und begann mit der Arbeit. Sie setzte sich zu ihm und lehnte sich mit dem Rücken gegen Zanes Bett. Ihren Laptop stellte sie auf ihre Knie und rief die alte Akte ihres Falls von vor drei Jahren auf, um nach der Erwähnung von Hooker zu suchen.

»Wie gehst du vor?«, fragte sie Zane.

»Das ist relativ simpel. Ich gehe auf die Website des Dezernats des CPD und ziehe mit einem Crawler alle Mailadressen. Mit einem zweiten Crawler bekomme ich die persönlichen Vorlieben der Mitarbeiter heraus. Je nach Vorliebe werden passende Mails verschickt. Ein Hundeliebhaber bekommt eine mit Welpenfotos und einem Link zu einem vermeintlichen Gewinnspiel. So gehen über hundert Mails raus, natürlich über VPN verschlüsselt. Irgendwer wird sich hinreißen lassen und auf den Link klicken. Dadurch wird ein JavaScript im Browser ausgeführt, wodurch ich Zugang auf den Browser habe und einen Keylogger installieren kann, der mir vollen Zugriff ermöglicht. Natürlich wird intern vermerkt, wer Hookers Akte einsieht, aber das ist dann eben die Sekretärin oder irgendein Deputy. Am Ende lade ich alle

Falldaten und kappe die Verbindung. Der VPN-Server speichert keinerlei IP, das Protokoll wird gesäubert. Und weg sind wir.«

»Das klingt wirklich gut.«

Zane lachte. »Das nächste Mal baue ich mehr Fachchinesisch ein und teste, ob du nach dem dritten Satz noch zuhörst.«

Die nächsten Minuten erfüllte sein Tastaturgeklapper den Raum.

Anna öffnete ihre Fallakte auf dem Rechner, deren Kopie sie damals dank ihres Anwalts erhalten hatte. Sie überflog die Zeilen. Vielleicht fiel ihr noch irgendetwas Neues auf.

»Nun heißt es warten«, verkündete Zane nach einer Viertelstunde. »Ich habe den Haken ausgeworfen und jetzt muss jemand anbeißen. Ich tippe auf Sanderson, der ist ein totaler Fitnessfanatiker, und ich habe ihm eine Mail mit einem Sonderangebot für ein neues Eiweißpräparat geschickt. Doppelte Muskeln innerhalb von zwei Wochen.« Er rückte zu Anna und lehnte sich ebenfalls mit dem Rücken ans Bett.

»Ich komme hier nicht weiter«, erwiderte sie, seufzte und stellte ihren Laptop neben sich ab.

»Nick und Lynette sind inzwischen sicherlich beim Revier angekommen«, sagte Zane mit Blick auf seine Armbanduhr. »Mal schauen, ob sie etwas erreichen.«

»Ich kenne Hooker nicht, grüble die ganze Zeit über ihn nach. Weshalb sollte er sich für Natalies Tod an mir rächen wollen? Ich meine, in welcher Verbindung steht er zu ihr? Die Walshs kennen ihn doch nur oberflächlich als Nachbarn.«

»Kannst du im Nachhinein zusammentragen, zu welchen Zeiten der Entführer immer bei dir war? Dann könnten wir das mit Hookers Anwesenheit im Revier vergleichen.«

Sie schüttelte den Kopf. »Im Keller war es stockdunkel. Ich habe nicht mitbekommen, ob es Tag oder Nacht war. Außerdem war ich mehr als einmal bewusstlos.«

»Deine Befreiung auf dem Schiff hat mitten in der Nacht stattgefunden. Da war er auf keinen Fall im Department, sondern bestenfalls in seinem Bett.«

»Du glaubst, er könnte der zweite Mann sein?«, hakte Anna nach.

Zane zog die Beine an, stützte die Ellenbogen auf die Knie und verwuschelte mit den Fingern sein ohnehin schon zerzaustes Haar. »Ich hab keine Ahnung. Wir tappen völlig im Dunkeln. Einer der Dreckskerle stand direkt vor mir. Aber er war vermummt, und alles ging so rasend schnell.«

Anna sah Zane entschuldigend an. Sein Zusammentreffen mit dem Unbekannten hatte ihn beinahe das Leben gekostet. »Hast du realisiert, was passiert ist, bevor er auf dich geschossen hat?«, fragte sie zögernd.

Er atmete tief durch. Da er nach unten blickte und die Hände auf dem Kopf verschränkte, konnte sie sein Gesicht nicht sehen. Als er stumm blieb, bereute sie, ihm diese Frage gestellt zu haben. Sie wollte ihn nicht noch zusätzlich mit Erinnerungen quälen.

»Ja, das habe ich«, erwiderte er, als sie schon gar nicht

mehr mit einer Antwort rechnete. »Ich hatte gerade die Lasagne aus dem Ofen genommen, als es klingelte.« Er raffte sich auf und begann, im Raum auf und ab zu gehen. »Erst betätigte ich die Freisprechanlage der Haustür, und dann fiel mir ein, dass eine Polizistin ja direkt vor der Wohnungstür Wache schob.« Er hielt in der Bewegung inne und sah Anna an. »Ich habe durch den Spion geschaut und sie gesehen. Also habe ich ihr geöffnet, und im nächsten Moment fiel sie zur Seite, und da stand dann dieser Kerl mit der Waffe.« Zane gab ein Keuchen von sich und rieb sich den Nacken. »Ich hatte Spritzer ihres Blutes auf meinem Körper.« Zanes Blick war nach innen gekehrt, als würde er die Szene gerade noch einmal erleben. Die Überraschung, die tote Polizistin, die Waffe, das Blut, die Angst.

Anna hielt den Atem an und schluckte. Sie hatte selbst einiges mitmachen müssen, aber wie es war, wenn jemand vor den eigenen Augen erschossen wurde, konnte sie sich kaum vorstellen.

»Ich sah diese komplett in Schwarz gekleidete Gestalt«, fuhr Zane fort. Seine zittrigen Hände bedeckten nun seine Augen. »Doch ich kam nicht mehr dazu, die Tür zuzuschlagen. Der Vermummte stand plötzlich vor mir. Ich habe mich umgedreht, wollte in die Wohnung fliehen. Aber das war natürlich Schwachsinn.« Er nahm die Hände vom Gesicht. »Dann war da nur noch dieser Schmerz. Mir war glühend heiß. Plötzlich lag ich auf dem Boden. Überall war Blut, unter mir war es nass und klebrig. Und der Schmerz war überall.« Er sah Anna mit tränenverschleierten Augen an. »Ich wollte dich warnen, aber … Es tut mir so leid.«

Anna schnappte nach Luft. Sie stand auf und nahm Zane in die Arme. »Dich trifft keine Schuld. Du bist meinetwegen …« Sie stockte. »Der Entführer trägt die Verantwortung für das, was passiert ist. Er allein.«

Zane hielt sie mit einer Intensität, die sie normalerweise in Panik versetzt hätte. Aber sie dachte nicht an Flucht. Im Gegenteil: Das, was sie erlebt hatten, würde sie auf ewig verbinden. Sie brauchten sich jetzt gegenseitig.

»Wir werden ihn finden, Anna. Ich werde nicht aufgeben, bis wir diesen Dreckskerl und alle, die ihn unterstützen, haben.« Er ließ sie los, wischte sich die Tränen vom Gesicht und setzte sich wieder auf den Boden vor seinen Laptop.

Anna stand da und hielt die Arme um sich geschlungen. Obwohl sie nichts getan hatte, war sie außer Atem. »Ja, wir kriegen ihn«, flüsterte sie. Ihr kam eine Idee. »Warum habe ich da nicht eher daran gedacht?«

Er runzelte die Stirn. »Was meinst du?«

»Hooker gibt doch immer die Pressekonferenzen zum Stand der Ermittlungen.« Sie setzte sich zu ihm und nahm ihren Laptop wieder auf den Schoß. »Ich will seine Stimme hören.«

Zane schlug sich die Hand vor den Kopf. »Scheiße, ja.«

Sie suchte nach den entsprechenden Videos und klickte das neueste an. Der Chef des Polizeireviers stand hinter einem Rednerpult und stellte sich den Fragen der Journalisten.

»Konnten DNA-Spuren sichergestellt werden?«, erkundigte sich eine Reporterin.

»Darüber kann ich Ihnen aufgrund der laufenden Ermittlungen keine Antwort geben. Ich versichere Ihnen jedoch, dass sich das Netz schnell enger zieht. Die gesamte Polizei von Chicago arbeitet mit Hochdruck daran, dass die Verantwortlichen gefasst werden. Hierbei steht uns auch das FBI mit all seinen Ressourcen zur Verfügung.«

Anna blendete alle Hintergrundgeräusche aus, konzentrierte sich einzig und allein auf seine Stimme. Als ihr Entführer ohne den Verzerrer zu ihr gesprochen hatte, war sein Tonfall wütend gewesen. Hooker sprach bei der Pressekonferenz hingegen sachlich und langsam. »Ich glaube, er ist es nicht.« Sie seufzte. »Aber ich bin unsicher.«

»Selbst wenn er nicht der Entführer ist, könnte er sein Handlanger sein«, entgegnete Zane.

Anna widmete sich abermals dem Video.

»Können Sie die Identitäten der Opfer inzwischen bestätigen?«, fragte jemand.

»Ja«, erwiderte Hooker. »Die Leichen von Edward Harris, Detective Johnson sowie die von den Deputys Reed und Morgan, die zum Personenschutz eingeteilt waren, wurden in der Rechtsmedizin untersucht. Ihre Obduktion ist abgeschlossen.«

Zane blickte wieder auf seinen eigenen Bildschirm. »Ich bin drin.« Abermals tippte er einige Befehle auf der Tastatur ein.

»Und, war es Sanderson?«

»Nope. Walter Hashpole. Hundefan. Jaja, die Welpen werden meistens zum Verhängnis.«

Anna lachte.

Zane tippte noch kurz weiter, dann drehte er ihr den Bildschirm seines Laptops zu. »Bitte schön, die Personalakte von Miles Hooker.« Er legte die Hand an die Schläfe und salutierte. »Immer zu Ihren Diensten, Miss Jones.«

Anna setzte sich im Schneidersitz neben ihn und begann, die Akte zu lesen.

»Den Fotografen aus der Tiefgarage bekomme ich nicht kenntlicher«, sagte Zane. »Das hat mich den ganzen Vormittag frustriert. Ich nehme mir jetzt noch mal alte Artikel zu deinem Fall vor.«

Sie bekam nur vage mit, was er sagte. Ihre Konzentration lag bereits auf Hookers Werdegang. Er stammte aus Chicago, hatte keine Kinder, war geschieden. Wenn er keine Familie hatte, konnten sie ihm schwer nachweisen, was er in letzter Zeit nach Feierabend getrieben hatte. Seine Karriere war makellos. Bei der Auflistung der Fälle, in denen er bisher ermittelt hatte, verengte Anna die Augen. Einen Satz las sie mehrmals.

»Ich glaube, ich habe hier was«, stieß sie aufgeregt aus.

Zane rückte umgehend näher.

Sie deutete mit dem Finger auf die betreffende Stelle. »Hooker hat damals darum gebeten, meinem Fall zugeteilt zu werden.«

32. KAPITEL

Im CPD herrschte hektisches Stimmengewirr. Die vergangenen Tage hatten bei allen Beteiligten ihre Spuren hinterlassen, Nick sah müde Blicke und herabhängende Schultern.

Dass zwei Polizisten und ein ehemaliger Detective zum Opfer des Unbekannten geworden waren, lastete schwer auf der Seele des Reviers. Jeder hier wollte die Verantwortlichen zur Rechenschaft ziehen.

Die Anspannung war mit Händen greifbar.

»Hooker ist in seinem Büro«, sagte Lynette mit einem Blick in die entsprechende Richtung.

Sie hatten vor dem Revier darüber gesprochen, ob sie dem Captain ihren Besuch ankündigen sollten, dann jedoch darauf verzichtet. Im schlimmsten Fall mussten sie etwas warten, bis er sie empfing. Aber so war er unvorbereitet.

Nick schlängelte sich zwischen den Polizisten hindurch, die ihm durchdringende Blicke zuwarfen.

Mittlerweile war sein Verdacht, dass es unter ihnen einen korrupten Cop geben könnte, in den Akten festgehalten worden. Freunde würde Nick hier keine mehr finden. Die internen Ermittlungen liefen auf Hochtouren, und in einem solchen Fall würden die Zuständigen die Sache mehr als ernst nehmen.

Unbeirrt trat Nick an die Tür von Hookers Büro und klopfte.

»Ja?«, bellte Hooker.

Nick öffnete. »Haben Sie einen Moment Zeit für Miss McKenzie und mich?«

Hooker wirkte einen kurzen Moment überrascht, dann bedeutete er ihm einzutreten. Lynette folgte, schloss die Tür und stellte einen der beiden Kaffeebecher, die sie trug, vor dem Captain ab. Erst danach setzte sie sich neben Nick in den zweiten Besucherstuhl.

»Schön, dass Sie auch mal vorbeischauen«, sagte Hooker sarkastisch. »Nach all dem Chaos, das Sie angerichtet haben.«

»Sie meinen die Rettung von Miss Jones?«, konterte Nick.

Ganz so leicht würde er es ihm nicht machen.

»Agent Coleman.« Captain Hooker straffte seine Schultern. »Mir ist bewusst, dass aktuell bei uns allen die Nerven blank liegen. Doch ich habe Sie mit offenen Armen in meinem Revier empfangen. Ich habe Ihnen zu keinem Zeitpunkt Steine in den Weg gelegt. Jede Ihrer Aktionen fand meine Unterstützung. Zwei meiner Leute sind tot, mit Detective Johnson sogar drei. Ich hatte erwartet, dass Sie mir gegenüber mit offenen Karten spielen.«

»Hätte ich riskieren sollen, dass entscheidende Informationen an den Falschen geraten?«, fragte Nick.

Er wusste, dass Lynette jede Geste von Hooker im Blick behielt.

Der Captain griff nach dem Kaffeebecher und führte ihn an die Lippen, dann ließ er ihn wieder sinken, ohne einen Schluck zu nehmen. »Sie wollen andeuten, dass ich diese Informationen weitergegeben hätte?«

»In der Tat«, bestätigte Nick. »Das hätten Sie sogar tun müssen. Es gibt Protokolle für derartige Fälle.«

»Für meinen engsten Kreis an Mitarbeitern lege ich meine Hand ins Feuer«, stellte Hooker klar. »Außerdem hätten wir beide uns absprechen können. Ihnen ist doch bewusst, dass Sie diesen Fall nicht zurückbekommen?«

Der Captain drehte den Becher in seiner Hand.

»Das ist es«, bestätigte Nick. »Aber Miss Jones lebt, und das ist doch die Hauptsache.«

Hooker trank einen Schluck und verzog den Mund. »Das schmeckt ja widerlich. Was ist das?«

»Normaler Kaffee«, erklärte Lynette. »Mit frischer Sojamilch.«

»Was ist nur aus der guten alten Kuhmilch geworden? Dieses Sojazeug kann ich nicht trinken.«

Was Lynette seit der Morgenbesprechung wusste, bei der ein übereifriger Polizist von seinem Chef gerügt wurde, weil er es gewagt hatte, Sojamilch in seinen Kaffee zu schütten.

»Ich kippe ihn weg und bringe Ihnen später einen neuen.« Sie beugte sich nach vorne und zog den Becher zu sich heran.

Hooker wandte sich wieder Nick zu. »Da haben Sie recht, das Leben eines Menschen steht immer an erster Stelle. Allerdings glaube ich kaum, dass Noriss Sie so einfach davonkommen lässt. Immerhin haben Sie auch ihm Informationen vorenthalten.«

Innerlich atmete Nick auf. Es war einfacher gewesen als gedacht. Hooker hatte keinerlei Verdacht geschöpft. Das Gespräch konnte ein Ende finden.

In seiner Tasche vibrierte das Smartphone. Er zog es heraus. Auf dem Display war eine Nachricht von Anna zu sehen.

Wir haben gerade herausgefunden, dass Hooker in meinem Fall verspätet zu den Ermittlungen dazustieß. Auf eigenen Wunsch!!!

Nick starrte auf den Text. Das war eine sehr interessante neue Information. Hatte Hooker damals seine Chance gewittert, bei einem Fall dabei zu sein, der stark im Fokus der Öffentlichkeit stand? Oder wollte er Natalie unbedingt finden, weil er sie besser gekannt hatte, als man vermutete? Mit möglichst gleichgültiger Miene schob er das Smartphone in die Tasche zurück und überdachte die nächsten Schritte.

»Agent Coleman?« Hooker betrachtete ihn eingehend.

Nick hob das Kinn. »Sagen Sie, ich habe da noch eine Frage, die mich seit der Übernahme des Falls interessiert.«

Lynette wirkte nur für eine Sekunde irritiert, dann spielte sie mit. »Für einen runden Abschluss, dachten wir, wäre es sinnvoll, direkt mit Ihnen zu sprechen.«

»Eine schöne Abwechslung«, kommentierte Hooker ironisch. »Dieses Mal also keine Geheimhaltung. Worum geht es?«

Nick ließ die potenziellen Konsequenzen außer Acht, denn sie mussten endlich vorankommen. »Um Sie.«

Hookers Augenbrauen hoben sich. »Wie bitte?«

»Sie waren Teil der damaligen Ermittler im Harris-Fall, oder nicht?«

»Doch, natürlich.« Der Captain rutschte in seinem Stuhl etwas nach hinten, verschränkte die Arme und nickte. »Damals war ich noch nicht Leiter des Reviers.«

»Ein Lieutenant Detective, soweit ich mich erinnere«, tastete Nick sich vor. »Auf dem Weg nach oben.«

»Rückblickend kann man es so sagen, ja.« Hooker wirkte wie eingefroren auf seinem Stuhl, als wolle er bewusst jede Gestik und Mimik vermeiden.

Das Überraschungsmoment war vorüber. Der Captain analysierte bereits die Lage und wusste, dass Lynette es ihrerseits tat.

»Bei der Durchsicht der alten Akten haben wir natürlich auch das Team überprüft, das die Ermittlungen führte. Neben Detective Johnson waren zahlreiche weitere Polizisten in den Fall eingebunden. Sie allerdings nicht. Sie kamen erst später hinzu.«

»Und? Das ist doch nichts Ungewöhnliches«, sagte Hooker.

»Nur eine Auffälligkeit, die ich in meinem Übergabebericht sauber abhaken will«, beruhigte Nick ihn.

Hooker wusste längst, worauf er hinauswollte. Und Nick wusste, dass der Captain es wusste. Das Spiel lief.

»Das ist natürlich verständlich.« Ein neutrales Nicken. »Das Team war einfach zu klein, der Fall gewann rasend schnell an Priorität, und deshalb wurden mehr Männer benötigt.«

»Und deshalb wurden sie angefordert«, hakte Nick weiter nach. »Ich nehme an, der damalige Captain hat sie zugeteilt.«

Ihre Blicke trafen sich.

Stille senkte sich über den Raum, nur durchbrochen von dem leisen Gewirr aus Stimmen, das von draußen hereindrang.

»Sie haben meine Akte eingesehen«, sagte Hooker schließlich. »Sie wissen es.«

»Was meinen Sie?«, hakte Nick nach.

Hooker lachte bitter auf. »Das hier ist dann wohl eher ein Verhör als die erhoffte Entschuldigung.« Der Captain legte die Arme auf die Lehnen seines Stuhls. »Sie wissen, dass ich darum gebeten habe, dem Fall zugeteilt zu werden.«

Lynette hatte sich meisterhaft unter Kontrolle, doch Nick sah, dass sich ihre Augen kurz weiteten. Wie gerne hätte er jetzt gewusst, was sie dachte.

»Das ist richtig«, bestätigte er.

»Und nun kommen Sie mit Miss McKenzie hierher, um mich auszufragen?«

»Wir wollen Antworten«, stellte Nick klar.

»Und wer glauben Sie, gibt Ihnen das Recht, einen Captain auf solche Art anzugehen?«

»Die Ereignisse der vergangenen Tage«, sagte Nick mit eisiger Ruhe. »Ich habe den Keller gesehen und diese verdammte Bar, das Kino, das Schiff. Was hier geschieht, ist so grausam, ich habe nie zuvor etwas Vergleichbares erlebt.

Mike Cohen leitet jetzt den Fall, und es ist lediglich ein Zeichen des Respekts, dass ich zuerst mit Ihnen spreche und erst danach mit ihm.«

Hooker wirkte müde, als er sich mit der Hand über die Stirn fuhr. Gedankenverloren zog er den Kaffeebecher wieder zu sich und trank.

»Ich wusste, dass diese Sache irgendwann ans Licht kommt«, flüsterte der Captain. »Aber es ist anders, als Sie denken.«

Nick ließ Hooker keine Sekunde aus den Augen.

»Ich habe mich zuteilen lassen, weil ich die Schuld trage. An allem.« Mit jedem Wort schien mehr Kraft aus dem Körper des Captains zu weichen. Er sank in seinem Stuhl leicht zusammen, wirkte auf einmal viel kleiner.

»Als ich noch ein einfacher Streifenpolizist war und eines Tages gerade Pause hatte, saß ich auf dem French Market.«

»An der 131. Straße? Clinton Street?«, hakte Nick nach.

»Genau dort. Es gibt dort einen Bereich mit Essensständen. Ich saß auf einer Bank, aß gemütlich, und da sah ich diesen Kerl. Er wirkte total auffällig, wie er sich ständig umsah. Fast hektisch. Im Vorbeigehen zog er eine der Essensboxen von einem Stand an sich und ging weiter.« Hooker schüttelte den Kopf. »Was für ein Idiot klaut unter der Nase eines uniformierten Polizisten eine Essensbox? Ich bin ihm hinterher und stellte ihn vor dem Markt zur Rede. Damals war ich noch naiv und glaubte an das Gute im Menschen. Heute würde ich dem Kerl sofort Handschellen anlegen.«

»Sie haben ihn nicht verhaftet?«, fragte Nick.

»Er hatte die verdammte Box geklaut, weil er Hunger hatte. Geistig war er nicht der Schnellste. So einen nehmen die im Gefängnis auseinander. Ich erinnerte mich an unsere Rekrutierungsveranstaltungen am College und wusste, dass dort noch ein Job frei war. Als Reinigungskraft. Ich verhalf dem Kerl zu diesem Job und nahm ihm das Versprechen ab, dass er die Essensbox mit seinem ersten Gehalt nachträglich bezahlte.« Hooker rieb sich erneut die Stirn und seufzte. »Der Typ war Edward Harris.«

Nick starrte Hooker an, als habe der sich soeben in Charles Manson verwandelt. »*Sie* haben Harris den Job am College verschafft?«

Hooker nickte. Sein fast jugendlicher Elan war nun vollkommen verschwunden. Vor ihnen saß ein ausgebrannter Mann. »Ich wollte etwas Gutes tun. Können Sie sich das vorstellen?«

»Deshalb haben Sie sich in die Ermittlungen gestürzt und der Walsh-Familie Informationen zukommen lassen«, schlussfolgerte Lynette.

»Ich habe alles getan, damit sie ihre Tochter wieder in die Arme schließen können.« Er schüttelte langsam den Kopf. »Vergeblich. Ich bin schuld an dem Martyrium von Anna Jones und dem Tod von Natalie Walsh.« Zum ersten Mal seit Beginn seiner Ausführungen sah er Nick in die Augen. »Natürlich sollte ich so etwas nicht sagen, aber ich bin froh, dass Edward Harris tot ist.«

»Sie sind nicht dafür verantwortlich, dass …«

»Ersparen Sie mir das«, unterbrach Hooker Lynette.

»Von einem logischen Standpunkt aus mag es so sein. Ich konnte nicht wissen, dass Harris ein Irrer ist. Ein Psychopath. Trotzdem habe ich ihn am College untergebracht. Ich hätte ihm Handschellen anlegen können. Er wäre im System gelandet, wäre erfasst gewesen. Niemals hätte er diesen Job bekommen, und diese beiden unschuldigen Mädchen wären ihm nie begegnet. Stattdessen war ich *nett.*« Er lachte auf. »Glauben Sie mir, das hat sich niemals wiederholt.«

Nick und Lynette sahen sich an.

»Ich weiß, was Sie denken«, sprach Hooker weiter. »Aber ich war es nicht. Hätte ich Harris in die Finger bekommen, hätte ich meine Waffe gezogen und ihn getötet. Die Folgen wären mir egal gewesen. Das Schwein hat es nicht anders verdient. Er hat das Leben von zwei jungen Frauen zerstört und das ihrer Familien gleich mit.« Er schüttelte den Kopf. »Niemals hätte ich Miss Jones etwas Derartiges angetan. Im Gegenteil: Warum denken Sie, wurde der Personenschutz so schnell genehmigt? Sie bekam mehrere meiner Leute im Schichtbetrieb zugeteilt, und ich habe ein Großteil unseres Budgets in den Fall fließen lassen.«

Mit einem Mal ergab all das einen Sinn.

Auch die schnelle Kooperationsbereitschaft des CPD. Normalerweise arbeiteten die örtlichen Polizeistellen eher ungern mit dem FBI zusammen, wie von Geisterhand taten sich oft bürokratische Hürden auf.

»Sie haben sich um alles gekümmert«, begriff Nick. »Haben im Hintergrund Türen geöffnet und Papierkram erledigt.«

Hooker nickte. »Wenigstens dieses Mal sollte Harris erwischt werden. Bevor Miss Jones etwas geschieht. Wie ich sagte: Ich habe Ihnen zu keiner Zeit Steine in den Weg gelegt. In mir hätten Sie Unterstützung gehabt, Agent Coleman. Aber ich kann verstehen, dass Sie allein vorgegangen sind.«

Konnte er Hooker einen Vorwurf machen? Wenn ihm so etwas passiert wäre, vermutlich hätte er das Gleiche getan. Edward Harris hatte so viele Leben zerstört, jetzt auch noch das eines Polizisten, der einfach nur hatte helfen wollen.

Das Schicksal hatte einen makabren Sinn für Humor. Eine Geste der Freundlichkeit hatte eine grauenvolle Abfolge von Ereignissen zur Folge gehabt.

»Ich verstehe Sie, Captain Hooker«, sagte Nick schließlich. »Niemand kann die Zukunft voraussehen. Machen Sie sich keine Vorwürfe.« Er atmete tief ein und wieder aus. »In meinem Bericht wird nichts davon auftauchen, allerdings werde ich Miss Jones davon in Kenntnis setzen. Sie hat ein Recht darauf, es zu erfahren.«

»Natürlich.« Hooker lächelte müde. »Es ist längst überfällig. Und ich werde ein Gespräch mit den Walshs führen. Zumindest dieser Teil der Geschichte muss endlich ein Ende finden.«

Ein letztes Nicken, dann erhoben sie sich.

Lynette sammelte die Kaffeebecher ein und nahm sie mit nach draußen. Hooker blickte ihnen schweigend hinterher.

Vor einem leeren Büro blieben Lynette und Nick kurz stehen.

»Glaubst du ihm?«, fragte Nick.

»Das tue ich. Aber wir sollten seine DNA trotzdem untersuchen. Ich veranlasse alles. Nancy wird da keine Probleme machen.«

»Danke. Ich fahre zurück und spreche mit Anna.«

Sie waren extra mit zwei Autos gefahren, um anschließend flexibel zu sein.

»Bringe es ihr schonend bei«, merkte Lynette noch an, bevor sie sich in entgegengesetzte Richtungen aufmachten.

Langsam ging Nick zu seinem Wagen, in Gedanken schon bei dem Gespräch mit Anna.

Als sein Smartphone durch ein Vibrieren einen Anruf ankündigte, warf er einen Blick auf das Display. Eine Nummer aus Chicago. Er nahm das Gespräch an. »Coleman.«

»Agent Coleman, mein Name ist Doktor Preston Falsi, ich bin der Rechtsmediziner, der die Leichen von Edward Harris und Detective Johnson untersucht hat. Sie leiten doch die Ermittlungen im Fall Jones?«

»Ich stehe für Fragen zur Verfügung«, sagte Nick ausweichend. Ihn interessierte, was der Rechtsmediziner zu sagen hatte, wollte ihn aber ungern direkt anlügen.

»Dann sollten Sie bei mir vorbeischauen. Ich habe etwas gefunden, das für die Ermittlungen von großer Bedeutung sein könnte.«

Nick eilte zum Wagen und startete den Motor.

33. KAPITEL

Anna und Zane saßen im Wohnzimmer, als sie hörten, dass die Haustür aufgeschlossen wurde und kurz darauf ins Schloss fiel. Lynette kam zu ihnen herein.

»Na, ihr. Das riecht aber gut.«

»Nenn mich Meisterkoch«, sagte Zane. »Pasta mit selbst gemachter Soße Bolognese. Wir warten nur noch auf euch, um endlich anfangen zu können.«

Anna sah zur Tür. »Wo ist Nick?«

Lynette wandte sich ihr zu. »Ist er nicht hier?«

Sie schüttelte den Kopf.

»Wer weiß, was ihm wieder dazwischengekommen ist. Er ist vor mir aufgebrochen. Eigentlich wollte er direkt hierherfahren, um dir von dem Gespräch mit Hooker zu erzählen.«

»Was habt ihr herausbekommen?«, erkundigte sich Zane.

Lynette setzte sich zu ihnen und erzählte, dass der Trick mit dem Kaffeebecher hervorragend funktioniert hatte. Allerdings glaubten sowohl Nick als auch sie nicht mehr, dass Hooker einer der Täter war. Während Lynette erläuterte, durch welche Umstände Edward Harris seinen Job als Reinigungskraft in der Uni erhalten hatte, rutschte

Anna immer unruhiger auf der Couch hin und her. Sie starrte Lynette an und lauschte ihr angespannt. Welche Ironie des Schicksals. Wären Hooker und Harris sich nicht begegnet, wäre Hooker nicht so hilfsbereit gewesen, wäre ihr alles Leid erspart geblieben – Natalie, Detective Johnson, die Deputys, ja sogar Harris selbst wären wahrscheinlich noch am Leben.

»Bist du okay?«, fragte Lynette mitfühlend. Sie rückte zu ihr und legte ihr eine Hand auf die Schulter.

Anna nickte zögernd.

»Nennt man das nun einen dummen Zufall oder einen grausamen Einschnitt des Schicksals?« Zane verzog den Mund. Es entstand ein kurzer Moment des Schweigens, bis er in die Hände klatschte, aufstand und zur Kochstelle lief. »Lasst uns essen. Ich habe einen Bärenhunger.«

»Wollen wir nicht auf Nick warten?«, fragte Anna.

»Ich frage ihn mal, wo er bleibt«, erwiderte Lynette und nahm ihr Smartphone zur Hand.

Anna half Zane in der Zwischenzeit beim Anrichten der Teller. Sie bekam die Verbindung zwischen Hooker und Harris noch nicht ganz aus dem Kopf. Was eine Begegnung, eine kleine Tat, ein paar Worte alles anrichten konnten! Aber es war so gekommen und ließ sich nicht rückgängig machen. Es spielte auch keine Rolle mehr. Sie musste sich auf das Hier und Jetzt konzentrieren.

»Nick geht nicht ran«, sagte Lynette.

»Sorry, ich esse trotzdem«, entgegnete Zane und trug seinen und ihren Teller zum Tisch.

Anna folgte ihm mit der Salatschüssel.

Eine Weile saßen sie beisammen und aßen, ohne miteinander zu sprechen. Schließlich klingelte Lynettes Smartphone.

»McKenzie«, meldete sie sich zu Wort und lauschte. »Ich bekomme ihn auch nicht ans Telefon. Soll ich ihm etwas ausrichten, wenn er auftaucht?«

Anna nahm das Weinglas, lehnte sich zurück und trank einen Schluck. Sie beobachtete Lynette, die ihre Brille abnahm und mit dem Bügel nachdenklich über ihr Kinn strich. Während sie dem Anrufer lauschte, wanderten ihre Augenbrauen zunehmend nach oben.

»Davon muss ich mir selbst ein Bild machen«, sagte sie. »Ich mache mich gleich auf den Weg. Brauche ich eine Zutrittserlaubnis? … Danke. Bis später.« Sie beendete den Anruf und stand umgehend auf. »Das war Mike. Sie haben den wahrscheinlich letzten Aufenthaltsort von Harris gefunden.«

Anna stellte das Glas ab und erhob sich ebenfalls. Über den Tisch hinweg sah sie Lynette an. Es war klar, was sie wollte.

Die Antwort auf den stillen Austausch war ein Nicken.

»Okay, du kannst mich begleiten. Aber ich kann dir nicht sagen, was uns dort erwartet.«

Sie straffte ihre Schultern. »Ich schaffe das.«

Nun nickten sie sich beide zu und liefen Richtung Tür.

»Ruft mich an, wenn ich irgendwie helfen kann«, rief Zane ihnen nach.

»Machen wir«, antwortete Anna. Die Tür fiel hinter ihr zu. Sie folgte Lynette zu ihrem Wagen und stieg neben ihr ein.

»Ich schreibe Mike eine Nachricht, dass ich für dich auch eine Zugangsberechtigung brauche«, sagte Lynette und tippte auf ihrem Smartphone. »Ich denke, du weißt, dass ich dir unter der Hand Einlass verschaffe. Mike wird dem nur zustimmen, wenn er sich darauf verlassen kann, dich dort als Betroffene des Falls und nicht als Journalistin vor Ort zu haben. Nichts von dem, was wir erfahren und sehen werden, darf an die Öffentlichkeit gelangen.«

»Selbstverständlich«, versprach Anna.

Lynette gab eine Adresse ins Navi ein, startete den Motor und fuhr langsam aus der Einfahrt. Sie hoben beim Vorbeifahren grüßend die Hand in Richtung der beiden FBI-Agenten, die Wache hielten.

»Weißt du, wie sie auf den Aufenthaltsort gestoßen sind?«, erkundigte sich Anna.

»Unter Harris' Schuhsohlen wurden hochalkalische Rückstände gefunden. Eine Mischung aus Kalk, Sulfiden und Enzymen, die Spezialisten untersucht und deren Kombination sie Gerbstoffen zugewiesen haben.«

Anna schluckte. »Ich glaube, ich will nicht wissen, was Harris mit Gerbstoffen zu tun hatte.«

Lynette warf ihr einen kurzen Blick zu, bevor sie sich wieder der Straße widmete. »Keine Angst, er selbst hat keine Haut zu Leder verarbeitet. Sie haben seit Tagen nach Orten gesucht, an denen man diese alkalischen Rückstände finden kann, und sind heute Morgen auf eine stillgelegte Gerberei gestoßen. Wie es scheint, hat er sich längere Zeit dort aufgehalten.«

»Längere Zeit?«

»Anscheinend hatte er sich dort eingerichtet.«

Anna atmete geräuschvoll aus. »Das bedeutet, er ist schon vor einiger Zeit nach Chicago zurückgekehrt.«

Lynette blickte konzentriert auf die Straße. »Oder er hat die Stadt niemals verlassen.«

Anna kam es vor, als reiche die Luft im Wagen plötzlich nicht mehr für sie beide. Sie ließ die Scheibe herunter und reckte ihr Gesicht dem Fahrtwind entgegen. Mit geschlossenen Augen lauschte sie den Geräuschen der Stadt. Die Motoren der Autos, gelegentliches Hupen, Sirenen in der Ferne, irgendwo rief jemand, Kinderlachen. Was würde sie dafür geben, einfach einen normalen Tag zu erleben und die schrecklichen Erinnerungen einfach abstreifen zu können.

»Wir sind da«, verkündete Lynette nach einer guten Stunde Fahrtzeit.

Anna atmete ein letztes Mal tief durch und öffnete dann die Augen. Sie fuhren auf eine alte Fabrik zu, die von Maschendraht umzäunt war. Alles war bereits mit Absperrband versehen, drei Streifenwagen standen auf dem Gelände. Die Zufahrt wurde von zwei Polizisten abgeriegelt.

Lynette hielt vor dem Tor, wies sich aus und nannte Annas Namen. Erst nachdem einer der Polizisten telefoniert hatte, wurden sie durchgewinkt. Sie parkten neben den anderen Autos und stiegen aus.

»Die Spurensicherung ist noch nicht abgeschlossen«, sagte der Rothaarige, den Anna schon auf dem Krankenhausflur mit Nick hatte sprechen sehen. Mike Cohen kam ihnen entgegen, reichte erst Lynette, dann ihr die Hand.

»Ist Nick inzwischen eingetroffen?«, erkundigte Anna sich.

»Nein, er geht immer noch nicht ans Telefon. So kennen und lieben wir ihn.«

Sie bekamen weiße Ganzkörperanzüge mit Kapuze, Schuhüberzieher und Handschuhe gereicht.

Nachdem sie alles ordnungsgemäß übergestreift hatten, deutete Mike ihnen mit einer ausschweifenden Handbewegung den Weg. »Bitte nichts anfassen und die gekennzeichneten Flächen nicht betreten.« Er und Lynette gingen voraus.

»Zu welchen Erkenntnissen seid ihr bisher gekommen?«

»Ehrlich gesagt würde ich gerne erst deine unbefangene Einschätzung hören, bevor ich dir das sage«, erwiderte er.

Anna folgte ihnen und schaute sich in dem alten Fabrikgebäude um. Die große Halle hatte Fenster bis zur Decke, die allerdings so hoch lagen, dass niemand hinaus-, geschweige denn hineinsehen konnte. An den Wänden darunter waren Haken und Eisenpfeiler angebracht, an denen früher vermutlich Maschinen befestigt waren. Auch an der Farbgebung der Bodenfliesen erkannte Anna deutlich, wo Apparaturen gestanden hatten. An diesen Stellen war der Untergrund deutlich heller.

»Seit wann steht dieses Gebäude leer?«, erkundigte sie sich.

Mike blickte zu ihr. »Der Besitzer ist vor vier Jahren verstorben, und die Zahlen waren wohl so schlecht, dass niemand bereit war, die Gerberei zu übernehmen. Die Maschinen wurden verkauft. Seitdem verkommt die Fabrik zu einer Ruine.«

Anna rümpfte die Nase. Selbst nach der langen Zeit lag noch ein unangenehmer chemischer Geruch in der Luft. »Und wem gehört das Gelände jetzt?«, hakte sie nach.

»Der Fabrikant war ein alter Junggeselle ohne Kinder. Seine Schwester hat alles geerbt. Sie ist einundneunzig.«

Lynette betrat vor ihnen einen Gang, der von der Halle in ein Nebengebäude führte, in dem früher vermutlich die Büros untergebracht waren. Vor der ersten Tür blieb sie stehen und blickte in einen Raum, in dem zwei Männer der Spurensicherung beschäftigt waren. Anna schaute über ihre Schulter. Einer der Männer zog gerade einen Klebestreifen vom Fensterbrett, der andere las mit einer Pinzette ein Haar von einer Matratze, die auf dem Boden des Raums lag. Das Laken war schmutzig und voller undefinierbarer Flecken. In zwei Kartons in der Zimmerecke stapelten sich Kleidungsstücke, bei denen sie anhand der gemusterten Hemden schon auf den ersten Blick erkannte, dass sie Harris gehörten. Auf einem Waschbecken stand ein versiffter Becher, die Zahnbürste sah aus, als wäre sie jahrelang in Gebrauch gewesen.

»Er war kein eitler Mann, aber früher war er zumindest gepflegt«, sagte Anna.

»Harris hat nach deiner Flucht alles verloren«, entgegnete Lynette. »Er durfte sich nirgends sehen lassen, war von der Außenwelt isoliert. Kein Job mehr, kein Geld. Sein Leben war zerstört. Wahrscheinlich hat ihn nur die Hoffnung, dich eines Tages wiederzusehen, nicht aufgeben lassen.« Lynette wandte sich von ihr ab und Mike zu. »Gibt es irgendwo Kampfspuren, die darauf hindeuten, dass er hier von unseren neuen Gegnern entdeckt und überwältigt wurde?«

»Keine Kampfspuren«, antwortete er und bedeutete ihr einzutreten. Obwohl die Aufforderung vermutlich nur Lynette galt, schlüpfte Anna ebenfalls in den Raum, bevor Mike etwas dagegen sagen konnte. Den Männern der Spurensicherung war deutlich anzusehen, dass sie sich in ihrer Arbeit gestört fühlten.

Lynette, die ihre Brille bisher an einer Kette um den Hals getragen hatte, setzte sie nun auf. »Sind das Kratzspuren an der Wand?«

Mike nickte. »Ich habe bereits mit dem Rechtsmediziner telefoniert. Bei der Obduktion von Harris' Leiche wurde unter anderem festgestellt, dass seine Fingernägel abgebrochen und gesplittert waren. Das würde zu diesen Spuren passen.«

»Heißt das, er war hier eingesperrt?«, fragte Anna. Ihr Blick glitt zum Fenster, das von außen mit Eisenstreben versehen war.

»Das ist schon so gut wie erwiesen«, erwiderte Mike. »Die Frage ist nur, seit wann.«

»Und ob er im neuen Fall von Anfang an ein Opfer war«, warf Lynette ein. »Dann hätten sie ihn dazu gezwungen, den Brief an Anna zu schreiben. Die Spermaspuren auf dem Slip könnten allerdings auch dafür sprechen, dass er zuerst mit den jetzigen Tätern zusammengearbeitet hat und sich die Situation erst später änderte.«

Mike und Anna runzelten gleichzeitig die Stirn.

»Ich muss mich weiter umsehen«, sagte Lynette gedankenverloren und verließ den Raum.

Sie hefteten sich an ihre Fersen, folgten ihr ins Zimmer nebenan, das mit einem richtigen Bett, einem Schrank und einem Schreibtisch ausgestattet war.

»Er war hier nicht allein«, flüsterte Anna. Eine Gänsehaut überzog ihre Arme.

Lynette verengte die Augen. »Das spricht dann wohl eher für die zweite Theorie. Wäre er nur ihr Gefangener gewesen, hätten sie nicht mit ihm zusammen hier gelebt.«

»Könnte er dieses Zimmer nicht selbst bewohnt haben, bevor man ihn in den Raum mit dem vergitterten Fenster sperrte?«, meldete sich Mike wieder zu Wort.

Lynette öffnete die Schranktür. Es waren keine Kleidungsstücke vorhanden. Das Bett war abgezogen, das Waschbecken sauber. »Nein, derjenige, der hier geschlafen hat, hat sich sehr bemüht, keine Spuren zu hinterlassen. Ich bin mir ziemlich sicher, dass wir hier drinnen nichts Verwertbares finden werden. In Harris' Zimmer hingegen sieht es ganz anders aus. Wir sollten es genau so vorfinden.« Sie sah zu Anna. »Das Spiel geht weiter.«

Anna schluckte. Ihr Herz begann zu rasen. »Und was wollen sie uns damit sagen?« Sie versuchte krampfhaft, ihre Emotionen im Zaum zu halten und die aufkommende Panik zurückzudrängen. Dennoch konnte sie nicht verhindern, dass ihre Hände zitterten. So unauffällig wie möglich schob sie sie in die Hosentaschen.

»Agent Cohen«, rief jemand auf dem Flur. »Das sollten Sie sich ansehen.«

Mike eilte auf den Gang, Lynette und Anna folgten ihm. Anna erkannte die Frau, die nach Mike gerufen hatte. Es war Nancy Pane, die Leiterin der Spurensicherung.

Anna war ihr in ihrem Beruf als Journalistin bereits mehrfach begegnet. »Wo bleibt Agent Coleman?«, stieß sie aus, während sie auf sie zuging.

»Das hier sollte er sich ebenfalls ansehen.« Sie wies sie an, ihr zu folgen, verließ die Halle durch einen Seiteneingang und steuerte auf einen in die Jahre gekommenen Wohnwagen zu.

»Was sollte er sich ansehen?«, fragte Lynette.

Nancy öffnete die Wohnwagentür und deutete mit dem Kinn hinein. Lynette folgte als Erstes ihrer stillen Aufforderung. Als Anna es ihr gleichtun wollte, hielt Mike sie mit ausgestreckter Hand zurück und schüttelte den Kopf. Er jedoch folgte Lynette.

Anna trat von einem Fuß auf den anderen, sie schwitzte. Was zum Teufel gab es dort drinnen zu sehen? Sie sah ein, dass der Raum beengt war. Aber …

»Scheiße«, hörte sie Mike fluchen. Er kam aus dem Wohnwagen gestürmt. »Holt mir endlich einer Agent Coleman ans Telefon«, rief er, obwohl kein Deputy in Sichtweite war. Er zog sein Smartphone aus der Tasche, vermutlich um Nick selbst anzurufen, und rannte zurück zur Halle.

Anna schlug das Herz bis zum Hals. Mit einem flauen Gefühl im Magen betrat sie nun doch den Wohnwagen und sah Lynette vor einem kleinen Tisch stehen.

»Geh endlich ran«, flüsterte sie in ihr Handy. Auch sie versuchte es wohl erneut bei Nick.

»Was ist denn los?«, fragte Anna und näherte sich ihr langsam. Dabei fiel ihr Blick auf die auf dem Tisch ausgebreiteten Fotos, und sie stockte mitten in der Bewegung.

Auf allen Bildern war Nick zu sehen.

»Die Fotos wurden in Washington aufgenommen, bevor dich der Brief von Harris erreichte«, sagte Lynette, ließ ihr Smartphone sinken und sah Anna an. »Unsere Gegner haben diese Botschaft bewusst hinterlassen.«

»Welche Botschaft?«, flüsterte Anna. Sie brachte die Worte kaum über die Lippen.

»Nick war von Anfang an Teil dieses perfiden Spiels.«

34. KAPITEL

Das Gebäude der Rechtsmedizin war ein flacher grauer Bau, der sich an den Rand eines Wäldchens schmiegte.

Nick stoppte den Wagen und stieg aus.

Glücklicherweise hatte es aufgehört zu regnen, er erreichte den Eingang trockenen Fußes. Mittlerweile war die Dämmerung über Chicago hereingebrochen, und eine Handvoll Straßenlaternen erhellte den Eingang der Rechtsmedizin. Durch die Glasfront konnte er einen Blick ins Innere werfen. Das Deckenlicht brannte, doch der Tresen im Empfangsbereich war unbesetzt. Die Tür ließ sich problemlos öffnen, er wurde eindeutig erwartet.

»Ah, Agent Coleman?« Ein untersetzter Mann kam aus einem angrenzenden Raum. »Ich habe schon befürchtet, Sie kommen nicht mehr.«

»Die Fahrt hat doch etwas länger gedauert. Rushhour.«

»Kenne ich nur zu gut. Mein Name ist Doktor Preston Falsi.«

Sie schüttelten einander die Hand. Der Händedruck des Rechtsmediziners war fest. Sein kahler Schädel wirkte wie blank poliert im kalten Licht des Instituts.

»Ihr Anruf klang etwas dramatisch …«

»Das ist mir bewusst.« Doktor Falsi bedeutete ihm mit

einer Armbewegung, ihm zu folgen. »Die ganze Stadt ist auf den Beinen, jeder giert nach weiteren Informationen in diesem Fall. Anfangs bekamen wir stündlich Anrufe vom Revier mit der Bitte, alles andere hintenanzustellen und die Obduktionen so schnell wie möglich durchzuführen. Dieser Fall hatte äußerste Priorität.«

»Gut so.«

Falsi lächelte. »Und es hat sich gezeigt, dass wir tatsächlich mit einigen überraschenden Ergebnissen aufwarten können.«

»Wollen Sie nicht endlich damit herausrücken, was genau Sie entdeckt haben?«

»Mir wäre es lieber, es Ihnen zu zeigen. Andernfalls hätten wir das direkt am Telefon klären können.«

Nicks Smartphone vibrierte in der Hosentasche. Er zog es heraus und warf einen kurzen Blick darauf. Mike. Er konnte unmöglich rangehen, sonst hätte er seinem Freund erklären müssen, dass er sich hier als Leiter des Falls ausgab. Lieber hinterher um Verzeihung bitten, als davor um Erlaubnis fragen.

Sie stiegen eine Treppe hinab und betraten danach einen kühlen Gang. Es roch nach Formaldehyd, kaltem Stein und Desinfektionsmittel. Das Neonlicht flackerte kurz.

»Hier müsste so einiges erneuert werden«, sagte Falsi entschuldigend.

Nick schob das Smartphone wieder in die Tasche. Falls es wichtige neue Entwicklungen gab, würde Mike ihm direkt eine Textnachricht hinterherschicken.

Sie passierten mehrere Räume, an deren Türen kleine Schilder angebracht waren. Der Name des Instituts und eine aufsteigende Nummerierung. Vor der Nummer neun blieben sie stehen.

Falsi öffnete die Tür.

Im Inneren erwartete Nick der vertraute Anblick eines typischen Sezierraums. An den Wänden gab es drei Reihen mit Leichenfächern, die von Metalltüren verschlossen wurden. Wie einfache Schubladen konnten sie an Haltegriffen herausgezogen werden.

In der Mitte des Raums stand ein Tisch mit Aluminiumbeschichtung und Abfluss, auf einem angeflanschten Podest eine Waage.

Wie viele Organe darauf wohl bereits gewogen worden waren?

Der Geruch nach Formaldehyd lag jetzt so durchdringend in der Luft, dass Nick sich anstrengen musste, gleichmäßig zu atmen.

Unweigerlich stieg die Erinnerung an seinen ersten Besuch in einem rechtsmedizinischen Institut in ihm auf. Das gehörte zur Ausbildung in Quantico dazu. Gegen Ende wurden die angehenden Agenten aktuellen Fällen zugewiesen. Nick war Teil der Ermittlungen im Fall eines toten Jugendlichen gewesen.

Gemeinsam mit dem ermittelnden Beamten hatte er bei der Obduktion zugesehen. Das Geräusch der Kreissäge, die durch Haut, Fleisch und Knochen schnitt, würde er nie vergessen. Als der Rechtsmediziner das erste Organ entnahm, hatte Nick es gerade noch zurück auf den Gang geschafft. Sein Mittagessen war auf den kalten Fliesen gelandet und er selbst überzeugt gewesen, den Job als FBI-Agent niemals ausüben zu können, wenn er dafür regelmäßig bei Obduktionen dabei sein müsste.

Der ihm zugeteilte Agent war an ihn herangetreten und hatte mit ruhiger Stimme erklärt, dass es besser werden würde. Nick solle sich einfach immer darauf konzentrieren, wofür er seinen Job ausübe. Um jene zu erwischen, die Leben auslöschten wie das des armen Jungen, die mit einem Lächeln auf den Lippen Unschuld zerstörten, Knochen brachen und Körper aufschlitzten. Dann hatte der Kollege ihm einen Eimer und einen Putzlappen in die Hand gedrückt und war in den Sektionssaal zurückgekehrt.

»Hier haben Sie Detective Johnson obduziert?«

»Und Edward Harris«, bestätigte Falsi.

Wieder vibrierte Nicks Smartphone. Dieses Mal war es Lynette. Er wollte das Gespräch mit dem Rechtsmediziner nicht unterbrechen und schob das Gerät zurück in die Tasche.

»Im Falle von Detective Johnson wissen Sie vermutlich schon Bescheid.«

»Tun Sie einfach so, als wüsste ich nichts. Jedes Detail ist wichtig für mich.«

Falsi trat an eines der Fächer, zog die Bahre heraus und schlug das weiße Tuch zurück. Darunter kam der eingefallene, bleiche Leib von Johnson zum Vorschein.

»Der Detective wurde betäubt«, erklärte Falsi. »In seinem Blut fanden sich Spuren von Hypnotika, Opioiden und Muskelrelaxantien. Diese Kombination wird normalerweise bei Vollnarkosen eingesetzt, doch sie wurde leicht angepasst und ergänzt. Dieser neue Mix fährt – einfach ausgedrückt – den Kreislauf herunter und sorgt für massive Lähmungserscheinungen. Wir können aber davon ausgehen, dass der Detective bei Bewusstsein war und alles sehen und hören konnte, was mit ihm und um ihn herum passierte. Das Mittel wurde ihm am Hals injiziert.«

Er tippte mit dem behandschuhten Zeigefinger auf das Einstichloch.

»Also überraschend, er hat nicht damit gerechnet«, sagte Nick mehr zu sich selbst.

»Davon können wir ausgehen. Das Mittel muss sehr schnell gewirkt haben. Er war innerhalb von ein paar Sekunden extrem geschwächt und hatte keine Kontrolle mehr über seinen Körper. Nach nicht mal einer Minute war die Lähmung komplett.«

Nick lauschte den Worten und sah den alten Ermittler vor sich, der nun seinen Ruhestand nicht mehr genießen konnte. »Er wurde in eine Badewanne gelegt.«

»Wo der Täter ihm die Pulsadern an beiden Armen aufschlitzte«, sprach Falsi unbeirrt weiter. »Durch das warme Wasser wäre er normalerweise schneller verblutet, doch die Betäubung hat den Kreislauf heruntergefahren. Johnson hat also in allen Einzelheiten erlebt, wie er ausblutete. Erst gegen Ende, kurz bevor er starb, hat er das Bewusstsein verloren.«

»Ein schrecklicher Tod.« Nick rieb sich gedankenverloren den Nasenrücken. »Wurde bei Harris eine ähnliche Technik angewendet?«

Der Rechtsmediziner schob die Bahre wieder in das Fach und zog die daneben heraus.

»Das ist das Verblüffende«, erklärte Falsi. »Er wurde nicht betäubt. Die aufgescheuerten Wundstellen an den Handgelenken deuten darauf hin, dass er über einen längeren Zeitraum gefangen gehalten wurde. Johnsons Ende war saubere Präzision. Der Tod von Harris emotionales Gemetzel. Wenn Sie mich fragen …« Falsi stockte.

»Ja?«

»Es ist nur eine Vermutung, aber ich gehe von zwei Tätern aus.« Harris verschwand wieder in der Wand, als Falsi die Bahre hineinschob. »Und da ist noch etwas, das Ihnen helfen wird, Ihren Gegner besser zu verstehen.«

Nicks Puls beschleunigte sich. »Und damit warten Sie bis jetzt?«

»Es war wichtig, dass Sie die Hintergründe begreifen, den Tod von Detective Johnson.« Falsi trat an eines der Fächer und wollte es aufziehen. Doch der Verschlussmechanismus klemmte.

»Wären Sie so nett und helfen mir?«

Nick griff nach dem Schubfach und zog daran. Seltsamerweise ließ es sich problemlos öffnen und glitt aus dem Inneren heraus. Glänzender Stahl spiegelte das Deckenlicht. Das Fach war leer, bis auf einen simplen Zettel mit Band, der jeder Leiche an den Zeh gebunden wurde.

Nick sah die Worte darauf. John Doe. Die Bezeichnung für eine unbekannte männliche Leiche.

Er spürte, wie die Nadel in seinen Hals stach. Eine kalte

Flüssigkeit wurde in seinen Körper gepumpt. Er schlug um sich, die Spritze flog durch die Luft. Blut rann über seine Haut, hinterließ einen warmen Streifen.

»Was zum Teufel …?«

Seine Arme wurden schwer, Schwäche durchdrang jede Faser seines Körpers. Nick musste sich an der Wand abstützen.

»Es war wichtig, dass Sie begreifen, was Detective Johnson passiert ist«, wiederholte Falsi. »Denn Ihr Schicksal wird zwar ähnlich, aber nicht ganz so gnädig sein.«

Die Tür wurde geöffnet, und jemand betrat den Raum.

Nick wollte nach seiner Waffe greifen, sie aus dem Holster ziehen und schießen. In seiner Tasche vibrierte wieder das Smartphone.

Ein vermummter Mann näherte sich. Die Statur, die Haltung, es passte alles. Nick wusste instinktiv, dass es der unbekannte Entführer war, dem er am Kai auf der Baustelle gegenübergestanden hatte.

Nick konnte sich nicht länger auf den Beinen halten, rutschte mit dem Rücken gegen die Wand gepresst langsam zu Boden.

»Ah, ah, ah«, erklang die Vocoderstimme. Mit einem schnellen Schritt war der Mann bei Nick, drückte seinen Arm beiseite und zog die Glock aus dem Holster. »Wir wollen doch nicht, dass Sie sich verletzen. Das übernehmen wir.«

Falsi zog einen Klarsichtbeutel hervor und hielt ihn ausgestreckt von sich. Der Unbekannte ließ die Waffe hineinfallen.

»Wie lange habe ich auf diesen Augenblick gewartet.« Die Stimme des Killers klang fast schon andächtig. »Aber bei Ihnen musste ich mir etwas Besonderes einfallen lassen. Der gute Doktor Falsi hat Ihnen ja bereits erklärt, wie das Mittel wirkt, das er Ihnen injiziert hat.«

Nick wollte sich aufrichten, den Unbekannten packen und ihm endlich die Maske vom Gesicht reißen. Doch zu mehr als einem kleinen Zucken der rechten Hand war er nicht fähig. Seine Lider wurden schwer, schlossen sich.

Er blieb bei Bewusstsein, konnte noch immer alles hören, was um ihn herum vorging. Er roch das verdammte Formaldehyd, spürte das Heben und Senken seiner Brust.

»Ich mag es nicht, wenn ich meine Pläne anpassen muss«, sagte der Unbekannte mit unterdrückter Wut. »Miss Jones hätte es als Erste treffen sollen, erst danach wären Sie an der Reihe gewesen, Agent Coleman.«

Die Worte ergaben für ihn keinen Sinn.

Der Fremde verharrte neben ihm in der Hocke. »Aber nein, Sie dämlicher Narr mussten alles zunichtemachen. Von Anfang an waren sie Teil des Spiels, falls Sie das noch nicht begriffen haben. Es ging niemals nur um Miss Jones. Sie diente als Köder, um Sie wieder nach Chicago zu holen.«

Nick wollte die Lähmung abschütteln, kämpfte gegen das verdammte Gift an. Doch er blieb bewegungslos. In diesem Augenblick war er dem Unbekannten hilflos ausgeliefert.

Unweigerlich kehrten die Bilder zurück. Wehrlosigkeit. Machtlosigkeit. Er hatte kurz davorgestanden, Anna davon zu erzählen. An jenem Abend in ihrem Zimmer.

Als er gerade frisch von der Akademie kam, hatten sie eine Wohnung gestürmt. Einer der Räume war nicht richtig überprüft worden, und plötzlich stand der Gesuchte hinter Nick. Er hörte, wie eine Waffe entsichert wurde, und fuhr herum. Der Lauf zielte direkt zwischen seine Augen, ihre Blicke trafen sich.

Ein Schuss, spritzendes Blut.

Nick stand vollkommen geschockt im Raum, war unfähig, sich zu bewegen, als der Unbekannte hintenüber kippte. Tot. Sekunden, bevor er Nick auslöschen konnte.

An diesem Tag hatte Mike sein Leben gerettet.

Nick hatte sich geschworen, nie wieder so unvorsichtig zu sein.

Bis zu diesem Moment war es ihm gelungen.

»Sie werden heute sterben, Agent Coleman«, erklärte der Fremde. »Hier, in diesen Hallen. Als unbekannter John Doe, während Nick Coleman nie gefunden werden wird. Zweifellos wird es das Herz von Miss Jones zerreißen, wenn Sie davon erfährt. Und das wird sie, das verspreche ich Ihnen. Kurz bevor sie ebenfalls stirbt und ihr aufgeschlitzter Körper verscharrt wird.«

Hass tropfte aus der Stimme des Fremden wie schwarzes Gift.

»Ich habe zugeschaut, wie Sie verzweifelt nach Edward Harris suchten, die Spuren auswerteten und erst viel zu spät begriffen, dass dieses ordinäre Schwein längst abgeschlachtet war. Ich würde zu gerne wissen, was jetzt in Ihrem Kopf vorgeht. Metaphorisch gesprochen, natürlich.« Der Unbekannte lachte.

Nick warf sich verzweifelt gegen das Gefängnis seines eigenen Körpers, wollte ausbrechen aus den Fesseln von Haut und Knochen, die Muskeln anspannen und aufspringen, sich wehren. Doch es ging nicht.

»Zweifellos möchten Sie gerne wissen, wer ich bin. Es verschafft einen gewissen Frieden, wenn man diese Welt mit einer Gewissheit verlässt, könnte ich mir vorstellen.«

Stille.

»Doch Sie werden keinen Frieden finden. Sie gehen in dem Wissen, dass Ihnen Anna Jones in Kürze folgt und Sie das Rätsel um meine Identität niemals lösen konnten.« Jede falsche Freundlichkeit war aus der Stimme des Fremden verschwunden. »Ihre letzten Gedanken werden nicht mir gelten, nicht einmal Miss Jones. Es werden Schreie sein, die lautlos in ihrem Geist widerhallen. Niemand wird Sie hören. Die Hilfe, auf die Sie warten, so sehr hoffen, wird nicht kommen. Stattdessen sterben Sie allein, in den Tiefen der Rechtsmedizin. Dort draußen wird das Leben weitergehen, eine verzweifelte Suche nach Ihnen wird beginnen, die Ermittlungen werden nochmals ausgeweitet. Aber wir beide, Sie und ich, werden niemals gefunden werden.«

Der Fremde erhob sich.

»Wir sollten langsam zum Ende kommen. Aber vorher habe ich noch eine Kleinigkeit zu erledigen.«

Eine Bewegung, Stoff raschelte. Nicks Arm wurde angehoben, sein Zeigefinger gebogen.

»Und schon ist Ihr Smartphone entsperrt«, erklärte der Unbekannte. »Ich denke, ich werde mich ein wenig mit ihrer bisherigen Korrespondenz beschäftigen. Es gibt doch bestimmt zahlreiche Nachrichten, die sie von Agent Cohen, Miss Jones, Miss McKenzie oder Mr. Newton erhalten haben.«

Innerlich brüllte Nick auf, bäumte sich auf. Doch sein Körper gehorchte ihm nicht.

»Sie werden jetzt ein wenig schlafen. So wie Miss Jones. Ihr Aufwachen wird sich allerdings völlig anders gestalten. Ich wäre so gerne dabei, wenn Ihr Puls sich erhöht, wenn Sie es begreifen. Aber ich habe noch etwas vor. Ich werde Anna von Ihnen grüßen.«

Die Schritte entfernten sich, andere kamen auf ihn zu.

»Sie hatten nie eine Chance, Agent Coleman.«

Erneut spürte Nick einen Einstich am Hals und wieder bahnte sich eisige Kälte ihren Weg durch seinen Körper. Seine Konzentration schwand. Es war, als würde sein Kopf mit einer zähen, klebrigen Masse gefüllt werden, die jeden Gedanken erdrückte.

Er sank in die Bewusstlosigkeit, wissend, dass ihn ein grauenvolles Ende erwartete.

35. KAPITEL

Lynette versuchte noch einmal, Nick zu erreichen. Vergeblich.

Anna war im Wohnwagen auf die Sitzbank gesunken und rang angestrengt nach Atem. Sie konnten ihren Blick nicht von den Fotos lösen, die Nick in alltäglichen Situationen zeigten: im Auto, beim Betreten der FBI-Zentrale in D.C., vor dem Eingang eines Wohnhauses, in dem er vermutlich lebte, mit einer Einkaufstüte beim Verlassen eines Supermarkts, joggend mit Mike, lachend in einem Café neben einer jungen Frau, die Anna nicht kannte. Die Bilder lagen auf dem kleinen Tisch verstreut über- und nebeneinander. Scheinbar ohne System.

Bisher hatte sie Lynette nie fluchen hören. Jetzt tat sie es ununterbrochen. »Er geht nicht ran, er geht verdammt noch mal nicht ran«, stieß sie aus. »Wir brauchen Zane.« Sie nahm das Smartphone vom Ohr und tippte auf das Display.

»Wo brennt es?«, meldete er sich gähnend zu Wort. Da sie den Lautsprecher eingestellt hatte, konnte Anna mithören.

»Überall – und zwar lichterloh«, entgegnete Lynette. »Nick steckt in Schwierigkeiten, wahrscheinlich ist er sogar in akuter Gefahr.«

Ihre Worte rissen Anna aus der Schockstarre. Sie griff nun auch zu ihrem Telefon und wählte ihrerseits Nicks Nummer.

»Was ist passiert?«, fragte Zane, ohne Lynettes Erklärungen bis zum Ende anzuhören. Seine Stimme überschlug sich, nun war er hellwach.

»Nick ist im Fadenkreuz unserer Gegner. Ich kann dir jetzt nicht alles erklären. Uns fehlt die Zeit.« Sie sah auf ihre Armbanduhr. »Mittlerweile ist er seit gut zwei Stunden unerreichbar.«

»Scheiße«, brach es aus Zane heraus. »Ich versuche, sein Smartphone und das GPS-Signal des SUVs zu orten. Sobald ich was habe, melde ich mich. Und ihr gebt mir Bescheid, wenn sich bei euch etwas Neues ergibt!« Er wartete Lynettes Antwort nicht ab, sondern legte auf.

Anna hielt ihr Handy immer noch am Ohr, versuchte es immer wieder bei Nick in der irrsinnigen Hoffnung, seine Stimme zu hören. Doch bis auf das beständige Tuten des Freitons blieb es stumm.

»Ich verstehe das nicht«, flüsterte sie und sah Lynette an. »Nick hätte meinen Entführer beinahe erwischt. Daher kann ich nachvollziehen, warum sie es jetzt auch auf ihn abgesehen haben.« Sie betrachtete wieder die Fotos. »Aber hier ist eindeutig zu sehen, dass sie ihn schon beschattet haben, bevor die ganze Sache anfing. Warum? Er war damals doch gar nicht in Natalies Fall eingebunden.«

Lynette rieb sich die Stirn. »Ich weiß es nicht. Darauf kann ich mir auch noch keinen Reim machen.« Sie ging an ihr vorbei und verließ den Wohnwagen. »Hast du Nick erreichen können?«, fragte sie draußen.

»Nein«, erwiderte ihr Mike. »Im Revier weiß auch niemand, wo er stecken könnte.«

Anna stand auf, stützte sich dabei auf dem Tisch ab. Jedes einzelne Foto würde sie wohl für den Rest ihres Lebens in Erinnerung behalten. Ihre behandschuhte Hand glitt über die Fotos, ohne sie zu berühren. Dabei kam ihr ein Gedanke.

Vorhin hatte sie sich kaum bewegen können, jetzt stürmte sie nach draußen. »Du meintest, er wollte vor dir zurück zum Safe House fahren und mit mir sprechen«, sprudelte es aus ihr heraus, während sie zurück Richtung Halle lief. »Wir müssen die Strecke abfahren und Leute befragen. Vielleicht hat irgendjemand etwas gesehen.«

»Wir überprüfen bereits die Verkehrskameras«, ließ Mike sie wissen. Er und Lynette folgten ihr zur Halle, die sie im Laufschritt durchquerten. »Und zudem versuchen wir, das GPS seines SUVs anzupeilen.«

Anna warf Lynette einen vielsagenden Blick zu. Sie hoffte, dass Zane das inzwischen gelungen war. »Wir dürfen niemandem trauen«, flüsterte sie mehr zu sich selbst. Mindestens ein Cop konnte auf der falschen Seite stehen.

Sie streifte die Schutzkleidung ab, ließ sie an Ort und Stelle liegen und wählte im Laufschritt abermals Nicks Nummer.

Lynette rief ihr zu, dass sie noch kurz auf sie warten solle, und warf ihr schon mal den Autoschüssel zu. Sie diskutierte am Eingang zur Halle mit Mike. Da Anna in den

Wagen stieg und die Tür zuschlug, konnte sie die beiden nicht mehr verstehen.

Sie hielt das Smartphone ans Ohr und startete den Motor, um Lynette zu verdeutlichen, dass sie sich beeilen sollte. In diesem Moment wurde ihr Anruf entgegengenommen.

»Wenn du jemandem in deiner Nähe auch nur zuzwinkerst, werde ich Nick dafür bestrafen. Also lass dir besser nichts anmerken.«

Anna hielt unwillkürlich die Luft an. Ihr Herz kam für einige Sekunden zum Stillstand und schmerzte, als es wieder zu schlagen begann. Panik legte sich wie ein erdrückendes Gewicht über sie.

»Bist du noch da?«

Er war es. Er machte sich inzwischen nicht mehr die Mühe mit dem Stimmenverzerrer. Die Härchen auf Annas Armen stellten sich auf.

»Ja«, erwiderte sie krächzend. Gedämpft hörte sie Lynette und Mike reden. Sie traute sich nicht, auch nur ansatzweise in ihre Richtung zu schauen.

»Dann höre mir jetzt gut zu«, forderte er sie auf und machte eine kurze Pause, um seine Worte wirken zu lassen. »Die einzige Person, die Nick noch retten kann, bist du. Machst du auch nur den kleinsten Fehler, ist er tot. Weigerst du dich, meinen Anweisungen Folge zu leisten, ist er tot. Sprichst du mit jemandem, ist er ...«

»Ich habe es verstanden«, schrie sie, biss sich anschließend auf die Lippe und schnaufte.

Mike und Lynette standen nicht weit entfernt. Er sprach zu ihr, während sie mit gerunzelter Stirn zu Anna sah. Hatte sie ihren Ausbruch gehört? Anna hatte das Smartphone weiter am Ohr, drehte das beleuchtete Display aber unauffällig in Lynettes Richtung. Zudem presste sie die Lippen zusammen und riss die Augen auf. Es waren nur kleine Gesten, aber die sollten reichen, um Lynette zu signalisieren, dass etwas nicht stimmte.

»Fahr los.«

Hatte er das einmalige Zuschlagen der Wagentür gehört, oder war er in der Nähe? Auf jeden Fall schien er sich sicher zu sein, dass sie allein im Auto saß.

»Vorher will ich mit Nick sprechen.«

Er lachte gekünstelt. »Entweder du fährst jetzt los, oder Nick ist tot.«

Sie stellte den Lautsprecher an und legte das Smartphone auf den Beifahrersitz. Dann schaltete sie in den Rückwärtsgang. Lynette nickte ihr kaum merklich zu. Anna atmete auf. Sie hatte keinen Zweifel, dass Lynette die Situation richtig interpretiert hatte.

Anna blickte sich nach den Deputys um. Wenn sie beobachtet wurden und ihr stummes Zwiegespräch auffiel, konnte das fatale Folgen für Nick haben.

Langsam wendete sie den Wagen und fuhr auf das Tor zu. Ein kurzer Blick in den Rückspiegel. Lynette sah ihr nach und überquerte gleichzeitig mit hektischen Schritten den Platz. Anna ahnte, dass sie ihr unauffällig folgen wollte. Allein. Sie durften keinem Cop vertrauen.

»Rechts halten und an der nächsten Kreuzung geradeaus weiterfahren«, wies ihr Peiniger sie an, sobald sie auf die von Laternen beleuchtete Straße fuhr.

Anna spürte am ganzen Körper Gänsehaut. Er wusste offenbar genau, wo sie sich befand.

Als sie das Auto an der roten Ampel zum Stehen brachte, begutachtete sie die umstehenden Fahrzeuge und Passanten. Wer war dieser Dreckskerl? Lotste er sie zu Nick? Was würde passieren, wenn sie das Ziel erreichte?

»Wohin genau soll ich fahren?«, brach es aus ihr heraus.

Ein gedämpftes Lachen erklang. »Damit du die Adresse jemandem zukommen lassen kannst? Ich möchte dich noch einmal daran erinnern, dass du jetzt für Nicks Leben verantwortlich bist.«

Sie biss die Zähne zusammen, mahnte sich innerlich zur Ruhe. Als die Ampel auf Grün schaltete, fuhr sie weiter. Langsam genug, um Lynette Zeit zu verschaffen, schnell genug, damit es nicht auffiel. Er gab ihr die Richtung vor, wobei sie die Autos hinter ihr über den Rückspiegel im Blick behielt. Es waren einige Taxen unterwegs, aber sie konnte keines ausmachen, das ihr besonders verdächtig vorkam. Der Straßenverkehr war trotz der späten Uhrzeit noch zu dicht. Der Unbekannte konnte wer weiß wo sein – ebenso wie Lynette.

»Es ist Zeit, dich von deinem Telefon zu verabschieden. Wirf es aus dem Fenster und folge dem Motorradfahrer.«

Verdammt. Sie sah sich um und bemerkte im Seitenspiegel einen näher kommenden Biker. Er schlängelte sich durch die fahrenden Autos und reihte sich schließlich vor ihr ein.

»Weg mit dem Handy – jetzt!«, herrschte er sie an.

Anna versuchte zu erkennen, ob der Motorradfahrer sie

beobachtete. Er trug einen Helm mit abgedunkeltem Visier, daher war das schwer zu sagen.

Am anderen Ende der Leitung erklang ein ungeduldiges Knurren. Sie konnte nicht länger zögern, hatte sowieso keine Wahl. Mit einem flauen Gefühl im Magen ließ sie die Scheibe herunter und warf ihr Smartphone auf die Straße.

Zane hatte neben Nicks Telefon auch sein Auto orten wollen. Konnte er das ebenso bei ihr? Lynettes Leihwagen war im Gegensatz zu Nicks kein offizielles Polizeifahrzeug. Ob Lynette Zane inzwischen angerufen und über ihre Lage informiert hatte? War sie in der Nähe?

Wieder musterte Anna die Autos hinter sich, dabei verpasste sie fast, dass der Biker vor ihr abbog. Als sie bremste und viel zu spät den Blinker setzte, beschwerte sich der nachfolgende Autofahrer mit einem penetranten Hupen.

Sie musste sich konzentrieren, durfte Nick durch ihre Unachtsamkeit nicht gefährden. Dem Motorradfahrer gefiel sicherlich nicht, dass sie so viel Aufmerksamkeit auf sich zog. Ihr Blick war nun eisern auf seine schwarze Lederkutte gerichtet. Sie verglich die Statur mit der des Entführers und glaubte, dass er es nicht war. Seinen Gehilfen vom Schiff hatte sie kaum gesehen. Letztendlich tappten sie aber vollkommen im Dunkeln und hatten keine Ahnung, wie viele Handlanger er hatte.

Nachdem sie eine halbe Stunde unterwegs waren und der Biker auf den West Rosehill Drive fuhr, wurde ihr schlagartig klar, wohin er sie führte. Die Angst packte sie mit eisigen Krallen. Es kam ihr vor, als sinke die Temperatur in der Kabine binnen Sekunden auf null.

Das mit Zinnen und Türmchen historisch anmutende Verwaltungsgebäude des Rosehill Cemetery wirkte wie aus einer vergangenen Zeit. Anna folgte dem Motorrad durch den Torbogen des Gebäudes. Kaum hatten sie das Gelände erreicht, gab der Biker Gas und raste in der Dunkelheit davon. Sie bemühte sich erst gar nicht, ihm zu folgen. Auf der engen, kurvenreichen Friedhofsstraße konnte er sie problemlos abhängen.

Die Scheinwerfer tauchten Gräber entlang des Weges in grelles Licht. Hunderte Gedenksteine reihten sich höhnisch aneinander.

Am Ende der Straße erkannte sie erneut das Motorrad. Es war am Rand abgestellt, von dem Fahrer fehlte jede Spur. Anna parkte hinter dem Bike und schaltete den Motor aus. Ihre Gedanken kreisten um Nick. War er hier? Hatte Zane ihn schon lokalisieren können und vielleicht das FBI bereits informiert?

Sie nahm einen tiefen Atemzug und stieg aus. Mehrfach blickte sie sich um, konnte jedoch weder Menschen noch heranfahrende Autos entdecken. Anna versuchte, sich damit zu beruhigen, dass Lynette, sollte sie es geschafft haben, ihre Verfolgung aufzunehmen, sich niemals derart offensichtlich nähern würde.

Ein Klingeln ertönte und ließ Anna zusammenzucken. Erneut blickte sie sich um und sah schließlich ein Smartphone auf dem Motorradsitz aufleuchten. Langsam ging sie darauf zu. Als sie es ergriff, fühlten sich ihre Finger taub an.

»Gut gemacht«, lobte er sie, sobald sie den Anruf entgegennahm. »Jetzt geht es zu Fuß weiter.«

Während der Fahrt hatten seine Anweisungen ruhig geklungen. Nun hörte sie Aufregung in seiner Stimme. Erinnerungsfetzen blitzten in ihrem Geist auf. Die feuchten Kellerräume, Harris' und Detective Johnsons Leichen, die Bar, das Kino, das Schiff. Anna glaubte, die Schläge wieder zu spüren. Sie keuchte auf, erwartete beinahe, dass die Schmerzen in diesem Moment zurückkehrten. Was stand ihr hier bevor?

»Wo ist Nick?«, brach es aus ihr heraus.

»Folge dem Licht«, forderte er sie auf.

Welches meinte er? Hier gab es keine Laternen. Nur die umliegende Stadt erhellte schwach die Umgebung.

Da sah sie es … In der Ferne flackerte plötzlich etwas auf. Eine Taschenlampe, die mehrmals ein- und ausgeschaltet wurde.

Zögernd machte sie sich auf den Weg. Sie ließ den Lautsprecher des Telefons an. Vielleicht würde sie dadurch von irgendjemandem gehört werden. Ein Nachtwächter, ein Trauernder, Lynette.

»Ich weiche normalerweise niemals von meinem Kurs ab«, sagte er. »Dass ich nun dazu gezwungen war und dennoch am Ende zu meiner Rache komme, lässt mich noch mehr über euch triumphieren.«

Anna blieb stehen. Ihr Auto lag schon ein ganzes Stück hinter ihr. Sie stand auf einer Wiese, inmitten von Grabsteinen.

»Um triumphieren zu können, müssten Sie sich erst einmal zu erkennen geben. Was nützt Ihnen das alles, wenn niemand von Ihnen weiß?«

Kurz herrschte Ruhe, dann stieß er wieder das aufgesetzte Lachen aus. »Meine Taten sind es, die zählen. Sie werden zukünftig in den Lehrbüchern angehender Agenten Erwähnung finden. Vergeltung in seiner reinsten Form. Ihr seid mir alle unterlegen. Ich werde für immer über euch stehen.«

Anna wusste nicht, was sie davon halten sollte. Am liebsten hätte sie ihn wissen lassen, wie krank sich das für sie anhörte. Aber wenn sie ihn provozierte, würde sie Nick und sich selbst noch mehr in Gefahr bringen. Sie musste Zeit schinden. Im Moment konnte sie nichts tun, als ihn weiter in ein Gespräch zu verwickeln.

»Nick hatte mit Natalies und meinem Fall nichts zu tun, bis ich ihn nach Chicago rief. Welche Rolle spielt er für Sie? Weshalb haben Sie ihn schon in Washington beschattet?«

»Für eine Journalistin können unbeantwortete Fragen ganz schön frustrierend sein, nicht wahr? Das kann ich sogar nachvollziehen. Warum passieren vermeintlich guten Menschen böse Dinge?«

»Manchmal ist man einfach zur falschen Zeit mit den falschen Leuten am falschen Ort«, flüsterte sie in Erinnerung an Natalie.

Er schnaufte. »Das, was wir erleben, formt uns. Entweder gehen wir daran zugrunde, nehmen es hin, oder wir wachsen daran.«

»An Natalies Schicksal – ihrem Verlust – kann man nicht wachsen. Schon gar nicht, indem man selbst zum Täter wird.«

»Das sagt ja genau die Richtige. Du siehst dich als Opfer, bist aber in Wahrheit die Täterin. Ein schönes Lächeln, doch dahinter verbergen sich Egoismus und Bosheit.« Seine Stimme bebte vor Wut.

»Sie haben Menschen ermordet und glauben dennoch, kein Täter zu sein? Wenn Sie bei Verstand sind, müssten Sie die Ironie darin erkennen.«

Ein tiefes Seufzen war zu vernehmen. »Folge dem Licht. Gleich wirst du es verstehen.«

Er legte auf.

36. KAPITEL

Der dunkle Nebel in seinem Kopf lichtete sich. Langsam kehrte Nick zurück in die Wirklichkeit. Seine Gedanken sickerten zäh in sein Bewusstsein, ein leichter Schmerz pochte an seinem Hals.

Dann erinnerte er sich wieder.

Die Injektion, die Kraftlosigkeit, die höhnischen Worte des Unbekannten.

Er wollte in die Höhe fahren, die Augen aufreißen, brüllen. Doch nichts geschah. Sein Körper gehorchte ihm nach wie vor nicht. Einzig die Kälte der Liegefläche unter seinem nackten Rücken erinnerte ihn daran, überhaupt noch aus Materie zu bestehen. Dazu die Berührung eines Lakens, kaum wahrnehmbar auf seiner Haut.

Die Zeit verstrich.

Wie lange war er bereits hier? Und wo war *hier*? Hatten sie ihn in einen Kofferraum verfrachtet?

Irgendwann klackte ein Riegel, sein Körper erzitterte.

Der Untergrund, auf dem er lag, bewegte sich, und Nick realisierte, dass er bis gerade eben in einem Leichenfach gelegen hatte.

Jemand atmete. Stoßweise, geradezu erregt.

Dann lag Nick still.

Etwas veränderte sich. Ein rüttelndes Geräusch, er wurde bewegt.

Er spürte eine Berührung an seinem Handgelenk, jemand nahm seinen Puls.

»Schön, dass Sie wieder wach sind, Agent Coleman.« Der Stimme nach zu urteilen, war es Doktor Falsi. »Endlich habe ich Zeit für Sie.«

Es wurde kälter, als man ihm das Laken vom Körper zog. Nick spürte, dass er vollkommen nackt war. Metall klirrte, medizinisches Besteck schlug aneinander. Er hörte, wie eine Flüssigkeit in ein Gefäß gegossen wurde. Falsi trank und stieß genießerisch die Luft aus.

»Es hat seinen Grund, dass ich lieber spät arbeite. Ich habe dann meine Ruhe und werde von niemandem gestört.«

Nur ein gezielter Faustschlag und Nick hätte Falsi zu Boden gestreckt. Doch sosehr er sich auch bemühte, er konnte keinen Finger rühren, die Augen nicht öffnen.

Etwas wurde mit einem dumpfen Laut abgestellt. Stille. Dann ein Stift, der über Papier kratzte.

»Immer dieser elende Papierkram«, sagte Falsi. »Laut diesen Unterlagen sind Sie übrigens ein John Doe. Der Tod trat erst vor wenigen Stunden ein. Deshalb sehen Sie auch noch so frisch aus. Sie treiben Sport, wenn ich mir das so ansehe.« Falsi berührte Nicks Oberarme. »Eindeutig. Und alles umsonst, wenn man bedenkt, wie jung sie sterben. Entschuldigung, gestorben sind.«

Die behandschuhten Finger des Rechtsmediziners auf seiner Haut zu spüren, ließ Übelkeit in Nick aufsteigen.

Fast glaubte er, das diabolische Grinsen des Doktors zu sehen. Dieser Irre arbeitete nicht einfach nur mit dem Unbekannten zusammen, er hatte Spaß an dieser Sache!

Nick lag in der Rechtsmedizin auf dem verdammten Seziertisch.

Innerlich bäumte er sich auf, wollte sich herumwerfen und von der Bahre springen. Doch es gelang ihm nicht. Sein Körper schien aus Stein gemeißelt zu sein, verweigerte auch nur die kleinste Bewegung.

Er erinnerte sich an die Worte des Unbekannten. Der Kreislauf wurde heruntergefahren, die Atmung reduzierte sich. Nur langsam kam alles zurück. Wie bei Detective Johnson.

Ihn wollten sie jedoch nicht nur ausbluten lassen.

»Ich erinnere mich noch gut an mein erstes Mal im Sektionssaal.« Die Stimme von Falsi bekam einen ekelhaft freundlichen Unterton. »Ich war noch ein junger Student. Die anderen waren zart besaitet, einer meiner Kommilitonen rannte auf den Gang und übergab sich. Ein zweiter schaffte es nicht einmal bis dorthin.« Er lachte leise. »Ich dagegen verspürte etwas anderes. Lust. Im ersten Augenblick hat mich das erschreckt, müssen Sie wissen. Ich nahm sogar professionelle Hilfe in Anspruch. Doch letztlich kam ich mit mir ins Reine und konnte meine Arbeit umso mehr genießen.«

Ein Zucken durchlief Nicks Körper.

»Wir haben, wie es scheint, nicht mehr viel Zeit.« Falsi stieß gespielt bedauernd die Luft aus. »Sie haben sich selbst überschätzt, Agent Coleman. Haben sich wohl mit

Leuten angelegt, die ihnen weitaus überlegen sind.« Er tätschelte Nicks Kopf. »Was meinen Sie, wollen wir mit der Untersuchung des Schädels beginnen?«

Diese Berührung hatte Nick wesentlich intensiver gespürt als die übrigen. Ließ das Relaxans langsam nach? Nick warf sich innerlich noch stärker gegen sein Gefängnis. Dieser Irre wollte ihm den Schädel aufsägen! Ihn hier zwischen all den anderen Leichen umbringen. Und danach? Würde er als John Doe in einem Armengrab landen. War längst irgendwo ein Loch ausgehoben, in dem er landen sollte?

»Ich werde Ihnen nach der Schädelöffnung genau erklären können, welche Areale wofür zuständig sind«, sagte Falsi. »Sie werden noch leben, wenn ich einen Teil herausschneide und Ihnen zeige. Es ist wahrhaft faszinierend, den menschlichen Körper auf diese Art zu sehen. Es wird eine ergreifende letzte Erfahrung für Sie werden.«

Stille.

Nick brüllte auf, schrie in seinem Kopf all seine Wut und Machtlosigkeit hinaus, konnte seinen Körper aber immer noch nicht bewegen.

Ein Diktiergerät klackte beim Einschalten.

»Doktor Preston Falsi, Obduktion an John Doe …«

Etwas an Nicks großem Zeh bewegte sich.

Der Rechtsmediziner las die Nummer an dem Schildchen ab und nannte das aktuelle Datum sowie die Uhrzeit.

»Protokollführung erfolgt über Audio, ergänzendes schriftliches Material liegt der Akte bei. Bei dem Toten handelt es sich um einen weißen Mann mittleren Alters mit sportlicher Statur.« Er nannte ein geschätztes Gewicht.

»Ich beginne mit der Freilegung des Hirns durch Öffnung der Schädeldecke.«

Es klackte. Plastik traf auf Metall. Das Diktiergerät war abgeschaltet und abgelegt worden.

»So eine Knochensäge ist ein wunderschönes Instrument. Wirkt sperrig und ist doch elegant in der Ausführung.«

Er musste sie lautlos aufgenommen haben.

Das plötzliche Licht der Neonlampen ließ Nick blinzeln. Blinzeln! Er konnte die Augen öffnen, sah über sich die verschwommene Silhouette des Doktors.

»Wir sollten Ihrem Erscheinungsbild für die Akten noch etwas mehr Dramatik verleihen, denken Sie nicht?« Falsi legte die Knochensäge beiseite, nahm das Diktiergerät wieder auf. »Das Gesicht ist durch die Einwirkung eines stumpfen Gegenstandes weitflächig zerstört. Großflächige Traumata am Gewebe, gebrochenes Nasen- und Jochbein. Das Kinn wurde vollständig zertrümmert.« Er schaltete es wieder aus. »Keine Sorge, darum kümmere ich mich nach Ihrem Ableben. Sie werden nichts mehr spüren. Ich bin ja kein Barbar.«

Im Geiste sah Nick die unzähligen Opfer von Gewaltverbrechen vor sich. Er selbst sollte verstümmelt, seine Organe entnommen und untersucht werden. Wenn Falsi seinen Schädel öffnete, würde er noch immer am Leben sein. Erst massive Verletzungen des frei liegenden Gehirns würden zum Tod führen.

Er wollte sich wehren, legte seine gesamte Kraft in den Versuch, den Arm zu heben.

Da! Hatte sein rechter Finger gezuckt?

Doktor Falsi schien sich an dem Anblick des wehrlosen FBI-Agenten zu ergötzen, Nick sah die Lust in seinen Augen. Er war Herr über Leben und Tod. Ein Psychopath wie aus dem Bilderbuch, der durch die Maschen geschlüpft war und unter dem Radar der Polizei grauenvolle Dinge tat. Wie viele angebliche Opfer hatte er hier bereits obduziert, während sie ihn mit geweiteten Augen angestarrt und innerlich um Erbarmen gefleht hatten? War das sein Modus Operandi? Er schnitt die Körper von betäubten Menschen auf, legte ihnen ausführlich dar, was er vorhatte. Und dann genoss er es, sie langsam sterben zu sehen und in ihre Augen zu blicken, wenn das Licht erlosch.

»Es ist eine Schande«, sagte Falsi und tätschelte Nick die Wange. »Wieder ein Opfer, das in irgendeinem schlichten Grab landet, weil sich kein Angehöriger meldet. Es gibt so viele davon.«

Falsis saurer Atem stieg Nick in die Nase. Er spürte seine tastenden Finger, roch den allgegenwärtigen Geruch von Reinigungsmitteln und Tod. Mittlerweile konnte Nick klarer sehen.

»Haben Sie schon darüber nachgedacht, wie es enden wird, Agent Coleman? Für die meisten ist das ein makabrer Gedanke.«

Falsi nahm die elektrische Knochensäge wieder auf und strich mit dem Zeigefinger über das kreisrunde Metallblatt. Sein Daumen schwebte über dem Aktivierungsschalter, er betätigte ihn jedoch noch nicht.

»Drei Studenten sind letztes Jahr verschwunden«, erzählte er. »Der Fall ging durch die Nachrichten. Erinnern Sie sich daran?«

Stille.

»Richtig, Sie können ja nicht antworten. Es war meine Anfangszeit hier am Institut, ich bin gerade in die Stadt gezogen. Endlich konnte ich meine Passion ausleben. Die drei hat man bis heute nicht gefunden.«

Nick erinnerte sich dunkel an den Fall, der von Mike bearbeitet worden war. Drei Studenten waren spurlos verschwunden. Von einem Tag zum nächsten einfach nicht mehr aufgetaucht. Zwei junge Männer, eine Frau. Da das CPD sie nicht finden konnte, war irgendwann das FBI hinzugezogen worden. Alle drei stammten ursprünglich aus unterschiedlichen Bundesstaaten. Doch auch in ihren jeweiligen Heimatstädten fand man keine Spur von ihnen.

Falsi beugte sich herab, sodass sein Mund direkt neben Nicks Ohr war. »Zweimal John Doe, einmal Jane Doe. Einer ihrer Kommilitonen durfte bei dem Mädchen die Organe wiegen und das Protokoll anfertigen. Er hat nie erfahren, wer es war. Am Ende wurden alle drei eingeäschert. Noch wochenlang wurde nach ihnen gesucht. Sie wird man ebenfalls nicht finden, Agent Coleman.«

Er hielt die Knochensäge direkt vor Nicks Gesicht. Jedes Detail zeichnete sich im grellen Neonlicht ab.

»Aber schweifen wir nicht länger ab. Sie müssen inzwischen ungeduldig sein, fragen sich, wann es endlich losgeht. Dafür habe ich vollstes Verständnis.«

Nick spürte, wie die Verbindung zu seinem Körper ganz allmählich zurückkehrte. Langsam – zu langsam. Seine Finger kribbelten.

»Wir sollten uns nun beeilen«, flüsterte der Rechtsmediziner, und Nick hörte die Vorfreude in seiner Stimme. »Miss Jones wird Ihnen in ein namenloses Grab folgen. Wenn alles nach Plan läuft, werden Sie sich ein und dasselbe teilen.«

Falsi lächelte und aktivierte mit einem Knopfdruck die Knochensäge.

37. KAPITEL

Anna betrachtete das Smartphone, das schwer wie ein Stein in ihrer Hand lag. Mit dem Ende des Telefonats erlosch auch das Display. Die Dunkelheit schien sie von Sekunde zu Sekunde mehr zu erdrücken.

Ein plötzlicher Windstoß fegte durch das Blätterdach der Bäume. Die Äste wankten, wohingegen die Silhouetten der Grabsteine starr aus der Erde ragten.

Mit einem stechenden Schmerz im Magen ging Anna weiter in die Richtung, aus der sie das Signal der Taschenlampe gesehen hatte. Da war es wieder. Das Licht schaltete sich ein und aus, eine unverkennbare Aufforderung, zu ihm zu kommen.

Anna sah sich unauffällig um. Sie musste Zeit schinden und auf Hilfe hoffen. Hatte Lynette ihr folgen können? Nachdem sie ihr Smartphone verloren hatte, war sie vermutlich ihre einzige Chance, hier gefunden zu werden.

Sie starrte in das flackernde Licht, das selbst aus der Entfernung in ihren Augen brannte. War Nick dort? Wusste er, dass sie zu ihm kam? Sie waren die Spielfiguren in dieser perfiden Inszenierung, und der Einsatz war zweifellos erneut ihr Leben.

Annas Beine fühlten sich an, als wären sie Fremdkörper. Kraftlos und schwer schleppte sie sich vorwärts. Ihr Instinkt schrie sie an, schnellstmöglich wegzurennen. Die Angst vor dem Ungewissen, vor Schmerz und Folter, wurde mit jedem Schritt übermächtiger. Doch sie durfte Nick nicht im Stich lassen. Er hatte es auch nicht getan.

Abermals blickte sie sich um. So weit ihr Sichtfeld reichte, war keine Menschenseele zu sehen. Das Licht war nun schon ganz nah. Aber es erlosch, bevor sie es erreichte.

Hinter einer Skulptur ein bisschen weiter rechts erkannte sie eine weitere Lichtquelle und folgte ihr. Sie umrundete die Statue, vor der Grabkerzen aufgestellt waren und ihr mattes Licht auf eine kunstvoll geschwungene Säule warfen. Mit zusammengekniffenen Augen betrachtete sie den oben aufsitzenden steinernen Engel und überlegte, woher sie die Skulptur kannte. Ihr Blick fiel auf ein nahe gelegenes Grab, das als einziges ebenfalls von Grabkerzen umstellt war. Ihr wurde schlagartig bewusst, dass sie schon einmal hier gewesen war. Mit ihrem Vater hatte sie neben dem Engel gestanden, sich halb hinter der Skulptur verborgen. Natalies Beerdigung.

Anna schwankte leicht, ihr Kehlkopf kratzte, Tränen brannten in ihren Augen. Sie war so auf Nick fixiert gewesen, dass sie den Friedhof bisher nicht mit Natalie in Verbindung gebracht hatte.

Sie entfernte sich mit unsicheren Schritten von der Säule. Immerzu drehte sie sich um ihre eigene Achse und hielt nach irgendjemandem oder irgendetwas Ausschau.

»Nick!« Ihr Schrei hallte über das weite Gelände, bevor die Stille ihn verschluckte.

»Schweig«, ertönte eine Stimme. Obwohl wieder der Stimmenverzerrer zum Einsatz kam, bemerkte Anna an der Tonlage, dass dieses Mal nicht der Entführer selbst zu ihr sprach. »Nick ist nicht hier – noch nicht. Aber wir werden gleich alles für seinen Empfang vorbereiten.«

Anna konnte nicht einordnen, aus welcher Richtung die Stimme kam. Sie sah nur die Umrisse der umliegenden Grabsteine. »Lasst mich kurz mit ihm telefonieren«, bat sie und ballte die Hände zu Fäusten.

»Er ist gerade verhindert«, bekam sie als Antwort. »Und du hast jetzt sowieso Wichtigeres zu tun.« Ein Klacken war zu hören. Es klang wie das Entsichern einer Waffe. »Neben Natalie Walshs Grab findest du einen Spaten und eine Schaufel.«

Sie hielt die Luft an. »Und was soll ich damit tun?«

»Ihren Sarg freischaufeln.«

Anna schüttelte so vehement den Kopf, dass es schmerzte. Sie sah ihre Freundin im Geiste vor sich, erinnerte sich an ihr ansteckendes Lachen. Wären sie Harris nicht begegnet … Sie wischte sich eine Träne aus dem Augenwinkel. »Das mache ich nicht«, flüsterte sie.

»O doch, das wirst du. Für Gewissensbisse ist es zu spät. Du hast sie in Harris' Keller zurückgelassen. Damals hat dich ihr Schicksal auch nicht interessiert.«

Sie zuckte zusammen. »Ich wollte Hilfe hol…«

»Halt den Mund und mach dich an die Arbeit!«, hallte die Stimme lautstark zu ihr herüber.

Anna sah in die Richtung, aus der sie sie vermutete, konnte in der Finsternis aber niemanden entdecken.

»Fang an!«

Natalies Grab war etwa zehn Schritte von ihr entfernt. Sie betrachtete den weißen, schlichten Stein, ihren eingemeißelten Namen, ihr Geburts- und Todesdatum. »Das wäre Leichenschändung. Warum wollt ihr …?«

»Mach dir darüber keine Gedanken«, fiel er ihr abermals ins Wort. »Nach drei Jahren ist nicht mehr viel von ihr übrig. Sollte der Sarg noch einigermaßen erhalten sein, ist darin wieder Platz – für diejenige, die dort von Anfang an hätte liegen sollen.«

Anna gefror das Blut in den Adern. Sie sollte ihr zukünftiges Grab freischaufeln.

Ein dumpfes Geräusch ertönte. Bevor Anna es einem schallgedämpften Schuss zuordnen konnte, schlug das Projektil bereits vor ihren Füßen im Boden ein. Gras und Erdbrocken stoben in die Luft. Sie sprang zitternd zurück.

»Fang endlich an!«, erklang die fordernde Stimme.

Anna zog den Kopf ein und schlang die Arme um sich. Sie rechnete jeden Moment mit einem weiteren Schuss. Stockend setzte sie einen Fuß vor den anderen und näherte sich der Ruhestätte. Sie biss sich innen auf die Wangen, bis sie Blut schmeckte.

»Geht das vielleicht auch etwas schneller?«, trieb er sie an, als sie sich nach dem Spaten bückte.

Ihr blieb keine andere Wahl, als sich auf dieses kranke Spiel einzulassen. Tat sie es nicht, würde der nächste Schuss sie treffen. Tat sie es, starb sie vermutlich, sobald sie mit der Arbeit fertig war. Welch grausame Ironie. Wenn sie überhaupt noch etwas retten konnte, war es die Zeit.

Als sie den Spaten mit dem Fuß in den Rasen stach, dachte sie an Lynette. Sie flehte innerlich, dass sie inzwischen in der Nähe war.

»Wie wird es wohl sein, Natalie nach so langer Zeit wiederzusehen?«, meldete sich die Stimme. Es klang so, als würde sie nun aus einer anderen Richtung kommen.

Annas Hände zitterten so stark, dass ihr der Spatenstiel aus den Fingern rutschte.

»Streng dich mehr an! Solltest du in zwei Stunden nicht fertig sein, werde ich genauer zielen. Dorthin, wo es richtig wehtut. Wie wäre es mit dem Oberschenkel? Hauptsache, du kannst weitergraben.«

Es gab nichts, was sie darauf hätte erwidern können. Sie versuchte, die Anwesenheit des Fremden auszublenden, hörte jedoch immerzu Schritte, die sie, verborgen in der Dunkelheit, beständig umrundeten. Ihr war bewusst, dass sein Blick auf sie gerichtet war, sie selbst schaute nach unten auf die Erde, die sie Schaufel um Schaufel aus dem Weg räumte.

Nachdem sie den Rasen ausgestochen hatte, kam eine Bodenschicht zum Vorschein, die von Regenwürmern, Ameisen und Asseln besiedelt und von ihnen aufgelockert war. Bei den fetten Maden schüttelte es sie vor Ekel. Sie schwitzte aus allen Poren. Ihr Haar und die Bluse klebten an ihrer Haut. Immerzu leckte sie sich über die Lippen, dabei war ihr Speichel schon gänzlich aufgebraucht. Die Zunge klebte ihr am Gaumen. Der Durst machte ihr bald mehr zu schaffen als die Anstrengung.

Als sie schon ein wenig gegraben hatte, wurde der

Boden lehmiger. Sie musste die Schaufel wieder gegen den Spaten tauschen, brauchte all ihre Kraft, um die harte Erde zu lösen. Ihr Rücken schmerzte durch die ungewohnte Belastung, auf ihren Handinnenflächen hatten sich bereits erste Blasen gebildet. Ihre Verletzungen der vergangenen Tage spürte sie ebenfalls wieder deutlicher. Besonders der Schnitt an ihrem Bauch brannte. Vermutlich war die Naht unter dem Pflaster längst wieder aufgerissen.

»Die Zeit ist gleich um.«

Sie schreckte zusammen. Seit einer gefühlten Ewigkeit hatte der Unbekannte geschwiegen. Einzig seine Schritte, die entfernten Stadtgeräusche, das Zirpen der Grillen und das scharrende Geräusch der Schaufel hatten sie bei der Tortur begleitet. Wie sehr sie diesen Stimmenverzerrer hasste.

Anna keuchte vor Schwäche und Panik. Gleich würde er auf sie schießen, ihre Beine würde er aus der Entfernung allerdings nicht treffen, da sie bis zur Hüfte in Natalies Grab stand.

Hektisch stach sie mit dem Spaten in den Lehm. Sie war mittlerweile völlig außer Puste. Mit einem dumpfen Schlag stieß sie plötzlich auf einen Widerstand. Der Zusammenstoß brachte ihren Arm schmerzhaft zum Vibrieren.

»Gerade noch rechtzeitig«, kommentierte der Fremde.

Gütigerweise räumte er ihr mehr Zeit ein, denn sie brauchte eine weitere halbe Stunde, ehe sie den Sargdeckel komplett freigelegt hatte. Ihre Muskeln verkrampften immer wieder, sie schaffte es kaum noch, die Arme zu heben. Erschöpft setzte sie sich an den Rand des Erdlochs. Alles drehte sich, ihr wurde schwindelig.

»Trink etwas«, rief er und warf ihr eine Plastikflasche zu, die vor ihr auf das faulige Holz des Sarges knallte und dort einen Riss hinterließ.

Zitternd nahm sie die Flasche auf. Sie hatte kein Gefühl mehr in den Fingern, schaffte es nur mühsam, sie zu öffnen. Ihr kam in den Sinn, dass er ein Betäubungsmittel oder Gift zugemischt haben könnte. Doch ihr Durst war mittlerweile so stark, dass es ihr fast egal war. Ihr Körper lechzte nach dem Wasser. Die ersten Schlucke trank sie so hastig, dass sie sich mehrfach verschluckte. Sie hielt bewusst inne und atmete tief durch, bevor sie erneut ansetzte. Erlösend rann das Wasser ihre Kehle hinab, bis kein Tropfen mehr übrig war.

»Öffne den Sarg!«, wies er sie an.

Anna sah sich nach ihm um, doch er hielt sich weiterhin im Dunkeln verborgen. Spätestens jetzt hatte sie erwartet, dass der Entführer ebenfalls zu ihnen stieß. War er mit Nick auf dem Weg hierher?

Nachdem nun so viel Zeit verstrichen war, rechnete sie nicht mehr mit Lynettes Auftauchen. Sie war auf sich allein gestellt und hatte unbewaffnet und körperlich geschwächt, wie sie war, keine Chance. Müde betrachtete sie ihre aufgeschürften schmutzigen Hände, bevor sie abermals zu dem Spaten griff, ihn in dem Spalt des Sargdeckels verkeilte und das marode Holz weiter zerbarst. Ihr graute vor dem Anblick, der sich ihr gleich offenbaren würde. Die Härchen in ihrem Nacken stellten sich auf, während sie den Deckel nach und nach zerteilte. Splitter fielen ins Innere, andere riss sie heraus. Ein größeres Holzstück konnte ihr durchaus als Waffe dienen.

Erneut schmiss er ihr etwas zu, das ihr auf dem Rasen entgegenrollte. Sie griff nach der Taschenlampe und schaltete sie ein. Durfte sie es wagen, statt in den Sarg in die Umgebung zu leuchten?

»Sieh sie dir an!«

Er befand sich irgendwo hinter hier. Doch wenn sie ihn blendete, würde er wahrscheinlich auf sie schießen.

Mehrere Herzschläge lang schloss sie die Augen. Da sie seine Ungeduld förmlich spüren konnte, zwang sie sich schließlich, den Lichtkegel auf das Loch im Sargdeckel zu richten. Sie hielt die Luft an, beugte sich leicht nach vorne und erstarrte.

Anna wollte davonlaufen. Gleichzeitig schaffte sie es nicht, den Blick von Natalies Überresten abzuwenden. Sie erkannte den knochigen Schädel. Obwohl die Augen fehlten, schien das Skelett sie dennoch anzustarren. Die langen braunen Haare, die Natalie einst voluminös und wellig über die Schultern gefallen waren, erinnerten jetzt an welkes Kraut.

Anna hielt sich die Hand vor den Mund und schnappte gleichzeitig nach Luft. Das Totenhemd war von Würmern zerfressen und hing nur noch in Fetzen an dem Skelett. An den Armknochen konnte man noch Sehnen erkennen, die Fingernägel waren schwarz.

Anna zuckte zurück. Ungeachtet der Gefahr kletterte sie aus dem Grab. Sie würgte.

»Du kannst dir nicht vorstellen, wie lange ich auf diesen Moment gewartet habe.«

Anna sah auf, bemerkte einen Schatten, der sich vor ihr aus der Dunkelheit löste. Sie kniff die Augen zusammen, konnte vor Tränen kaum etwas sehen. Die Taschenlampe hatte sie beim Herausklettern fallen lassen. Sie war zu weit weg getaumelt, um die Schaufel oder den Spaten noch erreichen zu können.

Die vermummte Gestalt trat näher und streifte sich dabei langsam die Maske vom Gesicht.

Anna sackte auf die Knie. Ihr Körper ging von einem Zittern zu einem unkontrollierbaren Zucken über, als sich endlich alle Puzzleteile zusammenfügten.

38. KAPITEL

Das Surren der Knochensäge ließ jeden Nerv in Nicks Körper vibrieren. Die Wirkung des Betäubungsmittels ließ immer weiter nach, und er begann zu zittern. Die Todesangst war allgegenwärtig. In einem letzten verzweifelten Aufbäumen wollte Nick in die Höhe schnellen, das rotierende Blatt der Säge stoppen. Doch seine Muskeln waren so schwach wie die eines alten Mannes. Seine Glieder gehorchten ihm nur langsam und unkontrolliert. Statt die Hand zu heben, glitt sie ihm zur Seite.

Über sich sah Nick das von einer Schutzmaske bedeckte Gesicht Doktor Falsis. Das lustvolle Funkeln, die Gier in den Augen des Rechtsmediziners war ekelhaft anzusehen. In wenigen Sekunden würde das Blatt der Säge Nicks Knochen durchdringen und sein Hirn freilegen.

Er würde nie erfahren, wer die unbekannten Strippenzieher hinter seinem Tod waren.

Ein Klopfen ertönte.

»Nicht stören!«, brüllte Falsi.

Die Tür wurde trotzdem geöffnet.

»Entschuldigung«, sagte jemand. »Haben Sie zufällig Agent Coleman … Scheiße, Nick!«

Zane! Es war Zane! Er wollte brüllen, ihm eine Warnung zurufen, doch aus seinem Mund kam nicht mehr als ein dumpfer Laut der Verzweiflung.

Falsi deaktivierte die Knochensäge, behielt sie allerdings in der Hand und machte einen Schritt auf Zane zu.

»Was tun Sie da?« In der Stimme des jungen IT-Spezialisten lag ein Hauch von Unglauben, vermischt mit Panik.

»Das ist ein großes Missverständnis«, hörte Nick Falsi mit betont ruhiger Stimme sagen.

Nick stöhnte erneut, dieses Mal lauter. Der Rechtsmediziner wollte Zane in Sicherheit wiegen, nahe genug an ihn herankommen, um ihn auszuschalten.

»Vor…sicht«, presste Nick hervor.

Die Panik in seiner Stimme konnte einfach nicht zu überhören sein. Es gelang ihm, den Kopf leicht zu drehen. Zane stand im Türrahmen, blickte mit geweiteten Augen auf ihn.

Falsi erreichte ihn in diesem Moment. Das Surren der Säge begann aufs Neue. Der Rechtsmediziner holte aus, die rotierende Schneide beschrieb einen Bogen. Das Neonlicht blitzte auf dem Metall, dann sah Nick Blut spritzen.

Zane brüllte auf. Im letzten Augenblick hatte er reagiert und war zur Seite gesprungen. Die Schneide hatte seine Jacke durchdrungen, den Stoff zerfetzt und war in die Haut seines Oberarms eingedrungen. Er taumelte von Falsi weg.

Der folgte ihm. Zane flüchtete hinter den Seziertisch, auf dem Nick lag. Die verdammte Kreissäge weiterhin als Waffe nutzend, sprang Falsi nach vorne. Zane duckte sich, die rotierende Schneide der Säge glitt über die Oberfläche des Metalltisches, streifte beinahe Nicks Schultern. Funken sprühten, berührten seine Haut.

Er spürte die Hitze. Immer mehr Gefühl kehrte in seinen Körper zurück. Nick konnte sich wieder bewegen, wenn auch nur schwach und zittrig. Zum Aufstehen fehlte ihm noch die Kraft.

Bevor Falsi erneut angreifen konnte, trat Zane ihm seitlich gegen den Oberschenkel. Der Rechtsmediziner taumelte, ging jedoch nicht zu Boden.

»Du kleine Mistkröte!«, brüllte Falsi. »Ich schlitze dir die Kehle auf und verfrachte euch beide ins Krematorium!«

»Sie sind ja wahnsinnig!«, rief Zane.

Er reagierte schnell und hielt den Arm des Arztes in der Luft fest, als dieser wieder ausholte. Doch entweder war der schlaksige Falsi stärker als gedacht oder Zane durch die Schussverletzung und die frische Wunde am Oberarm geschwächt. Es gelang ihm nicht, den Rechtsmediziner aufzuhalten. Ganz langsam kam die Schneide der Knochensäge seinem Gesicht immer näher.

Falsi biss die Zähne zusammen. Ihm war klar, was auf dem Spiel stand.

Nick wollte Zane helfen, doch sein Kreislauf kam gerade erst wieder auf Touren. Er fühlte sich wie nach einer lokalen Betäubung.

Zane riss ein Knie in die Höhe und traf Falsi in die Weichteile, ließ seine Arme los und wich schnell zurück.

Der Doktor keuchte kurz auf, machte einen Schritt zurück, doch noch immer hielt er die Säge fest umklammert. Das verdammte Ding surrte unaufhörlich.

Unter stoßweisen panischen Atemzügen ergriff Zane ein Skalpell, das neben anderem Sezierbesteck auf einem Ablagetisch bereitlag. Er wich noch weiter zurück und presste sich gegen die Leichenfächer an der Wand. Erst jetzt schien er sie wahrzunehmen. Jenes Fach, in dem Nick gelegen hatte, stand noch immer offen.

Falsi hechtete für eine weitere Attacke auf Zane zu. Der wehrte sie verzweifelt ab und stieß das Skalpell hektisch in die Luft. Dabei traf er Falsi am Handgelenk.

Der Doktor schrie auf, ließ die Knochensäge fallen, die sich augenblicklich ausschaltete, und presste die andere Hand auf die Wunde, aus der schwallweise Blut herausschoss.

»Du elender Bastard!« Brüllend warf er sich auf Zane. Beide gingen zu Boden.

Nick versuchte, sich aufzustemmen, kam mühsam zum Sitzen. Alles drehte sich. Er kniff die Augen zusammen und riss sie wieder auf.

Die beiden Männer wälzten sich über den Boden. Mit einem Mal verebbten die Kampfgeräusche, nur ein kehliges Röcheln war noch zu hören. Zane lag unter Falsis zuckendem Körper begraben. Er schrie, rollte den Doktor von sich und kroch hastig davon.

Es dauerte nur Sekunden, bis das Gurgeln verstummte und Falsis Körper erschlaffte. Stille senkte sich wie ein Leichentuch auf den Sektionssaal herab.

»Ich hab ihn umgebracht, ich hab ihn umgebracht«, flüsterte Zane immerzu. Seine Hände und das Shirt waren voller Blut. Er zitterte am ganzen Leib, starrte ungläubig auf Doktor Falsis Leiche.

»Zane.« Nicks Stimme klang leise, geschwächt, war selbst in seinen eigenen Ohren kaum zu hören. »Zane!«

Endlich reagierte der Freund. Er raffte sich auf, machte einen großen Bogen um Falsi und trat zu Nick an den Seziertisch.

»Hilf mir auf«, brachte er nach zwei Anläufen hervor.

Zane stützte ihn, und endlich kam er wankend zum Stehen.

Sofort wurde ihm wieder schwindelig, Blitze tanzten vor seinen Augen. Gleichzeitig kam sein Kreislauf wieder in Gang, sein Herz raste. Ein paar Minuten vergingen, in denen er einfach nur auf wackeligen Beinen stand und Zane ihn hielt.

»Wie hast du mich gefunden?«, fragte er schleppend.

»Dein Wagen«, brachte Zane hervor. Er starrte noch immer auf Doktor Falsi. »Er gehört zum Fuhrpark des Reviers. Ich habe Zugang zum Server und konnte dadurch dein GPS-Signal orten. Anna und Lynette haben herausgefunden, dass die Täter es auch auf dich abgesehen haben.«

Nick wollte gar nicht wissen, wie Zane sich Zugang zum Server verschafft hatte. Er verdankte ihm sein Leben, der Rest war ihm egal.

»Anna?«, fragte er.

»Ich habe mit ihr und Lynette nicht mehr gesprochen«, erklärte Zane. »Aber sie werden froh sein, dass es dir gut geht.«

»Hilf mir hier raus.«

Sein Blick glitt zur Tür, er wollte den Sektionssaal

schnellstmöglich verlassen. Im gleichen Augenblick wurde ihm bewusst, dass er nackt war, und sah an sich hinab.

»Warte, ich hole dir deine Sachen.« Zane ließ ihn langsam los und wartete kurz, um sicherzugehen, dass er ohne ihn als Stütze nicht umkippte.

Ein beschrifteter durchsichtiger Beutel mit seiner Kleidung lag auf einer Ablagefläche hinter dem Seziertisch. Mithilfe von Zane gelang es Nick, sich wieder anzuziehen. Seine Bewegungen wurden zielgerichteter, das Zittern ließ nach. Jetzt, wo sein Kreislauf langsam in Schwung kam, wurde das Mittel zügiger abgebaut.

»Waffe«, sagte er.

Zane reichte sie ihm.

Vom Smartphone war leider nichts zu sehen.

Nick warf einen letzten Blick auf Doktor Falsi und unterdrückte den Impuls, diesem widerlichen Subjekt in die Seite zu treten. Er musste an die drei Studenten denken, die laut ihm bewegungslos und bei vollem Bewusstsein aufgeschnitten worden waren.

»Raus hier«, stieß Nick aus.

Er hatte das Gefühl, dass die Decke über ihm zusammenbrach, um ihn zu begraben.

Sie schlossen die Tür hinter sich. Viel zu langsam kamen sie voran, Nick humpelte mehr, als dass er ging. Immer wieder überfielen ihn kleine Schwindelattacken. Endlich erreichten sie die Treppe. Zane bot ihm Hilfe an, doch Nick wollte es allein schaffen.

Oben angekommen, streckte er die Hand aus. »Dein Handy.«

Zane reichte es ihm, das Gesicht noch immer kreidebleich. Was heute geschehen war, würde ihn sein Leben lang verfolgen. Auch wenn es Notwehr war, war Falsi dennoch durch seine Hand gestorben. Nick hoffte, dass er mit der Zeit damit klarkommen würde.

»Hey«, sagte Nick sanft.

Zanes fahriger Blick kam zur Ruhe, als er seinen erwiderte.

»Danke. Ohne dich wäre ich jetzt tot.« Endlich konnte er wieder deutlicher sprechen.

»Gern geschehen«, brachte Zane hervor.

Nick wählte die Nummer von Mike. Nach nur einem Klingeln ging er ran.

»Ja?«

»Mike. Nick hier.«

»Du verdammter Idiot!«, brüllte sein Freund. »Wir haben uns Sorgen um dich gemacht.«

»Und das zu Recht.« Er fasste zusammen, was geschehen war. »Doktor Falsi liegt tot in der Rechtsmedizin. Wir brauchen auf jeden Fall die Spurensicherung.«

»Du machst es immer besonders spannend«, kommentierte Mike. Dann wurde er ernst. »Bist du in Ordnung?«

»Dank Zane Newton«, bestätigte Nick. »Hör zu, wir fahren zurück zum Haus. Anna und Lynette müssen von alldem erfahren. Falsi hat ein paar seltsame Andeutungen gemacht. Ich glaube, dass unser Widersacher auch bei Anna bald wieder zuschlagen wird.«

»Alles klar. Ich schicke noch ein paar Kollegen zum Haus und komme dann später zu dir. Nancy wird sich freuen, gleich den nächsten Tatort untersuchen zu dürfen. Wir gönnen ihr keinen Feierabend.« Er legte auf.

Nick und Zane verließen das Gebäude der Rechtsmedizin.

Nicks Wagen stand noch immer an Ort und Stelle. Was dieser Irre wohl damit gemacht hätte?

»Du fährst. Deinen Wagen holen wir morgen ab.« In der Tüte waren auch die Autoschlüssel gewesen. Er reichte sie Zane.

Sie stiegen gerade ein, als Zanes Smartphone klingelte. Nick hielt es noch immer in den Händen. Auf dem Display war Lynettes Name zu sehen, daher nahm er den Anruf an.

»Hey, Nick hier.«

»Gott sei Dank«, hauchte Lynette mit gedämpfter Stimme in den Hörer.

»Mir geht es gut«, beruhigte er sie.

»Aber Anna nicht.«

Dieser eine kurze Satz fühlte sich für Nick an wie ein Schlag in den Magen. »Was ist passiert?«

»Sie ist mit dem Auto losgefahren und hat mir ein Zeichen gegeben, dass etwas nicht stimmt. Ich habe glücklicherweise ein Taxi bekommen und mich an sie drangehängt. Im Verkehr habe ich sie direkt verloren. Aber dann ist mir die Akte wieder eingefallen. Wir waren in der Nähe des Rosehill Cemetery. Also bin ich hin, und da stand mein Wagen. Sie ist irgendwo hier, aber ich konnte sie bisher nicht finden. Zuerst wollte ich Mike anrufen, aber falls der Unbekannte hier auch nur ein blitzendes Blaulicht sieht, wird er es sofort zu Ende bringen.«

»Shit.« Nick wandte sich Zane zu. »Rosehill Cemetery, so schnell du kannst. Es geht um Anna.«

Zane ließ den Motor an und trat das Gaspedal durch.

»Sind auf dem Weg«, sagte Nick. »Aber wir brauchen bestimmt zwanzig Minuten. Hast du eine Waffe?«

»Nein. Das ging alles total schnell, ich bin einfach hinterher. Soll ich Mike kontaktieren?«

»Auf keinen Fall. Der rückt mit der gesamten Kavallerie an, und das bleibt niemandem verborgen. Wo genau bist du?«

»Ein Stück hinter dem Eingang. Mein Wagen läuft, du kannst die Scheinwerfer sehen.« Lynette erklärte, wo dieser geparkt war.

»Okay. Du bleibst genau dort. Wir kommen und suchen Anna gemeinsam.«

»Alles klar.«

Er beendete die Verbindung.

Zane trat weiter aufs Gas und jagte den SUV um eine Kurve, direkt über eine Kreuzung in Richtung Rosehill Cemetery. Dass er dabei über eine rote Ampel fuhr, schien er zu ignorieren. Ein Wunder, dass in der nächsten Sekunde keine Sirene hinter ihnen aufheulte.

Während sie sich – für Nicks Geschmack viel zu langsam – dem Friedhof näherten, überprüfte er seine Waffe. Die Munition steckte noch im Magazin.

»Wenn ich ihn in die Finger bekomme …« Er würde den Unbekannten stellen, ihm die Maske vom Gesicht reißen und endlich die Fratze des Bösen erblicken, die ihr aller Leben zur Hölle gemacht hatte.

Dieses Mal gab es kein Entkommen, sie würden es zu Ende bringen. Es war genug!

»Wir sind gleich da«, sagte Zane.

Am Ende der Straße tauchte das historische Gebäude auf, dessen imposanter Torbogen den Eingang des Friedhofs markierte. Irgendwo auf dem Gelände befanden sich Anna und der Unbekannte.

Hoffentlich kamen sie nicht zu spät.

39. KAPITEL

Obwohl sie kniete, hatte Anna das Gefühl zu fallen. Sie vergrub ihre Finger im Boden, suchte nach irgendeinem Halt. Mehrmals blinzelte sie, aber der Anblick blieb derselbe.

»Natalie«, brachte sie unter Mühen hervor. Es schien, als habe sie ihre Stimme verloren.

Dem ersten Schock wich Erleichterung und Freude. Sie stemmte sich auf die Füße, erhob sich wankend und streckte den Arm nach ihrer Freundin aus.

»Bleib, wo du bist!«, stieß Natalie aus.

Sie mit dem Stimmenverzerrer sprechen zu hören, war verstörend. Doch am meisten irritierte Anna die Klinge, die Natalie ihr drohend entgegenhielt. Das Jagdmesser war ihr auf grausame Weise allzu vertraut.

Ihre Freundin trat ins schwache Licht der Grabkerzen und leuchtete mit der Taschenlampe in das Grab, in dem Anna sie bisher liegen geglaubt hatte.

»Ich kenne nicht einmal ihren Namen«, sagte sie mit Blick auf die Überreste der Unbekannten, bevor sie sich Anna zuwandte und sie anstarrte. Der Stimmenverzerrer klebte an ihrem Hals, war zusätzlich mit einem Band fixiert, wodurch er direkt auf dem Kehlkopf lag. Jetzt öffnete sie den Verschluss und nahm ihn ab. »Ihr habe ich es zu verdanken, dass ich jetzt hier stehen und mich von dir verabschieden kann.«

Natalies vertraute Stimme zu hören, ließ Anna erschaudern. Sie stand noch immer unter Schock, konnte nichts sagen, nicht klar denken. Natalie! Sie war es wirklich. Auch wenn sie sich verändert hatte. Ihr einst langes Haar war kurz geschnitten und schwarz gefärbt. Sie war abgemagert, die Wangen eingefallen. Ihre Haut war auffällig blass, was in dem spärlichen Licht aber auch täuschen konnte.

»Wie ist das möglich? Du warst …«

»Tot?«, fiel sie ihr ins Wort. Ihr Lachen klang wie das einer Fremden. Früher war ihre leichte, aufgedrehte Art ansteckend gewesen. Jetzt wirkte ihr Lachen abgehackt und gekünstelt.

»Sie haben dich in dem Motel gefunden«, flüsterte Anna.

Träumte sie? War doch irgendein Mittel in dem Wasser gewesen, das sie nun halluzinieren ließ?

»Das war ich nicht«, antwortete Natalie. Sie deutete mit dem Kinn ins Grab. »Das war sie.«

Anna neigte den Kopf zur Seite. »Aber … Dein Bruder hat dich identifiziert.«

»Das wurde bedacht. Sie entsprach meiner Statur, hatte ähnliche Haare. Ihr Gesicht musste unkenntlich gemacht werden. Sie wurde geschlagen, Nase und Kiefer wurden zertrümmert. Den Anblick hat mein Bruder sicherlich nicht allzu lange ertragen. Sie wurde übel zugerichtet, ihr

Zustand meinem angepasst.« Natalie spuckte in Annas Richtung, ohne sie zu treffen. Sie standen zu weit voneinander entfernt. »Ihr Körper war am Ende übersät mit Schnittwunden und blauen Flecken. So wie meiner.« Sie kam mit schnellen Schritten auf Anna zu, bevor sie abrupt wieder stoppte. »So wie meiner!«, brüllte sie die Worte nochmals heraus.

Jetzt trennten sie nur noch zwei Armlängen voneinander. Anna schüttelte den Kopf. »Der Obduktionsbericht. Ich habe ihn gelesen.«

Natalie schnaufte. »Schwarz auf weiß, mit Stempel und Unterschrift. Nicht zu vergessen: einer positiven DNA-Probe. Der Rechtsmediziner war eingeweiht. Ich glaube, das Spiel hat ihm gefallen. Er stand auch auf seiner Seite.«

»Auf wessen Seite?«

»Der meines Retters.«

Anna schlang die Arme um ihren Körper. Sie war noch immer verschwitzt. Der Wind und Natalies Worte ließen sie jedoch frösteln. »Ist er derjenige, der mich entführt hat?«

Natalie nickte.

»Wer ist er?«

Wieder dieses unnatürliche Lachen. »Glaubst du ernsthaft, dass ich dir das sage?«

Die Frau, die vor ihr stand, hatte nichts mehr mit ihrer Freundin gemeinsam. Ihr Blick triefte vor Hass. Anna betrachtete das Jagdmesser, mit dem Natalie sie weiterhin bedrohte. Die Schneide funkelte im schwachen Licht.

»Warum? Ich verstehe das alles nicht.«

»Fragst du das ernsthaft?«, zischte sie. »Du hast mich bei Harris zurückgelassen!«

»Ich hatte keine Wahl! Du warst noch angekettet! Ich wollte Hilfe holen.«

Natalie verzog abfällig den Mund. »Dann frage ich mich, wo du mit der Hilfe geblieben bist?«

Anna seufzte. »Ich bin umhergeirrt.«

»Du bist nicht zurückgekommen«, fuhr Natalie sie an. »Harris wollte nur dich, nie mich! Sicherlich kannst du dir vorstellen, wer seine Wut abbekam, nachdem du geflohen bist. Ach, nein, warte.« Sie tippte sich mit der Taschenlampe gegen das Kinn und tat, als würde sie nachdenken. »Du hast es ja inzwischen sogar zu sehen bekommen.«

Die Erinnerung an die Videos, die der Unbekannte ihr im Kino gezeigt hatte, ließ Anna nach Luft schnappen. Die Bilder würde sie nie vergessen.

»Was ist passiert, nachdem er dich im Motel ins Badezimmer geschleift hat?« An dieser Stelle war die Aufnahme zu Ende.

»*Er* kam und hat mich gegen das andere Mädchen ausgetauscht.«

»Wer?«, schrie Anna.

Natalie wich einen Schritt zurück. »Er hat mich an einen sicheren Ort gebracht und gesund gepflegt. Ihm verdanke ich mein Leben und nun auch meine Rache.«

»Wenn er dich gerettet hat, warum hat er dich dann nicht zur Polizei oder ins Krankenhaus oder zu deinen Eltern gebracht?«

Sie hob das Kinn. »Weil ich zu Höherem bestimmt bin.«

Anna zog die Stirn in Falten. »Was soll das heißen?«

»Du glaubst immer noch, dass du ein Recht darauf hast, Fragen zu stellen – ein Recht auf Antworten.«

Da Natalie sich umsah, tat sie es auch. Beobachtete er sie? Lauschte er ihrem Gespräch? In der Dunkelheit konnte Anna niemanden ausmachen.

»Du warst also die letzten drei Jahre bei ihm?«

Sie schüttelte den Kopf. »Nein, ich war weiterhin bei Harris.«

Anna schnappte nach Luft. »Du warst weiterhin seine Gefangene?«

Natalie lachte wieder. »Nein, er war mein Gefangener.« Sie leuchtete ihr mit der Taschenlampe direkt ins Gesicht, reflexhaft schob Anna eine Hand vor die Augen. »Ich musste geduldig sein, durfte ihn nicht sofort töten.«

Anna rang nach Atem. »Heißt das, du warst es, die ihn letztendlich getötet hat?«

Natalie streckte den Rücken durch und nickte.

Das Bild von Harris' Leiche hatte sich in Anna eingebrannt. Gefesselt auf einem Stuhl. Die Kehle eine klaffende Wunde. Sein starrer Blick. Die mit Fäkalien getränkte Hose.

Sie schluckte, schmeckte Galle.

»Er hat um sein Leben gebettelt, hat geweint wie ein kleines Kind.«

Anna wich zurück. So, wie sie es aussprach, hatte der Mord Natalie keinerlei Überwindung gekostet – sie schien ihn genossen zu haben.

»Lange habe ich auf diesen Moment hingefiebert. Er

war unser Gefangener, und doch habe ich jede Nacht wach gelegen aus Angst, er könnte sich aus seinem Zimmer befreien, zu mir kommen und wieder über mich herfallen. Zumindest am Anfang. Doch mein Retter hat mir geholfen, mein wahres Ich zu erkennen. Bis ich keine Angst mehr hatte. Bis ich etwas Neues geworden bin.«

»Ihr wart die ganze Zeit über in der Gerberei«, flüsterte Anna. Sie hatte das spärliche Zimmer mit dem vergitterten Fenster gesehen. Vermutlich hatte Natalie in dem möblierten Raum daneben geschlafen.

»Harris hat immer wieder nach dir gefragt, im Schlaf hat er nach dir geschrien. Sein Tageshighlight war die Morgenzeitung. Er hat all deine Artikel gelesen, herausgerissen und aufbewahrt. Keine Ahnung, wieso, aber du warst sein Lebensmittelpunkt.« Sie schnalzte mit der Zunge. »Tag für Tag musste ich seine Gegenwart ertragen. Wenn es nach mir gegangen wäre, hätte ich ihn gleich umgebracht, nachdem ich wieder bei Kräften war.«

Anna kniff die Augen zusammen. »Was hat dich davon abgehalten?«

»Er war ein Werkzeug. Wir brauchten ihn noch für meine Rache, und die musste gut vorbereitet sein.«

»Drei Jahre lang?«, brach es aus Anna heraus. »Drei verdammte Jahre, in denen ich glaubte, du seist tot?«

»Jetzt spiele hier nicht das Sensibelchen«, schrie Natalie. »Dir war es doch nur wichtig, deine eigene Haut zu retten.«

»Was ist mit deiner Familie? Sie würden sich nichts sehnlicher wünschen, als dich wieder in die Arme schließen zu können. Stattdessen spielst du ihnen deinen Tod vor. Willst du denn nicht zu ihnen zurückkehren? Ist dir bewusst, was du ihnen antust?«

Natalie erstarrte, sah zu Boden. »Ich erspare ihnen, sich mit der Frau auseinandersetzen zu müssen, die ich heute bin. Von der Natalie, die sie kannten und liebten, ist nichts mehr übrig. Es ist besser für sie, wenn sie mich für tot halten. In gewisser Weise bin ich vor drei Jahren auch gestorben.«

Anna machte einen Schritt auf sie zu. »Du bist und bleibst ihre Tochter und Schwester. Sie vermissen dich.«

Natalies Schnauben klang beinahe animalisch. »Wer wird dich vermissen, Anna? Ich habe dich die letzten Monate genau beobachtet. Auch du bist nicht mehr dieselbe. Du hast dich zurückgezogen, hast kaum noch Freunde. Wie sollen andere mit uns klarkommen, wenn wir es nach dem Erlebten selbst nicht mehr können? Ich verstehe das.«

Wieder machte Anna einen vorsichtigen Schritt auf ihre einstige Freundin zu. Vielleicht verbarg sich ein Teil von ihr noch irgendwo im Inneren dieser Frau. Vielleicht konnte sie Natalie zur Vernunft bringen.

»Es braucht Zeit, aber es wird besser.« Sie streckte die Hand nach ihr aus. »Gemeinsam werden wir es schaffen.«

Natalie zitterte, als sie das Messer in die Höhe hob. »Du verlogenes Miststück! Ich falle nicht auf dich herein. Du spielst mir vor, noch immer meine Freundin zu sein. Er hat mich davor gewarnt, dass du das tun wirst.«

»Wer, Natalie? Von wem sprichst du?«

»Du wirst ihn gleich sehen. Er will sich auch von dir verabschieden. Wir wollen dir beide in die Augen schauen, während du stirbst. Er bekommt seine Rache und ich meine.«

Anna stutzte. »Was hat dieser Mann denn mit mir zu tun? Ich dachte, er wollte sich deinetwegen an mir rächen. Aber du lebst.«

»Er hat mit dir und Nick eine persönliche Rechnung offen«, entgegnete Natalie.

Anna runzelte die Stirn. Wieder fragte sie sich, warum ihr Entführer Nick bereits in Washington ausspioniert hatte. Die Zusammenhänge erschlossen sich ihr einfach nicht.

»Genug geredet. Deine Zeit ist gekommen. Vielleicht tröstet es dich zu wissen, dass Nick Coleman dort mit dir seine letzte Ruhe finden wird.« Sie deutete mit der Taschenlampe zum offenen Grab.

Nick! Bedeutete das, er war bereits tot?

Natalie verzog die Mundwinkel zu einem fiesen Lächeln. »Und niemand wird es wissen, keiner wird euch je finden. Ihr tragt meinen Grabstein.«

Anna schüttelte immerzu den Kopf. »Komm zur Vernunft, Natalie. Das bist doch nicht du. Er benutzt dich. Siehst du denn nicht, wie …«

»Ruhe!«, zischte sie. »Ich werde dich nicht gleich aufschlitzen. Du sollst noch ansprechbar sein, wenn er zu uns kommt.«

Sie kam auf Anna zu, während sie zurückwich.

»Euer Plan wird nicht aufgehen«, versuchte sie, Natalie zu verunsichern. »Es wird auffallen, dass das Grab neu aufgeschüttet ist.«

Ihr Lächeln triefte vor Ironie. »Nicht wenn der Friedhofswärter dafür eine Erklärung liefert.«

Anna zuckte zusammen. »Der Friedhofswärter? Ist er der Unbekannte?«

»Du arme Ahnungslose.« Natalie ließ die Taschenlampe fallen.

Anna konnte sehen, dass sie den Messergriff stärker umfasste. Ihr Blick fiel auf die Pistole, die in Natalies Hosenbund steckte. Sie zögerte nicht länger, preschte nach vorn. Mit voller Wucht prallte sie gegen ihre einstige Freundin und riss sie von den Beinen. Sie lag halb auf Natalie, schaffte es aber nicht rechtzeitig, sie an den Handgelenken zu packen. Natalie holte aus und stieß ihr das Jagdmesser entgegen, das ihrer beider Körper bereits für immer gezeichnet hatte.

40. KAPITEL

Dank Lynettes Beschreibung fanden sie die Stelle, an der Anna geparkt hatte, problemlos. Nick öffnete die Tür und stieg aus dem SUV, sein Kreislauf machte sich erneut bemerkbar. Er griff nach der Wasserflasche in der Seitentür und stürzte ihren Inhalt förmlich hinunter. Die kühle Nachtluft half ebenfalls, seine Lebensgeister zu wecken.

»Da seid ihr ja endlich.« Lynette zog Nick in eine Umarmung. »Weiß Mike Bescheid?«

»Er ist mit Nancy und dem Team auf dem Weg zu Falsi«, erklärte er. »Aber hiervon wissen sie noch nichts. Er würde sofort Hooker informieren, und wir können noch keine Helis am Himmel gebrauchen.«

Ihr unbekannter Gegner würde alles daransetzen, seinen Plan zu vollenden. Falls er davon ausging, dass er entdeckt worden war, würde er Anna sofort umbringen. Noch hatten sie das Überraschungsmoment auf ihrer Seite. Wie lange das so blieb, konnte niemand sagen.

»Wo hast du gesucht?«, fragte Nick.

»Mein erster Gedanke war, dass dieser Irre Anna zum Grab von Natalie lotst, schließlich wurde sie hier begraben.«

»Aber?« Zane war bisher still gewesen, sein Gesicht noch immer kreidebleich.

»Ich habe keine Ahnung, wo es liegt.«

Nick starrte Lynette für einen Augenblick fassungslos an. Das durfte doch nicht wahr sein! Anna befand sich hier auf dem Friedhof, quasi direkt vor ihrer Nase. Aber die Masse der Gräber und die Dunkelheit wurden ihnen jetzt zum Verhängnis.

»Der Friedhofswärter«, schlug Zane vor.

»Willst du ihn zu Hause aus dem Bett klingeln?«, fragte Lynette.

Die einzige Möglichkeit, das zu bewerkstelligen, war, die Privatadresse zu bekommen. Das ging nur über das Revier und war damit zeitaufwendig und in der aktuellen Situation auch gefährlich.

»Wir brechen ein«, sagte Zane. »Ins Verwaltungsgebäude.«

Nick setzte zum Sprechen an.

»Die haben die ganzen Grabunterlagen mit etwas Glück noch auf Papier«, sprach Zane hastig weiter. »Es geht um Annas Leben!«

»Wenn wir uns aufteilen, müssten wir es doch ebenfalls schaffen«, erklärte Lynette.

Nick hatte keine Geduld, weiter zu diskutieren. »Zane, versuch dein Glück. Wenn wir Probleme bekommen, schalte ich mich ein. Falls du die Unterlagen findest, schickst du mir sofort den Standort. Aber parallel beginne ich mit der Suche.«

Er versuchte, sich an die alten Zeitungsartikel zu erinnern, doch eine Wegbeschreibung zu Natalies Grab hatte es darin natürlich nicht gegeben.

»Ich fahre mit dem Wagen ans andere Ende des Friedhofs«, erklärte Lynette. »Keine Angst, ich lasse das Licht aus. Dort suche ich dann alles ab.«

»Wenn einer von uns fündig wird, meldet er sich sofort«, sagte Nick eindringlich.

»Du kannst mein Smartphone behalten«, erwiderte Zane. »Ich rufe über die Festnetzleitung aus dem Haus an, wenn ich etwas finde.« Er schaltete sein Handy auf dauerhaft entsperrt.

Nick nahm es entgegen. Dann wartete er nicht länger und ging, so schnell es ihm derzeit möglich war, die Grabreihen entlang. Lynette rief ihm noch mit gepresster Stimme zu, in welchem Bereich sie zuvor selbst schon gesucht hatte, auf diese Art konnte er etwas Zeit sparen.

Er verdrängte den Gedanken an die Abertausenden von Menschen, die hier unter der Erdoberfläche lagen. Unzählige Leben, die die unterschiedlichsten Enden gefunden hatten.

Es fiel Nick schwer, doch er zwang sich dazu, schneller zu laufen. Zwischendurch musste er innehalten, atmete keuchend ein und wieder aus. Sein Körper war zu geschwächt, die letzten Nachwirkungen des Medikaments hielten ihn fest im Griff. Dazu kam die Wunde an der Brust. Jeder Schritt fühlte sich so schwer an, als müsste er durch Treibsand laufen. Doch er kämpfte sich voran.

Der Wind tobte über die freie Fläche, Bäume neigten sich zur Seite, sanfter Nieselregen wehte ihm ins Gesicht.

Der bleiche Mond stand am Himmel und lugte zwischen den Wolken hervor. Darüber hinaus war alles dunkel.

Nick sah sich nach allen Seiten um, eilte an Grabreihen vorbei und zwischen Bäumen hindurch. Doch er sah niemanden.

Kurz blieb er stehen, ging schwer atmend in die Knie und dachte nach. Er hatte die Akte studiert, da waren auch Bilder gewesen. War auf einem davon nicht eine Statue emporgeragt? Doch die gab es eher im ersten Baubereich des Friedhofs, dem alten Teil. Dorthin musste er.

Nick eilte weiter, hielt aber immer wieder inne, um Luft zu holen. Sein Körper kämpfte nach wie vor gegen die Betäubung.

Wie viel Zeit mochte verstrichen sein?

Er umrundete eine Biegung, sah eine weitere Grabreihe und erspähte zwischen den Bäumen ein Licht. Es war nicht mehr als ein Schimmer. Zittrig, wie von Kerzenflammen.

Nick hastete darauf zu und ging auf halber Strecke in die Knie. Lichtblitze tanzten vor seinen Augen. Er keuchte leise.

Dort, hinter einer Baumgruppe, sah er sie.

Es war Anna. Sie taumelte zurück, wich dem Schlag einer schwarz gekleideten Frau aus. Diese hielt ein Messer in den Händen und schwang es durch die Luft. Er konnte den Hass förmlich spüren, der diese Frau umgab.

»Du musst das nicht tun!«, rief Anna. »Wir waren Freundinnen!«

»Ich hatte ein Leben vor dir!«, brüllte sie. »Doch du hast

mir alles genommen. Es hätte dich treffen sollen! Dieses Monster wollte dich und niemanden sonst. Aber du bist wie eine feige Ratte geflohen, hast mich seinen schmierigen Händen überlassen.«

Nick rappelte sich wieder auf. Vorsichtig ging er näher an die Frauen heran. Er blinzelte, traute seinen Augen kaum. Doch die Gesichtszüge, was sie sagte … Die Frau bei Anna war Natalie Walsh. Sie lebte!

Blitzschnell schickte Nick Lynette eine Nachricht. Nur die Zahl der Grabreihe, die glücklicherweise gekennzeichnet war. Für mehr hatte er keine Zeit.

»Du wirst bluten«, flüsterte Natalie. »So wie er es am Ende getan hat. Und dann werfe ich deinen Kadaver in dieses Loch und deinen geliebten Agent Coleman hinterher.« Ihr Gesicht bekam einen fast friedlichen Ausdruck. »Im Sommer werde ich mich dort vorne auf die Bank setzen. Dann betrachte ich euer Grab, während ich den Vögeln lausche. Die Menschen werden vorüberziehen und niemals erfahren, dass ihr dort liegt. O ja, sie werden euch beide suchen. Den FBI-Agenten und die Journalistin, spurlos verschwunden auf ewig. Und nur wir wissen, wo ihr seid.«

»Du bist wahnsinnig!«, flüsterte Anna fassungslos.

»Ich habe überlebt.« Natalie umklammerte den Griff des Jagdmessers fester. »Dank ihm.«

Nick konnte nicht länger warten. Anna wirkte müde und ausgezehrt, hatte noch keine Chance gehabt, sich nach der Entführung zu erholen.

Kurz schöpfte er Kraft und atmete tief ein. Dann schlich er sich von hinten an Natalie heran, bedeutete Anna, ruhig zu bleiben und keine Miene zu verziehen. Schließlich machte er einen Satz nach vorne und rammte Natalie seine Schulter ins Kreuz.

Mit einem lauten Schrei fiel sie zu Boden, rollte herum und blickte ihn mit geweiteten Augen fassungslos an. Das Jagdmesser war ihr beim Sturz aus der Hand geglitten. Nick kickte es schnell beiseite.

»Das ist unmöglich!«, stammelte sie. »Nein, nein, nein. Sie sollten längst tot sein. Das ist falsch.«

»Bist du okay?«, stieß Nick an Anna gewandt aus.

Sie nickte. Bei seinem Anblick schien ihr eine schwere Last von den Schultern genommen worden zu sein. »Es ist schön, dich zu sehen. Natalie hat die ganze Zeit davon gesprochen, dass du auch stirbst.«

»Hat nicht viel gefehlt. Wie kann es sein, dass sie noch am Leben ist?«

Natalie griff sich mit beiden Händen an den Kopf. »Das ist falsch«, wiederholte sie sich immerzu.

»Sie hat eine Pistole«, flüsterte Anna mit erstickter Stimme.

Nick wollte Natalies Arme festhalten, doch sie kam erstaunlich schnell in die Höhe, die Waffe bereits in Händen. »Das ist falsch!«, schrie sie.

Nick wich zurück.

Als ein Keuchen vom Weg her erklang, fuhr er alarmiert herum. Es war Lynette.

»Gott sei Dank!«, rief sie, als sie Nick und Anna erkannte. Dann aber fiel ihr Blick auf Natalie. »Grundgütiger.« Sie sah die Pistole.

»Es ist falsch, aber ich mache es richtig.« Ihre Augen glitzerten fiebrig. »Er wird stolz auf mich sein, denn dieses Mal habe ich nicht versagt.«

»Natalie, bitte«, versuchte Anna, sie zu beruhigen.

»Halt dein dreckiges Maul!«, brüllte sie. »Ich will nichts mehr hören. Kein Gerede von Freundschaft. Dir tropft das Gift von den Zähnen, du Schlange. Was soll's, das Grab ist groß genug für drei.«

»Aber wird er darauf auch stolz sein?«, fragte Lynette mit ruhiger Stimme.

Nick bewunderte sie in diesem Augenblick über alle Maßen.

»Natürlich«, sagte Natalie mit einem anbetungsvollen Glanz in den Augen.

»Das glauben Sie«, entgegnete Lynette. »Aber sicher sein können Sie nicht. Er steht über uns allen. Ich habe das bemerkt, er war uns ständig einen Schritt voraus.«

»Er will, dass Nick und Anna sterben. Er hasst sie.«

»Aber ich passe nicht ins Bild«, sagte Lynette. »All das hier ist falsch.«

»Das ist lächerlich!« Natalie leckte sich über die Lippen. »Natürlich müssen Sie auch sterben.«

»Das *glauben* Sie. Aber was, wenn Sie sich irren? Wollen Sie ihn verärgern?«

Auf Natalies Gesicht zeichnete sich Verwirrung ab. Wie der Unbekannte es auch geschafft hatte, sie zu manipulieren, er hatte sie sich gefügig gemacht. Nick hatte so etwas schon mehr als einmal gesehen. Er hatte Natalie einer Gehirnwäsche unterzogen, kontrollierte sie vollkommen.

»Er ist in der Nähe, das war er immer«, flüsterte sie.

»Wieso lässt er Sie alleine?« Lynette wirkte ehrlich interessiert, fast besorgt.

»Er vertraut mir«, gab Natalie zurück. »Nicht wie bei den anderen. Falsi ist krank, ein Psychopath.« Sie nickte bekräftigend. »Ich durfte mich rächen. Anna ist mein Geschenk. Er begnügt sich mit ihm.« Sie nickte in Richtung Nick.

»Aber er weiß, dass Pläne schiefgehen können«, sagte Lynette mit gerunzelter Stirn. »Wie auf dem Dampfer …«

»Er vertraut mir!«, brüllte Natalie.

Beschwichtigend hob Lynette die Hände. »Und das zu Recht. Immerhin haben Sie all das hier möglich gemacht. Trotz des Leids sind Sie nicht zerbrochen.«

»Er hat mich geführt«, flüsterte sie.

Wieder bekamen Natalies Augen einen leicht abwesenden Blick. Nick machte einen vorsichtigen Schritt nach vorne. Natalie reagierte prompt. Ein Schuss löste sich.

Er zuckte zusammen und sprang zurück, während Anna geschockt seinen Namen rief.

»Die nächste Kugel trifft deinen Schädel!«, schrie Natalie.

Kurz wirkte auch Lynette erschrocken, doch sie gewann ihre Fassung schnell zurück. »Sie dürfen Nick nicht töten. Das würde Ihren Freund wütend machen.«

»Was?« Natalie wandte sich wieder ihr zu.

»Sie sagten es gerade. Anna ist Ihr Geschenk. Sie dürfen sie töten. Aber Nick, den will *er* selbst.«

»Wenn er mich angreift, darf ich mich verteidigen.« Natalie blickte fahrig in Nicks Richtung.

Lynette machte einen Schritt zur Seite, auf Anna zu. »Damit würden Sie ihm seine Rache nehmen. Das wäre nicht gut.«

Natalie biss sich auf die Unterlippe, folgte Lynette mit ihrem Blick. Durch den Positionswechsel hatte sie Nick nicht mehr so gut im Blick. Er spannte die Muskeln an, machte sich bereit.

»Wenn er wütend ist, bestraft er dich dann?«, sprach Lynette weiter.

»Das würde er nie tun. Er hat mich angeleitet. Jeder Schritt war notwendig, damit ich reifen kann.«

»Um zu seinem Werkzeug zu werden«, ergänzte Lynette. Sie ging noch einen Schritt auf Anna zu, während Natalie sich nun vollkommen auf sie konzentrierte.

»Ich bin kein Werkzeug!«, rief sie aus.

Lynette atmete tief durch. »Und doch bist du es, die den Abzug drückt.«

Sie wechselte in die vertrauliche Anrede, erschuf dadurch eine emotionale Verbindung zu ihr.

Nick ballte die Hände zu Fäusten. Er war bereit, doch noch war der richtige Zeitpunkt nicht gekommen.

»Du bist das Werkzeug, das tötet«, sagte Lynette.

Die Worte sickerten nur langsam in Natalies Geist, ihr Blick wurde glasig. Ein Ruck ging durch ihren Körper. »Dann soll es so sein.«

Sie würde schießen.

Nick stürmte auf sie zu. Natalie wandte sich zu ihm um,

die Waffe schussbereit. Sein Körper prallte gegen ihren, Natalie drückte den Abzug. Anna und Lynette schrien gleichzeitig auf.

Natalie und Nick rangen miteinander. Sie brachte überraschend viel Kraft auf. Ihre letzten Reserven, angefeuert von purem Hass.

Es gelang ihm, ihren Arm nach oben zu drücken.

Sie krümmte erneut den Zeigefinger, ein weiteres Projektil schoss in die Nacht.

Nick rammte ihr den Ellenbogen gegen das Kinn. Als sie fiel, schlug er ihr die Pistole aus der Hand. Natalie warf sich zur Seite und hechtete nach dem Jagdmesser, das in ihrer Reichweite auf dem Boden lag. Sie bekam es zu fassen, sprang wieder auf die Beine. Ihr Gesicht war eine von Hass entstellte Grimasse.

Sie rannte auf Nick zu, das Jagdmesser erhoben, holte aus.

Wieder hallte ein Schuss.

Natalie riss die Augen auf, taumelte. Ihr Körper erschlaffte, sie fiel haltlos in sich zusammen.

Nick fuhr herum. Lynette hielt die Pistole in der Hand, hatte gezielt und abgedrückt. Der Schuss hatte Natalie auf Schulterhöhe getroffen, sie lag bewusstlos am Boden.

Nick stützte sich auf seine Knie und rang nach Atem. Sein Blick wanderte zu Anna, die aufschluchzte und sich die Hände vors Gesicht schlug.

Lynette ließ die Waffe mit zittrigem Arm sinken. »Ich brauche Urlaub.«

Nick ging neben Natalie in die Hocke, schlüpfte aus

seiner Jacke und presste sie auf die Wunde. »Wir alle. Ruf einen Rettungswagen. Sie blutet stark.«

»Atmet sie noch?« Anna fühlte den Puls.

Lynette wählte bereits die Notrufnummer und sprach eindringlich in ihr Telefon.

Nick bedeutete Anna, ihn abzulösen und mit ihrem gesamten Gewicht auf die Wunde zu pressen.

Er hob ein Prepaidhandy vom Boden auf und betrachtete es eingehend. »Das ist ihr wohl aus der Tasche gefallen.«

Anna presste die Jacke weiterhin auf die Wunde. »Hoffentlich beeilen sie sich.«

Lynette beendete den Anruf und trat zu dem offenen Grab. »Wer ist das?«

Anna schluckte. »Irgendeine arme Seele, die sie als Natalie ausgegeben haben. Die haben mit einem Rechtsmediziner zusammengearbeitet.«

»Doktor Falsi«, bestätigte Nick. »Zane und ich hatten bereits das Vergnügen. Er wird nie wieder jemanden anrühren. Falsi ist tot.«

»Was ist passiert?«, fragte Anna.

»Später. Natalie hat gesagt, dass der Unbekannte hierher unterwegs ist. Er wollte sich von unserem Tod überzeugen.«

Anna blickte auf ihre einstige Freundin. »Sie darf nicht sterben. Es darf einfach nicht so enden.«

Nick schob das Prepaidhandy gerade in seine Hosentasche, als es zu klingeln begann. Anna und Lynette sahen ihn an. Er zögerte.

»Geh zu den Bäumen, damit er dich nicht hört, und ruf Mike an«, forderte er Lynette schließlich auf. »Er soll alles auffahren, was er an Einsatzkräften hat.«

»Alles klar.« Sie eilte davon.

Er nickte Anna zu, die nach wie vor die Blutung mit ihrer Jacke zu stoppen versuchte, und nahm den Anruf entgegen.

»Ich fürchte, Natalie Walsh ist indisponiert«, sagte Nick, bevor der Unbekannte zu Wort kam.

Einen kurzen Moment herrschte Stille.

»Das ist ärgerlich, Agent Coleman. Aber Sie sollten längst wissen, dass ich mit allem rechne.«

»Ich weiß, dass Sie in der Nähe sind.«

»Wie schön. Und gleichzeitig bedauerlich. Haben Sie sich angemessen von Zane Newton verabschiedet? Falls nicht, ist das Pech, denn Sie haben nun keine Gelegenheit mehr dazu.«

Es klackte, die Verbindung wurde beendet.

Verdammt, er musste sie tatsächlich beobachtet haben.

»Zane«, sagte Nick, an Anna gewandt. »Er ist im Verwaltungsgebäude.«

Lynette kam herbeigeeilt. »Mike ist unterwegs.«

»Wir müssen zu Zane! Halte du hier die Stellung, bis der Rettungswagen da ist.«

»Alles klar.« Lynette kniete sich neben Natalie und löste Anna ab, die sich erhob und hinter Nick herlief. Das Verwaltungsgebäude war nur wenige Minuten entfernt. Doch würden sie es rechtzeitig erreichen?

41. KAPITEL

Schon von Weitem nahmen sie den eindringlichen Geruch von Rauch wahr und sahen dicke Rauchschwaden aus dem lang gestreckten historischen Verwaltungsgebäude aufsteigen.

»Scheiße, dieser Dreckskerl brennt alles nieder«, stieß Nick aus. Noch im Lauf wählte er mit dem Prepaidhandy die Nummer der Feuerwehr und gab den Brandort durch.

Die Sorge um Zane schnürte Anna die Kehle zu. Obwohl sie rannte, so schnell sie konnte, hatte Nick sie abgehängt. Als sie das brennende Gebäude völlig außer Atem erreichte, rüttelte er bereits an der verschlossenen Tür. Er warf sich mehrfach mit seinem ganzen Körpergewicht dagegen, doch sie gab nicht nach.

Anna trat an eins der Fenster und versuchte, durch die Scheibe etwas zu erkennen. Feuer loderte auf Aktenordnern und Möbeln, Zane konnte sie nirgends entdecken. Drei Fenster weiter zerbarst das Glas. Dort brannte es bereits lichterloh. Flammen züngelten aus dem Fenster. Es war nur noch eine Frage der Zeit, bis das Feuer über die Außenfassade aufs Dach übergriff.

»Zane!«, rief sie. Verzweifelt lief sie ein paar Schritte zurück und suchte die Gebäudefront nach einem weiteren

Zugang ab. Da sah sie im oberen Stockwerk eine dunkle Gestalt am Fenster stehen und sie beobachten.

»Nick«, flüsterte sie. »Da, im ersten Stock, zweites Fenster von links.«

Er trat ebenfalls vom Haus zurück und folgte ihrem Blick. Bis dorthin, wo der Unbekannte stand, hatte sich das Feuer noch nicht ausgebreitet. Nur durch das Licht der Wegbeleuchtung und die nach draußen züngelnden Flammen konnten sie seine Gestalt in dem dunklen Zimmer sehen. Es schien, als würde er ihnen zum Abschied spöttisch winken, bevor er aus ihrem Blickfeld verschwand.

»Diesen Bastard hole ich mir.« Nick rammte abermals die Tür.

Anna sah sich um, suchte nach irgendetwas, mit dem sie eine Fensterscheibe einschlagen konnte. Gerade als sie einen Pflanzenkübel ins Auge fasste, brach Nick durch die Tür.

»Bleib im Untergeschoss und suche nach Zane.« Für den Bruchteil einer Sekunde sah er Anna an. »Aber sei vorsichtig.« Er verschwand im Haus.

Sofort glitt ihr Blick erneut zu dem oberen Fenster, an dem ihr Gegner gestanden hatte. Er war nicht umsonst geblieben. Welchen Spielzug hatte sich sein krankes Hirn jetzt wieder ausgedacht? Nick trug noch immer Natalies Pistole bei sich.

Anna zögerte nicht länger und betrat den dunklen Flur des Gebäudes.

Der Rauchgeruch war hier noch wesentlich intensiver, stach in ihrer Luftröhre wie tausend Nadeln.

Sie sah, wie Nick vorsichtig die Stufen hoch in das obere Stockwerk stieg.

Anna lauschte, vernahm jedoch nur das Knistern und Knacken von Feuer und altem Holz.

»Zane!« Mehrfach rief sie seinen Namen. Sie erhielt keine Antwort. Stattdessen polterte es, als würden Möbel zu Boden krachen. Sie konnte nicht sagen, ob Nick und der Unbekannte die Verursacher waren oder das Feuer.

Wenn sie sich rechts hielt, würde sie den Flammen entgegenlaufen. Aber vermutlich hatte der Unbekannte Zane genau dort zurückgelassen, wo er das Feuer gelegt hatte.

Kurz entschlossen stieß sie die nächstgelegene Tür auf. Die zerborstene Fensterscheibe kam ihr wieder in den Sinn. Falls Zane in diesem Raum war, konnte sie ihn nicht mehr retten.

Sie stand in einem Büro, dessen Einrichtung sie deutlich erkennen konnte, da eine von zwei nebeneinanderliegenden angrenzenden Türen bereits im Feuerschein glühte. Die Lasur löste sich vom Holz, Rauch quoll aus den Spalten hervor. Die Hitze brannte auf Annas Haut. Von jetzt auf gleich schwitzte sie aus allen Poren. Die Gefahr, die dort lauerte, schnürte ihr die Brust zu. Doch sie musste zuerst hinter dieser Tür nach Zane suchen.

Auf dem Schreibtisch stand eine Wasserflasche. Anna zog ihre Jacke aus, kippte den Inhalt über ihren Ärmel und hielt ihn sich vor Nase und Mund. Da drinnen würde sie nicht lange atmen können. Das Knistern und Fauchen des Feuers hörte sich an wie ein wütendes Tier. Die Hitze war selbst hier schon beinahe unerträglich. Dennoch näherte sie sich der Tür, wickelte sich den anderen Ärmel der Jacke um ihre Hand und rief abermals Zanes Namen.

Als sie die Türklinke unter dem Schutz des Stoffes berührte, vernahm sie eine Stimme. Sie hielt inne, horchte auf. Hatte sie sich das nur eingebildet?

»Zane!« Sie lauschte erneut. Doch die Geräusche des Feuers übertönten alles andere.

»... bin hier.«

»Zane? Zane!«.

»Hier ... Ich bin ...«

Anna trat zu der benachbarten Tür, hinter der sie Zane vermutete. Dahinter schien es noch nicht zu brennen. Sie riss sie, ohne zu zögern, auf und sah ihn in der Ecke am Boden kauern.

Da das Feuer in diesem Moment mit unbändiger Hitze in den Raum hinter ihr vordrang und schwarzer Qualm hervorstob, hielt sie sich den nassen Ärmel vor Mund und Nase und schlug mit dem Fuß die Tür zu.

»Anna.« Zane hustete. Seine Hände waren mit einem Strick am Heizungsrohr festgebunden.

Mit dem Handrücken fuhr Anna über ihre tränenden Augen und sah sich um. Eine Toilettenkabine, ein Waschbecken, ein kleiner Schrank. Sie hastete darauf zu, öffnete ihn. Darin befanden sich Putzmittel, die das Feuer nur weiter anschüren würden, dazu ein Eimer und ein paar Wischlappen. Sie schnappte sich einen und hielt ihn am Waschbecken unters Wasser, das kochend heiß war. Ihren Jackenärmel tränkte sie ebenfalls nochmals. Dann lief sie zu Zane und hockte sich neben ihn.

Er nickte ihr zu, bevor er den nassen Lappen mit seinem angehobenen Oberarm an die Nase presste. Immer mehr Qualm drang durch den Türspalt, die Hitze schwoll ins Unerträgliche an. Sie husteten immerzu, konnten kaum atmen.

Anna begutachtete den Strick, der seine Handgelenke am Heizungsrohr fesselte. Die Knoten hatten sich durch Zanes Bemühungen, sich zu befreien, nur umso fester gezogen.

»Mist!«, stieß Anna mit krächzender Stimme aus. Sie rüttelte an dem Rohr und zog die Hand fluchend zurück. Der Stahl glühte förmlich.

Anna sprang auf und trat zu dem kleinen Fenster. Zugluft würde das Feuer nur beschleunigen. Aber der Rauch wurde immer dichter. Sie brauchten dringend frische Luft.

»Verdammt.« Als sie das Fenster öffnete, bemerkte sie das schwungvoll verzierte Gitter. Das durfte doch jetzt nicht wahr sein. »Hier kommen wir nicht raus.«

Sie sah zur Tür, die ihr einziger Fluchtweg war. Das Büro brannte mittlerweile sicherlich schon lichterloh.

»Wir müssen hier schnellstmöglich weg.« Sie kniete sich wieder neben Zane und versuchte erneut, den ersten Knoten zu lösen. Ihre Bewegungen waren fahrig, die Hände zitterten. Annas Fingernägel rissen ein, doch der Strick gab kein bisschen nach. Das dauerte alles viel zu lange.

Als im benachbarten Zimmer etwas lautstark zu Boden fiel, zuckte sie zusammen.

Zane sah sie panisch an.

»Geh!«, schrie er. »Rette dich!« Seine Augen tränten wie die ihren und hinterließen auf seinen verrußten Wangen helle Spuren.

Anna stand auf, lief wieder zu dem Schrank. Hier musste es doch irgendetwas geben, was ihr nutzen konnte. Hustend riss sie alles heraus, was sie in die Finger bekam. Sie fand nichts Brauchbares.

Ihr verzweifelter Aufschrei klang wie ein Knurren. Dabei fiel ihr Blick auf den Seifenspender aus Keramik. Hastig nahm sie ihn zur Hand und zerschlug ihn am Waschbeckenrand. Ohne darauf zu achten, dass sie sich in den Finger geschnitten hatte, eilte sie mit einer Scherbe wieder zu Zane.

Er sah sie mit großen Augen an und schwieg, während sie den Strick hektisch mit der Scherbe bearbeitete. Nachdem sie ihn endlich durchtrennt hatte, zog Zane sie kurz in seine Arme.

»Wir sollten unsere Sachen mit Wasser tränken«, schlug Anna vor. Trotz des offenen Fensters nahm der Qualm nicht ab. Sie tastete nach dem Waschbecken, aber es tröpfelte kaum noch Wasser aus dem Hahn. Der Brand hatte inzwischen die Kontrolle über das Haus übernommen.

Jetzt war es Zane, der fluchte. Dann reichte er Anna seine Hand. »Wir schaffen das!« Er hielt sich den Lappen vor die Nase.

Sie biss die Zähne zusammen und nickte. Ihr Kopf fühlte sich an, als würde er durch die hämmernden Kopfschmerzen jeden Moment platzen.

Die Jacke lag auf dem Boden. Anna nahm sie auf und

wickelte sie um ihre Hände. Dann suchten sie gemeinsam an der Wand vor den Flammen Schutz, bevor Anna die Klinke mit dem Stoff umfasste und die Tür aufriss.

Eine flirrende Hitzewelle stob in den Raum. Es fühlte sich an, als würde Annas Haut zerschmelzen. Fast schlimmer als das Feuer selbst war der Rauch, überall war Rauch.

Zane ergriff ihre Hand und ging voraus. Das Feuer wütete, beinahe alle Möbel brannten. Neben dem allgegenwärtigen Knistern und Knacken vernahm Anna Windgeräusche. Durch die Zugluft des offenen Fensters breitete sich das Feuer noch schneller aus.

Sie hielt sich den Arm vor die Augen. Es war so unerträglich heiß. Das Atmen schmerzte. Sie bekam keine Luft, keuchte.

Zane hustete ununterbrochen. Um dem Qualm zu entkommen, zog sie ihn mit sich auf die Knie. Atmen, sie konnte nicht atmen. Anna wurde schwarz vor Augen, dennoch kroch sie mit Zane auf die Tür zu, die ins Treppenhaus und somit ins Freie führte.

Die Deckenbalken über ihnen brannten und knackten Unheil verkündend. Glas zersplitterte. Die Fenster … Bildete sie es sich nur ein, oder rief jemand ihren Namen? Jetzt hörte sie mehrere Stimmen von draußen hereinrufen und meinte, auch Lynettes darunter zu erkennen.

Die Tür war schon ganz nah.

Zane brach neben ihr zusammen, er atmete schwach.

Anna ließ ihre Jacke fallen, packte ihn unter den Armen und versuchte, ihn mit sich zu ziehen. Doch sie schaffte es nicht weiter vorwärts.

»Hilfe«, krächzte sie. Die glühende Hitze war unerträglich.

Zane hatte die Augen geschlossen. Wie er lag auch Anna mittlerweile flach auf dem Boden. Durch den Qualm über ihr konnte sie nichts mehr sehen. Aber sie hörte das bedrohliche Knacken, als der Deckenbalken unter den wütenden Flammen nachgab.

42. KAPITEL

Nick setzte einen Fuß vor den nächsten. Das Flackern des sich stellenweise durch den Dielenboden fressenden Feuers vermischte sich mit dem hereinfallenden Licht der Laternen. Jemand schien die Höllenpforten geöffnet zu haben.

Hatte der Unbekannte Zane bereits getötet? Wollte er sie verhöhnen und wartete deshalb inmitten dieses Infernos?

Nick blieb kurz stehen, hatte Natalies Waffe gezogen und spähte um die Ecke. Ein lang gezogener Gang erstreckte sich vor ihm. Mehrere Türen zweigten davon ab. Sie standen alle offen.

Doch wo war *er*?

Am anderen Ende des Ganges gab es eine weitere Tür, die offen stand. Dahinter führten Treppen in die Tiefe. Der Flügel besaß also einen Ausgang. War der Unbekannte bereits geflohen?

Nick wollte losrennen, doch er zwang sich, nicht so unbesonnen zu handeln. Er musste hinter jede Tür schauen und alle Räume sichern. Andernfalls riskierte er es, aus dem Hinterhalt angegriffen zu werden.

Das Feuer hatte im Erdgeschoss begonnen. Als Nick ein letztes Mal die Treppe hinabblickte, sah er nur noch dichte Flammen und Rauch.

Er eilte weiter, hustete.

Der erste Raum war leer.

Holz knackte, Rauch drang bis in den Gang vor. Die Flammen verschlangen alles auf ihrem Weg und näherten sich der Treppe. Erste Funken leckten über die Holzrahmen der Fenster.

Nick eilte weiter.

Er hörte, wie ein Schuss fiel, warf sich zur Seite in den nächsten Raum und fand sich zwischen Särgen wieder. Ausstellungsstücke.

Um keine Zielscheibe zu bieten, legte er sich flach auf den Boden und spähte um die Ecke. Der Rauch hatte den Gang längst erobert, es war kaum noch etwas zu sehen.

Ein weiterer Schuss.

Doch woher war er gekommen?

Es konnte einer der beiden Räume am Ende des Ganges sein, ebenso aber der Ausgang, hinter dem die Treppe nach unten führte.

Nick hielt die Waffe in Richtung des Gangs, beobachtete, ob sich etwas rührte. Durch den vielen Rauch würde es schwer sein zu zielen. Er bemühte sich, ruhig zu bleiben.

Da! Eine Silhouette.

Wieder ein Schuss.

Nick zuckte zurück in den Raum.

»Sie wollen also wirklich aufs Ganze gehen, Agent Coleman!«, erklang die inzwischen ebenso vertraute und verhasste Stimme. »Ich habe mich schon gefragt, ob Sie tatsächlich das Gebäude stürmen.«

»Ich lasse Sie nicht entkommen!«

»Sie glauben also noch immer, Herr Ihres eigenen Schicksals zu sein.« Die Stimme drang klar und deutlich zu ihm herüber, ohne Vocoder.

»Anna lebt. Ich lebe.«

»Noch«, stellte der Unbekannte klar. »Aber wenn ein Raubtier eine Fährte aufgenommen hat, lässt es nicht mehr davon ab.«

Nick verzog abfällig den Mund. »Und in dieser Metapher sind dann wohl Sie das Raubtier? An Ego mangelt es Ihnen auf jeden Fall nicht.«

Ein weiterer Schuss erklang.

Er ließ sich also provozieren, gut.

»Sie waren weniger großspurig, als Sie auf der Bahre in der Rechtsmedizin lagen.«

»Und selbst das haben Sie versaut«, höhnte Nick weiter. »Doktor Falsi wird Ihnen zukünftig übrigens keine Hilfe mehr sein. Mittlerweile dürften *seine* Reste in einem der Fächer liegen.«

»Er war ein Irrer. Ein nützlicher, würde ich sagen.«

Nick presste sich in den Türrahmen und blickte in die Richtung, aus der er gekommen war. Das Feuer leckte über die Wände und die Vorhänge der Fenster. Irgendwo brach Holz, etwas stürzte ein.

Nick hustete.

Er konnte jederzeit durch eines der Fenster klettern. Das erste Stockwerk war nicht hoch. Er biss die Zähne zusammen.

»Wie mir scheint, umgeben Sie sich gerne mit Psychopathen. Da denke ich doch direkt an das alte Sprichwort: Gleich und gleich gesellt sich gern.«

Nick musste es wagen. Er ging in die Hocke, zielte in den Rauch und schoss.

Gleichzeitig rannte er zum nächsten Raum und warf sich hinein. Gerade rechtzeitig. Wieder schoss sein Gegner.

Dieses Zimmer war ein Büro, vollgestopft mit Aktenschränken und einem wuchtigen Schreibtisch.

Vor dem Fenster flackerte das Licht der Rettungskräfte. Die Feuerwehr war angerückt. Am Himmel erkannte Nick den typischen Kegelscheinwerfer eines Hubschraubers.

»Ich bin keiner von diesen ordinären Werkzeugen«, rief der Unbekannte. »Ich bin die Hand, die das Skalpell führt.«

»Eine recht zittrige Hand!«, antwortete Nick.

Zwischen ihm und der letzten Tür am Gang lagen noch zwei Räume. Er ging mittlerweile davon aus, dass sein Gegner sich dort befand. Am weitesten weg von dem Feuer.

»Ihre lächerlichen Provokationen täuschen nicht über Ihre Unfähigkeit hinweg, Agent Coleman! Miss Jones mag ja überlebt haben, doch ihre Seele wird auf ewig gezeichnet sein von den Narben, die ich ihr zugefügt habe. Wir haben gemeinsam ihre Albträume besucht. Sie wird des Nachts schreiend erwachen und doch niemals erfahren, wer sich hinter der Maske verborgen hat. Wer ihren geliebten Nick umgebracht hat. Man wird Ihr verbranntes Fleisch in diesen Mauern finden, Agent Coleman.«

Nick wollte zum nächsten Sprint ansetzen, doch in diesem Augenblick hatte die Hitze den Punkt erreicht, der das Glas der alten Fenster splittern ließ. Durch die abrupte Sauerstoffzufuhr peitschten die Flammen explosionsartig hoch Die Decke verwandelte sich in ein Flammenmeer. Grellrot loderte es herab, und sofort wurde der Qualm noch dichter.

Wieder erklang ein Knacken, etwas zerbrach.

Direkt vor Nick fiel ein Balken zu Boden, brach einen Teil der Dielenbretter auf. In Kürze würde hier alles zusammenbrechen.

Ein erster Wasserstrahl erfasste das obere Stockwerk. Zu spät, zu wenig.

Alles oder nichts.

Nick sprang in den Gang, schoss und eilte zum nächsten Raum. »Sie spucken große Töne, aber letztlich sind Sie nur ein weiterer armer Irrer, den wir in eine Zelle verfrachten werden.«

Der Unbekannte antwortete nicht.

Eine Falle?

Nick lugte aus dem Raum, rannte zum nächsten. Nur noch eine Wand lag zwischen ihm und seinem Ziel. Oder war dieser Mistkerl geflohen? Er hustete, keuchte, rannte weiter.

Vor dem letzten Raum blieb er stehen. Ein Balken war von der Decke gefallen und hatte den Unbekannten halb unter sich begraben. Er trug schwarze Kleidung, Handschuhe und die typische Maske. Die Waffe war ihm aus der Hand gefallen.

Nick setzte dazu an, über den Balken zu springen, doch

die Flammen verhinderten es. Sie leckten bereits über den Hosenstoff des Unbekannten, erfassten seinen Pullover. Es roch nach verbranntem Fleisch.

Nick ballte die Fäuste. »Wenigstens hast du deine gerechte Strafe bekommen.«

Tief in seinem Inneren atmete er auf. Es war vorbei. Sie würden herausfinden, wer er gewesen war.

Eine weitere Flammenwalze brandete heran. Über Nick knirschte die Decke. Instinktiv warf er sich nach vorne durch die Tür. Hinter ihm krachten Balken herab und verwandelte den gesamten Gang endgültig in eine infernale Trümmerlandschaft.

Vor ihm lagen Steintreppen, die in die Tiefe führten. Auch hier war der Rauch dicht, das Feuer jedoch noch nicht vorgedrungen. Er tastete sich an der Wand entlang, ging Stufe für Stufe nach unten.

Nick hustete, sackte in die Knie. Er wollte sich wieder aufrichten, bekam aber keine Luft. Seine Lunge sog den stickigen Rauch ein, es flimmerte vor seinen Augen. Längst war er durch die Hitze schweißdurchtränkt.

Vor ihm tauchte jemand auf. Er sah eine Maske, einen Helm, einen Feuerwehranzug. Arme stützten ihn, brachten ihn weg von Feuer und Rauch.

Wunderbar kühle Nachtluft empfing ihn.

»Nick!« Lynette kam auf ihn zu.

»Wo ist Anna?«, fragte er keuchend. »Hat sie Zane gefunden?«

»Sie hat ihn gerettet. Beide haben leichte Verbrennungen und eine Rauchvergiftung davongetragen.«

Ein Sanitäter erschien neben Nick, drückte eine Sauerstoffmaske auf sein Gesicht.

Er schob die Maske beiseite. »Der Unbekannte ist tot«, ließ er Lynette wissen und sah zu einem Feuerwehrmann. »Sie müssen da hoch und eine Leiche bergen.«

»Da geht niemand mehr rein«, erwiderte dieser.

Wieder wurde ihm die Maske aufgedrückt. Er blickte zum Verwaltungsgebäude.

Die Flammen fraßen sich weiter voran, und kurz darauf erklang ein gewaltiges Knirschen. Das Dach brach ein. Zurück blieb eine lodernde Ruine. Es würde Tage dauern, die Leiche zu bergen und zu identifizieren.

»Wer warst du?«, murmelte Nick in die Sauerstoffmaske.

Er nahm das Flackern des Feuers, die Lichtkegel am Himmel, Blaulicht und das Blitzen von Kameras wahr.

»Wir bringen Sie jetzt ins Krankenhaus«, sagte der Sanitäter.

»Anna und Zane wurden gerade schon abtransportiert«, informierte Lynette ihn. Sie drückte Nicks Hand. »Es ist vorbei.«

43. KAPITEL

»Können wir nicht einfach zusammen hier wohnen bleiben?«, fragte Zane. Er kam die Treppe herab und setzte sich an den Frühstückstisch.

Erst gestern waren sie nach zwei Tagen stationärer Behandlung aus dem Krankenhaus entlassen worden. Anna litt durch die Rauchgasvergiftung hauptsächlich an Atemnot und Kopfschmerzen, Nick wurde immer wieder von Hustenattacken geplagt, und Zane hatte mit Übelkeit zu kämpfen. Von zu schweren Verbrennungen waren sie glücklicherweise alle verschont geblieben.

»Solange das Safe House nicht dringend vom FBI benötigt wird, können Anna und du hierbleiben, bis ihr neue Wohnungen gefunden habt«, erwiderte Nick und biss in sein Sandwich.

Anna rührte gedankenverloren in ihrem Kaffee.

»Es wird schwer werden, auf die Schnelle etwas Bezahlbares in einer guten Gegend zu finden«, meinte Zane. »Aber alles ist besser, als dorthin zurückkehren zu müssen, wo ich beinahe gestorben wäre. Ich kann da nicht mehr wohnen.«

Anna trank einen Schluck. Es war vorbei. Im Gegensatz zu dem Unbekannten hatten sie überlebt. Doch statt eines Glücksgefühls spürte sie eine seltsame Leere.

»Alles okay?«, fragte Nick. Er und Zane sahen sie an.

»Ich frage mich die ganze Zeit, warum er das alles getan hat«, antwortete sie.

»Mike ruft an, sobald sie mehr wissen. Bisher ist lediglich bekannt, dass er seit zwei Jahren als Friedhofswärter angestellt war.«

»Paul Kelly hat sich öfters krankgemeldet, galt unter seinen Kollegen als wortkarg«, sagte Lynette. Sie saß etwas abseits von den anderen auf der Couch und blätterte in der Akte. »Vater unbekannt, Mutter starb bei einem Autounfall, als er zehn war. Er ist im Heim groß geworden, die Schule fiel ihm aber trotz der Schicksalsschläge leicht. Eine Ausbildung zum Schreiner hat er abgebrochen und dann fast zehn Jahre lang in einer Sicherheitsfirma gearbeitet. Die hat er vor drei Jahren auf eigenen Wunsch verlassen und war dann regelrecht von der Bildfläche verschwunden.«

Nick schenkte sich Kaffee nach. »Zumindest haben wir in der Zeit danach keine Arbeitsstelle und auch keine Wohnstätte ermitteln können, bis er die Stelle beim Friedhof annahm.«

Lynette setzte sich zu ihnen an den Esstisch. Anna sah auf die Akte, die sie vor sich ablegte. Das Foto des Mannes war mit einer Büroklammer an dem Hefter festgesteckt. Ein unscheinbarer Typ. Kurzes schwarzes Haar, Schnurrbart, breite Nase.

»Ich habe diesen Mann noch nie zuvor gesehen«, sagte sie.

»Mike prüft, in welcher Verbindung er zu Natalie oder

deren Familie stand.« Nick berührte ihre auf dem Tisch liegende Hand und sah sie eindringlich an. »Ich weiß, es ist nicht leicht, geduldig zu bleiben. Aber wir werden noch eine Weile brauchen, bis wir alles analysiert haben.«

Anna seufzte. Sie stand auf und räumte ihren Teller in den Geschirrspüler. »Natalie hat mir gegenüber angedeutet, dass er mit uns beiden eine Rechnung zu begleichen hatte, Nick. Das geht mir nicht aus dem Kopf.«

»Du warst diejenige, die in seinen Augen für das, was Natalie durchgemacht hat, verantwortlich war«, entgegnete Zane. »Und Nick kam ihm bei seinem Rachefeldzug in die Quere.«

Anna lehnte sich gegen die Anrichte und nagte an ihrer Unterlippe. »Er hatte es von Anfang an auch auf Nick abgesehen.« Sie sah ihn an. »Schließlich hat er dich bereits in Washington beschattet.« Sie begann, im Raum auf und ab zu gehen. »Wie hat der Kerl es geschafft, an all die Daten zu kommen und die Orte für meine Entführung vorzubereiten? Er war wahnsinnig gut organisiert, hat viel Geld und Zeit investiert.«

Nick warf einen Blick auf Lynettes Dokumente, löste das Foto des Friedhofswärters von der Heftklammer, lehnte sich zurück und betrachtete es. »Mike hat ein paar Analysten auf Kellys Kontobewegungen angesetzt. In einem Schließfach bei der Bank haben sie bereits vierzigtausend Dollar gefunden. Wir wissen noch nicht, woher, aber er besaß die Mittel. Möglicherweise hat er geerbt. Bei Banknoten führt die Spur oft ins Leere. Was sein Motiv angeht, können wir bis jetzt nur spekulieren. Ich denke, dass er durch einen früheren Fall durch mich Probleme bekommen hat. In irgendeiner Weise habe ich ihm geschadet. Sobald ich wieder in Washington bin, sehe ich mir meine alten Fälle noch mal genauer an. Wahrscheinlich war er ein Angehöriger von einer Zielperson, die ich verhaftet habe.«

»Aber ist es nicht ein großer Zufall, dass wir beide uns ausgerechnet auch noch kennen?«, fragte Anna. Sie schaffte es einfach nicht, die innere Unruhe abzulegen.

Lynette stand auf, trat zu ihr und strich ihr sanft über den Arm. »Du musst versuchen loszulassen. Er ist tot, Anna. Die ganze Grübelei steht dir dabei im Weg, irgendwann mit Paul Kelly abschließen zu können. Du hast eine schwere Zeit durchgemacht, aber nun kann er dir nichts mehr tun. Konzentriere dich auf dich selbst. Du brauchst dringend eine Verschnaufpause.«

»Es kommt gar nicht so selten vor, weißt du?« Nick hustete. »Wir lösen einen Fall, es kommt zum Schusswechsel und der Verantwortliche stirbt. Zahlreiche Fragen bleiben für immer unbeantwortet. Ich musste auch erst lernen, damit umzugehen.«

»Aber du weißt, ich bin nur einen Telefonanruf weit entfernt.« Lynette lächelte ihr aufmunternd zu.

Anna würde sie vermissen. Ihr Blick fiel zur Treppe, neben der bereits Lynettes Koffer stand. »Ich werde auf jeden Fall meine ganzen Artikel durchsehen. Womöglich habe ich mal über einen Fall berichtet, an dem Nick gearbeitet und Paul Kelly damit verärgert hat. Irgendeine Parallele muss es doch geben.«

Zane verzog spitzbübisch den Mund. »Tja, einmal Journalistin, immer Journalistin.«

Anna sah von Lynettes Koffer hin zu der Frau, die sie in so kurzer Zeit ins Herz geschlossen hatte. »Begleitest du uns noch ins Krankenhaus, bevor du abreist?«

Lynette nickte und wandte sich Nick zu. »Hat Natalie inzwischen gesprochen?«

Er schüttelte den Kopf. »Kein Wort. Nicht einmal mit ihrer Familie.« Er sah Anna an. »Sie hat alle Antworten. Reporter belagern das Krankenhaus. Bei der Pressekonferenz haben sie Hooker förmlich zerfleischt, als er den weiteren Verlauf der Ereignisse offenbart hat. Ein abgebranntes Haus, ein toter Drahtzieher, wir, erneut in Lebensgefahr.«

Bei diesen Worten schluckte Zane und blickte schnell zur Seite. Anna hatte längst beschlossen, dass sie sich in den nächsten Tagen eine Auszeit mit ihm gönnte. Er hatte – wenn auch in Notwehr – Doktor Falsi getötet, war selbst angeschossen worden und beinahe verbrannt. Äußerlich merkte man ihm das kaum an, doch sie erkannte all die kleinen fahrigen Gesten.

»Allein die Sache mit Doktor Falsi wird noch wochenlang durch die Presse gehen«, nahm Lynette den Faden auf. »Sie haben in seinem Haus tatsächlich Trophäen gefunden. Die Asche der Studenten, die er betäubt und lebendig seziert hat. Er hat sie in Urnen in einem Geheimfach in seinem Schlafzimmer aufbewahrt. Dadurch konnten ein paar weitere Fälle aufgeklärt werden.«

»Kelly hat sowohl Natalie als auch Falsi gekannt und

wie es scheint beide für sich eingenommen.« Anna betrachtete das auf dem Tisch liegende Bild. »Dabei wirkt er gar nicht so charismatisch.«

Lynette nickte. »Er muss Mechanismen der neurolinguistischen Programmierung benutzt haben, um erste Kontakte aufzubauen. Möglicherweise hat Kelly entsprechende Fähigkeiten erlernt, als er abgetaucht ist. So etwas ist gar nicht selten. Manche Männer bekommen genau in diesem Alter eine Krise, stellen ihr bisheriges Leben infrage und suchen Selbsthilfegruppen auf. Dort lernen sie, sich weiterzuentwickeln. Wenn das FBI tiefer gräbt, werden sie zumindest darauf Antworten finden. Aber mit etwas Glück wird ein guter Psychologe Natalies Konditionierung durchbrechen und sie zum Reden bringen. Dann kann auch diese Akte geschlossen werden.« Sie blickte versonnen aus dem Fenster. »Auch Natalie hätte Frieden verdient.«

Anna rieb sich die Arme. »Ich hoffe, ich kann heute mit ihr reden.« Sie ging Richtung Treppe. »In fünf Minuten bin ich startklar.«

In ihrem Zimmer zog sie die Jogginghose aus und griff nach einer Jeans. Bevor sie sie zuknöpfte, wechselte sie noch das Pflaster an ihrem Bauch. Dann trat sie vor den Schrankspiegel, bürstete ihr Haar und band es im Nacken zusammen.

Die Schwellungen in ihrem Gesicht waren zurückgegangen, die Blutergüsse schimmerten nur noch gelblich. Auf der Stirn verlief die Narbe in ihren Haaransatz und würde bald kaum noch zu sehen sein. Die am Kinn war so fein, dass sie in Kürze auch nicht mehr auffallen würde.

Anna strich über ihren verbrannten Unterarm. Dank der Tabletten spürte sie keine Schmerzen. Bei der Verbrennung zweiten Grades standen die Chancen auf eine Narbenbildung 50 zu 50.

Wenn sie an das Inferno zurückdachte, konnte sie die Hitze wieder spüren. Der herabstürzende Balken hatte Zane und sie nur knapp verfehlt. Und dann waren zwei Feuerwehrmänner in Schutzanzügen aufgetaucht und hatten sie aus der Feuerhölle herausgetragen.

Die Sauerstoffmasken hatten ihnen letztendlich das Leben gerettet. Sie strich sich über die Brust. Das Atmen fiel ihr schwer, sobald sie an den dichten Rauch dachte.

Nick klopfte an den Rahmen der Tür. »Bist du so weit?«

Sie nickte, bewegte sich aber nicht. Ihr Blick ruhte auf ihm, während er sie mit derselben Intensität ansah. Als er noch in dem brennenden Haus gewesen war und sie nicht wusste, ob sie ihn rechtzeitig retten konnten, hatte sie trotz ihrer eigenen Schwäche, auf der Krankenbahre liegend, nach ihm geschrien. Sie hatten eine glückliche Vergangenheit und durch das gemeinsame Erleben der jüngsten Ereignisse waren sie noch mehr verbunden. Sie hatte solche Angst gehabt, ihn in dem Feuer zu verlieren, und sie fürchtete sich schon jetzt davor, sich von ihm verabschieden zu müssen.

»Lynette wird mir fehlen.«

Er schmunzelte. »Du hast doch ihre Nummer. Glaub mir, sie wird sich auch bei dir melden, um sich zu erkundigen, wie es dir geht.«

Anna wandte sich von ihm ab, trat zum Bett und tat,

als würde sie in ihrer Tasche etwas suchen. Sie schaffte es nicht länger, ihm in die Augen zu sehen. »Wann kehrst du nach Washington zurück?« Es sollte beiläufig klingen, doch ihre Stimme zitterte verräterisch.

»Ich finde, ich brauche erst einmal Urlaub«, erwiderte er, fasste sie an den Armen und drehte sie langsam zu sich um. »Wie sieht es bei dir aus? Du könntest sicher auch ein paar freie Tage gebrauchen.«

Ihr Herz schlug wild in ihrer Brust. Sie sah zu ihm auf und nickte. So viel ging ihr durch den Kopf, ihre Gefühle spielten verrückt, und sie hatte keine Ahnung, wie sie Nick das alles sagen sollte. Doch in seinen Augen sah sie, dass das gar nicht nötig war.

Nick lächelte, zog sie an sich und hielt sie in einer sanften Umarmung.

EPILOG

Er nickte dem diensthabenden Officer lächelnd zu, als dieser ihn nach der Überprüfung seines Ausweises in das Krankenzimmer eintreten ließ. Mit wenigen Schritten stand er neben Natalies Bett. Sie schlief, hatte aufgrund ihrer Verletzung Morphin erhalten.

Seine Anwesenheit blieb ihr jedoch nicht lange verborgen, sie blinzelte. Ein Lächeln erschien auf ihrem Gesicht, die Augen blickten trüb und glasig zu ihm auf.

»Ich habe nicht viel Zeit«, erklärte er sachlich. »Doch du sollst wissen, dass ich enttäuscht bin. Habe ich dir nicht alles gegeben? Deine Rache, alle notwendigen Mittel?«

Natalie blinzelte erneut. Die Worte drangen nur langsam zu ihr durch.

Es geschah nicht oft, dass er wütend wurde. Seine Pläne waren mit meisterhafter Präzision geplant und miteinander verknüpft worden. Von der Vorbereitung dieses grenzdebilen Subjektes Edward Harris über das Instrument Natalie Walsh bis hin zu Doktor Falsi.

Alles war miteinander verknüpft. Ein gewaltiges Netz, und er war die Spinne im Zentrum. Der Puppenspieler, der die Fäden zog und die Figuren steuerte.

Die Welt glaubte, dass Paul Kelly hinter allem steckte.

Die Presse überschlug sich, die Titelseiten waren voller Hintergrundgeschichten und Sonderberichte.

»Anna und Nick sollten tot sein«, sagte er kalt. »Stattdessen halten sie vermutlich gerade Händchen.«

Der Gedanke jagte einen giftigen Schauer des Hasses durch seine Adern.

»Aber der nächste Schritt ist bereits geplant. Sie haben keine Ahnung, aus welcher Richtung der Schlag sie treffen wird. Sollen sie ruhig aufatmen. Ich sorge dafür, dass sie ersticken.«

Er zog ein Etui aus dem Kittel und nahm die Spritze heraus. Zielsicher stach er durch die Membran am Zulauf des Tropfes. Jetzt würde es sehr schnell gehen.

Langsam beugte er sich zu Natalie herab, die Lippen ganz nah an ihrem Ohr. »Du hast versagt«, flüsterte er, erhob sich und verstaute die Kanüle wieder im Etui. »Und ich dulde kein Versagen.« Dieses Mal sprach er die Worte mit Nachdruck.

Ihre Lider flatterten. Sie begann zu wimmern und hob leicht die Hand, als wollte sie sie nach ihm ausstrecken. Trotz ihres benebelten Zustandes bettelte sie um ihr Leben. Doch er wandte sich endgültig von ihr ab, verließ mit zügigen Schritten den Raum und nickte dem Officer im Gehen freundlich zu.

»… nur ein kurzes Gespräch«, stellte gerade ein Arzt klar, der ihm auf dem Krankenhausflur entgegenkam.

Neben ihm erblickte er Anna, Nick, Lynette McKenzie und Zane Newton.

Er drehte den Kopf leicht zur Seite, nahm seinen Pager

und betrachtete ihn, als hätte er gerade eine Nachricht erhalten.

Anna und Nick nahmen ihn gar nicht wahr. Zane Newton blickte ständig zu Boden, er fühlte sich unwohl. Alle Zeichen deuteten auf posttraumatischen Stress hin. Sein Zusammenbruch war nur eine Frage der Zeit.

Einzig Lynette McKenzie bedachte ihn mit einem kurzen Blick.

O ja, sie war zu einem großen Teil mitverantwortlich für das Scheitern seiner Werkzeuge. Mit ihr würde er sich zu gegebener Zeit ebenfalls befassen.

Er hatte sich die Kontrolle zurückgeholt.

Mit einem zufriedenen Pfeifen verließ er das Krankenhaus. Draußen zog er den Kittel aus und warf ihn zusammen mit der Keycard in einen Abfallbehälter.

Mittlerweile musste Natalies Herz zum Stillstand gekommen sein. Das Gift war nicht nachweisbar, ihr Tod würde als Spätfolge des Schusses eingeordnet werden.

Er kaufte an einem Straßenstand einen Coffee to go und schlenderte gemächlich davon. Ein letzter Blick zurück auf das Krankenhaus ließ ihn zufrieden lächeln.

»Wir sehen uns bald wieder.«

Ende